Anne Grießer (Hrsg.)
Diebe, Mörder, Galgenstricke

wellhöfer VERLAG

Wellhöfer Verlag
Ulrich Wellhöfer
Weinbergstraße 26
68259 Mannheim
Tel. 0621/7188167

info@wellhoefer-verlag.de
www.wellhoefer-verlag.de

Titelgestaltung: Uwe Schnieders, Fa. Pixelhall, Malsch
Satz: Wellhöfer Verlag, Mannheim

ISBN 978-3-95428-269-2

Anne Grießer (Hrsg.)

Diebe, Mörder, Galgenstricke

Inhalt

Vorwort

Was ist ein Verbrechen?

Jede Zeit, jede Epoche, jeder Staat hat dafür eigene Definitionen. Wo man sich bei Mord, Totschlag und schwerem Diebstahl über die Jahrhunderte noch weitgehend einig ist, sieht es bei Betrug, Aufruhr oder Verleumdung schon ganz anders aus. Im Mittelalter stand beispielsweise der Rufmord dem echten Mord an Schwere und Gemeinheit kaum nach. Warum? Weil ein »ehrloser« Mensch große Nachteile zu erdulden hatte und viele Rechte für ihn nicht galten.

Freiheitskämpfer, die sich der Obrigkeit widersetzen, galten lange als Landesverräter, Rebellen oder Aufrührer und endeten nicht selten am Galgen, während Landesfürsten, die bei ihren Kriegszügen vor Plünderung und Vergewaltigung nicht zurückschreckten, als Helden verehrt wurden. Manchmal verkehrte sich die Sicht der Dinge sogar ins pure Gegenteil: Wo in der Frühen Neuzeit Scheiterhaufen brannten und vermeintliche Hexer und Hexen den Flammen übergeben wurden, betrachtet man heute das grausame Vorgehen gegen die unschuldig Hingerichteten als die eigentliche Straftat.

Auch in jüngerer Zeit können die Meinungen über Schwere und Bewertung eines Verbrechens auseinandergehen. Ist ein Hochstapler, der die Gunst der Stunde für sich nutzt, ein Halunke, oder doch eher ein schlauer Hund?

In diesem Sinne ist das vorliegende Buch mit realen Kriminalfällen aus neun Jahrhunderten auch ein Sittengemälde der Stadt Freiburg im Wandel der Zeit.

Ein Teil der Geschichten entstand im Rahmen des Schreibwettbewerbs »Freiburger Krimipreis«, der alle drei Jahre vom gleichnamigen Verein ausgeschrieben und von der Brauerei Ganter unterstützt wird. Die nicht ganz einfache Aufgabe, reale Fälle literarisch zu bearbeiten, haben viele Hobby- und Profiautoren mit Bravour gemeistert. So fiel die Auswahl nicht leicht.

Ein Kriterium war dabei die zeitliche Verteilung der Fälle. Naturgemäß sind aus der frühen Stadtgeschichte weniger Vergehen überliefert als aus den vergangenen beiden Jahrhunderten.

Alle geschilderten Straftaten haben entweder in Freiburg stattgefunden, oder es waren Freiburger Persönlichkeiten daran beteiligt, oder die Fälle wurden in Freiburg verhandelt. Die Geschichten sind chronologisch angeordnet – so lässt es sich beim Lesen durch die Jahrhunderte wandern.

Manche Beiträge halten sich sehr eng an die Historie, anderen liegt lediglich ein reales Verbrechen zugrunde, um das die Autoren eine eigenständige Geschichte gesponnen haben. Um die realen Hintergründe besser einordnen zu können, haben wir deshalb jedem Beitrag einen kurzen Absatz zur historischen Wahrheit beigefügt.

Ich habe als Herausgeberin und Autorin die Arbeit an diesem Buch als sehr spannend und informativ empfunden und wünsche nun allen Lesern, dass es ihnen genauso ergeht!

Anne Grießer, im Januar 2020

ANNE GRIESSER

Von der Kunst, ein Bildnis zu schaffen

Sprich mit mir! Erzähl mir deine Geschichte! Na los. Wer bist du? Was zeichnet dich aus?

Ich starre auf den Klotz Alabaster, der vor mir steht. Wie der Schriftsteller vor dem weißen Blatt, so sitze ich vor dem Gips und weiß weder, wo ich anfangen soll, noch wohin die Reise mich führen wird. Ist es die Größe des Auftrags, die mich hemmt? Das Geld, das damit verbunden ist? Oder ist es die Ferne der Figur, die ich wachküssen soll, die ich aber nicht greifen kann, weil sie einer Zeit entspringt, die mir fremd ist?

Ich darf nicht scheitern! Nicht jetzt, da sich endlich ein Erfolg anbahnt, eine Würdigung, auf die manche Künstler ihr Leben lang warten.

Der Tag, an dem der Anruf kam: einer der besten in meiner Karriere als Bildhauerin! Eine Darstellung von Konrad war gewünscht, dem Herzog von Zähringen, dem Rektor von Burgund, dem Mann, der Freiburg das Stadt- und Marktrecht verliehen hat. Ein Standbild darf es sein oder auch eine Büste, da lässt man mir freie Hand. Nur rechtzeitig zum Stadtjubiläum muss das Werk fertig sein, die einzige Bedingung.

Eine Ehre ist das, zweifelsohne. Und ein lukrativer Auftrag obendrein.

Nun schauen Sie mich nicht so fassungslos an! Natürlich geht es auch ums Geld! Wenn Sie selbst freischaffender Künstler wären, wüssten Sie, wovon ich spreche.

Drei Monate ist der Anruf nun her. Drei Monate, in denen ich tatenlos vor dem Alabasterklotz hocke. Mir scheint, als wären meine Haare seither grauer geworden.

Für das Material habe ich mich entschieden, weil es klassisch und elegant ist. Nicht ganz einfach zu bearbeiten, denn es bricht leicht. Verdammt, Konrad! Zeig mir dein Gesicht! Deinen Charakter, dein Wesen! Sind deine Züge verschlossen? Ist dein Blick streng oder milde? Hast du Humor?

Es soll ein modernes Kunstwerk werden, keine bloße Abbildung – umso wichtiger ist es, die Wahrheit über dein Wesen zu ergründen.

Es gibt ein Bildnis von dir, im Museum. Aber das ist falsch, ganz falsch. Fritz Geiges hat es 1899 auf Glas gemalt, es zeigt dich auf einem Thron sitzend, mit Krone, am Tag der Stadtgründung im Jahr 1120.

Er hat nicht ordentlich recherchiert, der alte Geiges! Oder die Wahrheit war ihm schlicht egal. Du bist auf dem Bild schon gut 50 Jahre alt, dabei warst du vermutlich erst in deinen frühen Zwanzigern, als du meiner Stadt ihre Rechte verliehen hast. Ein Jüngling! Und du hattest ganz sicher weder eine Krone noch einen Thron. 1120 lebte schließlich dein älterer Bruder noch, Bertold der Dritte. *Er* war der Herzog von Zähringen, *er* hatte die Macht. Erst zwei Jahre später, als Bertold in Molsheim bei einer Fehde ums Leben kam, schlug deine große Stunde.

Hast du deshalb die Siedlung, die dein Vater dir vererbt hat, zur Stadt erhoben? Weil du ein Zeichen setzen wolltest, aus dem Schatten deines Bruders treten? Warst du klug, ein Wohltäter? Oder ein dreister Knabe, der nach Großem strebte?

Na los, sprich endlich mit mir!

Wieder ist ein kostbarer Tag vergangen und der rot umkringelte Termin in meinem Kalender ist näher gerückt. Du entziehst dich mir, Konrad. Ich komme nicht an dich ran.

Es ist kalt in meinem Atelier, die Heizung ist defekt. Eine neue kostet Geld. Geld, das ich nicht habe. Noch nicht.

Ich schimpfe mit mir selbst. *Stell dich nicht so an!* Schlag ein Gesicht aus dem Gips, gib ihm eine römische Nase, einen durchdringenden Blick – und keiner wird dich tadeln! Mach einfach!

Aber ich kann es nicht. Ich heiße nicht Fritz Geiges, ich fühle mich der Wahrheit verpflichtet. Der *inneren* Wahrheit, die das Wesentliche abbildet.

Es ist Abend geworden und ich schließe die Augen. Den Anblick des Alabasters kann ich heute nicht mehr ertragen. Noch ein, zwei Tage, dann werde ich anrufen und absagen müssen. Mein Gott, was für eine Niederlage!

Die Kälte verschwindet, ich gleite hinüber ins Reich der Träume. Mein Atelier ist noch da, aber der Alabasterklotz ist verschwunden. Stattdessen betritt eine aufrechte Gestalt den Raum. Bist du es, Konrad?

Du schaust mich an. Wie jung du bist! Ich hatte recht. Ja, ich sehe Entschlossenheit in deinen Zügen. Deine Augen sind grau, sie strahlen.

»Was willst du von mir, Weib?«

Herrje, deine Stimme klingt rau. Du hast sicher lange nicht gesprochen. Schließlich bist du schon seit mehr als 850 Jahren tot.

»Dich kennenlernen«, stottere ich. Dann sehe ich deinen wütenden Blick und fühle mich zu einer Erklärung genötigt: »Wir bauen dir ein Denkmal. Wir feiern das Jubiläum deiner Stadtgründung, und du sollst ...«

»Schweig!«, herrschst du mich an. »Wie kannst du es wagen, dich mit mir auf eine Stufe zu stellen? Hat dein Mann dir keinen Anstand gelehrt? Sprich mich mit *Ihr* an und mit *Herr*, wie es sich ziemt!«

Im Traum wird mir bewusst, dass ich träume. Ich bin genau in das Jahr 1120 gerutscht – sonst wäre Konrad schon älter und würde sich mit *Herzog* ansprechen lassen.

Ich beschließe, mich nicht von ihm einschüchtern zu lassen. »Erzählt mir von Eurer großen Tat, Herr!«, bitte ich lächelnd.

»Man feiert ein Fest zu meinen Ehren?« Ein verzücktes Glitzern tritt in seine Augen. »Bei Gott, das habe ich verdient!«

Jetzt sehe ich eine schlecht verheilte Wunde auf seiner Wange. Woher sie wohl stammt?

Er wirft sich in Pose und rezitiert seine Gründungsurkunde. Wie ein römischer Kaiser kommt er mir vor. Den Text kenne ich natürlich, er stammt aus dem Tennenbacher Güterbuch, denn die Originalurkunde ist nicht erhalten.

Im Traum bin ich stolz auf mich. Ja, ich habe meine Hausaufgaben gemacht!

»Kundgetan sei allen, den zukünftig und den gegenwärtig Lebenden, dass ich, Konrad, an dem Ort, der mein Eigengut ist, nämlich Freiburg, einen Markt gegründet habe im Jahr des Herrn 1120. Nachdem von überall her angesehene Kaufleute zusammengerufen worden sind, habe ich auf der Grundlage einer Schwurvereinigung verfügt, diesen Markt einzurichten und auszubauen.«

Er stockt und blickt mir tief in die Augen. »Ein Fest, sagst du, Weib? Zu meinen Ehren?«

Ich kann förmlich sehen, wie seine Brust schwillt. »Ach, könnte das nur mein der Trägheit verfallener Bruder Bertold hören! Er verlacht mich für meine Tat! Verlacht mich, weil ich den Kaufleuten in meiner Urkunde Zugeständnisse mache, um sie in die Stadt zu locken. *Eine Schwurvereinigung*, hat er höhnisch kommentiert, mein stolzer Bruder! *Begibst du dich etwa mit Kaufleuten auf eine Ebene? Du handelst ohne königliches Privileg, Bruderherz! Heinrich V. wird dich dafür zur Rechenschaft ziehen!«*

Konrad zwinkert mir zu. »Tut er aber nicht, Weib! Mein Einfluss auf den Kaiser ist groß genug. Mein Bruder unterschätzt mich! Ich habe den Kaufleuten Grundstücke zugeteilt, den Marktbesuchern freies Geleit versichert. Ich habe auf Steuern und Abgaben verzichtet, ebenso auf Zölle. Jedem Kaufmann gestehe ich freies Besitz- und Erbrecht zu, sogar den Weibern! Sie dürfen ihre Vögte und Pfarrer frei wählen – meine Sippe verhöhnt mich dafür. Aber alles ist wohl überlegt und richtig, Weib.«

Er plustert sich auf wie ein Hahn, dann verblasst er allmählich und als ich in meinem Atelier erwache, ist mir äußerlich kalt, aber innerlich brennt ein Feuer.

Am nächsten Tag beginne ich mit meiner Arbeit. Strahlende Augen, lockiges Haar. Die Nase nicht gebogen, sondern kerzengerade, das Kinn keck nach vorn gerichtet. Ich werde dich als modernen jungen Mann darstellen, nicht als Ritter, sondern als Unternehmer mit Anzug und Krawatte. Mit viel Selbstbewusstsein und der entsprechenden Eitelkeit. Ja, endlich hast du dich mir offenbart!

Die Wunde auf deiner Wange – soll ich sie mit einbeziehen? Ist sie wichtig? Sagt sie etwas über dich?

Stundenlang grüble ich darüber nach, aber du antwortest mir nicht. Ich vertage das Problem, es hat ja Zeit bis zum Schluss.

Du wächst, du gedeihst. Du wirst ihnen gefallen, Konrad. Sie lieben Helden. Du bist deiner Zeit voraus, bist modern – das sollen sie dir ansehen.

Der rot umkringelte Termin rückt näher. Jetzt sehne ich ihn herbei. In den Nächten träume ich viel. Von dem Auto, das ich mir kaufen will. Von der neuen Heizung fürs Atelier. Von der Reise nach New York; endlich ein Besuch im Metropolitan Museum of Art!

Nein, ein Vermögen werde ich nicht mit dir verdienen, das nicht. Es wird ein gebrauchter Wagen sein und ein Billigflug. Nimmst du es mir übel, dass ich Geld mit dir verdiene? Ein Dichter aus meiner Zeit hat einmal gesagt: *Wer beim Schreiben ans Geld denkt, ist ein Schwein. Wer dabei nicht ans Geld denkt, ist ein* dummes *Schwein.*

Genau so ist es auch mit der Bildhauerei. Genau so.

Noch zwei oder drei Tage, dann werde ich anrufen und Vollzug melden.

Das Problem mit der Wunde auf der Wange habe ich noch immer nicht gelöst.

Ohne jede Vorwarnung kommt der Mann in der folgenden Nacht zu mir. Ich kenne ihn nicht, habe ihn nie zuvor gesehen. Seine Erscheinung erschreckt mich. Ich sehe Brandnarben an seinen Händen. Sein Blick flackert unstet und er scheint nervös zu sein. Was will der Fremde von mir?

Er trägt eine weite Kutte mit einer Kapuze. Ist er ein Mönch? Ich weiche vor ihm zurück, mache mich in meinem Bett ganz klein.

»Du setzt dem Schurken ein Denkmal, Metze?«, wettert er los. »Schämst du dich nicht?«

Ich bin verängstigt. Im Traum wird mir klar, dass es besser ist, den Mund zu halten.

»Hat sein falsches Lächeln dich verführt? Sein helles Auge? Weiber sind so schwach und leicht zu blenden! Hure, elende!«

Dass er mich so beleidigt, rüttelt mich auf. »Was fällt dir ein?«, fahre ich ihn an. »Wer bist du überhaupt?«

»Du kennst mich nicht? Typisch! Vermutlich hat er dir nichts von mir erzählt, der Lump! Nein, natürlich nicht. Über *Abt Adelbert von Schaffhausen* spricht er nicht gern, der Zähringer Schuft!«

Im Traum klingelt es bei mir, wenn auch nur leise. Das Kloster Allerheiligen – Konrad hat es im selben Jahr überfallen und niedergebrannt, in dem er meiner Stadt ihre glorreichen Rechte verlieh. Ich muss irgendwo davon gelesen haben. Eine Randnotiz nur, der ich kaum Beachtung geschenkt habe.

»Was willst du?«, wiederhole ich, etwas verunsichert.

»Die Dirne sehen, die dem blutrünstigen Halunken ein Denkmal setzt.«

»Blutrünstig?« Ich reiße die Augen weit auf. Was meint er damit?

»Hast du die Wunde auf seiner Wange nicht gesehen? Hast du dich nicht gefragt, woher sie stammt?«

Im Traum balle ich die Hände zu Fäusten. Der Kerl muss meine Gedanken gelesen haben!

»Im Februar war es«, fährt er fort, »da erschien der Zähringer mit bewaffneter Mannschaft in unserem Kloster und brannte es nieder.« Er streckt mir seine roten, entstellten Hände entgegen. »Siehst du die Zeichen, Weib?«

Abt Adelberts Gesicht zeigt Abscheu. »Ich habe ihm das Kloster übergeben, um meine Brüder zu retten und die Menschen, die unter meiner Obhut standen.«

Ich weiß nicht recht, wie ich reagieren soll. Eigentlich will ich nicht hören, was der Geistliche mir erzählt.

»Na los!«, sagt er. »Willst du mich nicht fragen, warum der Schurke uns überfallen hat?«

Ich tue ihm den Gefallen nicht, aber er verrät es mir trotzdem.

»Es ging um Macht, worum denn sonst? Um alte Besitzansprüche, auf die sein Vater achtzehn Jahre zuvor verzichtet hatte. Der Jüngling wollte ein Zeichen setzen, seine Stärke demonstrieren. Menschenleben waren ihm völlig gleichgültig. Der Überfall war ein Verbrechen und ich habe einen Beschwerdebrief an den Papst verfasst!«

Obwohl mir unbehaglich ist, erwidere ich trotzig: »Haben zu eurer Zeit nicht alle Herrscher ihre Ansprüche mit Waffengewalt durchgesetzt? War Konrads Verhalten nicht normal?«

Adelberts Züge werden hart. »So denkst du also von uns? *Normal*? Nein, du unwissendes Weibsbild, normal war es nicht, was Konrad getan hat! Weißt du, was geschehen ist, nachdem ich dem Wüterich das Kloster übergeben habe?«

Im Traum weiß ich es nicht, also schweige ich.

»Gelacht hat er! Wie ein Teufel! Und dann hat er das Kloster und die ganze Umgebung verwüstet. Hat mit seiner Horde gemordet, geplündert und die Frauen geschändet. Dass wir uns ergeben hatten, war ihm gleichgültig. Normal nennst du das? *Normal*?«

Der Abt spuckt auf mein Bett und mir schaudert. »Ein Standbild! Dem Halunken! Hure, elende!«

Damit löst er sich vor meinen Augen auf. Im Traum weiß ich, dass ich ausgeträumt habe.

Blass stehe ich am nächsten Morgen vor meinem Meisterwerk.

Falsch, alles falsch! Ich sehe einen harmlosen Jüngling, der keiner Fliege etwas zuleide tut. Wo ist die Wahrheit, die innere, die mir so wichtig ist?

Eine kleine Narbe auf der Wange wird nicht ausreichen, um sie zu zeigen. Wo ist der grausame Zug, die Unbarmherzigkeit? Wo ist die Mordlust?

Ich schwanke, das Atelier dreht sich vor meinen Augen. Ich spüre, wie ich stürze, höre das Poltern, dann das Brechen auf dem harten Steinboden. Höre das Bersten.

Eine ganze Weile bleibe ich neben dir liegen, Konrad, bin dir näher als je zuvor.

Mit deinem zertrümmerten Standbild verschwindet mein Auto, stürzt das Flugzeug nach New York ab, löst sich die neue Heizung in Luft auf.

Es wird kein Bildnis geben, das Jubiläum muss ohne dich stattfinden, Konrad.

Plötzlich fliegt die Tür zu meinem Atelier auf. Ich stöhne. Verdammt, nicht schon wieder ein ungebetener Besucher!

Wer ist das?

Schnauzbart, Kinnbart, beides ergraut, ebenso das Haupthaar. Der Mann trägt einen altmodischen Anzug und eine graue Weste, zugeknöpft bis oben hin. Ein kleines Bäuchlein zeichnet sich darunter ab.

Er blickt auf den zertrümmerten Konrad und schüttelt abschätzig den Kopf.

»Schade drum«, sagt er. »Gar nicht schlecht, die Skulptur! Wenn auch ein wenig modern. Aber das ist eben eine Eigenheit eurer Zeit. In Rüstung hätte er mir besser gefallen.«

Im Traum bin ich mir diesmal nicht sicher, ob ich träume. Deshalb frage ich lieber nach. »Sind Sie ... von der Stadt? Ähm, der Auftrag ist leider misslungen.«

»Das sehe ich.«

Täusche ich mich, oder lächelt der Mann ein wenig selbstgefällig? Er zuckt die Schultern, dreht sich um und wendet sich zum Gehen.

»Halt!«, rufe ich. »Moment mal. Was wollen Sie eigentlich von mir?« Ich bin wütend. Schließlich kann nicht jeder bei mir ein und aus gehen, wie es ihm beliebt!

»Nichts weiter.« Der Kerl klingt jetzt desinteressiert. »Ich wollte mir nur ein Bild von der Lage machen. Nun habe ich genug gesehen.«

Er muss tatsächlich von der Stadt sein! »Wer sind Sie?«, rufe ich ihm hinterher, als er schon zur Tür hinaus ist.

»Oh, entschuldigen Sie meine Unhöflichkeit«, höre ich ihn noch sagen, bevor er endgültig verschwindet. »Mein Name ist Geiges. Fritz Geiges.«

Historischer Hintergrund

Im Jahr 1120 verlieh Konrad, der jüngere Bruder des Zähringer Herzogs Bertold III., der Siedlung, die er von seinem Vater Bertold II. geerbt hatte, das Markt- und Stadtrecht. Zu jener Zeit war Konrad noch kein Herzog, dieser Titel ging erst nach dem Tod seines Bruders zwei Jahre später auf ihn über. Die Originalurkunde der Marktrechtsverleihung ist nicht erhalten, sie ließ sich aber in den wesentlichen Teilen rekonstruieren. Demnach hat Konrad den Kaufleuten, die er in die Stadt locken wollte, ungewöhnliche Freiheiten zugesichert.

1127 bekam Konrad von König Lothar III. den Titel Rektor von Burgund zugesprochen. Bereits kurz nach der Stadtgründung ließ der Zähringer den Grundstein für eine große Kirche legen, aus der später (unter seinem Enkel Bertold V.) das Münster entstand. Von der älteren konradinischen Kirche sind heute nur noch Fundamentsreste erhalten. Konrad starb 1152 und wurde in Sankt Peter begraben.

Dem großzügigen und freiheitlichen Handeln des Herzogs bei der Stadtgründung steht der Einsatz von massiver Gewalt gegen vermeintliche Feinde gegenüber. Das Kloster und die Ortschaft Allerheiligen in Schaffhausen verwüstete er im Februar 1120, obwohl der Abt und die Einwohner sich ihm bereits ergeben hatten.

Wie wird man mit 900 Jahren Abstand einer historischen Persönlichkeit gerecht? In der Nachschau werden Menschen in der Regel entweder glorifiziert oder verdammt. Die vorliegende Geschichte möchte die Ambivalenz einer solchen Beurteilung thematisieren.

Ist Konrads Verhalten in Schaffhausen ein Verbrechen?

Im hohen Mittelalter eher nicht. Die meisten Herrscher wären sonst Verbrecher gewesen. Nach heutigen Moralvorstellungen und modernem Kriegsrecht schon eher. Aber sind wir den Menschen von damals wirklich so weit voraus? In den Krisengebieten der Welt stehen Gräueltaten gegen die Besiegten und das einfache Volk auch heute noch auf der Tagesordnung.

Wolfgang Kemmer

Dux Crudelissimus

… Auch fehlt's an den tollsten Gelüsten ihm nicht:
»Koch, schlachte mir heut' einen Knaben,
Und setz' ihn gebraten mir vor als Gericht!
Auf menschliches Fleisch war ich längst schon erpicht,
Und will mich nun einmal d'ran laben!« …
(August Schnezler: *Der versteinerte Herzog)*

Kloster Heisterbach, Sommer 1224

Eine solche Ehre war den Zisterziensern in ihrer Abtei im Siebengebirge noch nicht zuteilgeworden. Gut zwanzig Jahre war es erst her, seit sie den Umzug vom Petersberg ins Tal des Heisterbachs abgeschlossen und den Grundstein für die neue Klosteranlage gelegt hatten. Und nun kam der päpstliche Legat Kardinalbischof Konrad von Urach höchstpersönlich zu Besuch. Dem Vernehmen nach weilte er zu Verhandlungen mit Erzbischof Engelbert, dem Reichsverweser und damit de facto auch Vormund des minderjährigen Königs Heinrich, in Köln. Zwar war Konrad seit einigen Jahren auch Ordensmeister der Zisterzienser, dennoch wusste der Abt des neuen Klosters nicht, wie ihm geschah, als kurz nach der Non ein Novize in seine Amtsstube stürzte und ihm vom Laienbruder an der Pforte ausrichtete, soeben sei eine Reiterschar eingetroffen, deren Anführer behauptete, Konrad von Urach zu sein.

Unverzüglich eilte Abt Heinrich hinunter in den Hof, um dann jedoch erst einmal ratlos in die Runde zu blicken.

Die Reisegruppe war erstaunlich klein für einen so hohen Würdenträger und es fehlte am üblichen Zeremoniell: kein Baldachin, kein Vortragekreuz, nur acht Bewaffnete, vier Pferdeknechte und drei Männer in den einfachen grauen Kutten der Zisterzienser. Heinrich, der den Legaten noch nie gesehen hatte, suchte vergeblich nach ihm. Er war unsicher, wie er sich verhalten sollte, fragte sich gar, ob die Reisenden den Pförtner vielleicht nur zum Besten hatten halten wollen, der Tölpel darauf hereingefallen war und nun auch er selbst, der ehrwürdige Abt des Klosters, vor diesen Fremden dastand wie ein unbeholfener alter Esel.

Inzwischen waren die Männer abgestiegen, und der älteste Mönch hatte sein Pferd einem der Knechte übergeben und trat auf Heinrich zu.

»Ich sehe, du bist ein wenig verwirrt, Vater«, sagte er mit nachsichtigem Lächeln. »Es lag nicht in meiner Absicht, dich in Verlegenheit zu bringen.«

»Ein herzliches Willkommen, wer auch immer Ihr seid«, sagte der Abt, der ob der Anrede immer noch nicht klüger geworden war. Einerseits hatte der fremde Mönch ihn wohl an seinem Ring als Vorsteher des Klosters erkannt und »Vater« genannt, andererseits verzichtete er auf das ehrerbietige »Ihr« und stellte sich damit auf die gleiche Stufe mit ihm.

»Verzeih, dass ich mich noch nicht vorgestellt habe.« Das Lächeln um den Mund des Neuankömmlings verschwand. »Mein Name ist Konrad von Urach, du wirst von mir gehört haben. Aber wie du schon an meinem Einzug hier erkennen kannst, bin ich weder in meiner Funktion als Ordensmeister noch als Vertreter seiner Heiligkeit Papst Honorius hier. Mein Besuch ist rein persönlicher Natur.«

Abt Heinrich hob erstaunt die Brauen.

»Ich möchte meinen alten Bekannten Cäsarius besuchen«, erklärte Konrad. »Ich bin ein großer Bewunderer seiner Schriften.«

Der Abt versuchte, seine Enttäuschung zu verbergen. Der Legat schien sie jedoch bemerkt zu haben.

»Auch dir gebührt natürlich ein Teil des Verdiensts dafür, dass du ihm nicht nur die Erlaubnis erteilt, sondern ihn sogar dazu angehalten hast, in Ausübung seines Amtes als Novizenmeister den jungen Mönchen durch die Niederschrift seiner *Exempla* erbauliche Vorbilder an die Hand zu geben.«

Heinrich nickte befriedigt. »Cäsarius macht unserer Abtei Ehre. Der Ruf seines *Dialogus miraculorum* ist weit über die Klostermauern hinausgedrungen.«

»Er macht dem ganzen Orden Ehre«, sagte Konrad. »Ich bin überzeugt davon, dass seine Schriften auch in Hunderten von Jahren noch den Menschen zur Erbauung dienen werden.«

Der Abt hob erneut die Brauen, enthielt sich aber eines weiteren Kommentars, sondern sagte nur: »Nun denn, ich werde Anweisung erteilen, dass man Euch und Eure Begleiter angemessen unterbringt und Cäsarius Bescheid gibt. Er ist noch bei der Unterweisung der Novizen. Nach der Vesper wird er Zeit haben. Und Ihr werdet Euch jetzt nach dem Ritt sicher erst einmal zurückziehen und ein wenig erholen wollen.«

Burghaldenschloss Freiburg im Breisgau, Winter 1185

In ihrer Kemenate empfängt die Burgherrin Heilwig von Froburg, Herzogin von Zähringen, ihre Tochter Agnes, Gräfin von Urach. Im Kamin brennt ein Feuer, das behagliche Wärme verbreitet. Agnes ist hochschwanger.

Heilwig: »Schön, dass du es trotz deiner Umstände auf dich genommen hast und zur Hochzeit deines Bruders gekommen bist, Agnes.«

Agnes: »Aber das ist doch selbstverständlich, liebe Mutter. Blut ist dicker als Wasser. Und mir geht es gut. Außerdem ist es ja nicht meine erste Niederkunft.«

Heilwig: »Dein Erstgeborener scheint gut zu gedeihen.«

Agnes: »Ja, Konrad ist ein prächtiger Junge. Egino hat große Pläne mit ihm. Er möchte, dass er den geistlichen Stand wählt und zu Oheim Rudolf als Domherr nach Lüttich geht. Ich glaube, in Gedanken sieht Egino ihn schon auf dem Stuhle Petri.«

Heilwig: »Ehrgeiz ist nicht die schlechteste Eigenschaft.«

Agnes: »Egino ist fest davon überzeugt, dass Gott uns wieder einen Knaben schenken wird. Er will ihm seinen eigenen Namen geben und ihn zu seinem Nachfolger machen.«

Heilwig: »Egino ist ein vorausschauender Mann. Ich bin froh, dass dein Vater ihn für dich ausgesucht hat.«

Agnes: »Ja, eine gute Wahl. Aber ich fürchte, bei Berthold war der Vater weniger umsichtig. Ich mache mir Sorgen um meinen Bruder. Dieses Weib steht in äußerst schlechtem Ruf. Und ich fürchte, es wird auch seinen Grund haben, warum der Graf von Geldern seine Verlobung mit ihr gelöst hat.«

Heilwig: »Dein Bruder Berthold wird bald die Herrschaft übernehmen. Er braucht eine Frau und einen Erben.«

Agnes: »Aber muss es denn so eine Dirne sein? Er ist jung, er bekommt auch noch eine andere.«

Heilwig: »Ich glaube, Berthold hat selbst auf diese Ehe gedrängt. Vielleicht empfindet er ja etwas für die leichtfertige Person. Man muss ihr schon zugutehalten, dass sie eine blendende Erscheinung ist.«

Agnes: »Blendend – ja, das ist sie! Und verblendet hat sie ihn. Aber wann wäre es beim Heiraten jemals um Empfindungen gegangen? Mich dünkt, das ist nur etwas für Minnesänger.«

Heilwig: »Sie ist aber auch keine schlechte Partie. Immerhin ist sie Gräfin von Boulogne und die Enkelin König Stephans von England.«

Agnes: »Pah, König Stephan! Wie ich hörte, entführte ihr Vater einst ihre Mutter aus dem Kloster, wo diese schon die geistlichen Weihen empfangen hatte. Der Papst hat die Ehe der beiden für nichtig erklärt. Im Grunde ist Ida also ein Bastard. Und meinen armen Bruder hat sie verhext.«

Heilwig: »Oh Agnes, du versetzt mich in Bestürzung!«

Agnes: »Sie macht allen Männern schöne Augen. Sogar meinem Gemahl. Das wird nicht gut enden!«

Heilwig: »Ach Kind, was sollen wir denn nur machen?«

Agnes: »Eigentlich wollte ich es dir ja nicht sagen, aber gestern habe ich sie dabei beobachtet, wie sie dem Vater zuerst um den Bart gegangen und später nur im Hemd aus seinem Gemach gekommen ist.«

Heilwig: »Nein!!«

Agnes: »Ich habe es mit eigenen Augen gesehen.«

Heilwig: »Das darf nicht wahr sein!«

Agnes: »Ich habe lange überlegt, ob ich es dir sagen soll, aber …«

Heilwig: »Du hast recht daran getan. Wir müssen etwas gegen diese Heirat unternehmen, bevor es zu spät ist. Wenn ich ehrlich bin, ist mir das eitle Mensch von Anfang an ein Dorn im Auge gewesen. Die Dirne muss vom Hofe verschwinden.«

Kloster Heisterbach, Sommer 1224

Cäsarius war beunruhigt. Abt Heinrich hatte ihm angekündigt, Konrad von Urach werde ihn nach der Vesper in seiner Zelle aufsuchen. Der Abt hatte dem hohen Gast für das Gespräch mit dem Novizenmeister den repräsentativen Kapitelsaal zur Verfügung stellen wollen, doch der Legat hatte dankend abgelehnt und es vorgezogen, den Novizenmeister lieber privatissime zu sprechen. Cäsarius hatte in seinen *Homilien* über einen ihm von einem Zisterzienserbruder zugetragenen Vorfall geschrieben, bei dem Konrad während seines Wirkens gegen die Albigenser in Südfrankreich einen den Ehebruch verteidigenden Ketzer öffentlich verhört und bloßgestellt hatte. Dieser war daraufhin vom aufgebrachten Mob in Stücke gerissen worden. Cäsarius hatte sich einer eindeutigen Bewertung des Lynchmords enthalten und war nun in Sorge, der Legat wolle ihn womöglich deshalb zur Rede stellen.

Es klopfte. Obwohl er die ganze Zeit darauf gewartet hatte, zuckte Cäsarius zusammen. Er beeilte sich zu öffnen.

»Laudetur Jesus Christus«, sagte der Legat.

»In aeternum. Amen«, erwiderte Cäsarius und trat zur Seite, um Konrad einzulassen.

Es gab nur einen Stuhl im Raum. Cäsarius bat den Gast, darauf Platz zu nehmen, und setzte sich dann ihm zu Füßen auf einen niedrigen Schemel.

»Du ahnst vielleicht, weshalb ich mit dir sprechen möchte«, sagte Konrad.

»Offen gestanden, nein«, antwortete Cäsarius nicht ganz wahrheitsgemäß.

»Aber du erinnerst dich vielleicht noch an unsere gemeinsame Zeit in Köln?«

»Wir haben uns nicht oft gesehen. Wenn ich mich recht entsinne, sind wir uns nur zweimal an der Domschule bei Magister Rudolf begegnet, und ich glaube, wir haben dabei nicht ein einziges Wort gewechselt.«

Konrad lächelte ob der Unverblümtheit des Novizenmeisters. »Deine Erinnerung trügt dich nicht. Dann weißt du sicher auch noch, weshalb ich dort war.«

»Ihr und Euer Bruder wart das Faustpfand für die Einlösung der Geldforderungen an Euren Oheim, Herzog Berthold, den Zähringer. Es muss eine arge Enttäuschung für Euch gewesen sein, dass er nicht mit dem nötigen Geld für die Unterstützer seiner Königskandidatur zurückkam.«

»Weiß Gott!«, entfuhr es Konrad. Sein Lächeln wich einem bitteren Zug um den Mund.

»Gewiss war es eine schlimme Zeit für Euch«, sagte Cäsarius. »Euer Oheim hat Euch und Euren Bruder damals schmählich im Stich gelassen.«

»Du gehst scharf ins Gericht mit ihm. Immerhin dürfte Berthold seine Gründe gehabt haben.«

»Er zog das Geld, das die Staufer ihm boten, der Königswürde vor.«

»Schließlich hätte er selbst ja auch eine beträchtliche Summe zahlen müssen«, gab Konrad zu bedenken. »Und der Ausgang der Wahl wäre trotzdem nicht gewiss gewesen.«

»Man soll nicht schlecht über Tote sprechen, aber ich glaube, er war einfach nur zu geizig.«

Auf Konrads Gesicht zeigte sich wieder der Anflug eines Lächelns. Es war kein fröhliches, sondern eines, bei dem die Augen nicht mitlächelten. Er hatte einen schwachen Versuch der Verteidigung Bertholds gemacht, aber in Wahrheit schien er dem verblichenen Herzog noch immer zu grollen. »Du weißt vielleicht, weshalb ich zurzeit in Köln weile?«

»Es heißt, Ihr verhandelt wegen des Zähringer-Erbes mit Erzbischof Engelbert.«

»Du bist erstaunlich gut informiert. De facto führt Engelbert die Reichsgeschäfte für den kleinen König. Man verweigert dem Hause meines Vaters den Herzogtitel, obwohl er rechtmäßiger Herrscher über das Breisgau ist und mein Bruder Egino über Freiburg ein gutes und gottesfürchtiges Regiment führt.« Er sah Cäsarius prüfend an.

»Berthold war nicht nur geizig, er war ein Tyrann. Nicht umsonst hat ihn der Herrgott mit Kinderlosigkeit gestraft.« Er bekreuzigte sich. »Vielleicht ist es ja immer noch der Fluch meines Oheims, der verhindert, dass unserem Hause die gebührende Ehrerbietung entgegengebracht wird. Doch der Wind beginnt sich zu drehen. Erst jüngst hat mir Kaiser Friedrich selbst ein Zugeständnis wegen eines kleinen zähringischen Kirchenlehens in Offenburg gemacht. Ich bin mir sicher, dass dies nur der erste Schritt war. Friedrich braucht meine Fürsprache beim Heiligen Vater.«

Wieder sah er Cäsarius scharf an und der Novizenmeister fragte sich, weshalb der hohe Herr sich ihm gegenüber so mitteilsam zeigte.

Burg Hohenurach, Herbst 1214

Agnes, Gräfin von Urach, und ihr Gemahl Egino sitzen nach dem ehelichen Beilager im Schlafgemach des Burgherrn beieinander.

Egino: »Du willst die Hebamme zu Berthold nach Freiburg schicken? Meinst du wirklich, du kannst ihr vertrauen?«

Agnes: »Wie mir selbst. Sie ist über zwanzig Jahre in meinen Diensten und hat alle unsere Kinder zur Welt gebracht.«

Egino: »Was willst du ihr sagen?«

Agnes: »Ich werde zu ihr sagen: Liebe Clothilde, nachdem mein ach so wählerischer Bruder es endlich geschafft hat, eine Frau nach seinem absonderlichen Geschmack zu finden, ist nun der lang ersehnte Erbe unterwegs. Da möchte ich, dass du seiner unerfahrenen Gattin Clementia bei der Geburt nach Kräften zur Hand gehst, damit dem kostbaren Schätzchen auch ja kein Leid geschieht.«

Egino: »Und dann?«

Agnes: »Dann wird Clothilde dafür sorgen, dass die Gebärfreudigkeit der guten Clementia für immer zum Versiegen kommt.«

Egino: »Das ist Hexenwerk.«

Agnes: »Pah, Hexenwerk! Ist es etwa auch Hexenwerk, dass sie uns zu sieben gesunden Kindern verholfen hat? Es ist bloße Hebammenkunst und Clothilde versteht sich wie keine zweite darauf.«

Egino: »Aber was soll dann mit dem Erben geschehen?«

Agnes: »Clothilde wird sich fürsorglich um ihn kümmern, damit auch nicht der leiseste Schatten eines Verdachts auf sie und damit auf uns fällt. Gleichzeitig wird sie aber nur auf eine günstige Gelegenheit lauern, um ihn auf dem schnellsten Weg der ewigen Glückseligkeit teilhaftig werden zu lassen. Dem Kinde wird viel Leid erspart bleiben!«

Egino: »Du bist verrückt!«

Agnes: »Nein! Ich finde nur, dass das Haus Urach sich lange genug darauf vorbereitet hat, das Erbe der Zähringer anzutreten. Nun soll es auch geschehen. Egino wird ein wunderbarer Herzog werden und seine Brüder werden ihn nach Leibeskräften unterstützen.«

Egino: »Ja, das werden sie gewiss. Das Netz, das ich für sie gesponnen habe, reicht bis nach Rom zum Stuhle Petri und ist tragfähig genug, um die Herrschaft unseres Hauses auf lange Sicht zu gewährleisten.«

Agnes: »Ich fürchte nur, er wird seine Residenz im Breisgau nehmen.«

Egino: »Der Junge hat einen Narren an Freiburg gefressen.«

Agnes: »Er wird mir hier fehlen.«

Egino: »So rührselig?«

Agnes: »Du weißt doch, die Familie geht mir über alles.«

Egino: »Und wie kannst du es dann mit deinem Gewissen vereinbaren, deinen eigenen Bruder so kaltblütig zu hintergehen?«

Agnes: »Du spottest meiner. Weißt du doch genau, dass ich ihn abgrundtief hasse, seit er unsere Söhne damals wegen der Königswahl so schmählich im Stich gelassen hat.«

Egino: »Dabei hast du ihn früher so vergöttert.«

Agnes: »Ja, doch das ist lange her. Ich habe es dir nie erzählt: Einst, als er plante, dieses lose Weibsstück aus Boulogne zu heiraten, habe ich ihn sogar davor bewahrt, einen folgenschweren Fehler zu begehen. Ich konnte ja nicht ahnen, dass er so an der Dirne hing, dass er keine andere mehr anschauen wollte. Aber nun hat er sich zu spät besonnen und ich lasse es nicht mehr zu, dass er mit diesem unreifen Ding unsere Pläne mit Egino durchkreuzt.«

Egino: »Dennoch – du stiftest Clothilde zu einem Mord an. Fürchtest du dich denn gar nicht vor dem Höllenfeuer?«

Agnes: »Pah, das Höllenfeuer! Wozu habe ich zwei Söhne geboren, die der hohen Geistlichkeit angehören? Da sollte es doch wohl möglich sein, dass mir einer der beiden die Absolution erteilt …«

Kloster Heisterbach, Sommer 1224

Cäsarius hielt es nicht länger aus. »Warum seid Ihr zu mir gekommen? Zürnt Ihr mir wegen der Geschichte, die ich über Euch in meinen Predigten verfasst habe?«

»Aber nein, ganz im Gegenteil!« Konrad sah ihn erstaunt an. »Ich möchte mit dir über Berthold sprechen. Mein Oheim ist im Freiburger Münster mit großen Ehren bestattet worden. Für meinen Geschmack ist es ein bisschen zu viel des Guten, was ihm dort zuteilwird.«

Cäsarius runzelte verständnislos die Stirn.

»Nun«, Konrad holte tief Luft, »ich muss zugeben, dass mein gegenwärtiger Aufenthalt in Köln viele böse Erinnerungen an meine Geiselzeit geweckt hat.«

»Ihr tragt es Eurem Oheim immer noch nach, dass er Euch nicht ausgelöst hat?«

Konrad schüttelte den Kopf. »Ich glaube, so kann man das nicht sagen. Ich bin keineswegs nachtragend, auch wenn mein

Lebensweg sicher um vieles leichter gewesen wäre, wäre der Zähringer damals nicht zu geizig gewesen, um die Königswürde anzustreben.« Er seufzte. »Sein Verhalten hat mir einfach nur die Augen geöffnet, um ihn fortan im rechten Licht zu sehen. Mir ist es nach meiner Zeit in Köln durchaus wohl ergangen, auch wenn Berthold mir und unserem Orden immer wieder Steine in den Weg gelegt hat. Er war zeit seines Lebens ein gottloser Bösewicht. Nicht umsonst hat der Herrgott ihn mit Kinderlosigkeit gestraft und seinen Stammbaum verdorren lassen. Fern der Heimat habe ich seine Schlechtigkeit zeitweise vergessen, aber ein Gespräch, das ich neulich mit meiner Mutter führte, hat es mir wieder in Erinnerung gerufen. Es ist an der Zeit, ihm den Glorienschein zu rauben und das Bild, das der Nachwelt von ihm überliefert wird, ein wenig zurechtzurücken.«

In Cäsarius dämmerte eine Ahnung auf.

»Wer könnte dazu besser geeignet sein als du«, fuhr Konrad denn auch sogleich fort. »Ich bewundere die Gewandtheit deiner Feder. Deine Schriften finden weit über die Mauern des Klosters hinweg Anklang. Sie werden die Jahrhunderte überdauern, so wie die *Homilien* des Gregor von Nazianz oder die *Confessiones* des Augustinus.«

Cäsarius starrte ihn ungläubig an. »Verzeiht, aber das ist gewiss zu viel des Lobes für einen einfachen Mönch wie mich«, wehrte er ab.

»Deine Bescheidenheit ehrt dich.« Konrad lächelte. »Ich finde, du solltest in deinen *Dialogus miraculorum* noch ein *Capitulum* einfügen, das erzählt, wie Berthold in der ewigen Verdammnis schmort. Es wird ganz sicher dein und der Schade des Klosters nicht sein, das verspreche ich dir.« Der Legat erhob sich und gab damit zu verstehen, dass er das Gespräch als beendet betrachtete.

Nachdem der hohe Gast am nächsten Tag wieder gen Köln abgereist war, machte sich Cäsarius sogleich ans Werk. Das Kapitel, das er seinem *Dialogus* hinzufügte, überschrieb er mit den Worten *De poena Bertolphi Ducis Ceringiae qui missus est in*

Vulcanum. Darin schilderte er, wie zwei Reisende in der Nähe eines Vulkans ein paar Teufel belauschten. Die höllischen Gesellen harrten erwartungsfroh der Ankunft des Zähringischen Herzogs und feuerten einander an, schon einmal den Ofen für ihn anzuheizen.

Noch im gleichen Jahr wurde Bertholds Witwe Clementia von Auxonne durch Egino von Urach gefangen gesetzt, um ihr das von ihrem Ehemann zugeteilte Wittum Burgdorf abzupressen. Sie wurde erst elf Jahre später auf Betreiben des Papstes wieder in die Freiheit entlassen.

Durch Vermittlung Konrads kam es hinsichtlich des Zähringer-Erbes zwischen den Staufern und dem Hause Urach zu einer Einigung, die schließlich auch von Kaiser Friedrich abgesegnet wurde. Egino V. legte sich als Erster den Titel Graf von Freiburg zu. Berthold V. aber wurde in der Volkssage zu einem Kinder fressenden Monstrum.

Historischer Hintergrund

Berthold V. war der Letzte aus dem Fürstengeschlecht der Zähringer, die ihren Hauptsitz auf Burg Zähringen nahe Freiburg im Breisgau hatten. Mit dem Tode Bertholds starb das Herzogsgeschlecht aus und das Allodialerbe wurde unter den Ehemännern seiner Schwestern Anna und Agnes aufgeteilt. Freiburg und das Breisgau fielen dabei an die Grafen von Urach.

Warum Berthold am Ende kinderlos blieb, ob und – wenn ja – warum seine Verlobung mit Ida von Boulogne aufgelöst wurde, ob und wann jener kleine Berthold, welcher das Zähringer-Erbe antreten sollte, zur Welt kam, wer seine Mutter war und wie, wann und warum er starb, sind nur einige der Fragen, über die sich die Historiker immer noch streiten.

Das »wahre Verbrechen« in der vorliegenden Geschichte ist also keineswegs der Mord an dem kleinen Thronfolger, den es ja womöglich gar nicht gab, sondern vielmehr der Rufmord an Berthold V., dem letzten Zähringer. Dass es sich um Rufmord handelt, dürfte angesichts der Vorwürfe und der daraus erwachsenen, eingangs zitierten Ungeheuerlichkeiten aus der Volkssage unstrittig sein.

Wer diesen Rufmord auf dem Gewissen hat, ist offen, es deutet jedoch vieles auf die beiden Neffen Bertholds aus dem Hause Urach, die im Zuge der Königswahl von 1198 als Geiseln in Köln festgehalten wurden und später zu hohen geistlichen Würdenträger im Zisterzienser-Orden aufstiegen. Die von Cäsarius von Heisterbach in seinem Dialogus miraculorum über Berthold gemachten Äußerungen scheinen jedenfalls der Ausgangspunkt für die Sage vom Kinder fressenden Monster zu sein.

Für den Rufmord, den ich mit dieser Geschichte vermutlich am Hause Urach begehe, bitte ich schon jetzt um Entschuldigung. Meine Geschichte ist ebenso wie die Sage vom »Versteinerten Herzog« ein Werk der Fiktion, aber im Vergleich zu jener sicherlich weitaus weniger fantastisch.

Sabine Frambach

Der Bischof und der Metzger

Zweiter Platz Freiburger Krimipreis 2019/20

Mit der Aussicht stimmte etwas nicht.

Graf Egino II. trank einen Schluck Wein, hielt den Becher mit beiden Händen und starrte hinaus. Ich starrte in die gleiche Richtung. Für gewöhnlich konnte ich vom Schlossberg aus auf die Häuser, Bäume, auf die Plätze und Gassen Freiburgs blicken. An diesem Tag sah ich vor lauter Bürgern die Stadt nicht mehr. Menschen drängten sich zusammen, Männer zwängten sich voran, Frauen folgten ihnen rufend und zeternd, und alle, das ahnte ich bereits, wollten zum Grafen.

Die Bürger Freiburgs kamen den Schlossberg herauf.

Eginos Blick blieb starr. Doch die Finger, die den Wein hielten, sahen weiß aus; er zitterte, mit ihm zitterte der Wein im Becher. »Walter, mein Freund, sagt es mir: Warum sind die Bürger so erzürnt?«

Ich räusperte mich. Ehrlichkeit ist kaum erwünscht, wenn es um das Aussehen einer Frau oder um Politik geht. Insbesondere Grafen und Edelmänner bevorzugen schmeichelnde Worte. So sanft wie möglich antwortete ich: »Es könnte an den Abgaben liegen. Statt sie zu senken, habt Ihr in der neuen Stadtrodel die Gewerfe erhöht. 200 Marken Silber jedes Jahr.«

»Ich brauche das Geld! Walter, Ihr wisst, Wein, Frauen, Schmuck und Kleider für die Frauen, die Gelage. Und schließlich«, setzte er hinzu, »die Kosten für fahrende Dichter. Da die Schatulle leer ist, muss sie gefüllt werden.«

»Ich verstehe Eure ausweglose Lage«, beteuerte ich. »Doch das Volk weiß nichts von Euren Kosten und Verpflichtungen. Sie wissen nur, dass sie mehr bezahlen müssen. Das missfällt den Freiburger Bürgern.«

»Und nun?«

Ich sann darüber nach, ob ich meine Gedanken für mich behalten oder sie dem Grafen mitteilen sollte. Doch wie er dort stand, den Becher mit zittrigen Fingern umklammernd, hatte ich Mitleid mit ihm. Sicherlich ging er nicht gut mit dem Geld um, er kaufte, ohne nachzudenken, trank, ohne zu pausieren, und aß frei von Manieren. Doch die, die er um sich hatte, durften an seinem Tisch Platz nehmen. Selbst ich, ein fahrender Dichter, genoss seine Feiern, speiste mit ihm, trank seinen Wein. Für Schreiber ist es schwierig, Gönner zu finden. Nur wenige schätzen das geschriebene Wort. Die meisten halten sich lieber einen Minnesänger oder einen Gaukler. Als Schreiber war ich froh, zumindest für einige Monate unbesorgt leben zu können. Der Graf zahlte gut. Ich sollte dessen Lieder mitsingen.

»Graf, ich weiß einen Ausweg. Es ist ein wenig umständlich, vielleicht auch nicht machbar ...«

In der Ferne polterte es. Wir starrten hinaus.

»Ist das eine Wurfmaschine?«, raunte Egino.

»In der Tat, ein Katapult. Sie ziehen es die Gassen entlang zum Oberlindenplatz.«

Egino schnaufte. »Sprecht rasch! Was für ein Ausweg?«

Ich beugte mich zu ihm und tuschelte meinen Einfall in das gräfliche Ohr.

Er schnaufte nochmals, ehe er den Becher mit einem Ruck abstellte und in die Hände klatschte. »Wundervoll! Walter, Ihr seid zwar ein Schreiberling, doch vom richtigen Schlag! Setzt sofort den Brief auf! Konrad, mein geliebter Schwager aus Straßburg! Er soll seinen feinen Bischofsarsch hierher bewegen, um mich zu retten!«

Es dauerte, doch auf Konrad war bislang immer Verlass gewesen. Zunächst traf ein Bote aus Straßburg ein, um mitzuteilen, dass Konrad trotz der Arbeiten am Westwerk des Münsters in Kürze aufbrechen wollte. Einige Tage vergingen. Das Katapult stand am Oberlindenplatz, dahinter sammelten sich die Bürger

Freiburgs, eine Masse wütender Männer. Sie riefen, drängten voran, schleppten Steine herbei, errichteten mit Strohballen einen Schutzwall. Ich glaubte, neben Mistgabeln auch einige Speere und Lanzen erkennen zu können. Doch die Bürger griffen nicht an. Sie warteten, vielleicht auf einen Ausfall. Bei den Vorräten des Grafen war eine Belagerung der Burg aussichtslos. Egino konnte gewiss ein Jahr mit dem auskommen, was in seinen Kellern lagerte.

Plötzlich rumste es, knarrte und krachte. Unter johlenden Rufen spannten die Bürger das Katapult, rollten einen Stein auf die Schale und kappten das Halteseil. Der Stein sauste durch die Luft. Ich zog den Kopf ein, hockte mich hin und schlang die Arme um meine Beine. Ein dumpfer Schlag, der Boden zitterte. Im Stillen hoffte ich, dass der Bischof bald einträfe, um uns zu retten. »Oh Herr, lass Konrad zu uns kommen«, flüsterte ich, wiegte mich selbst hin und her und wartete.

Konrad erreichte das Tor trotz der Belagerung problemlos. Erstaunlich, wie er es schaffte, den Bürgern auszuweichen. Zumindest erkannten sie ihn nicht, er reiste gewiss ohne die bischöflichen Insignien. Wir sahen sein Pferd schon nahen, er trieb es rasch durch das Obertor, schlug um sich, verscheuchte die im Wege stehenden Bürger und ritt unbehelligt vorbei, gefolgt von seinen Begleitern. Konrad hielt seitlich am Tor und rutschte vom Pferd. Diesen Moment durfte ich nicht verpassen. Ich eilte ihm entgegen.

Tief verbeugte ich mich vor dem Bischof von Straßburg. »Seid gegrüßt, Konrad. Habt Dank, dass Ihr gekommen seid in der Not. Wie geht es mit den Arbeiten am Münster voran? Ich hörte, die Fensterrosetten sollen in ganz Europa ihresgleichen suchen.«

Er schaute an mir herab. Seine grauen Augen verengten sich. »Wer seid *Ihr*?«

Ich senkte den Kopf. Die Höheren lieben es, wenn man unterwürfig tut. »Walter von Breisach, Herr. Dichter und Schreiber.«

»Dichter und Schreiber? Vor Euch ist man wohl nirgendwo sicher. Nun denn. Es ist gut, einen Dichter zu haben, wenn ein

Sieg bevorsteht. Gewiss werdet Ihr würdige Worte für unsere Taten finden.«

Konrad wollte offenbar keine Zeit vergeuden. Er betrachtete die Wurfmaschine, die Steine und die wütenden Bürger, faltete seine Hände und schnalzte.

»Berichtet mir von der Belagerung. Haben sie noch nicht angegriffen?«

»Doch«, antwortete ich. »Sie belagern den Schlossberg seit Tagen. Mit Seilen haben sie die Wurfmaschine bis auf den Oberlindenplatz gezogen. Seitdem fliegen uns die Steine um die Ohren. Bislang beschießen sie die Vorburg. Sie rücken näher!«

»Aber sie haben noch nicht versucht, die Burg zu stürmen? Gut, gut.«

Er blickte hinter sich; am Tor drängte die Masse heran, wütende Bürger mit Waffen in der Hand, mühsam zurückgehalten von den Wachen. Konrad schnalzte noch einmal. Wie ein Vater tätschelte er meine Schulter. »Ich sollte mich sofort kampfbereit machen. Sorgt Euch nicht! Nun bin ich ja da! Ich, Konrad von Lichtenberg, Bischof von Straßburg, gekommen, um meinem geliebten Schwager beizustehen in der Not! Ich werde den Ausfall vorbereiten und unsere Männer aufstellen. Wisst Ihr eine Rüstung anzulegen, Walter?«

Ich nickte.

»Dann gebe ich Euch die Ehre, mir zu helfen!«

Rasch eilte ich, der Bitte des Bischofs zu entsprechen. Ich zerrte sein Gepäck vom Pferd, blickte mich um und trat einige Schritte zur Seite. »Ich helfe Euch gerne. Kommt etwas näher.«

Konrad, bekleidet mit einem samtenen Wams, folgte mir, streckte die Arme aus und richtete sich auf.

Auch ich streckte mich, hob einen Arm mit dem Harnisch in die Luft. Im selben Augenblick erklang ein Schrei. Ein Mann stürzte aus der Menge der Bürger hervor; nie werde ich den Ausdruck in seinem Gesicht vergessen, diese Zornesröte, den rasenden Blick. Hungrig glänzten seine Augen. In den Händen hielt er einen Spieß. Wie schnell es ging! Eben sah ich den Mann auf uns zustürmen, wich einen Schritt zurück, da quiekte Konrad. Ein seltsames Schmatzen erklang, der Mann hatte den Spieß tief in des Bischofs Fleisch gerammt. Konrad verdrehte die Augen. Immer noch stand er da, immer noch die Arme hochgereckt, um angekleidet zu werden. Er öffnete den Mund, doch statt hehrer Worte erklang nur ein Gurgeln. Schließlich sackte er zusammen.

Ich schnellte herum und musterte den Angreifer. »Hauri, der Metzger! Mörder!«, schrie ich. »Was habt Ihr getan? Ihr habt den Bischof getötet! Den Bischof!«

Hauri ließ die Lanze im bischöflichen Fleisch stecken, taumelte zurück, die Arme schlackerten, seine Gestalt wurde schlaff wie ein Sack Mehl. Hochrot brannte sein Gesicht. Ganz still wurde es, als hätte Gott mit mächtiger Hand Einhalt geboten. Die Knechte und Bürger ließen die Speere und Mistgabeln sinken und wichen zurück.

Allein gelassen stand Hauri da, mit hängenden Armen und bleichem Gesicht. Schließlich packten die Wachen den Metzger und zerrten ihn fort.

Ich bückte mich, griff Konrads Schultern und schüttelte ihn. »Konrad!« Er wimmerte. Blutige Blasen quollen ihm aus dem Mund.

Schließlich nuschelte er: »Was ist geschehen? Der Himmel ist kalt, Walter. So kalt.«

Vier Männer mussten mit anpacken, um den Bischof in die Burg zu tragen. Sie legten ihn auf frischem Stroh ab, immer noch wimmerte er. Eginos Frau eilte herbei, befahl, Wasser und Wein zu bringen, tränkte einen Lappen, tupfte Konrads Stirn mit Wasser ab, goss Wein in einen Becher und trank diesen aus.

Ich starrte auf den Verletzten, sah sein Blut, roch, dass er sich beschmutzt hatte. In diesem Augenblick tat er mir leid. Er war gekommen, um den Grafen zu beschützen, nun troff sein Blut ins Stroh. Nicht einmal die Rüstung hatte er angelegt, schon war er vom Metzger niedergestreckt worden. Es gab keine Schlacht, über die ich ein Heldengedicht schreiben konnte. Seufzend eilte ich fort. Es war nichts für mich zu tun. Ich überließ der Frau den wimmernden Bischof und eilte hinauf zum Grafen.

Egino erwartete mich bereits.

»Was ist mit meinem Schwager geschehen? Ist er getroffen?«

Ich nickte.

Egino schwieg, starrte hinaus, die Augen zu Schlitzen verengt. Schließlich zog er geräuschvoll die Nase hoch, drehte um und stürzte zur Treppe. »So kommt, Walter! Folgt mir. Ich will zu ihnen sprechen. Ich will ihnen sagen, was mit Konrad geschehen ist!«

Rasch eilte Egino hinaus, ohne meine Einwände zu hören, er stürmte durch die Halle, hastete den Weg entlang und trat vor das Tor. Hier hob er die Arme und rief: »Bürger Freiburgs! Die Schlacht, kaum begonnen, ist verloren. Ich gebe mich geschlagen. Ihr seht mich zerstört, seht mich weinen. Mein geliebter Schwager Konrad von Lichtenberg, Bischof von Straßburg, ist gefallen.«

»Er lebt noch«, flüsterte ich.

Egino starrte mich an, seine Augen funkelten. Schließlich leckte er über die Lippen, breitete erneut seine Arme aus und erklärte: »Mein geliebter Schwager, Konrad von Lichtenberg, Bischof von Straßburg, wird bald gefallen sein.« Er hielt inne, ehe er ausrief: »Ich, Egino der Zweite, Graf von Freiburg, gebe auf! Der Sieg ist euer!«

Es dauerte. Ich sah in ihre Gesichter, die tobende Menge, die plötzlich schwieg. Ihre Hände hingen herab, ebenso ihre Schultern. Vor einem Moment hatten sie noch gewusst, was sie tun wollten: den Schlossberg stürmen, den Grafen herauszerren, die Burg plündern. Nun gab es nichts mehr zu erreichen. Schließlich rief einer aus den hinteren Reihen: »Wir haben gesiegt! Es ist vorbei!«

Da jubelten sie, klatschten, winkten, klopften sich auf die Schultern. Ein Stein flog noch in Richtung der Burg und krachte gegen die Mauer, rasch eilten Männer zum Oberlindenplatz, um die Nachricht zu verbreiten: Graf Egino hat aufgegeben! Der Sieg gebührte den Bürgern Freiburgs. Einige kletterten an der Wurfmaschine empor und riefen: »Egino ist geschlagen!« Zäh wie Baumharz klebten sie aneinander, Gruppen jubelnder und feiernder Menschen. Einige packten die Seile und zogen das Katapult in Richtung der Münsterbaustelle. Ich hörte ihre Gesänge noch lange. Die Bürger Freiburgs feierten.

Vier Tage später erreichte ein Bote mit dringender Nachricht den Schlossberg.

Frohen Mutes trat ich zu Egino und wedelte mit dem Brief.

»Ist er tot?«

»Ja, Graf. Eben kam ein Bote und brachte Nachricht. Lichtenberg ist tot. Er starb in Straßburg. Er starb an der Wunde, die ihm der Metzger Hauri zufügte.«

Egino nickte und goss sich den Becher voll. »Wie bedauerlich. Wir werden ein Sühnekreuz errichten lassen für den Bischof.«

»Selbstverständlich.«

»Unglaublich, wie wertvoll ein toter Bischof ist, nicht wahr, Walter?«

Ich nickte. Ein toter Bischof war gewiss viel wert.

»Setzt den Sühnebrief auf! Wir erhöhen die Steuer dafür auf 300 Marken. Und lassen das Sühnekreuz errichten für meinen geliebten Schwager Konrad.«

»Allerdings«, gab ich zu bedenken, »müssen wir die Frau des Metzgers noch bezahlen. Sie hat dafür gesorgt, dass ihr Mann sich auf mein Zeichen hin auf den Bischof stürzte.«

»Ob er wusste, dass es ein Bischof ist, den er aufspießen sollte?«

»Ich glaube nicht. Schließlich trug Konrad nur sein Wams. Die Frau des Metzgers hat ihn ordentlich angestachelt. Hat ihm gesagt, er könnte der Held der Bürger werden und für den Sieg sorgen. Der verschuldete Metzger Hauri war leicht zu beeinflussen. Sicherlich nicht die hellste Kerze in der Stube. Er würde reich werden und berühmt! Das genügte ihm. Nur einen einzigen

Mann sollte er dafür töten: den, der vor dem Tor stand, wenn ich den Arm hob.«

Egino kicherte hicksend. »Was versprachen wir ihr dafür?«

»Ein Schwein, zwei Fässer Wein und dreißig Rappen.«

»Das ist wenig. Sorgt dafür, dass sie diesen Teil bekommt. Ihren Mann wird sie nicht wiedersehen. Und nun, Walter, lasst uns anstoßen auf Eure wundervolle Idee, wie ich die Schlacht verliere und am Ende die Steuer dennoch hochsetzen kann. Großartig! Das Ableben Konrads erfreut mich zudem außerordentlich. Ich konnte meinen Schwager noch nie leiden.«

Historischer Hintergrund

Egino II. war zwischen 1271 und 1316 Graf von Freiburg.

1293 fügte er der Neufassung des Stadtrodels eine Bestimmung hinzu: Die Bürger sollten ihm jährlich 200 Marken Silber zum Gewerfe entrichten.

Die zahlungsunwilligen Bürger belagerten die Burg.

Konrad von Lichtenberg eilte seinem Schwager zu Hilfe.

Er wurde von einem Freiburger, vermutlich einem Metzger, aufgespießt und starb Tage später in Straßburg. Im dortigen Münster kann sein Grab besucht werden.

Ein Freiburger Professor gab dem Metzger den Namen Hauri, dieser ist aber historisch nicht belegt.

Egino ließ ein Sühnekreuz errichten und die Bürger für den toten Bischof bezahlen. Der Sühnebrief von 1300 erhöhte den jährlich zu leistenden Betrag an den Grafen auf 300 Mark.

Das originale Bischofskreuz *steht zwischen Freiburg und dem Stadtteil Betzenhausen, in der Kirche St. Albert-Bischofslinde. Am ursprünglichen Platz, in der Kapelle vor der Kirche, steht heute eine Kopie.*

Susanne Hartmann

Errare stupidum est

Lasst mich überlegen. Wie lange ist das jetzt her? Mich dünkt, an die 25 Jahre sind ins Land gegangen und die Threisem hinabgeflossen. Kaum zu glauben, scheint es mir. Es geschah Anno Domini 1492, in einer Sommernacht.

Ich sehe noch das Blut an seiner Hand, den Dolch umfasste er mit hartem Griff. Welch Bösewicht er doch war, der Metzgermeister Conrat Waltzenmüller!

Oh weh, wie es mich zwickt und zwackt und sticht in jedem Glied, seit mich die Gicht fast jeden Tag ans Haus fesselt.

Ihr wollt wissen, wie ich heiße? Das zu verschweigen nenne ich die Pflicht des Ehrenmannes gegen seine Familie, seine Kaufmannsbrüder und seine löbliche Stadt Fryburg zu Brysgow.

Welch Unglück uns alle überkam, das Waltzenmüllers Ruchlosigkeit verursacht hat! Ein Unglück, gewiss, doch eines, das abzuwenden er wohl in der Lage gewesen wäre. Warnungen zuhauf fanden ihren Weg in seine Ohren, jedoch nicht in sein Herz. Verharrend in seinen Irrungen, stiftete er allerhand Ungemach.

Ihr meint, kein Mensch komme umhin, sich in manch Ungeschick zu verstricken, in Sonderheit, wenn es ihn nach Höherem gelüstet? Doch ich sage: *Errare humanum est, sed in errore persevere diabolicum.* Wie? Ihr seid des Lateinischen nicht mächtig? Dann lasst es mich euch übersetzen: Irren ist menschlich, aber auf Irrtümern zu bestehen ist teuflisch.

Wellen der Erinnerung überschwemmen mich, just da ich die Karte dieser Erdenkugel in Händen halte, die erst vor einem Jahr, 1516, die Druckerei verlassen hat. Als Kaufmann, dessen Handelswege über Augsburg bis nach Venedig laufen, sollte ich freilich Kenntnis erlangen von all den Ländereien, deren Schätze darauf warten, von mir und meinen Söhnen verteilt zu werden: Erze des Schwarzwaldes, Gewürze aus Indien, chinesische Seide und, um das Herrlichste zu nennen, Gold zuhauf, gehortet in der Neuen Welt.

Der Sohn des Herrn Bösewichts hat die Karte entworfen. Er geruht, sich Martinus Hylacomylus zu nennen, wobei er den falschen Namen Martin Waldseemüller zugrunde legt.

Terra Nova nennt er nun die Neue Welt. Denn er hat seinen Irrtum eingesehen. Vor zehn Jahren benannte er jene auf seiner Karte von 1507 noch *America*. Ich kann nur sagen: errare stupidum est! Weil ihn die Fahrten des Amerigo Verspucci zur Annahme verleiteten, dieser habe das neue Land entdeckt. Wo doch jeder weiß, dass dies Verdienst Christoph Kolumbus gebührt. America – wie der Name eines verdammten Weibes! Die Welt wird ihn vergessen, ebenso wie seinen unseligen Schöpfer Martin Waltzenmüller. Irren ist eben töricht!

Wieder schweifen meine Gedanken zurück in die Zeit, da des Bösewichts Taten in jenen blutig tödlichen Ausgang mündeten. Sogar seine Hoheit Kaiser Maximilian selbst beraumte eine Untersuchung an, um zu erforschen, was sich zugetragen hatte. Nicht lange darauf ist des Unholds Sohn nach Sankt Didel im Lothringischen verschwunden.

Doch lasst mich der Reihe nach erzählen.

Schon seit Anno Domini 1491 erhob sich großer Jammer, weil der Metzgermeister Conrat Waltzenmüller, einst Hintersasse aus Wolfenweiler, den städtischen Rat arg hintertrieb. Er trachtete danach, die Macht an sich zu reißen. Wo vorher Ratsherren, Adlige, Kaufleute und Handwerksmeister mit Bedacht zu handeln wussten, säte der Haderlump unsägliche Zwietracht durch mannigfaltige Intrigen. Er scharte Zunftmeister um sich, wiegelte sie mit gemeinen Reden auf, schreckte nicht davor zurück, sich dem einfachen Handwerker, dem Gesellen gleich zu machen, ihm um den Bart zu streichen.

Mein huldreicher Vater, der den Ratsherren in seiner unendlichen Güte Vergünstigungen und Geschenke hatte zukommen lassen, tauschte auch geheime Briefe aus. Sie enthielten Rezepte und Anweisungen solcher Art, die allein den der Alchemie Kundigen zustehen. Das weiß ich ganz genau, da ich selbst in meines Vaters und anderer edler Herren Botendienst gestanden habe. Eines Nachts traf mich dann der Schlag – genauer gesagt: ein Schlag auf den Kopf. Die Beule fühlte ich noch wochenlang. Als ich meine Augen aufschlug, war es dunkel. Ich fasste erst an meine Stirn, dann in mein Wams, wo meine beiden Briefe nicht mehr steckten. Mein Vater hatte sie eigenhändig verfasst, und ich sollte sie einem Handwerksmeister und einem ehrenwerten Kaufmann zu Fryburg übergeben.

Des anderen Tages stürmte Waltzenmüller in unser Haus und knurrte: »Ich habe zwei Briefe. Darin steht, wie Ihr gedenkt, aus Erzen Gold zu erschaffen.«

Mein Vater spannte seine Brust: »Dacht ich mir's doch. Ihr seid es gewesen, der meinen Sohn beinahe erschlagen hat.«

Der gemeine Dieb funkelte uns bitterböse an. »Gemach, gemach. Lasst solche Verfemung sein. In Euren Briefen steht weit Schlimmeres geschrieben. Von Hexenritualen«, er fing an zu dröhnen, »von magischen Zahlen und zu verbrennenden Zauberformeln musste ich lesen.«

Meines Vaters Antlitz ähnelte dem eines Rittersmanns, dem der Feind den Fehdehandschuh um die Ohren geschlagen hat. »Ihr täuscht Euch, es handelt sich um reine Alchemie und deren mathematische Grundlagen, die Zahlen eben.«

Voll des Unverstands erwiderte Waltzenmüller: »Ach was. Hexerei ist es, was Ihr miteinander zu treiben beabsichtigt.« Der Tölpel schien besessen von derlei Ansichten.

Mein Vater versuchte, den armen Toren aufzuklären. Von Hexerei sei gar nicht die Rede in den Briefen. Im Gegenteil. Um aus niederen Metallen Gold zu gewinnen, müssten die Kräfte des Kosmos einbezogen werden. Der Himmel selbst verlange danach. In der Heiligen Schrift komme den Zahlen Drei und Sieben hehre Bedeutung zu. Die wirkmächtigen Zahlenreihen und segensvollen Sprüche seien in einem Tiegel zu verbrennen. Hernach würde das alchemistische Procedere gelingen.

Ein Tor begeht so manche Narretei, doch verursacht dabei großes Leid. Waltzenmüller verschränkte die Arme. »Mir ist's einerlei. Sobald die Briefe dem Rat vorliegen und der Heiligen Kirche übergeben werden, wisst Ihr, was Euch blüht.«

Er fügte an, der Hexenhammer sei eine gern gelesene Schrift. Niemand werde uns glauben. Aber wir könnten weiterhin getrost schlafen, weil die Briefe in seinem, Waltzenmüllers Gewahrsam verbleiben sollten, wenn wir seine Vorschläge annehmen wollten.

Ein gewisser Kaufmann, fuhr der Unselige fort, strebe nach einem hohen Amt in der Stadt Fryburg, er begehre, das Schürfrecht im tiefen Schwarzwaldgrund zu erhalten. Davon solle dieser Kaufmann, mein gedemütigter Herr Vater, fürderhin absehen.

Betrübt musste mein Vater daraufhin seinen Ratsbrüdern mitteilen, er hege nicht länger die Absicht, im Amt dem Wohl der Stadt zu dienen.

Ein Wispern und Flüstern waberte durch unser Fryburg. Was es damit bloß auf sich habe? Ob mein Vater sich der Verantwortung entziehen wolle? Ob er gar bald seinen Bankrott anmelden müsse? Die hohen Herren wichen ihm auf der Straße aus. Meiner Schwester Bräutigam löste sein Heiratsversprechen, obwohl sie einander doch so nahegestanden hatten, ach, so nah. In manches Haus wurden wir nicht mehr eingeladen. Nach Wochen der Bedrängnis, kurz vor der anstehenden Ratswahl am 18. Juni des Jahres 1492, versuchte mein Vater, den Narren umzustimmen. Er sei verhaftet in dem Irrtum, die alchemistischen Rituale seien Zauberwerk. Ob mein Vater ihm ein Gastmahl kredenzen dürfe, ihm dabei ein gedrucktes Bibelwerk und ein Schmuckstück für seine Gattin überreichen könne? Das bringe er ihm auf Wunsch auch gerne in seine Wohnstatt daselbst.

Doch Waltzenmüller schüttelte den Kopf, verweigerte ihm sein Haus, auch traue er sich keineswegs, uns zu besuchen.

Er und sein Otterngezücht spien ihr Gift in jedermanns Gemüt. Im Nu standen nicht nur Kaufleute gegen Zunftmeister oder Adlige. Nein, Meister gegen Meister, Kaufmann gegen Kaufmann. Doch der garstige Mensch gab noch immer keine Ruh.

Mein jugendliches Gemüt erregte sich über alle Maßen. Einer stand mir dabei in allem zur Seite, der beste Kumpan von allen. Was waren wir doch für tatkräftige Burschen! Denke ich daran, steigen mir die Tränen auf. Ich möchte euch fragen: Wer nicht zeigte sein Wesen gar ungestüm in seiner Jugend? Wer wollte es ihr übelnehmen, die dem Wohl der Stadt zugetanen Kaufleute nebst Zunftmeister in Schutz zu nehmen? Ja fürwahr, sich für den Vater, die Familie eingesetzt zu haben! Mit ganzem Gemüte, mit aller zu eigen stehenden Klugheit, um nicht zu sagen Gewitztheit. Allzumal wenn ein Bösewicht sein Ungebaren losgelassen hat auf unsere ehrenwerte Stadt Fryburg.

Es trug sich zu, dass wir uns in jener schicksalhaften Nacht im Wirtshaus *Zum Roten Bären* einfanden. Mein Kumpan, ich will keinen Namen nennen, und ich traten durch die Tür. Dort saß mein Vater am Tisch mit einem Meister, den wir nur allzu gern des Raums verwiesen hätten.

Waltzenmüller griente frech. »Ihr fehlt mit jedem Ansinnen, womit Ihr mich umzustimmen gedenkt.«

Das Antlitz meines Vaters wurde weiß gleich einer Totenmaske.

Als er uns sah, bedeutete er uns mit ausladender Geste, uns einen anderen Tisch zu suchen.

Wir versuchten, bei einem Schoppen Wein über Kaufmannsgeschäfte zu sprechen, jedoch drangen Wortfetzen zu uns herüber, die allzumal an Lautstärke gewannen wie die Hörner vor Jerusalem, die den Sieg des Heiligen Volkes herbeitrompeteten.

In der Stimme meines Vaters schwang Empörung mit. » … wer das Nachsehen haben wird.«

Der Unhold murmelte gar süffisant, wie einer, der um ein Frauenzimmer buhlen mag.

Meines Vaters Becher, den er umklammert hielt, begann zu zittern. Er flehte: »Seht ab von ...«, und erntete nur: »Ei, ei, ei, das dürfte ...«

Von Neuem murmelte er; die Worte, die schließlich seiner Gurgel entstiegen, wurden lauter: »... lieb Krämerseele.« »Ich leg Euch nah ...« »Folgt mir getrost.«

Das Schmalz aus des Bösewichtes Kehle tropfte wie ranziges Fett in meine Ohren, sodass ich mich rasch mit einer Frage über Venedigs Banken an meinen Kumpan wenden musste. Dessen Rede plätscherte klar dahin wie das Wasser unserer Threisem, doch ich erfasste kaum ihren Sinn.

»Seht ab von derlei Schlichen!«, stieß mein Vater hervor.

Waltzenmüller wieherte vor Vergnügen, sodass die Köpfe an den Nachbartischen herumfuhren. Seine vom allzu großen Weingenuss aufgequollene Nase reckte er in die Luft.

Mein Herz begann zu klopfen wie ein Hammer, der auf einen Amboss schlägt.

Waltzenmüller stand auf. »Gehabt Euch wohl!«

»Seht Euch vor!«

»Etwa vor Euch?« Er warf meinem Vater einen Blick zu, wie es ein Fürst bei seinem Knecht zu tun pflegt.

Mir schwanden fast die Sinne vor Zorn. Ich nickte meinem Kumpan zu.

Kaum war der Unhold durch die Tür verschwunden, erhoben wir uns und gesellten uns zu meinem Vater.

»Grämt Euch nicht, lieber Vater, gewiss vermag ich abzuhelfen. Ich kenne Waltzenmüllers Sohn Martin von der Universität. Lasst mich mit ihm sprechen.« Noch spüre ich seinen warmen Druck auf meinem Arm, sehe seine lächelnden Augen vor mir.

Er mahnte mich: »Nimm die Laterne mit!«

Draußen hing die Sichel des Mondes am Firmament. Sterne zierten den Himmel wie tausend Glühspäne. Vor uns hörten wir des Waltzenmüllers tapsende Schritte. Der Trunkenbold kam nicht recht voran. Wir liefen hinter ihm her, beschleunigten unseren Gang.

Auf einmal blieb er stehen und drehte sich um. »Wohin des Wegs?«

»Wartet«, hub ich an, »hört mich an, Herr Waltzenmüller.«

Er stemmte eine Hand in die Hüfte und schaute wie einer, dessen Schabernack die Menge wohl belustigen mag.

Wir schlossen zu ihm auf. Er zog sein Barett, scheinbar zum ehrerbietigen Gruß. »Nun, holder Jüngling?«

Mit fester Stimme sprach ich: »Ihr wisst, ich habe die besten Kameraden hierzulande, in Basel, sogar bis Venedig laufen meine Verbindungen. Euren Martin, den ich sehr schätze, dem ich so manches erklären konnte, was Magister Reisch uns in seinen Vorlesungen kundgetan hat, Euren Martin könnt ich dem einen oder anderen Freund empfehlen.«

Waltzenmüller schnaubte wie ein Ross. Er hob die Brauen. »Wenn?«

»Wenn die Briefe, die unseligen, die sich in Eurem Besitz befinden und doch Eigentum eines anderen sind, auch wieder in dessen Hände gelangen würden.«

Ich redete von meiner unglücklichen Schwester. Wie sie in der Stube weinte, vor Kummer und Gram. Doch ich erzählte nicht von der Reise ins Kloster, die ihr bevorstand, sollte der Bräutigam kein Einsehen haben in ihre Not, an der er, das kann ich sagen, nicht unwesentlich beteiligt war.

»Mein Martin braucht Eure jämmerliche Hilfe nicht.«

Mein Kumpan ließ sich vernehmen: »Ich bitt Euch, habt Erbarmen.«

Waltzenmüller funkelte ihn an. »Ich erkenn dich. Du hast doch gelästert über des Kaiser Maximilians Heirats-Missgeschick. Auch hast du den Namen unseres Heilands geschmäht. An den Pranger stellen werden sie dich.« Waltzemüller strich sich übers Kinn. »Das wird deiner Familie übel gefallen.«

Mein Kumpan stammelte: »Das ist Euch nicht ernst. «

Die Augen zu Schlitzen verengt, grunzte Waltzenmüller uns an. »Solch Würstchen wie ihr, die können morgen schon dahin, wo der Pfeffer wächst, oder …« Er fuhr sich mit dem Finger an der Gurgel lang.

Ich frage euch, kann einer derart niederträchtig sein?

Er kehrte uns den Rücken zu und schritt aus, wir hinterher. Mein Kumpan langte nach seiner Schulter. »Ihr könnt doch nicht so grausam sein.«

»Fass mich nicht an, Spitzbube, elender!«, schrie er und schlug ihm ins Gesicht.

Da griff mein Kumpan nach seinem Dolch. Das Licht meiner Laterne zuckte hin und her, ein Drache, der gleich Flammen sprüht. Eh ich mich's versah, stieß er zu, mein Kumpan.

Der Abgestochene glotzte wie ein toter Fisch, fasste sich erst an die Brust, klammerte sich dann am Schaft des Dolches fest. Derweil sickerte das Blut brav seine Finger lang. Das Kinn sank ihm herab, darnach er auf die Knie. Sein Leib kippte zu Boden, mit dumpfem Schlag.

Ich flüsterte: »Was hast du getan?«

Mich dauerte mein tapferer Freund, dem dies Missgeschick unterlaufen war. Zu unserem Glück war kein Zeuge weit und breit. In dieser Nacht, da viele dem Trunke frönten, würden die Zecher erst zu vorgerückter Stunde nach Hause wanken.

Mich durchfuhr ein Geistesblitz. »Komm, wir heben ihn auf.«

»Wozu?«

»Wir bringen ihn zum *Sternen.*«

Nicht weit lag das Wirtshaus der Metzgerzunft auf der *Grossen Gasse*. Es mussten an die zweihundert Schritte sein. Auf diese Weise sollte er zurückfinden, wo er hingehörte.

»Du bist nicht ganz gescheit.«

»Schau doch, er ist sturzbetrunken.« Ich bückte mich und zog am Schaft. Mit sanftem Schmatzen entließ des Unholds Brust den Dolch.

Meinem Kumpan erklärte ich den Plan. Wir setzten den nun endlich friedlich gewordenen Waltzenmüller auf und lehnten ihn an die Wand. Rechts und links neben ihm nahmen wir Platz. Sein Wams knöpfte ich ihm zu. Ich nahm die Kordeln meines Hemdes. Mein Kumpan tat es mir gleich. Wir banden des Toten linken Fuß an meinen rechten und seinen rechten Fuß an den linken meines Kumpans. Seine Arme legten wir um unsere Schultern. Jetzt hieß es aufstehen, mitsamt unserer Fracht. Wir stemmten uns hoch. Was war der Kerl schwer! Des Leblosen Schuhe landeten auf unseren Füßen. Ich setzte einen Fuß vor, den zweiten mein Kumpan. Dergestalt stapften wir voran, mit schweren Tritten. Des Toten Kopf baumelte hin und her, wie bei einem, der ein ganzes Fass an einem einzigen Abend leer gesoffen hat. Bald rangen wir nach Luft und hielten an.

Da bog torkelnd einer um die Ecke, seine Laterne schwankte auf uns zu. Ich fing an zu singen, als wäre mir die Zunge schwer.

Mit scheelem Blick schaute der Mann uns an. »Seid gegrüßt«, lallte er, »wen haben wir denn da?« Wir standen beieinander, das Herz schlug mir bis zum Hals.

Der Mann beugte sich vor, um in Waltzenmüllers Gesicht zu stieren. »Sieht aus, als trüget Ihr ihn besser. So starr, wie er schon blickt.«

Mein Kumpan hob den Finger an den Mund: »Scht, scht, stört ihn nicht. Er träumt mit offenen Augen vor sich hin.«

Der Mann keckerte wie eine Ziege und machte sich davon.

Endlich trappten wir auf die *Grosse Gasse*. Auf einmal dröhnte es von hinten her: »Ist das zu fassen, drei Suffköpfe auf einmal.«

Ich wandte den Kopf.

Der Nachtwächter pflanzte seine Hellebarde vor uns auf und funzelte uns mit seinem Licht an. »Lasst mich euch helfen.«

Er wollte den Arm um unseren Unhold legen, schnell rief ich: »Dank Euch, es geht schon. Sonst schreckt er bloß auf.«

Er starrte mich an und hob die Laterne.

Ich fuchtelte mit meiner Hand, als umschwirrten mich tausend Fliegen, die zu verscheuchen meine Absicht wär.

Er ließ die Laterne wieder sinken. »Gut, wie ihr wollt. Macht, dass ihr weiterkommt, aber leise.«

Wir folgten seinem Rat. Stoßweise, wie unsere Atemzüge gingen, traten auch unsere Füße voran, bis wir beim Wirtshaus *Zum Sternen* anlangten. Von drinnen drang weinseliges Gejohle auf die Straße raus. Diese war menschenleer. Wir plumpsten erschöpft, dennoch erleichtert, auf unseren Hosenboden, befreiten rasch den Waltzenmüller von unseren Füßen und legten ihn vornüber auf das Pflaster.

Wir sagten uns noch hastig gute Nacht.

Der Bruder Jakob Waltzenmüller strengte eine Untersuchung an, in die seine kaiserliche Hoheit Kaiser Maximilian selbst sich einschaltete. Seine Hochwohlgeboren wollte unserer Stadt, die ihm jedwede Unterstützung gewährleistet hatte, einen Dienst erweisen. Mein Herr Vater, seine unbescholtenen Brüder in der Kaufmannsgilde und in den Zünften unterrichteten den Kaiser davon, wer sich als Untersuchungsrichter eigne. Und glaubt mir, darunter fand sich keiner von Waltzenmüllers böswilligen Gesellen. Sie fanden sich indessen auf der Anklagebank wieder, da sie gegen ehrenwerte Ratsmitglieder fleißig den Samen der Niedertracht gesät hatten.

Seine Majestät schlug die Herren, die der Zwietracht anheimgefallen waren, in die Verbannung. Ja, das war das Ende dieser Angelegenheiten. Seid gewitzt, dann kommt euch niemand auf die Schliche. Irren ist wohl menschlich, das ist wahr, doch auch dumm, das müsst Ihr zugeben. Auch die Kosmographie, scheint es, ist nicht frei davon.

America! Da lachen ja die Hühner!

Historischer Hintergrund

Verbürgt ist der Mord am Metzgermeister Conrat Waltzenmüller im Juni 1492 sowie der sogenannte »Waltzenmüller-Aufstand«, eine Bürgeropposition. Untersuchungsprotokolle berichten, dass Conrats Bruder Jakob Kaiser Maximilian um Aufklärung des Falles bat. Die damit Beauftragten konnten keinen Schuldigen ermitteln. Wahrscheinlich, wenngleich nicht sicher, handelt es sich bei dem Kosmographen Martin Waldseemüller um Conrat Waltzenmüllers Sohn. Er studierte an der 1457 gegründeten Freiburger Universität. In Sankt Didel, das heute Saint Dié heißt, entwarf er Karten, darunter die berühmte, welche Amerika seinen Namen verlieh. Der Täter, dessen Mitwisser und der Tathergang sind hingegen frei erfunden.

Mara Meier

Das wächserne Kindlein

Als Meierin muss ich wachsam sein. Um alles, was da geht mit dem Gesinde, in Haus und Hof, in Küche und Keller, muss ich mich kümmern. Mein Mann will, dass es bei uns geordnet zu- und hergeht. Er ist der Meier zu Wippertskirch.

Doch manchmal schaut man eben dorthin, wo es laut zugeht, wo gestritten und gezetert wird, und übersieht dabei Dinge, die sich in der Stille und im Verborgenen tun. Mich reut bitterlich, dass ich das mit der Gertruta nicht beizeiten gemerkt habe.

Vor drei Jahren ist sie als Magd zu uns gekommen aus Betzenhausen. Da war sie fast noch ein Kind, schmal und bleich, doch sie hat immer brav gearbeitet. Weil sie so still war und ihre Arbeit alleweil zuverlässig getan hat, hab ich wohl nicht genau genug hingeschaut. Bis es dann zu spät war.

Letzten Herbst, da ist sie mir manchmal etwas gar blass und spitz im Gesicht vorgekommen, mehr noch als zuvor. Das kommt mir jetzt wieder in den Sinn. Auch hat sich die Köchin ein paarmal beklagt, sie sei morgens nicht rechtzeitig unten in der Küche gewesen, die Gertruta, habe wohl verschlafen. Da hätte ich aufmerksam werden müssen, denn das war nicht die Art des Mädchens.

Dann hat sie sich aber den Winter über gut erholt, ist sogar ein wenig runder geworden, hat auch tüchtig zugelangt beim Essen, das hat mir wohl gefallen. Langsam wird sie erwachsen, habe ich gedacht. Sie hat weiterhin ihre Arbeit in Haus und Garten gut verrichtet.

Nach dem Winter kam ein kalter Frühling. Wir mussten bis vor Kurzem noch mehrere Röcke übereinander tragen, warme Umschlagtücher und Jacken. So habe ich Gertrutas Formen nicht sehen können. Nicht dass ich besonders darauf geachtet hätte.

Nur einmal ist mir aufgefallen, dass die anderen Mägde beim Brunnen auf sie zeigten, als sie sich die Hand in den Rücken stützte beim Aufheben des schweren Eimers. Auch da bin ich blind gewesen, habe nicht gesehen, wie typisch diese Geste war. Habe nicht bemerkt, dass sie nicht nur den schweren Eimer trug, sondern noch etwas anderes, Verborgenes.

Die Mägde werden es wohl gesehen haben und die Köchin auch, doch ich verbot ihnen das Tratschen und das lose Gerede, und so kamen mir keine Gerüchte zu Ohren. Erst an jenem Vormittag, als mich die Köchin in die Mägdekammer holte und ich Gertruta in den blutverschmierten Laken liegen sah, da begriff ich.

Sie war an dem Morgen nicht zur Arbeit erschienen, was zunächst nicht aufgefallen war. Die Köchin muss wohl gedacht haben, sie sei im Hühnerhof oder im Garten, sie werde dann schon noch kommen. Am späten Vormittag, als sich die Essenszeit näherte und die Köchin Gertruta zum Auftragen der Speisen gebraucht hätte, schickte sie die kleine Anna, das Küchenmädchen, nach ihr.

Anna konnte Gertruta nirgends finden, nicht im Keller, nicht im Garten oder im Hühnerhof, und so ging schließlich die Köchin selber zum Nachsehen in die Mägdekammer. Was sie dort antraf, bewog sie, mich sofort zu holen.

Ich trat in die dumpf und süßlich riechende Kammer. Da sah ich Gertruta. Bleich lag sie auf dem Rücken, in erschöpftem Schlaf, das Haar wirr auf dem verschwitzten Kissen. Als wir das verschmierte Laken anhoben, sahen wir ihre klaffenden Schenkel, dazwischen dunkel verklumptes Blut. Unter dem linken Oberschenkel lugten kleine Gliedmaßen hervor.

Die Köchin zerrte an Gertrutas Bein, sodass die junge Frau erschreckt aufstöhnte. Ich hob das winzige Menschlein darunter hervor. Es war ein kleines Mädchen, ein mageres Geschöpf. Sein Körperchen fühlte sich kühl an. Das zarte Gesicht wirkte wächsern, die Lippen waren bläulich angelaufen. Das Kind atmete nicht mehr.

Die Köchin schüttelte Gertruta, schrie und schimpfte, Hur, Kindsmörderin, was hast du getan, du Unmensch, doch ich sah den erschreckten Blick der jungen Frau, schickte die Köchin weg und hieß sie den Mund halten. Sie solle mich bei Tisch entschuldigen und sagen, ich sei in einer dringenden Angelegenheit unterwegs. Sie müsse über das Vorgefallene schweigen, gebot ich ihr nochmals.

Murrend und polternd verließ sie die Kammer. Ich half Gertruta, sich aufzusetzen. Dann hüllte ich das tote Kindchen in ein Unterhemd seiner Mutter, das am Bettpfosten hing, und legte es behutsam in ihre Arme. Sie starrte es an, ohne etwas zu begreifen. Ich nahm ihr das erbärmliche Bündel aus dem Arm und bettete es auf das Kopfkissen, das ich auf einen Stuhl legte.

Danach holte ich Wasser in einer Schüssel, saubere Tücher, Bettlaken und ein leinenes Nachthemd. Zum Glück waren alle mit Essen beschäftigt. Niemand achtete auf mein Tun. Ich ging zurück in die Kammer, wusch die junge Frau, zog ihr das Hemd über, ließ die blutigen Laken in einer Truhe verschwinden und half ihr, sich aufs frisch gemachte Bett zu lagern. Zwischen ihre Schenkel packte ich zusammengerollte Tücher, um das Blut aufzufangen. Dann setzte ich mich auf die Bettkante, nahm mit der Linken ihre klamme, feuchte Hand und strich ihr mit der Rechten das wirre Haar aus dem Gesicht.

Als ich sie fragte, ob das Kindlein noch gelebt habe, als es aus ihr gefahren sei, nickte sie. Dann sagte sie mit leiser Stimme, es sei gar schwach gewesen, habe nicht geschrien, keinen Laut von sich gegeben, sich kaum bewegt. Es habe ihr geschienen, dem Maidlein sei kalt, da habe sie es neben sich gelegt, um es zu wärmen. Dann müsse sie wohl eingeschlafen sein.

Und es im Schlaf erdrückt haben, ergänzte ich im Stillen. Ich fragte sie, warum sie mir denn nicht gesagt habe, dass sie schwanger sei, und sie antwortete, das habe sie selber nicht recht gewusst, bis sie an diesem Morgen furchtbare Schmerzen gehabt habe und dann das Kindlein aus ihr hinausgefahren sei.

Ich fragte sie, ob sie es noch einmal sehen wolle, doch sie schüttelte den Kopf. Da sagte ich zu ihr, sie solle jetzt schlafen, später würde ich ihr stärkende Brühe und einen Trunk Wein bringen, doch zuerst müsse ich mich um das Kindlein kümmern.

Ich nahm das Bündelchen vom Kissen und verhüllte es mit meinem Umschlagtuch, damit es niemand sähe, ging durch die Hintertreppe in den Garten. Dort legte ich ein paar hastig gepflückte Blumen darauf, Ranunkeln, Freesien und Narzissen. Es sollte so aussehen, als bringe ich nur einen bunten Strauß von Gartenblumen zur Kirche, um sie zu schmücken.

Wer mir wohl helfen würde, das Kindlein hinter der Friedhofsmauer zu begraben, dort, wo die Ungetauften liegen? Gertruta durfte nicht verraten werden. Ach, das arme, dumme Mädchen. Hoffentlich hatte die Köchin das Maul gehalten. Ich musste mich beeilen und zurück zur Wöchnerin, ihr etwas zur Stärkung geben, ihre Brüste mit Campher-Salbe einreiben und abbinden, damit die Milch nicht einschoss. Musste mich vergewissern, dass alle Spuren der heimlichen Geburt beseitigt waren, bevor die anderen Mägde nach der Arbeit in die Kammer gingen.

Hinter der Kirche kam mir mein Mann entgegen. Er fragte mich, wo ich beim Mittagessen gewesen sei, er habe mich vermisst. Da erzählte ich ihm die ganze elende Geschichte. Er brummte nur, er werde den Jakob holen, der werde helfen müssen, das Kindlein zu begraben. Der werde nichts verraten und werde auch wissen, warum.

Den Jakob? Unseren Knecht? Warum gerade den?

Er habe ihn im letzten Herbst verwarnen müssen, sagte mein Mann. Er habe gesehen, wie er der Magd nachgestiegen sei, habe ihn auch einmal erwischt, wie er Gertruta gegen die Stallwand gedrückt und ihr unter den Rock gegriffen habe. Der Jakob habe ihm dann hoch und heilig versprochen, von ihr abzulassen. Jetzt habe er etwas mit der Elsbeth, der Schwester der Köchin. Die wolle er diesen Sommer heiraten, und die Elsbeth, die sei ja alt genug.

Darum also ist die Köchin schon längere Zeit so schlecht auf Gertruta zu sprechen, dachte ich, während mein Mann den Knecht holen ging. Sonst mögen doch alle bei uns die junge Frau gut leiden.

Ich legte die Blumen auf die Friedhofsmauer, enthüllte das wächserne, kleine Gesichtlein, sagte ein Vaterunser und ein Ave Maria und zeichnete ein Kreuzzeichen auf die kalte Stirn. Das arme Geschöpflein war ungetauft gestorben, und das war jetzt nicht mehr zu ändern. Es würde in ungeweihter Erde ruhen müssen, außerhalb der Mauer. Ach, hätte Gertruta doch etwas gesagt, das dumme Mädchen. Ach, hätte ich doch beizeiten gemerkt, wie es um sie stand.

Wenn nur die Köchin nichts herumerzählte. Gertruta könnte angeklagt werden, ihr eigen Fleisch und Blut gemordet zu haben. Darauf stand die Todesstrafe, durch Ertränken in einem Sack. Oder durch das Schwert. Gerade erst vor wenigen Monaten, Ende Januar, war Anna Hözlerin, des Rebmanns Hözles Tochter, wegen Kindsmords enthauptet worden.

Mich schauderte. Nicht nur der Tod des Kindleins wäre dann zu beklagen, sondern auch noch der seiner Mutter. Das durfte nicht sein, nicht, wenn es sich um Gertruta handelte, die stille, fleißige Magd, selbst noch so jung. Ich versprach der Jungfrau Maria eine Gabe, wenn sie mir helfen würde, Gertruta zu retten.

Mein Mann kam mit Jakob zurück. Der Knecht sah blass aus. Rasch verhüllte ich das wächserne Gesichtlein. Jakob hob eine Grube aus, dann legten wir das Bündel hinein und ein paar Blumen darauf. Während er das Grab zuschüttete, beteten wir alle drei für das Seelenheil des ungetauften Maidleins.

Ein Meierhof ist eine kleine Welt, da kann man ein Geheimnis schlecht hüten. Es war geredet worden, und natürlich war das Gerücht nach draußen gedrungen. Irgendwer muss Gertruta angezeigt haben.

Als sie sie holen kamen, klammerte sie sich an mich und weinte. Man musste sie mit Gewalt von mir wegreißen. Sie wurde in den Turm geworfen, obwohl sie sich noch kaum von der Geburt erholt hatte. Wir mussten mit dem Schlimmsten rechnen.

Am selben Abend schrieb mein Mann auf mein Bitten hin einen Brief an den Abt von Schuttern, in dem er ihn bat, sich für sie einzusetzen. Wippertskirch gehört zum Kloster Schuttern, und wir hofften, seine Hochwürden würde Gnade für unsere Magd erwirken können.

Die Köchin redete davon, dass Gertruta den Sack verdient habe. Ertränken solle man sie, die Elende, wie eine Katze. Ich verbot ihr derartige Reden, doch fürchtete ich um Gertruta. Sie hatte vor Gericht gestanden, das Kindlein lebend geboren und danach mit ihrem Schenkel erdrückt zu haben. Das kam einem Kindsmord gleich. Ich hatte wenig Hoffnung, dass sie der Todesstrafe entginge. Die arme Anna Hözlerin kam mir wieder in den Sinn.

Doch dann wurden wir überrascht von der Macht des Zusammenhalts der Betzenhauser. Das Gerede hatte auch sein Gutes gehabt. Die ganze Gemeinde wusste Bescheid und legte Fürbitte für Gertruta ein. Wie es schien, war das Mädchen in seinem Herkunftsort beliebt.

Auch der Pfarrer, mehrere Priester und seine Hochwürden, Jakob Rapp von Freiburg, Abt von Schuttern, verwandten sich für die junge Frau. Offenbar wollte niemand, dass sie vom Leben zum Tode gerichtet würde. Außer unserer Köchin.

Gestern, am Donnerstag, dem 13. Mai 1599, wurde der Richtspruch über Gertruta gesprochen. Sie solle barfuß eine Bußwallfahrt nach Einsiedeln tun, dort beichten und all das getreulich verrichten, was ihr der Beichtvater dort auferlegen werde. Den Beichtzettel müsse sie als Beweis zurück nach Freiburg bringen. Auch solle sie in Einsiedeln ein wächsernes Kindlein von drei Pfund Gewicht opfern.

Eine Menge Wachs, das wird sie teuer zu stehen kommen, dachte ich. Zumal sie der Obrigkeit zur Strafe auch noch eine Geldbuße zahlen muss. Das wird ihr Erspartes aus den letzten drei Jahren aufzehren, und sie wird auf der Bußwallfahrt betteln müssen, um das Wachskindlein kaufen zu können, das sie in Einsiedeln opfern soll.

Doch sie hat Glück gehabt, unsere Gertruta. Es hätte sein können, dass sie jetzt ihren letzten Gang hätte antreten müssen, statt sich barfuß zur Bußwallfahrt nach Einsiedeln aufzumachen. Eigentlich müsste ich gleich mit ihr gehen, um der Gottesmutter die Gabe zu bringen, die ich ihr für die Rettung der jungen Frau versprochen habe. Doch ich kann hier nicht weg. Eine Meierin hat viel zu tun, und mit Gertruta wird mir eine tüchtige Magd fehlen. Außerdem ist mir gestern die Köchin davongelaufen.

Historischer Hintergrund

Quelle: Georg Schindler: Verbrechen und Strafen im Recht der Stadt Freiburg im Breisgau von der Einführung des neuen Stadtrechts bis zum Übergang an Baden (1520-1806). Freiburg i. Br.: Wagner, 1937, S. 239-240: »Die Urgicht der Gertruta Eberlin von Betzenhausen lautet: das sie ungeverlich in drey jar lang bey dem Meyer zue Wyberskürch gediendt, alda seye sie von des meyers knecht Jacoben Ebinger von Haslach geschwängert worden, und zwar habe sie aigentlich nit gewüßt, ob sie mit einem kind gange, biß uff die zeit, das sie des kinds, welches ein maidlein gewesen ist, genesen seye, welches sie lebendig uff die welt geboren, aber es seye gar schwach und blödt gewesen, da habe sie im beth iren schenckhel einen uff das kindlein gelegt und es also leider ußer unmuet und auch der ursachen ersteckht ... Sie wurde Donnerstags den 13. Mai anno 1599 berechtiget und uff fürbitt der ... V.ö. Reg. Commissarien wie auch des abts von Schuttern, sodan alhieigen pfarrherrs und priesterschafft, auch gantzer gemeindt zu Betzenhausen begnadiget ... Soll barfuß gon Einsidlen gon, ein wächsin kindt 3 pfund schwär daselbsten auffopfern, ire sündt beichten, auch dessen ein urkhundt bringen, und, was iren daselbsten vom beichtvatter ufferlegt würdet, mit fleiß und bedacht verrichten und der oberkheit 10 pfund rappen zu straff geben.« (Criminalia-Akten, 5. Mai 1599 und Urgichtbuch 1550-1628, S. 528). – Zu Anna Hözlerin: siehe Schindler, op.cit., S. 238.

Sabine Meyer

Allerlei Diebsgesindel

»Auf die Weibsleut«, lautete Hieronymus Widenmeyers Trinkspruch, als die Reihe an ihn kam. In der Herberge *Zum Camelthier* stießen unsere Bierhumpen über dem grob behauenen Tisch zusammen. »Auf die Weibsleut«, echoten Matthis Jacob und ich gleichzeitig und grinsten uns vielsagend an. Nur der Vierte in unserer Runde, Hans Scherer, ein schlaksiger Kerl Anfang dreißig, blieb stumm. Dafür verzog er sein pockennarbiges Gesicht. Der Einzige unter uns, der zu Hause ein Weib sein eigen nannte, malte sich wohl schon die Schelte aus, wenn er wieder einmal mit Stroh im Haar nach Hause kam, weil er im Stall bei den Rössern genächtigt hatte statt bei ihr, zwei Wegstunden von Freiburg entfernt.

Widenmeyer kannte ich von den Landsmannschaften der Burschen, bei denen er, obwohl kein Student, aufgrund seiner Herkunft gern gesehener Gast war. Ein hochgewachsener Mittzwanziger mit markanten Gesichtszügen im Gewand eines spanischen Lebemanns mit Halskrause, Wams und der kurzen Pluderhose über weißen Trikotstrümpfen. Er hatte mich mit dem Bettelvogt Jacob und dem Bader Scherer bekannt gemacht, was ich durchaus anregend fand, da beide Berufe als unehrlich galten und die beiden Kerle aus einer Gesellschaftsschicht kamen, die zu meiden man mich von klein auf erzogen hatte.

»Wart ihr heut bei der Hexe auf dem Schützenrain?«, fragte ich gespannt und wischte mir den Schaum von der Lippe, während mich die Erinnerung an die Hinrichtung schaudern ließ. »Man sagt, sie habe mit ihrer toten Schwester zusammen ein Unwetter brauen wollen, so grauenvoll, wie es die Stadt noch nicht erlebt habe. Allerlei Getier habe es regnen sollen. Schlangen und Würmer, dick wie die Arme unseres Wirtes hier.«

Ich hob den Krug ein weiteres Mal an die Lippen, bevor ich fortfuhr: »Ebenso grauenvoll deuchte mich allerdings der entfesselte Pöbel, als sie auf dem offenen Karren zum Richtplatz gefahren wurde. Er bewarf sie mit allerlei Unrat und dann johlten und brüllten alle, als das Schwert des Henkers durch die Luft pfiff.«

Ich kam aus Ziegelbach, einem Bauerndorf nahe Kreuznach, viele Tagesreisen von Freiburg entfernt, und die Enthauptung der alten Frau, Hexe hin oder her, hatte mich ziemlich mitgenommen. Wir schrieben das Jahr 1601, und allerorten flammten wieder Scheiterhaufen auf, um Hexen zu verbrennen, die dem Land Übles wollten. So zumindest wussten die fahrenden Händler zu berichten, die von nah und fern durch die Stadttore zum Kaufhaus am Münsterplatz strömten, ihre Waren feilzubieten.

»Armes Bürschchen«, spottete Scherer, der Bader, und ich war so verärgert, dass ich mit dem Gedanken spielte, ihn für das Bürschchen meine Faust spüren zu lassen. Mit meinen blonden Locken sah ich jünger aus, als ich war, und musste mir so manchen Spott gefallen lassen.

Doch der Bader fuhr unbeirrt fort. »Das war schon die achte in diesem Jahr, aber diese hier hat noch die unverdiente Gunst gehabt, erst enthauptet und dann verbrannt zu werden. Hexen sollten brennen! Aber wartet nur, Herr Scholar, bis der Henker Euren Kopf von den Schultern nimmt. Oder den von unserm Geisterbeschwörer hier.« Scherer deutete auf Jacob, der ihm in seiner groben, vielfach geflickten Wollkleidung gegenübersaß.

»Haltet Ihr bloß Eurer Maul, ehe jemand Euch hört«, fauchte dieser, bekreuzigte sich augenblicklich und blickte unruhig im Schankraum umher, ob jemand die unbedachten Worte des Baders vernommen hatte.

»Packt Ihn plötzlich die Furcht, den Herrn Alchemisten? Wart nicht Ihr das Großmaul, das geprahlt hat, den Erzengel persönlich in einem Kristall einfangen zu wollen, um ihn hochnotpeinlich nach den magischen Künsten zu befragen? Der Wundertäter, der Dreck in Silber verwandeln wollte?«

Widenmeyer und ich lachten über das heftige Disputieren der beiden, während sich meine wirren Gedanken nach wie vor mit der Hinrichtung der Hexe plagten. Hatte sie mir nicht geradewegs in die Augen gestarrt, bevor der Henker seine Arbeit tat? Half nicht die Kralle des blinden Maulwurfes gegen den bösen Blick? Oder waren es Schluckbildchen von Heiligen gewesen?

Der Bettelvogt wollte aufbegehren bei des Baders beißendem Spott, doch Widenmeyer legte ihm beschwichtigend die Hand auf den Arm und versuchte abzulenken. »Seht mal, wer da kommt. Der Herr Advocatus Colinus. Steinreich soll er sein und den Mägden unter die Röcke langen. Ist kein Kostverdächter, der feine Herr.« Er wies auf einen eher klein gewachsenen Kerl mit dünnen Stakelbeinen, die aus einer breiten Pluderhose ragten, und einem schwarzen Barett keck auf dem Haupte. Er stand in der Herbergstür und spähte mit prüfendem Blick ins Innere.

»Petrus Colinus? Ganze Truhen voll Gulden soll der unter seiner Schlafstatt hüten«, wusste Jacob zu berichten. »Gulden, wohlgemerkt, und keine Ratten wie wir Bettelvögte. Oder wie Ihr, Bader Hans Scherer.«

»Auch mir verwehren meine Eltern die Gulden, die ich bräuchte, meine Studien standesgemäß fortzusetzen«, beschwerte ich mich mit schon schwerer Zunge. Wir hatten bereits den vierten Krug Bier geleert. »Und Euch, Hieronymus, hält Euer mächtiger Herr Vater, der Obristmeister, am kurzen Zügel.«

»Auch ein Obristmeister lebt nicht ewig«, knurrte Widenmeyer, durch meine Bemerkung sichtlich um die Stimmung gebracht. »Schuft und Schelm, der er ist.« Eine Weile beobachtete er stumm den Advocaten, der sich nach einem Nicken des Wirts in die Kammer hinter der Theke begab. Kaum getan, kreischte eine der Kneipendirnen auf, die der Wirt denen zuführte, die ihrer bedurften und ausreichend Gulden mitbrachten.

»Eine treffliche Gelegenheit für uns«, murmelte Jacob, der Bettelvogt. »Der Herr Advocatus wird fürs Erste bedient und findet vor dem Morgengrauen nicht wieder ins verwaiste Heim zurück. Sein Weib liegt in den Wehen und ist zur Mutter nach Bern, wie man sich erzählt. Wer macht mit bei dem Klau?«

Ich starrte ihn an und glaubte, mich verhört zu haben. Mit einem Bader und einem Bettelvogt in einer heruntergekommenen

Kaschemme wie dem *Camelthier* zu zechen, brachte mein Blut in nicht unangenehme Wallung, aber mit denselben Trunkenbolden das Haus eines Advocaten zu plündern, gehörte nicht zu den Erfahrungen, die ich mir auf meinen Stundenzettel geschrieben hatte. Ich studierte Rechtswissenschaften an der Albertina in Freiburg und wenn ich auch eher unregelmäßig die Hörsäle besuchte und wenig Gefallen an der Materie fand, wusste ich doch, dass mich ein Diebstahl dieses Ausmaßes an den Galgen bringen konnte. Selbst wenn ich als Scholar der Gerichtsbarkeit der Universität unterstand und nicht der eines Schultheißengerichtes.

»Lasst uns noch einen Krug Bier bestellen.« Ich sprang auf, als unvermittelt Jacobs Pranke vorschoss und mich festhielt. »Haltet ein«, schalt er erbost. »Noch einen Krug wird uns der Wirt nicht anschreiben, wir haben schon über achtzig Gulden Schulden.« Er blickte in die Runde. »Also seid ihr Kerle oder Weibsleut, hä? Der Colinus betrügt sein Weib, zur Strafe holen wir uns sein Geldsäckl. Das und nichts anderes hat er verdient, der Halunke. Was ist mit Euch, Hieronymus?«

Widenmeyer ließ sich Zeit, während sein trunkener Blick im Schankraum der Herberge umherschweifte. »Wenn da nur nicht die Geschäfte wären, die ich für meinen Herrn Vater zu erledigen habe«, murmelte er schließlich vage und stemmte sich abrupt in die Höhe. »Gehabt euch wohl, meine Freunde.«

»Welche Geschäfte?«, höhnte Jacob hinter ihm her, als der Sohn des Obristmeisters hastigen Schrittes das Weite suchte. »Die krummen oder die geraden? Was ist mit Euch, Bader?«

Hans Scherer erhob sich ebenfalls. »Ich muss noch nach Littenweiler raus. Dem Schultheiß sein Sohn hat Tollkirschen gefressen. Der Medicus kann nicht mehr helfen, jetzt jammern sie nach dem Bader.«

»Ach? Aber ein paar Stunden Zechen waren drin, bevor Ihr den Kleinen zur Ader lasst? Packt Euch besser schon eine Schaufel auf den Rücken, Quacksalber. Für die Grube des Kindes.«

Doch da war der Bader schon verschwunden, und nur der Bettelvogt Matthis Jacob und ich hockten noch am Tisch. Es ging auf die zehnte Stunde zu, hinter den schmutzigen Fensterscheiben des Wirtshauses stieg ein matter Halbmond höher und die Schankstube leerte sich langsam. Der Türmer im Münster hatte schon mehrmals die Glocke zur vollen Stunde geschlagen und mein Kopf schwirrte vom Bier und den wirren Gedanken. Ich wünschte, der Bettelvogt möge einen Augenblick hinter der Herberge an einen der Bäche treten, die ganz Freiburg durchzogen, um in der Abflussrinne seine Notdurft zu verrichten. Bei seiner Rückkehr wäre er allein am Tisch gewesen.

Stattdessen beugte er sich über die grobe Tischplatte und starrte mir aus nächster Nähe in die Augen. Mich schauderte unwillkürlich. Mit seiner spitzen Nase im schmalen Gesicht und dem zurückweichenden Kinn erinnerte er mich an eine Ratte, und das Wollzeug, das er trug, stank zum Gotterbarmen.

»Und Ihr, Herr Student, seid Ihr ebenfalls ein Hasenfuß oder wollt Ihr Euer Glück beim Schopfe packen? Säcke voller Gulden. Seit das Betteln verboten ist in Freiburg, sind wir Bettelvogte so überflüssig wie ein Kropf, und Ihr sagt selbst, Euer Herr Vater hält Euch knapp. Wir teilen den Schatz halbe-halbe und sind gemachte Leut.«

Allein bei dem Gedanken an einen Einbruch durchfuhr mich ein Stromstoß ungeheuren Ausmaßes. Blanke Furcht, aber noch etwas anderes, das ich nicht benennen konnte. Bevor ich antworten konnte, tauchte der Wirt unvermutet zwischen Jacob und mir auf und grinste mich mit seinen braunen Zahnstummeln an: »Ihr zahlt die Zeche, Herr Studiosus? Mitsamt den Schulden?«

»Nein, ich ...« Ich versuchte aufzustehen und mich an ihm vorbeizudrängeln, aber er gab den Weg nicht frei. Vom Nachbartisch drang Gelächter und Spott zu uns herüber, und ich merkte, wie sich meine vom Trunk geröteten Wangen vor Wut und Scham noch tiefer röteten.

»Wisst Ihr, was ein Schandpfahl ist?«, fragte der Wirt, ein ungehobelter Klotz, mehr breit als hoch.

Ich starrte ihn entsetzt an. Natürlich wusste ich, was ein Schandpfahl war, genauso wie ich wusste, was ein Galgen war, aber wieso sollte ausgerechnet ich die gesamte Zeche für vier Saufbrüder und mehr als einen Abend zahlen? Er mochte mir meine Verwirrung ansehen, denn sein Ton milderte sich ein wenig.

»Der Herr Scholar hat sicherlich Eltern, die für seine Schulden einstehen?«

Ich erstarrte und geriet einen Moment lang derart ins Schwanken, dass ich mich an die Schulter des Wirtes klammern musste, um nicht zu Boden zu krachen. Allein die Vorstellung ... Mein Herr Vater, der Schultheiß, würde mich aus Freiburg zurückbeordern und mich unter seiner Fuchtel behalten bis an sein seliges Ende.

»Ich bin kein Unmensch, Herr Studiosus. Daher gebe ich Euch Zeit bis morgen Mittag zum Kirchenläuten um die zwölfte Stunde. Treibt bis dahin die achtzig Gulden auf, die Ihr und Eure Zechkumpane mir schuldig seid.« Der Wirt grinste, schüttelte meine Hand ab und gab den Weg frei.

Fluchtartig verließ ich den Schankraum und stolperte über die Türschwelle auf das Kopfsteinpflaster der finsteren Straße. Mein Herz raste, mein Mund war trocken vor unbändiger Wut. Wie konnte dieser Kerl es wagen, mir mit meinem Vater, dem Schultheiß zu drohen? Wie konnte Gott, der Allmächtige es zulassen, dass ich so gedemütigt wurde?

Unwillkürlich hob ich den Blick zum hohen Turm des Münsters, der das altehrwürdige Freiburg mit seiner schützenden Stadtmauer und dem Dutzend Befestigungstürmen überragte wie ein Riese einen Säugling. Drohend gegen ketzerische Gedanken jeglicher Couleur, stach der spitze Turm in den Nachthimmel und ließ mich frösteln. Ich bekreuzigte mich hastig und schwor mir, am Kirchsonntag Abbitte zu leisten.

Matthis Jacob, den Bettelvogt, nahm ich erst wahr, als er mir den Weg versperrte.

»Sie werden Euch an den Schandpfahl binden oder in den Block einschließen, wenn Ihr das Geld nicht auftreibt. Man wird Euch mit Unrat bewerfen und anspucken. Wollt Ihr das?«

»Nein, nein, natürlich nicht.« Ich schluchzte beinahe. »Was kann ich tun? Bitte helft mir.« Sei es der Trunkenheit gezollt, aber ich musste mich kneifen, um nicht wirklich in Tränen auszubrechen.

* * *

Der Advocatus Petrus Colinus bewohnte mit seinem Weib das *Haus zum Walfisch* nahe dem Franziskanerkloster. Es war ein Steinhaus, dereinst von einem kaiserlichen Beamten erbaut, ein prächtiges Gebäude mit verziertem Erker, mit Kreuzblumen, Wasserspeiern und Treppengiebeln.

Doch bevor wir dort einbrachen, führte mich Jacob in sein eigenes klägliches Zuhause, einen windschiefen Schuppen hinter dem Armenspital, der mich schaudern machte. Vor und hinter dem Schuppen verliefen stinkende Bächle, vom Blut der geschlachteten Tiere aus der Metzig, der Schlachterei im Kornhaus, rot gefärbt und durchsetzt von den Exkrementen, den eitrigen Verbänden und dem übrigen Unrat des Armenspitals.

Ich selbst bewohnte ein Zimmer bei einer Witwe in der Nähe des Martinstors in einem Fachwerkhandtuch zwischen anderen Fachwerkhandtüchern, aber so winzig und karg es auch war, lagen Welten zwischen seinem und meinem Zuhause.

Zu meiner großen Überraschung zog Jacob unter seiner schmuddeligen Bettstatt ein Bündel klirrender Schlüssel und Dietriche hervor und grinste mich an. Möglicherweise, so schoss es mir durch den Sinn, war der Einbruch in Colinus Haus nicht seine erste Tat zum Zwecke der eigenen Bereicherung. War ich einem professionellen Räuber aufgesessen?

Es half alles nichts. Ich brauchte die Gulden, schwor mir aber, dem Colinus alles auf Heller und Pfennig zurückzuzahlen, sobald ich selbst als Advocatus tätig war.

So schloss denn der Bettelvogt mit einem seiner Dietriche die Hintertür des *Hauses Zum Walfisch* auf. Stundenlang durchsuchten wir im Schein einer flackernden Öllampe jeden Raum, jede Kammer und jeden Winkel und schlüpften kurz vor dem Morgengrauen mit langen Gesichtern wieder aus der Hintertür, während Colinus fröhlich pfeifend zur Vordertür hereinkam.

Unsere Beute betrug nicht mehr als neununddreißig Gulden und zwei Paar Strümpfe, die ich, der Himmel mochte wissen warum, hatte mitgehen lassen. Wo immer der Advocat seine Schätze aufbewahrte – das Versteck war mit Bedacht gewählt.

Trotz allem lachte der Bettelvogt, als er die Strümpfe sah. »Praktisch denkt Er ja, unser kleiner Halunke. Die halten die Füße warm, wenn Er des Nachts am Galgen baumelt.« Dann teilten wir und schlichen nach Hause.

* * *

Es mochte etwa um diese Zeit gewesen sein, im Sommer anno 1601, als Widenmeyer, Lucas und mir zu Ohren kam, dass sich Hans Scherer, unser Zechfreund und Bader aus Ebnet, mit einem windigen Pfaff aus Rottenburg zusammengetan hatte, um in wundertätigen Prozeduren Silber herzustellen und an die Münze in Luzern zu verkaufen. Als Mittelsmann für die beiden Alchemisten diente ein Kupferschmied aus Luzern, der seinen guten Namen unter den Vertrag mit der Münze setzte. Als die Silberlieferungen ausblieben, reiste dieser erbost nach Freiburg, um den Bader und seinen Pfaff zur Rede zu stellen.

Widenmeyer, der sich ebenfalls alchemistischer Kenntnisse rühmte, schäumte vor Wut über den Alleingang von Scherer und überhäufte ihn bei unserer nächsten Zusammenkunft mit den übelsten Schmähungen.

»Freunde und Saufkumpane«, erwiderte der Bader, der so verzweifelt klang, wie er aussah. »Es ist wahr. Ich habe euch hintergangen um des schnöden Mammons Willen und bereue es zutiefst. Doch Gott der Herr hat mich für diesen meinen Verrat unverzüglich bestraft. Er hat den Kupferschmied als Schuldeneintreiber geschickt, der sein Siegel unter den Vertrag mit der Luzerner Münze gesetzt hat. Dieser unverschämte Halunke hat mir die Pistole auf die Brust gesetzt und mit Kerkerhaft gedroht, wenn ich den Vertrag nicht einhalte.«

Da ich selbst gerade dem Schandpfahl entgangen war, indem ich bei meinen Saufkumpanen ihren Anteil an den Schulden eingetrieben und die Summe dem unverschämten Wirte ausgezahlt hatte, war dem armen Bader mein Mitleid gewiss.

Acht Wochen zuvor hatte ich die zwanzig Lenze vollendet und, aus der Provinz kommend, mangelte es mir noch immer an weltmännischem Denken. Im Gegensatz zu Scherer und Jacob, die sich in den Armenvierteln von Freiburg zu Hause fühlten und aufhoben, was ihnen vor die Füße fiel, erbebte meine Seele noch immer im Zwiespalt zwischen Recht und Unrecht.

Wie um mich zusätzlich zu verwirren, behandelte mich seit unserem gemeinsamen Raub bei Colinus der Bettelvogt Jacob wie seinesgleichen, hieb mir auf die Schulter und tat gar vertraulich, was mich einerseits zutiefst erschreckte und andererseits mit einem gewissen Stolz erfüllte. Ich pflegte weiter keine Freundschaften, und die Anerkennung gab mir ein Gefühl der Zugehörigkeit. Unter großem Gelächter erzählten wir Widenmeyer und Scherer von unserem Abenteuer und den Strümpfen, aber der Bader lenkte das Gespräch mehrfach auf seine eigene Bedrängnis zurück und forderte die Hilfe ein, die ihm, nach eigenem Empfinden, von uns, seinen Zechkumpanen, zustand. Als uns der Wirt pünktlich zur elften Stunde vor die Tür geleitete, ließ uns der verzweifelte Bader erst gehen, als wir ihm versprachen, uns am nächsten Abend an Ort und Stelle zu treffen.

In der Enge meines Zimmers und nach einer geharnischten Strafpredigt meiner aufgebrachten Vermieterin ob meines lasterhaften Lebenswandels holte ich den Krug billigen Weines aus seinem Versteck im Kleiderschrank und schrieb meinem Herrn Vater einen Brief. In zunehmender Trunkenheit wurde es eine mit Schmähreden durchsetzte Abrechnung zwischen ihm und mir. Ich teilte ihm mit, dass er seinen Sohn zu einem genialen Gauner herangezogen habe, der seine Studien in die Wirtshäuser verlege, wo er mit Bettelvögten und Badern den Bierkrug teile. Ich würde, sollte der Henker jemals meiner habhaft werden, auf seine Fürbitte gnädigst verzichten, da ich den ehrenrührigen Strick dem ehrsamen Schwerthieb vorzöge. Diesen letzten Streich konnte ich mir nicht verkneifen, denn wenn ich unehrenhaft durch den Strick stürbe, fiele die Schmach auch auf ihn zurück, den hochangesehenen Schultheiß von Ziegelbach.

Ich stopfte den Brief, den ich niemals abschicken wollte, unter meine Matratze, auf die ich sogleich bäuchlings fiel und in einen totengleichen Schlaf versank.

Am nächsten Abend im *Camelthier* herrschte an unserem Tisch allgemeine Nervosität, die sich in allerlei Herumgehampele und Geflüster äußerte. Wir beschlossen, einen weiteren Raub zu wagen, um dem armen Bader zu helfen.

Diesmal waren wir uns alle vier einig. Allein der Gedanke an diesen meinen zweiten Raubzug jagte meinen Herzschlag derart in die Höhe, dass ich glaubte, auch ohne Hilfe des Henkers ein Totenhemd zu brauchen.

Gesagt, getan, noch in derselben Nacht drangen wir mit Jacobs Dietrichen in den Stadtwechsel ein, brachen das Unternehmen allerdings kurz nach Beginn ab, da die Geldtruhen Schlösser hatten, wir aber keinen Schlüssel fanden.

Erst zwei Nächte später glückte unser Raub. Bettelvogt Jacob fertigte mithilfe von Gipsabdrücken und einem befreundeten Schmied passende Nachschlüssel für die Truhen an. So schleppten wir schon kurz nach dem Mitternachtsläuten zwei pralle Geldsäcke durch die nächtlichen Straßen Freiburgs.

Doch wir handelten nicht ganz und gar ehrlos und hinterließen in einer der ausgeraubten Truhen eine Schuldverschreibung über 1.000 Gulden, zurückzahlbar innerhalb eines Jahres mit zehn Prozent Zinsen zusätzlich. Ich war stolz auf diesen meinen Einfall, der jedem Tugendbold zur Ehre gereicht hätte, doch Widenmeyer und die übrigen zwei schalten mich einen romantischen Narren. Unsere Beute trugen wir in schweren Tournistern nach Ebnet und vergruben sie hinter der Hütte des Baders.

Was uns nach dem Klau die Köpfe zusammenstecken ließ, war von Seiten des Freiburger Rates das Verschweigen des Diebstahls. Weder der Ausrufer, noch der Wirt vom *Camelthier* und schon gar nicht die Kommilitonen an der Augustina erfuhren hiervon. Allerdings glaubte ich ab und an eine dunkle Gestalt zu bemerken, die sich hinter eine Hausecke versteckte und davonlief, sobald ich mich umsah. Schergen des Rates? Schwere Träume begannen mich nächtlings aus dem Schlaf zu reißen, Träume, in denen mir die Schlinge des Henkers die Luft abdrückte.

Bei unserem nächsten Saufgelage erzählte ich den anderen von meinem Verdacht und bereute es schon bald.

»Ihr müsst aus der Stadt«, stellte Widenmeyer sachlich fest und nahm einen tiefen Schluck aus seinem Bierhumpen. »Möglichst schnell und möglichst weit. Ist bei euch Scholaren nicht Italien ein Reiseziel, das keinen Verdacht erweckt?«

Ich starrte ihn entsetzt an. Aus der Provinz in die große Universitätsstadt zu ziehen, war für mich Dorfbuben ein grandioses Erlebnis gewesen. Aber das ferne Italien jenseits der Alpen? Mich schauderte, und ich gab mir für den Rest des Abends alle Mühe, die Bedenken Hieronymus Widenmeyers zu schmälern. Allerdings vergebens, denn nur mich, keinen der anderen Diebe, schienen die Stadtoberen auf dem Kieker zu haben.

Nur zwei Tage später schulterte ich meinen Tornister, hängte mir einen Hafersack mit Marschverpflegung über die Schulter und begab mich verdrießlich auf die Wanderschaft, vorerst Richtung Osten. Die hundert Gulden Handgeld trug ich überall an meinem Körper versteckt, nur für den Fall, Wegelagerer würden mir im Holz auflauern.

Nach mehreren Tagen auf Wanderschaft quälten mich Blasen an meinen Füßen, die Riemen meines Tornisters schnitten mir in die Schultern ein, und meine Stimmung verdüsterte sich von Tag zu Tag. Warum hatte ausgerechnet ich Freiburg verlassen müssen? Hatte mich jemand bei der Obrigkeit angeschwärzt? Einer meiner Saufkumpanen möglicherweise? Scherer war es sicherlich zuzutrauen, wenn nur die Belohnung stimmte. Jacob ebenfalls, und hatten nicht beide lange Gesichter gezogen, als Widenmeyer darauf bestand, mich nach Italien zu schicken?

Nach drei Wochen mühseliger Marschiererei starrte mich eines Morgens nach einer schlaflosen Nacht aus einem Weiher ein hohlwangiges Gespenst mit großen verzweifelten Augen an.

Als ich einen Tag später aus einem dunklen Forst trat und unter mir im Tal auf die prächtige Reichsstadt Augsburg innerhalb ihres Befestigungswalls mit nicht weniger Wehrtürmen als Freiburg vor mir liegen sah, stand mein Entschluss fest. Bis hier und nicht weiter, keinen Schritt mehr würde ich Richtung Italien setzen. Augsburg schien mir weit genug von Freiburg entfernt, um bei den Schergen des Rats in Vergessenheit zu geraten, und hundert Gulden eine erkleckliche Summe, sich in die passenden Kreise einzuführen. Die ich dann auch bald fand.

Zum ersten Mal in meinem Leben fühlte ich mich im wahrsten Sinne des Wortes frei. Kein übermächtiger Vater gängelte mich, keine Professoren, die mir Prüfungen auferlegten, ja nicht einmal Freunde, die mich ob meines Leichtsinns tadelten. In Augsburg genoss ich meine Tage in vollen Zügen und verbrachte dort die glücklichste Zeit meines Lebens. Ich vergnügte mich mit der Dirne Friederike, ich spielte mit meinen neuen Freunden, einer Gruppe Scholaren aus dem Norden, Tricktrack und Würfelspiele und glaubte mich im siebten Himmel. Bis ich eines Abends voll Scham feststellen musste, dass mein Geldbeutel wieder einmal leer war und ich die Zeche nicht mehr zahlen konnte. In Panik nahm ich Reißaus, was launisch mit Pfiffen und Buhrufen meiner Spielkumpane quittiert wurde, und versteckte mich in einer üblen Absteige, wo ich den Wirt mit meinem zweiten Paar Stiefel bezahlte. Von hier aus schickte ich einen panischen Brief nach Freiburg, in dem ich auf die Gefahr hinwies, die meine drohende Einkerkerung mit möglicherweise sogar hochnotpeinlichen Verhören für uns alle bedeutete.

Der Bettelvogt Matthis Jacob eilte mir dann auch als Abgesandter von Widenmeyer und Scherer zu Hilfe. Er beglich meine Schulden allerdings erst, nachdem er mich so entwürdigend hatte zu Kreuze kriechen lassen, dass ich nächtlings mit dem Gedanken spielte, ihn auf seiner Strohmatte zu erwürgen. Von ihm erfuhr ich am nächsten Morgen, dass er und der Bader kurze Zeit nach meinem Aufbruch aus Freiburg nach Rottenberg zu Widenmeyers Pfaffen gereist waren, um ihm das Geld für die Luzerner Münze auszuhändigen.

Taub gegen seine heftige Widerrede kehrte ich mit Jacob gemeinsam Augsburg den Rücken, verkatert und elendig den Weg in Angriff nehmend, während mir der Bettelvogt, stumm und böse blickend, die Absolution für meine Völlerei verweigerte und so rasch voranschritt, dass ich ihn am dritten Tag mit einem deftigen Fluch einfach ziehen ließ.

Hatte ich doch in Augsburg wieder in studentischen Kreisen verkehrt, trieb mich in Freiburg erst meine Verzweiflung zurück in die Herberge *Zum Camelthier*. Es war so gewesen, dass ich am Abend zuvor aus dem Fenster der Tochter eines Pfeffersacks kletterte und eben unten ankam, als mir Wegelagerer einen Sack über den Kopf stülpten und mit Knüppeln über mich herfielen, bis ich dem Tod näher als dem Leben war. Sie ließen mich im Bächle der Gasse zurück. Als ich erwachte, klebte mit Kot befestigt ein Stück Pergament an meiner blutigen Stirn, auf dem *Ehrloser Halunke* stand.

So schleppte ich mich am nächsten Abend in das *Camelthier*, wo ich allerdings nur Widenmeyer antraf, der mich ob meiner Blessuren betroffen anstarrte, aber alsbald das Weite suchte, als ich um ein Darlehen bat.

Die nächsten Tage quälten mich abgrundtiefe Verzweiflung und Scham. Wie hatte ich nur so tief sinken können? Dann, am dritten Abend, packte mich die Wut. Ich tobte in meiner Kammer stumm vor mich hin, beschimpfte Gott und die Welt und schüttete bis zur Besinnungslosigkeit billigen Wein in mich hinein.

* * *

Aus Furcht, denselben Wegelagerern ein zweites Mal unter die Knüppel zu geraten, stürzte ich mich in meine Studien und verließ die Universität nur noch im Pulk gleichgesinnter Kommilitonen, die mir Schutz und Schild waren. Ich mied meine ehemaligen Zechkumpane, den Bader und den Bettelvogt und auch den Widenmeyer, bis ich ihm eines Tages in einer Gasse über den Weg lief. Er bat um Abbitte wegen seines letztlichen Auftritts und zeigte mir seine Geldbörse prallvoll mit Gulden, die er vorgeblich im Wald gefunden hatte. Dann lud mich der Sohn des Obristmeisters auf einen Umtrunk in die nächstgelegene Herberge ein und zahlte mir als Wiedergutmachung ein Darlehen von dreißig Gulden für meine Schulden auf das raue Holz des Schanktisches aus.

Keine drei Tage später wurde mir die Kunde von seiner Einkerkerung zugetragen. Sein eigener Herr Vater, der Obristmeister, hatte ihn des Diebstahls und des ausschweifenden Lebens angeklagt und festsetzen lassen. Erst als er zu Kreuze kroch und sich geläutert gab, durfte er den Christoffelturm am Diebestor verlassen, in dem die Verbrecher einsaßen. Sein erster Weg führte zu mir, die dreißig Gulden zurückverlangend, die ich nicht mehr hatte, um seine eigenen Schulden bei seinem Herrn Vater zu tilgen.

In dieser Nacht brachen wir in unserer Verzweiflung erneut ein, diesmal in den Gewölbekeller meiner Universität, was mir allein bei der Vorstellung, vom Pedell ertappt und erkannt zu werden, den Angstschweiß auf die Stirn trieb. Wir bohrten eine Geldtruhe auf und erbeuteten fünfhundert Gulden, die wir brüderlich teilten, abzüglich der dreißig Gulden, die ich Widenmeyer schuldete.

Wenige Wochen später bekam ich einen Brief meiner Mutter in Ziegelbach. Mein Vater sei vom Schlag getroffen zusammengebrochen und so hilflos wie ein Neugeborenes geworden. Der Medicus könne nichts mehr für ihn tun, aber der Bader lasse ihn zur Ader und setze Blutegel an.

»Bring dein Studium zu einem glücklichen Ende und komm dann zurück nach Ziegelbach. Unser alter Advocatus ist justament verstorben, und durch meine Fürsprache bist du beim neuen Schultheißen als sein Nachfolger auserkoren. Die Pflege deines Herrn Vater verschlingt täglich viele Schillinge.«

Das Pergament zitterte in meinen Händen, hatte ich doch in den drei Jahren an der Universität, die für den Abschluss vorgesehen waren, in der Hauptsache nur die Kneipologie studiert. Der Rektor hatte mir bereits mit meinen Rauswurf gedroht, sollte ich nicht ernsthaft zu studieren beginnen.

In dieser Nacht brach ich erneut in der Universität ein und stahl einen Sack voll Silbergeschirr, den ich an einen durchziehenden Händler verhökerte. Das Geld schickte ich nach Ziegelbach mit dem verlogenen Versprechen, baldigst zurückzukehren.

Es war der siebenundzwanzigste Mai anno 1602, als ich ein drittes Mal in den Gewölbekeller einbrach und unmittelbar hinter der Tür von Dutzenden von Händen zu Boden gerungen und hart geknufft wurde. Ich wehrte mich nach Kräften, doch erboste Fäuste prasselten auf mich herab, bis mir schwarz vor Augen wurde.

Ich erwachte in einer kahlen Zelle mit dicken Mauern und einem kleinen vergitterten Fenster in vielleicht zwei Metern Höhe. Nach der ersten Panik überrollte mich trotz allem eine Welle der Erleichterung. Ich kannte diese Zelle aus der ersten Woche meines Studentenlebens, als ich in eine Rauferei mit einem Kommilitonen geriet und wir beide die Nacht in eben diesem Karzer verbringen mussten, um uns *abzukühlen.*

Zu jener Zeit oblag dem Rat der Stadt die Bestrafung all jener Mörder, Diebe und Landstreicher, die nicht an der Universität eingeschrieben waren. Scholare unterlagen dem Rechtssystem der Universität. Kein stinkendes fauliges Stroh im Karzer, über das die Ratten huschten, keine Fußketten, keine hochnotpeinlichen Verhöre mit Zangen und Streckbänken.

Doch meine Hoffnung auf einen glimpflichen Ausgang wurde schon zunichtegemacht, als ich wenige Tage später im großen Sitzungssaal nicht nur dem Rektor, sondern sämtlichen Magistern und Professoren vorgeführt wurde.

Der Rektor ergriff das Wort: »Er ist des mehrfachen Diebstahls angeklagt, eines der ehrlosesten Verbrechen, das die Constitutio Criminalis Carolina benennt. Als Scholar der Rechtswissenschaften kennt Er die Strafe.«

Ja, ich kannte sie, obgleich ich das Gesetzbuch nur wenige Male aufgeschlagen hatte. Voll Panik brachte ich nicht mehr als ein Nicken zustande.

»Stelle Er sich nun vor, Er sei in einer Prüfung. Ein Dieb wird Ihm vorgeführt, der aus einem öffentlichen Gebäude der Stadt Freiburg mehr als fünf Gulden gestohlen hat. Welches Urteil würde Er fällen nach der Constitutio Criminalis Carolina?«

Tod durch den Strang, dachte ich, brachte aber keinen Ton über die zitternden Lippen. Auf einem Karren brächten sie mich zum Marktplatz, während mich die johlende Menge mit fauligem Gemüse bewürfe. Der Henker zöge mir eine schwarze Kapuze über den Kopf, und ich hinge mit zappelnden Beinen am Strick, bis mich der Allmächtige endlich erlösen würde.

»Welche Antwort gibt uns der Herr Studiosus?«, fragte der Direktor scharf. »Oder hat Ihm die Furcht die Zunge gelähmt?«

War es das wert gewesen? Das Saufen, die Völlerei und ab und an sogar das Huren im Hinterzimmer des *Camelthiers*? Ich dachte an meine Mutter, die die Schande würde ertragen müssen.

Ich hörte das unwillige Grummeln von den Lippen aller Versammelten, ich sah die Verachtung in ihren blitzenden Augen und flüsterte endlich: »Den Tod durch den Strang.«

Der Direktor nickte beifällig. »Nenne Er mir die Namen Seiner Kumpane.«

Ich war ein Dieb, der schimpfliche Verbrechen begangen hatte, aber ich war kein Verräter. Kein Denunziant, und ich würde mir eher die Zunge abbeißen, als dem Rektor Rede und Antwort zu stehen.

»Ich allein habe die Diebstähle begangen.«

»Es ehrt Ihn, die Schuld allein auf sich nehmen zu wollen, doch unsere Büttel wissen mehr zu berichten. Obgleich Er nichts als ein verabscheuungswürdiger Dieb ist in unseren Augen, zwingen wir Ihn nicht, die Namen Seiner Kumpane laut zu sagen.«

Einen Moment lang blieb mir der Mund offen. Ich begriff nicht, worauf der Direktor hinauswollte, doch schon hatten sich auch erste Zweifel in meine Seele gesät. War es nicht hanebüchener Unsinn, die Schuld ganz allein auf mich nehmen zu wollen? Ich sah Widenmeyer, Scherer und Jacob nach meiner Hinrichtung in die Herberge *Zum Camelthier* spazieren, um auf mich, den Heroen, anzustoßen. Was so viel hieß wie: Sie lebten und ließen es sich wohl ergehen, ich hing am Galgen, bis die Krähen meine Knochen abgenagt hatten. Sah so die Gerechtigkeit aus?

»Wir nennen Ihm ein paar Namen, und wenn einer nicht zu Seinen Komplizen gehört, dann rufe er *Haltet ein*. Er ist noch ein junger Mann, ein Scholar mit ehrbaren Eltern, und wenn Er durch zwielichtige Personen verführt worden ist, wird das Gericht dies bei seinem Urteil berücksichtigen.«

Ein Flämmchen der Hoffnung flackerte in mir auf. Konnte es sein, dass ich nicht hingerichtet werden sollte? Oder lief es einfach darauf hinaus, dass meine Hinrichtung nicht durch den ehrlosen Strang erfolgte, sondern wegen erwiesener Gnade durch das Schwert?

»Hans Scherer«, las der Direktor der Freiburger Universität den Namen von einem Pergament ab.

Meine Gedanken überschlugen sich. Schon öffnete ich den Mund, um *Haltet ein* zu rufen, *bestraft mich ganz allein, ich habe den Tod verdient*. Doch außer einem gequälten Stöhnen kam nichts über meine aufgesprungenen Lippen.

»Matthis Jacob.«

Ich schwieg und würgte an meinen Tränen ob meiner Feigheit.

»Hieronymus Wiedenmeyer.«

Übelkeit stieg mir die Kehle hoch und ich erbrach mich zu meiner großen Scham auf den Boden neben der Armesünderbank, auf der ich hockte.

* * *

Ende August im Jahre des Herrn 1602 verurteilte ein Schultheißengericht des Rates der Stadt Freiburg Matthis Jacob und Hieronymus Widenmeyer des Diebstahls halber zum Tode.

Trotz Auslieferungsersuch des Freiburger Rates an die Universität blieb ich dort eingekerkert und sollte zu einem späteren Zeitpunkt zum Zwecke der peinlichen Bestrafung dem Bischof von Konstanz überstellt werden.

Ab und an bekam ich im Karzer Besuch durch einen alten Bekannten, Gerd Schübel, der als städtischer Wächter angestellt war und aus dem Tal der Donau bei Regensburg stammte.

Eines Tages, als ich auf meiner Pritsche saß und Schübel mit verschränkten Armen an der Tür lehnte, gab es draußen in den Straßen von Freiburg großen Tumult.

»Was ist da los?«, fragte ich.

Schübel schwieg eine Weile und sah mich sonderbar an. »Jacob und Widenmeyer sehen heute ihrem Henker ins Antlitz.«

Das Blut schoss mir mit Macht in den Kopf und ich konnte mich gerade noch auf der Pritsche abstützen. Wenn ich nicht schon gesessen hätte, wäre ich ohnmächtig zu Boden gesunken. Noch war ich selbst nicht verurteilt worden, aber dort draußen gingen durch meinen stillen Verrat Jacob und Widenmeyer in den Tod.

Jacob, so berichtete mir Schübel, werde gehenkt. Widenmeyer, der Sohn des Obristmeisters, wegen der Gnadenbitten fürnehmer Bittsteller, durch das Schwert gerichtet.

»Das will ich mir ansehen und komme dir später berichten.« Schübel klopfte an die Kerkertür und der Wächter ließ ihn hinaus.

Heftig schluchzend vor Schuld und Scham brach ich auf meiner Liege zusammen, die Hände vor das Gesicht geschlagen. Nach einer Weile brach der Lärm draußen abrupt ab, eine kurze Stille trat ein, dann brandete Jubel auf. Zweimal wurde es still, zweimal jubelte der Mob, als der Henker sein Werk verrichtet hatte.

Später erzählte mir Schübel, der Henker habe die beiden bis auf die Unterwäsche ausgezogen, um das Zeugwerk zu verkaufen, da jeder wusste, dass von den Körpern der Hingerichteten wundertätige Kräfte ausgingen. Er, der Henker, sei aber vom noch anwesenden Mob ausgebuht und vom Rat daselbst verhaftet und in den Roten Turm geworfen worden.

Noch in dieser Nacht floh ich mithilfe von Schübel aus dem Karzer und aus der Stadt, ein Freundschaftsdienst, der ihm letztendlich den eigenen Tod einbringen sollte, als er der Stadt verwiesen und im Forst von einem Halunken erschlagen wurde.

Dies aber und auch die Hinrichtung des Baders Hans Scherer und der Tod meiner armen Eltern wurde mir erst viele Monate später zugetragen. Da versteckte ich mich längst in einem Kloster unter der Kutte eines frommen Benediktiners, weit weg im Osten des Reiches und unter falschem Namen. Ich würde den Rest meines Lebens Buße tun für meine Schandtaten und den Verrat an meinen Kumpanen. *Ora et labora*, so hing es gestickt an der Wand meiner Mönchszelle, und ich war nicht wankelmütig, ein gehorsamer Diener des Herrn zu werden.

Historischer Hintergrund

1601: Vier Zechkumpane (Student, Bader, Bettelvogt und der Sohn eines Obristmeisters) beschließen aus einer Schnapslaune heraus, einen Advokaten zu berauben. Zwei tun es, zwei springen ab.

Der Bader, der sich alchemistischer Kräfte rühmt, schließt über einen Freund, der seinen Namen daruntersetzt, einen Vertrag mit der Luzerner Münze ab, zum Zwecke der Silberlieferung. Die anderen drei fordern ihre Beteiligung, was ihnen auch gewährt wird.

Da sie bei der Silberherstellung kläglich scheitern, überfallen sie den Stadtwechsel in Freiburg und lassen der Münze in Luzern die gestohlenen Gulden zukommen.

Der Student gerät ins Visier der Obrigkeit und wird von seinen drei Kumpanen kurzerhand nach Italien geschickt. Allerdings bleibt er bereits in Augsburg hängen, wo er sein Wegegeld verprasst und nach Freiburg zurückkehrt.

1602: Der Student bricht mit dem Sohn des Obristen in die Universität ein und stiehlt 500 Gulden. Leichtsinnig geworden, steigt er auch allein noch mehrfach ein und wird eines Nachts ertappt und in den Karzer geworfen. Als Student obliegt er der Gerichtsbarkeit der Universität.

Er verrät die Namen seiner Mittäter, die von der Stadt eingekerkert werden. Sie unterliegen der Gerichtsbarkeit des Rates und werden von einem Schultheißengericht zum Tode verurteilt und im Herbst 1602 hingerichtet.

Dem Studenten gelingt die Flucht mithilfe eines städtischen Wächters und er verschwindet auf Nimmerwiedersehen.

Quelle: Martin Preusche: ... Und zwen Säck mit geld herauß getragen: Eine merkwürdige Einbruchsserie in Freiburg 1601/1602.
In: Schauinsland 2002/0042, S. 25-44

Katja Segin

Der gute Geist

Erster Platz Freiburger Krimipreis 2019/20

August 1603

»Sin ihr deby gwese? Hän ihr zuluegt?«

»Ihr nit?«

»Nei, kei Zit ...«

»Schmeckt hän mir's.«

Pistorius hörte die Marktfrauen schon von Weitem tuscheln. Jeder, mit dem er sprach, wollte es gerochen haben. Je nachdem, wie der Wind stand, mochte es sogar stimmen. Doch natürlich wusste jeder, was vor sich ging, und so rechnete man geradezu damit, den Gestank brennenden Fleisches wahrzunehmen. Sogar ihm ging es so, als er in seinem kleinen Häuschen in Neuburg über alten Schriftstücken brütete. Und das, obwohl der Wind nicht günstig stand.

Die Marktfrauen schwiegen und machten respektvoll Platz, als er an ihnen vorbeischritt. Ob die eine oder andere von ihnen manchmal darüber nachdachte, wie leicht dieses Schicksal auch ihr widerfahren könnte? Sie musste nur die falsche Person verärgern, das Falsche zur falschen Zeit sagen. Sobald der Verdacht erst in der Welt war, war ihr Los besiegelt. Sie konnten doch nicht ernsthaft glauben, dass all diese Frauen wirklich mit dem Teufel im Bunde gewesen waren. Frauen, die sie seit Jahren kannten.

Kaum war er vorüber, scharten sie sich wieder zusammen und das Getuschel ging weiter.

Zugegeben, er spitzte die Ohren.

»Un s Maidlin? Agatha?«

»Hän's au gholt.«

»Wiä d Mueder, so s Chindli.«

»Glob y nit. Y kenn's Maidlin. Isch e guets Maidlin.«

»Un häsch denkt, d Ursel isch nit a Guete?«

»Wüss nit. S hät's zugebe.«

Zugegeben. Während einer peinlichen Befragung, soweit er wusste. Was würde man da nicht zugeben? Selbst er, ein Mann der Kirche, würde unter der Folter gestehen, ein Hexer zu sein. Wenigstens würden sie das Mädel nicht hinrichten. Jedenfalls nicht gleich. Es war erst vierzehn.

»Pistorio! Ihr in Friburg?«

Er drehte sich zu dem Mann um, an dem er, in Gedanken versunken, vorbeigegangen war. »Metzger. Was führt Euch aus der Universität hinaus?« Unauffällig schob er das Bündel mit den Pergamenten so weit unter seine Kutte, wie es möglich war, dann trat er neben den größeren Mann. Er kannte den Rechtsgelehrten von Versammlungen des Stadtrats. Sie waren selten einer Meinung.

»Y sollt de Verhandlig s Maidlin Agatha beywohne. Ihr häsch sicher devo ghört. Wie wenn en Ma in my Proffession nüt Beschres z tue hett.«

»Sie ist im Christoffeltor?«

»Ebenda. Mir sin grade fertig gworde. Un Ihr? Bruuch de Chaiser Euri Dienschte nit meh?«

Er sagte es in einem Tonfall, als wünschte er, dass dem so wäre.

»Ich bin hier, um einige Schriften einzusehen, in meiner Büchersammlung und auch in der Bibliothek der Universität.«

Metzger deutete auf die Pergamentrollen. »Theologische Schrifte?«

Pistorius nickte. Doch mehr würde der Mann nicht von ihm erfahren.

»Ihr sehs düür aus. Muetet Ich nit zu vyl zue.«

»Nein, sorgt Euch nicht.« Tatsächlich vergaß er das Essen häufig, und die Speisen, die ihm seine Haushälterin hinstellte, bevor sie ging, landeten bei den Hühnern. »Was ergab die Befragung?«

»Nujo, nüt natürlich. S Chind pflennt un wüss von nütt.«

»Vielleicht gibt es nichts zu wissen.«

»Villicht. Doch s cha y nit in my Guetachte schrybe.« Er seufzte. »S wird in d nächste Tage wiider bfroogt. Un wenn s wiider nüt z sage hät ...« Er zuckte mit den Schultern.

Pistorius wusste, was das bedeutete.

Mit einem Kopfnicken verabschiedete er sich von Theodor Metzger und setzte seinen Weg über den Straßenmarkt fort. Als er durch das Christoffeltor schritt, blieb sein Blick am Marterhäuschen hängen, das gerade erst erweitert worden war. Das Interesse an der Hexenverfolgung stieg, nicht nur in Freiburg. Und Männer wie Metzger waren nicht die Richtigen, um dieser Entwicklung Einhalt zu gebieten.

Am Abend in seiner Kammer, nachdem er den ganzen Tag Schriften über erfolgreiche und weniger erfolgreiche Exorzismen gewälzt hatte, hielt er Zwiesprache mit Gott. Und nachdem er seine Gebete beendet hatte, hielt er Zwiesprache mit der für ihn nächsthöheren Instanz.

Nachdenklich betrachtete er das winzige Bildnis. Ein bleiches Gesicht mit dunklen Haaren und ernstem Gesicht. Doch wann sah man mal eine Miniatur mit einem Lachen? Dabei hatte sie viel gelacht.

»Das arme Kind.« Er hörte Catharinas Stimme so deutlich in seinem Kopf, als säße sie neben ihm.

»Ich weiß.«

»Sie ist so alt, wie unsere Martha war, als sie starb.«

»Aber sie wird nicht sterben. Sie werden kein vierzehnjähriges Mädchen als Hexe verurteilen und verbrennen.«

»Was geschieht dann mit ihr?«

Er wiegte den Kopf sanft von rechts nach links. »Man wird sie verhören. Und wenn sie gestanden hat ...«

»Wenn sie gestanden hat?«

Müde starrte er vor sich hin. Natürlich würde auch sie gestehen. »Wenn sie gestanden hat, wird man sie vermutlich bis zu ihrem sechzehnten Geburtstag gefangen halten.«

»Und sie dann verbrennen.«

»Vielleicht nicht. Vielleicht ändern sich die Zeiten. Das Rechtssystem wandelt sich.«

»Nicht schnell genug.« Das hatte sie immer schon gesagt, als sie noch lebte.

»Vertrau mir. In wenigen Jahren schon wird man den Kopf schütteln über diese Prozesse.« Das tröstete die Menschen, die jetzt davon betroffen waren, natürlich nur wenig.

»Man kann nicht darauf vertrauen, dass irgendwann alles besser wird. Wir müssen ihr jetzt helfen.«

»Ich kann ihr nicht helfen. Ich müsste beweisen, dass sie keine Hexe ist. Das ist unmöglich.« Wenigstens war es unmöglich, ohne sie dabei zu töten. Catharina hatte recht, das wusste er. Doch warum sollte er ausgerechnet Agatha helfen? Was war an ihr anders als an ihrer Mutter oder den anderen Frauen und Männern?

»Sie ist noch so jung!«

So jung, wie Martha gewesen war.

Er legte die Miniatur zurück in ihre Schachtel und versuchte zu schlafen.

Einige Tage später

Warum führte ihn sein Weg nur immer über den Straßenmarkt? Er hätte sich von der Universität aus auch Richtung Kloster wenden und dann an der Stadtmauer entlanggehen können. War es der kleine Dämon Neugier, der hoffte, hier etwas aufzuschnappen? Dabei hatte er keine Zeit, sich mit etwas anderem zu befassen. Der Herzog von Jülich-Kleve brauchte Hilfe, und das duldete keinen Aufschub.

»Wooos? Gstande hät's?«

»Wenn y's do vazeehl! Vom böse Geischt beschlafe isch's worde.«

»Menggmol, ha y hört.«

»Awa. Des isch hie ...«

Ruckartig blieb er stehen und drehte sich zu den Frauen um. Die verstummten erschrocken. »Redet ihr von Agatha Gatter?«

Sie nickten wortlos und senkten die Köpfe.

»Was wisst ihr darüber? Wurde sie peinlich befragt?« So schnell schon?

Eine der Frauen schob ihren Besen von einer Hand in die andere, als wollte sie den Eindruck erwecken, er hielte sie von der Arbeit ab. Keine von ihnen antwortete.

»Wurde sie der Tortur unterzogen? Gute Frauen, sprecht, ich bitte euch.«

Endlich erbarmte sich die Frau mit dem Besen seiner. »Abernai, guete Herr, glob nit. Afach gstande hät's.«

»Gott hät's vleugne, un alle Heilige«, warf eine andere Frau ein, ohne den Blick zu heben. »De gscheide Ma von d Recht solle jezed a Tractat schrybe, wos s mit's mache.«

Metzger. Ihm oblag das Schicksal des Mädchens. Und was er raten würde, stand fest. Niemals würde er sich gegen die gängige Praxis stellen.

Die Frauen scharrten mit den Füßen und machten Anstalten, sich zu zerstreuen.

»Mueß jezed weide schaffe.«

»Jo, mueß schweife, 's bressierd.«

Mit einer beiläufigen Handbewegung ließ Pistorius sie ziehen.

Er hatte genauso wenig Zeit wie sie. Schon in wenigen Tagen würde er Freiburg auf unbestimmte Zeit verlassen. Doch trotzdem ließ ihn das Schicksal des Mädchens nicht los. Warum hatte es gestanden? Und dann so detailliert? Vom bösen Geist beschlafen? Die Teilnahme an Hexenzusammenkünften hätte doch allemal ausgereicht, um der drohenden Folter zu entgehen.

Irgendetwas ging hier nicht mit rechten Dingen zu. Doch es war zu spät. Sie hatte gestanden, und gesagt war gesagt.

17. November 1603

Es war mitten in der Nacht gewesen, als Pistorius wieder in Freiburg ankam. Die Gespräche mit dem Kaiser waren nicht zufriedenstellend verlaufen. Rudolf wirkte verwirrt und schien sich davor zu fürchten, eine Entscheidung zu treffen. Dabei hatte er ebenso viel Angst vor dem bösen Geist, den sie aus dem Herzog vertreiben wollten, wie vor den Folgen, die eine Gesundung haben könnte. Im Verlauf der Gespräche ertappte Pistorius sich ein ums andere Mal dabei, wie er sich fragte, ob nicht eigentlich der Kaiser selbst einen Exorzismus benötigte. Vielleicht war das der Grund, warum er ihn nicht genehmigen wollte.

Er schlief dementsprechend unruhig und fuhr immer wieder aus dem Schlaf auf. Irgendwann gab er es auf, zündete eine Kerze an und nahm Catharinas Porträt zur Hand. Er hatte sich lange nicht mehr mit ihr beraten, und meistens beruhigte es ihn.

»Hast du es gehört, lieber Johannes?«, erklang die sanfte Stimme nahe seinem Ohr.

»Was gehört?« Er unterdrückte ein Gähnen. Wieso konnte er nicht schlafen, obwohl er so erschöpft war?

»Es ist so eingetreten, wie du prophezeit hast. Agatha wird gefangen gehalten, bis sie sechzehn ist. Danach wird man sie der Tortur unterziehen und nach Befindung der Missetat exekutieren.«

»Wenigstens hat sie noch etwas Aufschub.«

»Das siehst du als Vorteil an? Das arme Kind weiß genau, was mit ihm geschehen wird. Die nächsten zwei Jahre wird es sicher jede Nacht davon träumen.«

»Das kannst du nicht wissen. Sie wird beten, und die Gebete werden ihr helfen.«

»Die Gebete werden ihr nicht gegen die Schmerzen der Folter helfen. Sie hat die Hinrichtung ihrer Mutter gesehen, wusstest du das? Sie hat den Kopf rollen sehen und das brennende Fleisch gerochen.«

Pistorius erschauerte. »Sie hat ein Geständnis abgelegt.«

»Also glaubst du, sie sei eine Hexe?«

Er schüttelte den Kopf, ohne darüber nachzudenken. »Nein, natürlich nicht.«

»Dann tu etwas. Hilf ihr.« Ihre Worte schwammen in Tränen.

»Wie soll ich ihr denn helfen, meine Liebe?«

»Du bist der Rechtsgelehrte, Johannes. Ich bin nur deine liebende Frau, die dir zur Seite steht. Ich bin mir sicher, dir fällt etwas ein.«

»Um zu beweisen, dass sie keine Hexe ist? Ich sagte es dir bereits, das ist unmöglich.«

»Gibt es keine medizinische Methode?«

»Medizinisch?« Er dachte nach. Gab es eine medizinische Untersuchung, die bewies, dass eine Frau keine Hexe war? Ihm fiel nichts ein. Doch dann kam ihm das Geständnis wieder in den Sinn. Ein Gedanke begann, in seinem Kopf Gestalt anzunehmen. »Sie hat zugegeben, vom bösen Geist beschlafen worden zu sein«, murmelte er vor sich hin.

»Ja?«

»Mhm. Vielleicht ...« Er kratzte sich den Bart. Der Gedanke entfaltete sich, bis er sich zur ganzen Größe aufrichtete.

»Vielleicht was, Johannes?«

Auf einen Schlag war er wieder hellwach. »Wenn ich beweise, dass das nicht geschehen ist, könnte ich den Rat vielleicht überzeugen, sie freizulassen.«

»Und wie willst du das beweisen, mein Lieber?«

»Ich muss nur nachweisen, dass sie noch jungfräulich ist. Gleich morgen früh mache ich eine Eingabe beim Stadtrat. Sie muss untersucht werden. Und ich werde die Frauen auswählen, die diese Untersuchung vornehmen.«

»Das ist eine gute Idee, Johannes«, flüsterte Catharinas Stimme in seinem Ohr.

Er sah auf die Miniatur seiner verstorbenen Frau, und er hätte schwören können, dass sie lächelte.

20. November 1603

Als Jacob Keder bei ihm klopfte, wusste Pistorius sofort, dass er es geschafft hatte. Der Ratsbeauftragte hätte sich nicht persönlich auf den Weg in die Vorstadt gemacht, wenn dem nicht so wäre.

»S Maidlin is gegnadigt, Dr. Pistorio. S isch nit defloriert un versehrt.«

Pistorius nickte. Innerlich fiel ihm ein Stein vom Herzen. Agatha wäre nicht die erste Vierzehnjährige gewesen, deren Jungfernschaft nicht mehr bestand. Auch ohne bösen Geist.

»Ich werde mich darum kümmern, dass sie sich in Brot und Lohn verdingen kann.«

»Sobald ihr uff Mittel gedencket, wos mit ihme fürzunehmen sei, cha s dört ane verschafft werde.«

»Weiß sie es schon?«

Keder schüttelte den Kopf.

»Lasst mich es ihr sagen.«

Sobald Keder sich verabschiedet hatte, verließ Pistorius sein Haus, um dem Mädchen die frohe Botschaft zu überbringen. Sein Schritt war leicht wie schon lang nicht mehr.

Am Christoffeltor verlangte er, zu Agatha gelassen zu werden. Sie hockte barfüßig und nur mit einem dünnen Büßergewand bekleidet auf einer Lage Stroh, die ihr augenscheinlich auch als Schlafplatz diente. Der säuerliche Geruch nach nicht abgewaschener Angst stieg von ihr auf.

Als er vor sie trat, hob sie kaum den Kopf.

»Agatha?«, sprach er sie an.

Sie nickte, und die Bewegung wirkte, als kostete sie Agathas letzte Kraft.

»Mein Name ist Dr. Pistorius. Ich habe die Untersuchungen veranlasst, die man in den letzten Tagen an dir vorgenommen hat.«

Es folgte keine Reaktion, also sprach er einfach weiter. »Die Untersuchungen haben ergeben, dass du unschuldig bist.«

Sie blinzelte.

»Verstehst du, Agatha? Du wurdest begnadigt.«

»B'gnadigt?« Erstmals hob sie den Blick, sah ihn einen Augenblick lang an und senkte dann sofort die Lider. »Wos miint ihr, Herr?«

Er lächelte. »Ich meine, dass ich jetzt eine Familie suche, bei der du bleiben kannst. Und sobald das geschehen ist, verlässt du diesen Ort und kommst nie mehr zurück.«

Sie schluckte, und ihre Zunge versuchte, die trockenen Lippen zu befeuchten. Sobald er wieder daheim war, würde er veranlassen, dass man ihr Wasser, Essen, eine Decke und ordentliche Kleidung brachte.

»Nie meh?«, flüsterte sie.

Ob sie überhaupt verstand, was ihr geschehen war? Und ob er nicht hoffen sollte, dass sie es nicht tat? Sie würde Zeit brauchen, sich von ihren Erlebnissen zu erholen. Sehr viel Zeit.

Doch eine Frage musste er ihr noch stellen. Es ließ ihm keine Ruhe, und nur deswegen war er persönlich hergekommen. »Agatha. Als man dich befragt hat, warum hast du falsch ausgesagt?«

Ihr Kopf zuckte hoch, und sie sah ihn mit weit aufgerissenen Augen an. »Y wollt nit liege, wirklich nit. Zerscht ha y d Wohrhet vazeehlt.«

»Das weiß ich doch. Du musst keine Angst haben, Agatha, du hast nichts falsch gemacht.« Das hatte sie tatsächlich nicht. Ohne diese Aussage hätte er ihre Unschuld schließlich niemals beweisen können. »Aber warum hast du dann deine Aussage geändert? Hat man dir Angst gemacht? Dich zu sehr unter Druck gesetzt?«

Sie schüttelte so heftig den Kopf, dass ihre strähnigen Haare flogen.

»Was dann?«

Die Lippen fest aufeinandergepresst sah sie ihn an, ohne ihm zu antworten.

»Du kannst es mir ruhig sagen. Ich verspreche dir, dass dir dadurch kein Nachteil geschieht.«

Eine Zeit lang hörte er nichts als ihren Atem. Dann flüsterte sie: »S isch's Weyb gwese. S Weyb aus mym Träumli.«

Pistorius räusperte sich. Plötzlich war sein Hals belegt. »Welches Weib?«

»Wo y hie lag un gschlafe ha, ha y ihr Stimme ghört. Un gsagt hät's, y sollt vazeehle von de Hexezsammekünfft. Un ganz wichtig, y sollt vazeehle von d böse Geischt, wos mi bschlaffe hät.«

»Und das hast du geträumt?«

Das Mädchen zuckte mit den Schultern. »Y mueß wohl. S kann jo nit hie gwese sey.«

»Du hast sie also nicht gesehen?«

Agatha schüttelte erneut den Kopf.

Er atmete tief durch. »Nun, dann kannst du dich heute Nacht im Schlaf bei dieser Frau bedanken. Ihr Rat hat dir das Leben gerettet.«

Agatha richtete sich auf ihrem Lager auf, und ihre Augen glänzten. »Miint ihr, s Weyb Catharina is my guete Geischt?«

Pistorius, der sich schon zum Gehen wenden wollte, drehte sich ruckartig wieder zu ihr um. »Wie, sagst du, hieß die Frau?«

Agatha zuckte zurück, als er nach ihrer Hand griff. Doch er hielt sie fest wie in einem Schraubstock. »Sag es noch einmal. Wie hieß sie?«

»Catharina, hät's mir vazeehlt«, jammerte sie.

Er ließ das Mädchen los, und seine Hand fuhr in die Tasche seiner Jacke.

»Catharina«, wiederholte er tonlos, und die Miniatur glühte heiß, als er die Finger darum schloss.

Historischer Hintergrund

Johannes Pistorius der Jüngere war ein hessischer Arzt, Jurist, Historiker und späterer Theologe des 16. Jahrhunderts. 1589, vier Jahre nach dem Tod seiner Frau Catharina, erwarb er ein Häuschen in Freiburg im Breisgau, wo er sich schließlich im November 1603 in den Hexenprozess um die erst vierzehnjährige Agatha Gatter einmischte.

Ihre Mutter Ursula Gatter hatte kurz zuvor unter der Folter die Hexerei gestanden und war enthauptet und verbrannt worden. Auf Anraten des Rechtsgelehrten Theodor Metzger gedachte man auch Agatha der »peinlichen Inquisition« zu unterziehen, sobald sie sechzehn Jahre alt war. Leider hatte sie, warum auch immer, bereits gestanden, mit ihrer Mutter bei Hexentreffen gewesen zu sein und »vom bösen Geist zu zwei unterschiedlichen Malen beschlafen worden« zu sein. Johannes Pistorius machte dieses Geständnis bedeutungslos, indem er ihre Jungfräulichkeit bewies. Daraufhin ließ man Agatha frei.

Da eine Befragung unter Folter einem Todesurteil gleichgekommen wäre, kann man sagen, dass Pistorius ihr das Leben gerettet hat. Ihm ist es wohl auch zu verdanken, dass es in den folgenden sieben Jahren keine weitere Hexenverbrennung in Freiburg gab.

In früheren Zeiten galt Hexerei als Verbrechen. Doch schon damals gab es Menschen, die das wahre Verbrechen in der Einkerkerung eines unschuldigen Mädchens sahen.

Volker Hesse

Die Causa Matern Dettinger

Mein Name? Mein Name ist Albrecht, aber belassen wir es bei meinem Vornamen, zumal ich meinem Vater nicht von ausreichendem Nutzen schien, mich in seiner Nähe ertragen zu können. Wenn Ihr wollt, nennt mich Bruder Albrecht.

Ich bin der Zweitgeborene. Was das bedeutet, werdet Ihr wissen, falls Ihr ebenfalls als solcher oder späterer das Licht der Welt erblickt habt. Dass ich letztlich dem Johanniterorden anempfohlen wurde, gab meinem bis dahin vermeintlich unnützen Dasein eine glücklichere Wendung, als ich je zu hoffen gewagt hatte. Ob durch eine großzügige Spende meines Vaters oder aber aus freien Stücken fand der Adelige Hermann von Wachtendonk, in dessen Dienste und Orden ich trat, Gefallen an mir und beförderte mein Fortkommen. Ich wurde mit verschiedenen Aufgaben betraut, die mich fort vom Niederrhein in die unterschiedlichsten Kommenden des Ordens führten. So erweiterte ich meinen Geist wie meine Erfahrung in allerkürzester Frist um ein Vielfaches, sicherlich viel mehr, als es mir als Erstgeborener jemals möglich gewesen wäre.

Mein größtes Interesse galt der Vermehrung meines Wissens. Begierig widmete ich mich der Astronomie, Mathematik, Naturphilosophie, Anatomie und andere Dingen. Es kam mir sehr entgegen, dass unser Orden von nahezu jeder These eine Abschrift besaß, sogar von Kopernikus, Galileo Galilei, Isaac Newton und anderen Forschern, deren Erkenntnisse von der Kirche zuweilen kritisch betrachtet wurden. Zwar war dies dem gemeinen Volk und sogar vielen innerhalb unseres Ordens nicht bekannt, jedoch verschaffte mir das Siegel meines hochstehenden Mentors ebenso wie seine hilfreichen Hinweise mancherlei Zugang.

Ich war bei Weitem nicht der einzige Johanniter, der solches Interesse pflegte, und so stand ich schon bald mit einer kleinen

Zahl von Gleichgesinnten in regem Briefwechsel. Auch wenn sich das Land von dem Martyrium des Dreißigjährigen Krieges noch immer nicht ganz erholt hatte, so war doch zumindest das Kurierwesen wieder gut ausgebaut und verlässlich.

Freiherr von Wachtendonk blieb meine Leidenschaft natürlich nicht verborgen, zumal ich ihn fortwährend in Gespräche über all die Thesen und Erkenntnisse zu verwickeln suchte. Eines Tages berichtete ich ihm von einem äußerst beeindruckenden Brief, den ich aus einer entfernten Kommende erhalten hatte. Darin schrieb ein Ordensbruder, dass er mit Hilfe der Lehren des Paracelsus ein Gift identifiziert und so einen Mord aufgedeckt hatte. Mein Mentor fiel in ungewohntes Schweigen. Die folgenden Wochen erlebten ihn in intensivem Schriftverkehr mit anderen Kommenden, an dessen Ende die Gründung einer kleinen Gruppe stand, der Questio. Ihr Sitz lag in der Großpriorei unseres Ordens in Heitersheim. Dorthin entsandte mich der Freiherr und machte mir zwei Dinge zur Auflage: Eifer und Verschwiegenheit.

Nach und nach sammelten sich viele meiner Sinnesbrüder an diesem wunderbaren, inmitten von Weinreben gelegenen Ort. Wir erfreuten uns an der beeindruckend umfassenden Bibliothek, unseren Diskussionen und neuen Kenntnissen. Allerdings blieb uns geraume Zeit verborgen, aus welchem Grund uns der Orden dort vereint hatte. Zwar galten wir als Teil der Gemeinschaft am Hauptsitz der Johanniter, waren jedoch von allen Obliegenheiten der anderen Ritter befreit. Unsere einzige Order bestand in der Mehrung unseres Wissens.

Im Jahre 1683 wurde mein Mentor zum Großprior der Johanniter und Reichsfürsten ernannt und verlegte seinen Sitz ebenfalls nach Heitersheim. Nicht lang danach beendete er unsere Spekulationen über den Sinn der geheimen Gruppe: Wir waren dazu ausersehen, die Kirche und die weltlichen Gerichte mit unserem Wissen bei der Aufklärung von Verbrechen zu unterstützen. Diese beschränkte sich bis dahin im Wesentlichen auf Aussagen von Zeugen oder, bei deren Ermangelung, auf die Durchführung von Befragungen unter körperlicher oder seelischer Pein, wie dem

Aufziehen oder Strecken. Wir waren wie vom Blitz getroffen. Welch eine – wenn auch geheime – Ehre für die Wissenschaft!

Einige Zeit verging. Voller Ungeduld harrte ich noch immer der Möglichkeit, mein Wissen zu hilfreicher Anwendung bringen zu können, zumal andere Ritter der Questio bereits solcherlei Missionen erfolgreich hatten beschließen können. Doch dann kam auch meine erste Suche.

In Freiburg waren einem Geistlichen mehrere Dinge entwendet worden und der Betroffene rief lautstark nach Gerechtigkeit. Da der Priester in dieser Angelegenheit sogar die Aufmerksamkeit des Bischofs von Konstanz geltend machen konnte, war umgehendes Handeln geboten. Eilends – und sehr aufgeregt – machte ich mich auf den Weg nach Freiburg.

Der Geistliche, dessen Namen zu nennen mir untersagt ist, war mir auf den ersten Blick zuwider. Ein feister, schmutziger Zeitgenosse, dessen himmlischer Auftrag und Anstand schon vor etlicher Zeit zwischen Speisekammer und Branntweinflasche verloren gegangen sein musste, denn er empfing mich mit einer erstaunlichen Auswahl von Flüchen und Verwünschungen ob des Diebstahls. Die Schuld seines Kammerdieners, den er bereits arg verprügelt hatte, war für ihn vollkommen unzweifelhaft, jedoch hatte er zumindest derartig Respekt vor dem Signum der Johanniter auf meinem Umhang, dass er mich in meiner Quest nicht behinderte.

Sorgsam suchte ich seine überschaubare Wohnstatt neben der Kirche nach Dingen ab, die dort nicht hingehörten. Das Türschloss schien unversehrt, gleichwohl hätte ich nicht wetten mögen, dass es regelmäßig seinem Zwecke entsprechend benutzt wurde. Die zwei gestohlenen lateinischen Bücher waren von einem Regal, einige Kleidungsstücke aus dem Schrank genommen worden. In meiner Aufregung hätte ich beinahe ein rotes Haar übersehen, das auf dem Tisch unterhalb des Regals lag. Der Kammerdiener war schon lange ergraut und auch sonst wusste der Geistliche niemanden mit rotem Haar, der hier Zugang gehabt hätte. Ein Erfolg! Ich drohte von einem freudig berauschenden Gefühl ergriffen zu werden, gewann jedoch schnell die Contenance zurück und setzte meine Suche aufmerksam fort. An der Eisenkassette, in der das gestohlene Agnus-Dei-Amulett und der Rosenkranz mit Achatsteinen gelegen hatten, bemerkte ich nahe beim Schloss eine kantige Vertiefung wie von einem kleinen Meißel, die ich mit Ton sorgsam abformte. Hinter der Tür entdeckte ich im dicken Staub noch einen rechten Fußabdruck mit einer bei Weitem nicht alltäglichen Auffälligkeit: Der Fuß war klar zu erkennen, indes konnte ich keinen einzigen Zeh ausmachen! Ich vermaß den Abdruck und skizzierte ihn in einem Büchlein. All meine Untersuchungen wurden durch den Priester mit hämischen, zunehmend trunkenen Bemerkungen umrahmt; immerhin konnte er mir noch lallend vermitteln, dass er einen Schlüssel für die Kassette habe und selbstverständlich sowohl er als auch der diebische Diener noch alle Zehen besitze. Trotz der Freude ob meines Erfolges geriet ich mehr und mehr in Rage über solch offenkundige Geringschätzung meiner Arbeit und meines Ritterstandes und war kurz davor, eine Züchtigung ernsthaft in Erwägung zu ziehen. Doch der Geistliche entzog sich einer weiteren Vertiefung dieses Gedankens, indem er stumpf auf seine schmutzige Bettstatt fiel und mit lautem Schnarchen den Rest meiner Suche sowie meinen wortlosen Abschied begleitete.

Zurück im Heitersheimer Schloss breitete ich die Spuren und Erkenntnisse vor meinen aufmerksamen Mitbrüdern aus. Rasch ergingen sich alle in den vielfältigsten Kommentierungen und Spekulationen, über deren Richtigkeit uns wohl erst die Zukunft aufklären würde.

Ich war ganz in die Vermessung des Tonabdrucks vertieft, als am nächsten Vormittag die Nachricht von einem gestohlenen Altartuch in der Freiburger Jesuitenkirche eintraf. Zwar schien dies mit dem ersten Verbrechen vordergründig nichts gemein zu haben, aber meine Neugier war nun einmal erwacht und ich hatte keine Bedenken, ihr nachzugeben.

Die Jesuiten empfingen mich mit kühler Zurückhaltung. Dies war mir allerdings einerlei, ich wollte lediglich den Ort des Verbrechens untersuchen. Aufmerksam für jede Kleinigkeit ließ ich den Altarraum auf mich wirken. Ein Novize gab mir bereitwillig Auskunft über die gewöhnlichen Abläufe. Zu meiner großen Freude waren seit dem Diebstahl keine Tätigkeiten oder Veränderungen am Altar selbst vorgenommen worden. Der penibel gereinigte Boden war mir beinahe ein Ärgernis. Keine Fußabdrücke, nicht einmal Krümel einer Hostie. Lange Zeit suchte ich vergeblich. An der Rückseite des hölzernen Altarsockels jedoch, an dem für gewöhnlich das Altartuch mit einer Leiste gegen Verrutschen eingeklemmt war, sah ich schließlich das ersehnte Objekt: ein rotes Haar. Erleichtert legte ich das zusammengerollte Haar in eine kleine Dose. Auch hier verkehrte für gewöhnlich niemand mit dieser Haarfarbe, wie mir der Priesterschüler eifrig versicherte. Er gab mir noch eine ausführliche Beschreibung des Altartuches, insbesondere seiner Verzierungen mit goldenen und roten Fäden. All dies notierte ich fleißig in mein Büchlein.

In den nächsten zwei Tagen ereignete sich nichts Bemerkenswertes. Ich zerbrach mir den Kopf, auf welche Weise ich den Fuß ohne Zehen, den Meißel und das rote Haar mit einer Person verbinden könnte, aber statt der Lösung näher zu kommen, verwirrten sich meine Gedanken zunehmend.

Eine neuerliche Nachricht von einem gestohlenen Altartuch riss mich aus meinem Grübeln. Froh über die Ablenkung eilte ich zum Stall und galoppierte kurz darauf mit meinem Pferd in Richtung Breisach. In der dortigen Augustinerkirche nahe dem Schlossplatz empfing mich ein kahlköpfiger Mesmer. Meine gezielten Fragen nach den Umständen, unter denen das Altartuch abhandengekommen war, schienen ihm ein wenig Hoffnung zu geben, denn freudig und ausführlich berichtete er alle Einzelheiten. Anschließend suchte ich mit höchster Aufmerksamkeit den Ort des Geschehens ab. Doch entweder durch die Wolken am Himmel oder durch die späte Stunde bedingt fand ich nichts. Auch hier war das Altartuch mit einer Leiste an der Rückwand des Altartisches festgehalten gewesen, aber ich bemerkte auch dort keinen Hinweis auf die Tat. Sinnend ließ ich die Leiste durch die Hand gleiten, während meine Augen noch einmal den Altar absuchten. Plötzlich spürte ich eine Vertiefung im Holz. Ich eilte nach draußen und hielt die Leiste ins verblassende Licht. Da war es! Ein siegesgewisses Lächeln umspielte meine Lippen, während ich bereits ein Stück Ton weichknetete, um die kantige Spur abzuformen.

Mit einem gewölbten Glas, durch das man Gegenstände viel größer sehen konnte, als sie tatsächlich waren, unterzog ich am nächsten Tag die beiden Tonstücke näherer Betrachtung. Sie glichen sich wie ein Ei dem anderen, sogar eine kleine Ausbuchtung, vielleicht eine Scharte, war an derselben Stelle abgeformt worden. All dies brachte mich indes meinem Ziel nicht näher, eine lebendige Person zu all diesen Erkenntnissen zu finden.

Dann überschlugen sich die Ereignisse, denn fast zeitgleich trafen zwei Nachrichten ein. Die eine betraf ein weiteres Verbrechen in der Wallfahrtskapelle Notre-Dame du Schauenberg im Elsass, wo ein gottloser Verbrecher vier Bilder, drei Agnus-Dei-Amulette und gar neun Pfennig Opfergeld gestohlen hatte. Die andere betraf den Kammerdiener des Geistlichen aus Freiburg. Der feiste Priester hatte ihn in das Marterhäuschen am Christoffeltor werfen lassen, wo er – fortwährend seine Unschuld beteuernd – nun seiner unzweifelhaft recht schmerzlichen Befragung harrte. Ein kalter Schauer lief mir den Rücken hinunter. Nun war höchste Eile geboten!

Ich hatte keine Not, Unterstützung bei meinen Brüdern zu finden, um gemeinsam in das ganze fünfundzwanzig Meilen entfernte Rouffach zu eilen, im Gegenteil musste ich einige vertrösten, die mich um jeden Preis begleiten wollten. Zu dritt sprengten wir zur nächsten Furt über den Rhein und weiter ins Elsass. Um die Mittagszeit trafen wir mit abgehetzten Pferden an der geschändeten Wallfahrtskapelle ein. Nachdem wir unser Anliegen erklärt hatten, wollte der ergraute Priester uns zuerst verköstigen, aber dafür blieb keine Zeit. Wir scheuchten die wenigen Pilger aus der heiligen Stätte und begannen mit unserer Untersuchung. Auf dem Hinweg hatten wir bereits die unterschiedlichen Aufgaben aufgeteilt, sodass wir unsere Quest sehr bald und sehr erfolgreich abschließen konnten. Das Brot, den Käse und den Wein, den der Priester uns schließlich doch aufgedrängt hatte, verzehrten wir auf dem Rücken der Pferde, während wir wieder auf den Rhein zu hetzten, um noch vor der Nacht zurück in Heitersheim sein zu können. Einer meiner Brüder berichtete von dem Gespräch mit dem Priester, der ihm gute Auskunft über die Geschehnisse und noch bessere Skizzen der gestohlenen Bilder gegeben hatte. Der zweite hatte tatsächlich ein rotes Haar und etwas getrocknetes Blut an einem stabilen Wandleuchter gefunden, an den der Dieb heftig angestoßen sein musste. Ich selbst trug die dritte Spur aus Ton wohlverwahrt bei mir, die ich am aufgebrochenen Opferstock entdeckt hatte!

Der Dieb hatte nun vier Agnus Dei-Amulette, einen wertvollen Rosenkranz, vier Bilder, zwei Altardecken, zwei lateinische Bücher und mehrere Kleidungsstücke, mit denen er selbst höchstens zum Teil etwas anfangen konnte. Mir schien der meiste Sinn darin zu liegen, all dies in klingende Münze zu verwandeln. Ich teilte meine Gedanken den anderen mit und sie pflichteten mir bei. Dann fasste ich eine Absicht, die uns endlich ein Gesicht zu den Spuren geben konnte: Die gesamte Questio würde in zwei Tagen den Münstermarkt in Freiburg mit ihrem Besuch beehren. Es stand zu hoffen, dass der Scharfrichter bis dahin noch nicht mit der Befragung des Kammerdieners begonnen hatte.

Als die Münsterglocke die neunte Stunde schlug, betraten wir unerkannt aus allen Richtungen den Marktplatz und begannen, die Stände mit Argusaugen zu prüfen. Unsere Umhänge hatten wir umgedreht, um nicht sogleich durch unser Signum als Ritter des Ordens erkannt zu werden. Besonderes Interesse hatten wir an den unzähligen Händlern, die Amulette, Reliquien und Fläschchen mit geweihtem Wasser gegen die Pest und andere Krankheiten feilboten. An einem dieser Stände fragte ich hinter vorgehaltener Hand nach einer Altardecke und anderen geweihten Gegenständen, mit denen ich die Andachtsstätte in meinem Heim schmücken könnte. Der Händler, dessen rote Haare ihm ständig ins Gesicht fielen, schaute sich zunächst misstrauisch um, bevor er mir kurz eine Decke zeigte, die exakt dieselbe Abfolge von goldenen und roten Fäden hatte, die mir der Jesuit beschrieben hatte. Mein Herz pochte mir in den Ohren, als ich mühsam die Kraft aufbrachte, interessiert nach einer weiteren Decke zu fragen. Ich konnte kaum an mich halten, als der Händler auch noch die Decke der Augustiner unter dem Tisch hervorzog. Vorgebend, mich noch einmal bedenken zu müssen, entfernte ich mich und scharte flugs meine Brüder um mich. Wir kreisten vorsichtig den Stand ein, dann wendeten wir unter dem ungläubigen Blick des Händlers gleichzeitig unsere Umhänge.

Sein Fluchtversuch scheiterte in den starken Armen eines Ritters, der ihn auch festhielt, während ich den Lumpen von seinem rechten Fuß riss. Keine Zehen! Wir leerten seine Taschen und eine Kiste unter seinem Stand und förderten alles zutage, was wir als gestohlen kannten, und zudem noch diverses Werkzeug, unter dem sich auch ein kleiner Meißel mit einer Scharte befand.

Als ich ihm vorhielt, wann und wie er zu diesen Dingen gekommen war, sackte er schließlich in sich zusammen. Vor meinen Brüdern als Zeugen gestand er nicht nur die Taten, von denen wir wussten, sondern auch noch den Diebstahl eines Marienschleiers aus Rotweil und einer Zugstange für einen Pflug auf einem Feld nahe Colmar! Mitsamt dem Diebesgut schleppten wir den Kerl zum Rathaus, wo nach dem Markt Gericht gehalten wurde.

Matern Dettinger aus Ihringen war geständig. Die Bilder, Altartücher und der Marienschleier wurden außerdem von den Richtern als Beweis erkannt. Bei seiner Verurteilung konnte Dettinger von Glück sagen, dass er noch kein gestohlenes Gut verkauft hatte und somit alles wieder seinen Weg zu den rechtmäßigen Eigentümern finden konnte, sonst hätte er womöglich ein Ohr oder eine Hand verloren. So wurde ihm lediglich das

Zeichen der Diebe vom Scharfrichter glühend auf die Achsel gebrannt.

Auch ich war froh, denn so musste ich keine meiner Methoden offenbaren – welches Glück! Es war höchst ungewiss, ob die Richter drei Tonstücke und einen passenden Meißel, ein paar rote Haare und einen Fußabdruck im Staub für ein Urteil als ausreichend erachtet hätten.

Den Kammerdiener des Geistlichen nahmen wir zu seiner großen Freude in die Großpriorei nach Heitersheim mit, wo er uns noch viele Jahre hilfreiche Dienste leistete.

Historischer Hintergrund

Nachweis: Freiburger Urfehde vom 22. September 1689, zitiert im Schauinsland, Jahrgang 1935, Seite 66, in der Ausarbeitung »Vom Pranger und verwandten Straftaten in Freiburg« von Friedrich Hesele.

Pranger, Schupfe, Lasterstein, Brandmarken und das Abschlagen von Körperteilen wie Fingern, Händen, Ohren waren noch über das Ende des 18. Jahrhunderts hinaus in Freiburg als Strafen für Vergehen gebräuchlich, die nicht mit dem Tode geahndet wurden. Erst im Verlaufe des 19. Jahrhunderts, insbesondere nach der Revolution von 1848/49 wurden sie mehr und mehr durch Arreststrafen ersetzt. Auch die Folter zur Erlangung eines »freien« Geständnisses war im 17. Jahrhundert durchaus noch gebräuchlich. Der Ihringer Matern Dettinger wurde im Jahr 1689 für die hier aufgezählten Taten gebrandmarkt. Auf welche Weise der Nachweis dieser Taten erfolgte, ist ebenso frei erfunden wie die Existenz einer »Questio« im Orden der Johanniter, deren Hauptsitz bis zur Säkularisierung allerdings tatsächlich in Heitersheim zu finden war.

Barbara Saladin

Mit vereinten Kräften, oder: Wilmas Geheimnis

Nein, das Leben war nicht einfach, damals, Mitte der 1750er-Jahre. Dunkle Zeiten waren das! Der Siebenjährige Krieg tobte in Europa, es gab Schlachten in Preußen, Böhmen, Schlesien. Überall hungerten die Menschen, und auch wir Tiere litten. Na ja, wenn schon die Bevölkerung nicht genug zwischen die Kiefer kriegt, heißt das für die Tiere nie Gutes. Ein Teil von uns wird dann sowieso relativ bald selbst verspeist, und auch für die anderen fällt nicht viel Essbares ab. Nicht einmal für die besten Freunde des Menschen, die Hunde.

Und von uns Hunden gab es viele, denn wir vermehrten uns fleißig. Zwar wurden jene, die wie ich das Glück eines Zuhauses hatten, aufrichtig geliebt, aber dennoch lebten wir wild und gefährlich. Wir ernährten uns vor allem von Abfällen, die wir in den Straßengräben fanden, und hin und wieder gelang es, eine Ratte zu fangen. Die Ratten waren das einzig Fette in einer großen Stadt wie Freiburg, wo sich die Menschen in muffigen Häusern und engen Gassen drängten, und wo es je nach Jahreszeit und Wind so bestialisch nach Dreck, Kot und Fäulnis stank, dass es sogar eine Hundenase beleidigte. Nur der kalte Winter unterdrückte die fürchterlichen Gerüche, da er sie förmlich einfror, manchmal fegte sie auch der Höllentäler hinaus aus der Stadt in Richtung der Sumpfwiesen, wo sie sich verflüchtigten.

In jener Zeit war es wahrlich keine Freude, eine solch gute Nase zu haben, wie wir Hunde sie nun mal besitzen. Aber ich kann mich nicht beklagen, denn ich hatte das Glück, mit meinem Meister immer wieder in die nahen Wälder an den Schwarzwaldhängen gehen zu dürfen. Dort roch es nach feuchter Erde, Tannen, Hasen und Wildschweinen, deren Fährte ich dann aufnahm – und die Nase wurde vom Fluch zum Segen. Was war das immer für ein Fest, wenn ich ihm ein Tier vor die Flinte treiben konnte und wir zurückkamen mit einer Beute, die dann gemeinsam mit Familie, Nachbarn und Freunden verspeist wurde. Im bescheidenen Haus des Mehlhändlers Peter Jehle, meines Meisters, waren der Wein und die Geselligkeit gern gesehene Gäste, und so beschwerlich der Alltag manchmal war, umso ausgelassener war jeweils der Festschmaus nach dem Jagdglück.

Mein Meister wusste ganz genau, wem er es zu verdanken hatte, dass es auf unserem Tisch überdurchschnittlich oft Fleisch gab: nämlich mir. Als hilfloses graubraunes Fellknäuel hatte er mich drei Jahre zuvor aus der Gosse gezogen, wohin ich vom herzlosen Besitzer meiner Mutter geworfen worden war, und mir ein Zuhause und sogar einen Namen gegeben. Er nannte mich Wilma. Was war ich stolz, einen Namen zu besitzen!

Ich war ihm ewig dankbar und gab mein Bestes für ihn und seine Frau. Und weil dieses Beste sich so positiv auf seinen Speiseplan auswirkte, ließ Jehle auch für mich immer wieder leckere Stücke zu Boden fallen.

Nur dem Grafen von Schauenburg, den die vorderösterreichische Regierung im Jahr 1754 nach Freiburg gesandt hatte, gefiel es nicht, wenn das gemeine Volk in den Wäldern der Jagd nachging, welche eigentlich dem Adel zum Zeitvertreib vorbehalten war. Er sprach ein Verbot aus, was uns allerdings keinen Eindruck machte. Eines Tages wurden mein Meister, dessen Kumpel Martin Imbery und ich allerdings beim Jagen – das nun Wildern hieß – erwischt, und unseligerweise befanden wir uns da gerade auf markgräflichem Gebiet. Eine Ladung Schrot der Herren, die uns erwischten, verfehlte Imbery und mich äußerst knapp, blieb allerdings in Jehles Bein stecken. Nur mit Mühe schafften wir die Flucht. Zu Hause versteckte mein Meister sich und ließ sich von seiner Frau Brigitta versorgen. Sooft ich konnte, schlich ich mich zu ihm. Seine Wunde am Bein war groß und rot. Glücklicherweise waren alle Schrotkugeln aus dem Unterschenkel wieder raus. Seine Frau hatte die Operation mit Hilfe von viel Schnaps geschafft, den sie einerseits zum Desinfizieren benutzt hatte und andererseits, um ihren Ehegatten in einen ohnmächtigen Dämmerzustand zu versetzen, sodass er nahezu schmerzunempfindlich geworden war.

Nun lag der Meister seit Tagen schnarchend auf seinem Strohsack. Seine Stirn war fiebrig glänzend und bereitete mir Kummer. Hoffentlich entzündete die Wunde sich nicht noch mehr! Wundbrand war eine sehr häufige Todesursache. Manchmal reichten schon kleinste Verletzungen aus, um den Körper von innen zu vergiften – nicht auszudenken, was dann erst eine Ladung markgräflicher Schrotkugeln anrichten konnte!

Wann immer es mir möglich war, leckte ich darum meines Meisters Wunde am Bein. Obwohl Hildegard von Bingen bereits im Mittelalter gesagt hatte, dass die Wärme unserer Zungen den Wunden Gesundheit brächte, sah Brigitta das anders und jagte mich jeweils mit Schimpf und Schande aus dem Haus, wenn sie mich dabei ertappte. Dann verzog ich mich in den Hinterhof und wartete auf die nächste günstige Gelegenheit.

Als die Wunde dank meiner Fürsorge allmählich ausheilte, kam neues Ungemach, denn der Graf wollte den Jagdfrevel nicht auf sich sitzen lassen und bestellte meinen Meister und seinen Kumpan nach Emmendingen. Natürlich dachten die beiden nicht im Traum daran, sich in die Hände des Markgrafen zu begeben, und die Folge war erst ein Briefwechsel und schließlich ein anderthalb Jahre dauernder Behördenkrieg, zu dem die beiden gar nichts mehr beitragen konnten. Die Sache verselbstständigte sich: Auf der einen Seite stand das Freiburger Stadtbürgertum und auf der anderen Seite die habsburgische Landesregierung, und beide wollten recht haben.

Viele Monate später, am 16. August 1757, begaben sich Jehle und Imbery dann doch noch zum Bürgermeister, der sie zum Gespräch geladen hatte. In der Zwischenzeit hatte ich fast einem Dutzend Welpen das Leben geschenkt und auch Brigitta war hochschwanger.

Immer heißt es, nur Katzen hätten einen sechsten Sinn. Doch ich spürte ganz genau, dass etwas nicht stimmte, und so folgte ich Jehle und Imbery unauffällig. Ich schlüpfte hinter ihnen ins

Rathaus und wurde Zeugin davon, dass der Bürgermeister entgegen seinen Versprechungen nicht zu reden beabsichtigte, sondern die beiden sofort festnehmen und in den Gefängnisturm sperren ließ.

Welch ein Verrat!

So schnell ich konnte, rannte ich nach Hause und alarmierte die Meisterin. Brigitta brauchte einen Moment, bis sie begriff, weshalb ich wild bellend um sie herumsprang und so lange keine Ruhe gab, bis sic das Haus verließ. Erst als ein Nachbar außer Atem herbeigeeilt kam und das, was ich schon längst zu erklären versuchte, in menschliche Worte fasste, begriff sie endlich, was geschehen war.

Gemeinsam machten wir uns auf den Weg durch die Straßen. Während Brigitta die Menschen der Stadt zusammentrommelte, sorgte ich dafür, dass sich die Nachricht der Verhaftung auch unter den Hunden wie ein Lauffeuer verbreitete. Die Marktfahrer, Handwerker und Handlanger – sie ließen alles stehen und liegen und schlossen sich der wachsenden Menge an. Die Hunde sowieso. Gemeinsam zogen wir zum Franziskanerplatz vor den Gefängnisturm.

Es brodelte, Sprechchöre hallten zwischen den engen Gassen wider, und wir Hunde heulten uns die Seele aus dem Leib. Außenstehenden, die die wilde Horde so sahen, wurde es angst und bange, dabei war unser Ziel einzig und allein der Gefängnisturm.

Schon nach kurzer Zeit hatten sich auf dem Franziskanerplatz etwa 1.000 Menschen versammelt, davon wohl ungefähr 200 Frauen, was sehr viel war. Gewöhnlich blieben die Frauen außerhalb ihrer vier Wände stets im Hintergrund, aber Brigitta hatte es geschafft, sie zu mobilisieren und ihr zu helfen, ihren Mann von der Obrigkeit zurückzufordern. Auch dürften etwa 200 Hunde dabei gewesen sein. Mindestens. Wir wurden aber weitgehend ignoriert, obwohl der Lärm, den wir veranstalteten, mit dem menschlichen Tumult problemlos mithalten konnte.

Gleich nebenan in der Rathausgasse wohnte der Graf von Schauenburg, der es mit der Angst zu tun bekam. Er berief eine Sondersitzung im Rat ein. Stundenlang harrten wir aus, bis eine Abordnung von Frauen ins Rathaus durfte. Gerne wäre ich mit, aber sie ließen nur Menschen hinein.

Also blieb ich außen vor. Die Wartenden rollten, weil ja nichts anderes zu tun war, ganze Fässer voller Wein heran.

Wir Hunde machten uns Sorgen. Die Delegation saß innen am Tisch, während die Leute draußen immer betrunkener wurden. Nicht mehr lange, und kaum einer von denen würde noch aufrecht stehen können. Wir mussten handeln!

Also fing ich an zu bellen, und sofort stimmten die anderen mit ein. Wir Hunde bliesen zum Angriff! Wir rannten gemeinsam los in Richtung Turm, und die Menschen folgten uns. Sie johlten und schrien und trommelten mit allerlei Werkzeug und Löffeln auf Töpfe und Bleche. Es war ein Heidenkrach! Manche hatten sogar Äxte dabei, andere gruben Pflastersteine aus dem Boden, um sich zu bewaffnen.

Die Wachen vor dem Turm schossen ein paar Mal in die Luft und flohen dann ins Innere des Gebäudes. Die Frauen schlugen mit den Äxten gegen die Türen, und mithilfe eines dicken Balkens, den man als Rammbock verwendete, gelang der Sturm auf den Turm schließlich. Imbery und Jehle kamen frei und verschwanden augenblicklich in der Menge.

Am nächsten Morgen ging die ganze Meute demonstrativ vor den Stadtmauern auf die Jagd und solidarisierte sich so mit der Tat der beiden, die für eine so lange Verstimmung und schließlich die Eskalation gesorgt hatte. Was war das für ein Fest!

Erst danach bekam ich meinen Meister wieder zu Gesicht. Einige Tage lang versteckte sich die ganze Familie bei Freunden, und ich wachte vor deren Tür. Jedem, der sich meinen Leuten in feindlicher Absicht zu nähern trachtete, hätte ich sofort die Nase aus dem Gesicht gebissen!

Für den Aufstand auf dem Franziskanerplatz wurden übrigens nicht viele Teilnehmer bestraft. Zwei angebliche Rädelsführer – beide Metzger von Beruf – wurden verhaftet, doch bald darauf vom Turmwächter selbst wieder befreit. Dieser musste daraufhin zusammen mit seiner Familie die Stadt verlassen.

Frauen wurden keine angeklagt. Obwohl man fortan vom Weiberkrieg sprach, konnte sich die Obrigkeit offenbar nicht vorstellen, dass Frauen zu einer solchen Tat imstande seien. Bestraft wurde darum keine einzige.

Doch das Wort Weiberkrieg entspricht nur der halben Wahrheit. Denn eigentlich, so ganz unter uns, müsste diese Episode in der Geschichte Freiburgs Hundekrieg heißen, denn wir waren es, die die Sache angezettelt haben. Ohne uns säßen Jehle und Imbery vielleicht immer noch im Turm.

Aber wir wollen mal nicht so sein. Schließlich sind wir die besten Freunde des Menschen, und Worte sind für uns nicht wichtig. Wir stehen nur für die Taten.

Darum wird auch nie jemand erfahren, wer den Grafen von Schauenburg bei nächster Gelegenheit höchstpersönlich in den Hintern gebissen hat, sodass dieser sich ein neues Wams anfertigen lassen musste. Das bleibt ein Geheimnis. Noch heute erfüllt ein freudiges Kribbeln mein Maul und strahlt bis in die Eckzähne, wenn ich daran denke. Aber diese letzte Heldinnentat des Freiburger Hundekriegs haben die Geschichtsschreiber leider nicht rapportiert.

Historischer Hintergrund

In der Mitte des 18. Jahrhunderts, nachdem Freiburg nach französischer Besatzung wieder vorderösterreichisch geworden war, wurden die beiden Mehlhändler Peter Jehle und Martin Imbery beim Wildern auf markgräflichem Gebiet erwischt. Obwohl Jehle angeschossen wurde, gelang ihnen die Flucht. Die Folge war ein behördliches Hickhack zwischen dem Stadtbürgertum Freiburgs und der habsburgischen Landesregierung, das sich über ganze anderthalb Jahre hinzog. Am 16. August 1757 wurden Jehle und Imbery schließlich festgenommen, doch sie blieben nicht lange im Gefängnisturm, denn Brigitta Jehle, die Frau des einen Verhafteten, organisierte einen Volksauflauf, der riesigen Radau machte und schließlich die Gefangenen befreite. Gemäß zeitgenössischen Berichten waren an der Rebellion etwa 200 Frauen und 800 Männer beteiligt – ein für diese Zeit außergewöhnlich hoher Frauenanteil. Darum ging das Ereignis unter dem Namen Weiberaufstand oder Weiberkrieg in die Geschichte ein. In der Folge wurde allerdings keine einzige der Frauen – auch keine Rädelsführerin – von der Obrigkeit belangt, sondern es wurden nur gegen einzelne Männer Strafen ausgesprochen. 1757 lag es wohl jenseits jeder Vorstellungskraft, dass Frauen mit solch aufmüpfigen Geschehnissen überhaupt irgendwas zu tun haben konnten. Man traute ihnen nichts zu. Nicht einmal kriminelle Taten und Aufwiegelei.

Ulrike Halbe-Bauer

Knechtschaft und Liebe

Oktober 1848

Hinter ihm knallte die Tür, ein Schlüssel drehte sich. Er kannte das bereits. Gestern die Burg in Säckingen, jetzt ein Turm in Freiburg. Er schloss die Augen, wollte die Zelle nicht sehen. Über den Rhein war er gekommen, über den Schwarzwald. Spätsommertage am Hochrhein, goldenes klares Licht, lange Schatten, grüne Wiesen, Apfelwiesen, Rebhänge voll süßer Trauben, wie hätte er das zu einer anderen Zeit genossen.

Er atmete mühsam. Die abgestandene Luft widersetzte sich ihm. Zögerlich öffnete er die Augen. Undurchdringliches Grau, ein kleiner Raum mit hohen Wänden, nur langsam tastete sich sein Blick durch das Halbdunkel. Oben in der Außenwand ein vergitterter Schlitz, fast verdeckt von einer grauen Scheibe. Die Wände nicht verputzt, es roch scharf-säuerlich. Der graue Stein, Schimmel, Moder, er mochte nicht darüber nachdenken, was seine Vorgänger hier an die Wände geschmiert oder gekotzt hatten. In der Ecke ein Eimer für die Fäkalien, ein uralter Strohsack auf dem Boden, eine schmuddelige Decke, ein wackliger Tisch und ein Hocker.

In diesem Loch sollte er hocken? Tage, vielleicht Wochen lang? Bis zu seiner Anklage. Oder würde es dazu erst gar nicht kommen, würde man ihn ohne Gerichtsverfahren liquidieren? Infolge des Nebels war der Sichttelegraph ausgefallen, der den Belagerungszustand und das Standrecht in Säckingen verkünden sollte. Ohne Befehl hatte man sich dort nicht getraut, den Gefangenen zu erschießen und er war nach Freiburg gebracht worden. Aber selbst wenn man ihm sein Leben ließ, er wusste, dass den Gefangenen oft über Monate nicht mitgeteilt wurde, was ihnen vorgeworfen wurde. In der Zwischenzeit drohten Krankheiten, Seuchen, eine Lungenentzündung. Oder einfach Verzweiflung.

Trotz aller Aufregung war er hundemüde und fror. Aber sich auf diesen Strohsack zu legen, in dem es von Ungeziefer wimmelte? Die stinkende Decke über sich zu ziehen? Das Schlagen einer Turmuhr zu hören, jede Viertelstunde? Der Kopf dröhnte, an Schlaf war nicht zu denken. Trotzdem war er nach Stunden voller Unruhe eingeschlafen.

Am Morgen herrschte in der Zelle die gleiche Düsternis wie am Tag zuvor, die Luft schien noch stickiger geworden zu sein. Er verrückte den Tisch, schob ihn unter das Mauerloch. Dann stieg er hinauf, vorsichtig die Balance haltend. Der Tisch ächzte und wackelte. Aber er erreichte die Maueröffnung mit der Hand und konnte das lose festgesteckte Stück Glas an sich nehmen. Ein Luftzug, wunderbar frische Luft strömte herein. Als er sich auf die Zehenspitzen stellte, sah er ein winziges Stück Berghang mit einzelnen Bäumen. Der Schwarzwald.

Die Klappe an der Tür krachte herunter. Er schrak zusammen. Nur nicht abstürzen jetzt. Dann hörte der Gefangene ein Lachen, ein helles, fröhliches junges Lachen. »Durch das Fensterchen werden Sie wohl kaum entfliegen, Herr Liebknecht. Aber es ist ein wenig heller hier geworden. Wenigstens am Tag. Das ist schön.«

Vorsichtig kletterte der Gefangene vom Tisch, währenddessen die junge Frau auf die Klappe der Tür eine Schale Brei und einen Krug Wasser abstellte. »Herzlich willkommen in unserem gastfreien Haus. Sicher können Sie eine Stärkung gebrauchen. Sie sind hier in guter Gesellschaft. Leider ist das Gefangenenessen nicht beste französische Küche, das Haus und auch die übrigen Türme der Stadt sind überfüllt, während der Küchenetat nicht aufgestockt wurde.«

Wilhelm Liebknecht stand und starrte, musste sich ein wenig bücken, um das Gesichtchen vollständig zu sehen. Das konnte nicht sein. Er hatte den Verstand verloren. Er war im Freiburger Turm, einem Gefängnis, aber er blickte durch die Klappe der eisenbeschlagenen Tür in ein Mädchengesicht, in hellbraune Augen, die Herzensgüte und Offenheit ausstrahlten.

»Was schauen Sie so verdattert? Ich bin die Ernestine Landholt, mein Vater ist hier Aufseher. Früher war er Offizier. Aber er ist nicht mehr ganz sicher auf den Beinen, da haben sie ihn hierher versetzt und ich helfe ihm beim Austeilen des Essens.« Sie senkte die Stimme ein wenig: »Die Frau Struve ist auch hier im Turm untergebracht, von der soll ich herzliche Grüße ausrichten. Es geht ihr nicht gut. Ihr Mann ist nach Rastatt in die Festung verlegt worden.«

Sie zwitscherte noch eine Zeit lang weiter, während Wilhelm stumm dastand. »Sie müssen jetzt essen«, sagte sie schließlich, »da geh ich mal lieber.« Ein aufmunternder Blick, ein Lächeln, dann wandte sie sich ab. Während sie den Gang entlangging, begann sie zu summen. Die Gedanken sind frei, glaubte er zu hören.

Benommen griff er nach der Schüssel, setzte sich an den Tisch, stopfte den Brei in sich hinein. Er schmeckte fade, die Körner waren grob geschrotet, wenigstens schwammen einige Fettaugen obendrauf. Er stand auf, wartete. Schließlich kam die junge Frau zurück, nahm die leere Schale, grüßte freundlich und verschwand.

Der Tag zog sich endlos. Wilhelm stapfte unruhig hin und her, stieg auf den Tisch, kletterte herunter. Versuchte sich mit Turnübungen warm zu halten. Dieses Mädchen, er musste einer Einbildung erlegen sein. Und doch lauschte er immer wieder in den Flur hinaus. Ein paar Mal hörte er Schreie, harte, befehlende Stimmen, klägliche Antworten, die er nicht verstand. Einmal, wohl aus dem Hof, tönte ein Lied herauf. Er versuchte Klopfzeichen zur Nachbarzelle hinüber zu geben, wummerte gegen die dicke Mauer, es antwortete niemand. Gegen Abend, endlich, hörte er Schritte, Klappen fielen herab, eine nach der anderen, wieder die Mädchenstimme. Ernestine. Er hielt sich die Ohren zu.

Doch stand er direkt hinter der eisenbeschlagenen Tür, als diese Klappe fiel. Erneut blickte er in die dunklen, ernsten Augen. Sie strahlten bei seinem Anblick auf. »Heute Abend ist die Kost ausnahmsweise etwas feudaler. Frau Struve hat mich zu den Rottecks geschickt und die haben im Föhrenbacher Hof für Sie ein Essen bestellt. Ein Würstchen mit Gemüse und Spätzle. Hoffentlich ist ein wenig Fleisch drin. Zumindest riecht es köstlich. Sie werden sich wie im Paradies fühlen, dazu gibt es einen Becher Wein mit Wasser. Eine Zeitung hat die Frau Struve auch erübrigt. Leider bekommt sie nur die reaktionäre Freiburger Zeitung zugeteilt, aber die fortschrittlichen sind für die Gefangenen verboten.«

Der Gefangene musste lachen. »Das Paradies habe ich mir ein wenig anders vorgestellt, aber ein solches Essen – das ist unfasslich. Sagen Sie der Frau Struve herzlichen Dank und auch Ihnen ein von Herzen kommendes Dankeschön.«

Ernestine errötete. »Gern geschehen«, flüsterte sie. »Weiter kann ich Ihnen leider nicht helfen. Auf den Hof dürfen Sie erst, wenn Sie verhört worden sind und Ihnen die Anklage vorgelesen worden ist. Das kann dauern. Frau Struve gilt als Kriegsgefangene. Da sind die städtischen Behörden nicht zuständig. Das wird bei Ihnen nicht anders sein. Wenn Sie Beschwerden haben, die gebe ich gern weiter. Der Gefängnisdirektor ist ein recht umgänglicher Mensch. Ach, und wenn es laut wird heute Nacht, am Wochenende haben wir immer Hochbetrieb, Betrunkene, Gesindel, die lärmen furchtbar herum. Lassen Sie sich davon nicht beunruhigen.«

Fort war sie. Da er wusste, dass sie später noch einmal kommen würde, aß er langsam und mit Genuss. Vielleicht würde es doch nicht so schlimm. In Freiburg gab es offensichtlich Bürger, die den Kämpfern für Freiheit und Gleichheit zugetan waren. Vielleicht würde er bald verhört werden, er würde mit seinen Mitstreitern reden können und die Ereignisse draußen würden irgendwann eine Entscheidung bringen.

Dieser Wunsch erfüllte sich nicht. Die folgenden Tage dehnten sich unerträglich, niemand verhörte ihn, niemand holte ihn aus der Zelle, kein Hofgang, kein Wort zu anderen Gefangenen. Verlorene Zeit, die er dringend gebraucht hätte, um mit seinen politischen Freunden weitere Aktionen zu planen. Stattdessen lange graue Tage, unterbrochen von den Mahlzeiten und den Worten mit Ernestine.

Er schien ihr zu gefallen und sie war neugierig, wollte wissen, warum er nicht in die Schweiz geflohen sei? Anstatt sich festnehmen zu lassen.

»Erzählt man sich das unter den Aufsehern?«

»Ja, und dass Sie Ihr grünes Freischärlerhemd nicht abgelegt hatten und auch die rote Feder nicht, sodass man Sie leicht erkennen konnte.«

»Die rote Feder hatte ich abgelegt. Doch das Hemd, ich bin stolz darauf, dass ich Gustav Struve bei seinem Freiheitszug gefolgt bin. Wieso sollte ich fliehen? Das tun nur Feiglinge. Ich will die Duckmäuserei, das Untertanenwesen in Deutschland nicht länger ertragen. Alles spricht für eine neue Gesellschaft, für die freie Republik.«

»Die wollen die meisten Menschen in dieser Stadt auch. Aber jetzt scheint der Aufstand endgültig niedergeschlagen.«

»Abwarten. Noch gibt es die Nationalversammlung und ganz Wien steht unter Waffen, der Kaiser ist geflohen. Das wird sich fortsetzen bis zu uns.«

Sie schüttelte zweifelnd den Kopf und schloss die Klappe. Am nächsten Morgen wollte sie wissen, woher er stamme, unten würde erzählt, er sei Schweizer. Aber so würde er nicht reden.

Das stimme. Er habe eine Zeit in Zürich gelebt, aber er sei Oberhesse aus Gießen, habe Beamter werden sollen wie sein Vater, Jurist. »Doch wollte ich mich nicht in die Zwangsjacke eines Brotstudiums stecken lassen, habe etliche Fächer studiert, Theologie, Philosophie, Literatur, Sprachen, mir Zeit gelassen, um die Welt zu verstehen.« Eine Zimmermannslehre habe er nebenbei absolviert, weil er damals nach Amerika habe auswandern wollen.

»Und wie sind Sie in die Schweiz gekommen? Das erzählen Sie mir dann morgen.« Krachend schlug die Klappe hoch. Weg war sie samt dem Wagen mit dem Suppentopf.

Am nächsten Tag erzählte er, er habe bereits eine Schiffspassage bezahlt gehabt. Aber dann habe er im Postwagen nach Hamburg einen Mann getroffen, der ihn tüchtig ausgeschimpft habe. Amerika, so ein Unsinn, hier in Europa müssten sich die Verhältnisse ändern. In Amerika würde er nur ausgewanderte Junker wiedertreffen, die dort Sklaven für sich arbeiten ließen. »Er hat mich nach Zürich geschickt und dort konnte ich als Lehrer in einer Fröbel'schen Musterschule arbeiten. Einer Schule, in der Kinder ernst genommen werden, nicht gebrochen, wo Kinder ihre Umgebung spielerisch selbst erforschen.«

Sie legte ungläubig die Stirn in Falten, was ihm ein Lächeln entlockte. »Ein Mädchen, das gerne nachdenkt«, kommentierte er. »Das gefällt mir.« Sie wehrte ab, als er nach ihrer Familie fragte. Da gebe es nichts von Bedeutung zu berichten. Doch er bestand darauf. Offenheit gegen Offenheit.

»Morgen«, versprach sie. »Und nur, wenn Sie mir weiter von der Musterschule erzählen.« Wilhelm nickte. Noch ein freundlicher Blick, dann war er allein bis zum nächsten Morgen.

»Dass mein Vater Offizier war, wissen Sie ja bereits. Offizier beim Badischen Dragonerregiment. Meine Mutter hat ihm zwanzig Kinder geboren, sieben davon haben überlebt. Fünf Brüder und zwei Schwestern. Da war immer viel zu tun und viel zu trauern. Als ich klein war, waren wir wirtschaftlich nicht schlecht gestellt, aber in den letzten Jahren haben wir wie alle gedarbt. Die Hungersnot, das schlechte Wetter.«

»Sie sprechen ein klares Hochdeutsch, nicht wie die übrigen Badener. Wenn ich nicht in Zürich gelebt hätte, hätte ich auf diesem Feldzug niemanden verstanden, nicht einmal Gustav Struve.«

»Nicht nur in Zürich kann man etwas lernen. In Freiburg gibt es gute Schulen für Mädchen, die Lehrfrauen sind zwar streng, aber wir haben Hochdeutsch und Französisch gelernt, sogar etwas Klavier«, setzte sie stolz und ein wenig verlegen hinzu.

Sie hatten eine Menge Zeit, miteinander zu reden. Zwar immer nur wenige Minuten, dazwischen lange Stunden, die sie einfach übergingen.

Den ganzen Oktober berichtete Ernestine ihm, was über Wien nicht in der Freiburger Zeitung stand, aber in der Stadt an jeder

Ecke kommentiert wurde. Die Bürger in Waffen, die kaiserlichen Truppen rückten von allen Seiten auf die Stadt zu. Am Ende des Monats die Niederschlagung des Aufstandes. Als Liebknecht von der Erschießung Robert Blums in Wien erfuhr, der als Abgeordneter des Frankfurter Parlamentes Immunität genoss, war er einen ganzen Tag lang nicht ansprechbar. Verweigerte ihr auch den Blick, der sonst so vieles ausdrückte.

Nichts geschah, zumindest nicht im Freiburger Gefängnis. Grauer Alltag, verstärkt durch eisige Kälte. Aus der Stadt brachten Bürger den Gefangenen Decken und warme Kleidung. Nur wenige Zellen hatten einen Ofen. Wilhelm wärmte sich an den Augenblicken mit Ernestine. Doch wenn sie den stinkenden Eimer abholte, glühte er vor Scham und wandte sich ab. Wie gern hätte er ihr diese Drecksarbeit abgenommen. Aber ihr Vater stand mit dem Schlüssel daneben. Da musste er sich unbeteiligt geben.

Eines Montags wurde er endlich zum Verhör abgeholt. Schlaftrunken, jedoch freudig erregt, folgte er dem Wärter. »Jetzt kann ich mich endlich verteidigen«, rief er seinen Mitgefangenen vom Hof aus zu.

Als Ernestine ein paar Stunden später an seine Zelle trat, hockte der Gefangene zusammengesunken, das Gesicht totenbleich, auf seinem Hocker. Sie rief ihn mehrmals an, keine Reaktion. Da bekam sie es mit der Angst zu tun, drehte sich um und rannte den Gang entlang, die Treppe hinunter. Im Zimmer der Wärter war niemand zu sehen. Vorsichtig nahm sie aus einem Wandschränkchen den Zellenschlüssel, der für den Notfall gedacht war und unbeachtet dort hing, ging zurück, langsam jetzt, um nicht aufzufallen. Sie drehte den Schlüssel im Schloss, öffnete die Zellentür und betrat den Raum.

»Wilhelm«, flüsterte sie. Er sah sie nicht.

Sie begann zu weinen, umschloss ihn mit den Armen, streichelte ihn, hockte sich vor ihn hin und versuchte, seinen Blick zu fixieren. Schließlich küsste sie ihn auf die Stirn, rief ihn an: »Wilhelm, was ist, was haben sie mit dir gemacht?«

»Sie haben nichts ausgelassen«, flüsterte er tonlos. »Mir jedes mögliche Verbrechen angelastet. Hoch- und Landesverrat, Kassenraub, gewaltsame Erpressung, Anstiftung zu Mord, Diebstahl, Raub. Dazu Brandstiftung, Mordversuch, Mord. Ich werde hier verfaulen.«

Ernestine holte tief Luft, hielt ihn fest: »Das wirst du nicht.«

»Wie meinen Onkel Weidig werden sie mich jahrelang in Untersuchungshaft halten und drangsalieren. Der Onkel lag eines Morgens in seinem Blute in der Zelle. Niemand weiß, was geschah. Selbstmord ist die offizielle Version. Sein Sohn, verschüchtert, zerbrochen, hat angefangen zu trinken, sein eigenes Leben ist ihm nichts mehr wert. Sie haben gleich zwei Menschen umgebracht.«

»Aber hier wirst du nicht drangsaliert, unten stand am Brett, dass du jetzt zweimal in der Woche in den Hof darfst.«

»Um auf der Stelle zu laufen, mich mit Turnübungen gesund zu halten? Wozu?«

Sie lauschte angstvoll zur Tür, machte sich los, drückte ihm noch einen Kuss auf die Stirn und war verschwunden. Der Gefangene sank auf sein Lager.

Immerhin konnte er von dem winzigen Hof aus Gesichter von Mitgefangenen erahnen, manchmal rief ihm jemand etwas zu oder er rief etwas hinauf. Manchmal begegnete ihm Ernestine im Flur oder auf der Treppe, lächelte ihn aus ihren großen Augen an, hob schelmisch ihr Kinn, damit er das von ihm bewunderte Grübchen sah, während das übrige Gesicht seinen schwermütigen Ausdruck behielt.

Sie war klein, mindestens einen Kopf kleiner als er, schmal. Trotzdem strahlte dieses Persönchen etwas aus, sie schritt aufrecht einher, fast majestätisch. Ein andermal konzentrierte er sich auf ihre üppigen, seidig glänzenden, braunschwarzen Flechten, aus denen sich einige Locken befreit hatten. Auch ihre kleinen Füße fielen ihm auf. Eine chinesische Dame würde sich glücklich schätzen, dachte er und grinste in sich hinein.

Bei der nächsten Mahlzeit berichtete er ihr natürlich von seinen Beobachtungen. Sie legte zum Dank ihre hohe Stirn in Falten.

Sie wusste ja, dass er das für ein Zeichen ihrer Intelligenz hielt. Auch schätzte er ihre offene, freimütige Art. Trotzdem gelang es Ernestine oft nicht, Wilhelm aus seinem trüben Gemütszustand herauszuholen.

Im Dezember kam Ernestine aufgeregt mit der Nachricht, dass Karl von Rotteck, der Sohn des berühmten Wissenschaftlers, gegen Kaution aus der Festung Rastatt entlassen sei und in der Stadt eine Demonstration zu Ehren Robert Blums organisiere. Das richtete den Gefangenen ein wenig auf. Doch als zum Jahresende hin die Nationalversammlung die Grundrechte für alle Deutschen beschloss, zuckte er nur mit den Schultern. »Auf dem Papier vielleicht.«

Schließlich gab es Gerüchte, Gustav Struve und Karl Blind sollten in Freiburg vor ein Geschworenengericht gestellt werden. Ein erster Geschworenenprozess auf deutschem Boden, eine der wichtigsten Forderungen der Revolution! Wilhelm schöpfte ein wenig neuen Mut. Im Turm fanden fliegende Blätter ihren Weg durch die Zellen. Ein Geschworenenprozess, das hieß Beteiligung des Volkes, keine willkürliche Rechtsprechung durch die obrigkeitlichen Gerichte. Wenn es ernst gemeint war.

Warten, Hoffen, einen langen, kalten Winter lang. Frieren, knapp bemessene Mahlzeiten. Ernestine berichtete, dass auch die Bevölkerung der Stadt wenig zu essen habe. Dunkelheit, aber jeder Tag ein wenig erhellt von den Blicken der Liebenden und mit jedem Monat des neuen Jahres 1849 auch ein klitzekleines bisschen mehr von der Sonne. Wenn der Gefangene gar zu schwermütig auf seinem Lager hockte und ihr die tröstenden Worte ausblieben, stahl sie den Zellenschlüssel und sie tauschten lange, tiefe Küsse.

Für den Hochverratsprozess im März wurden Struve und Blind nach Freiburg verlegt und Frau Struve durfte in Begleitung von Ernestines Vater ihren Mann in seinem Gefängnis besuchen. Der Prozess im Hofgerichtssaal gegen Struve und Blind verlief sensationell. Obwohl die Angeklagten ihre umstürzlerischen Taten keineswegs leugneten, erklärten die Geschworenen sie in den meisten Punkten für »nicht schuldig«, weil die Taten während der Revolution geschehen seien. In den wesentlichen Punkten wurden Struve und Blind freigesprochen. Fünf Jahre würden sie eingekerkert bleiben, aber darüber hatte Struve nur gelacht. In einem halben Jahr hätte das Volk sie längst aus der Festung Rastatt befreit.

Die Atmosphäre im Turm änderte sich schlagartig. Die Aufseher wurden freundlich und hilfsbereit. Die Gefangenen im Turm veranstalteten ein wildes Trommelkonzert an ihren Gitterstäben für Struve und Blind. Ernestine konnte ihren Gefangenen in seiner Zelle mit Erlaubnis besuchen, ihm ein paarmal auch in den Hof folgen. Da gingen sie dann ein wenig verlegen unter den Augen der Mitgefangenen ein paar Schritte hin und her und konnten sich aneinander nicht sattsehen.

Frau Struve wurde ohne Prozess aus dem Turm in Freiheit gesetzt. Vom Hof aus rief sie allen Mitgefangenen aufmunternde Worte zu. Ein paar Tage später kam die Nachricht aus Berlin, dass Friedrich Wilhelm die deutsche Kaiserkrone, welche ihm die Nationalversammlung anbot, als »Spottgeburt von Dreck und Latten« von sich wies. Für Liebknecht eine gute Nachricht. »Wir brauchen die Republik, keinen preußischen Kaiser«, erklärte er Ernestine.

Wilhelms Geschworenenprozess war für den 11. und 12. Mai 1849 angesetzt. Der Anwalt Lorenz Brentano kam aus Karlsruhe angereist, wurde aber von dem Gefangenen zurückgeschickt, weil er Wilhelm vor Gericht als einen arglosen Verführten hinstellen wollte. Das fand Wilhelm ungeheuerlich. Er ließ sich Feder, Tinte und Papier bringen und verfasste seine Rede vor dem Gericht. Gänzlich auf seine Arbeit konzentriert, formulierte er Satz für Satz eine leidenschaftliche Anklageschrift. Wenn Ernestine vorbeikam, konnte er sich nur schwer davon lösen, er füllte Seite um Seite und sie musste ihn mehrmals auffordern, etwas zu essen.

Am Tage von Wilhelm Liebknechts Prozess erreichte Freiburg die Nachricht, dass die Soldaten der Festung Rastatt meuterten.

Ganz Freiburg geriet in Bewegung. Im Gerichtssaal flüsterte der Hauptbelastungszeuge Wilhelm am Eingang zu, dass er schweigen werde, der Staatsanwalt erklärte alle Anklagepunkte bereits am Anfang der Sitzung für nichtig, die Geschworenen äußerten ein knappes »nicht schuldig«, dann brüllte der Vorsitzende in den Lärm hinein, die Angeklagten seien sofort in Freiheit zu setzen. Liebknecht protestierte, er wollte erst seine Rede halten, durch die er das Gericht hatte anklagen wollen. Doch achtete niemand mehr darauf. Unter Hochrufen wurden die Angeklagten hinausgetragen, wo eine jubelnde Menge sie empfing.

Mittendrin, nehmen wir einmal an, Ernestine, jubelnd, überwältigt und mit bangem Herzen. Gehörte dieser Wilhelm ihr noch? In den letzten Tagen hatte er alle Trübnis und Schwäche abgelegt und von nichts anderem geredet als vom Aufstand in Rastatt und dass er so schnell wie möglich dorthin müsse.

Der Tag wurde ein Fest, die Obstbäume standen in Blüte, überall Blumen, festlich gekleidete Menschen, Umzüge. Wilhelm fühlte sich von einem tollen Wirbel erfasst. Umringt von seinen Mitstreitern, stürzte er sich in die Arbeit. Mit dem Abgeordneten der Nationalversammlung Fehrenbach zog er wenige Tage später bereits den abziehenden württembergischen Bataillonen nach, um auch sie für den badischen Aufstand zu gewinnen. Der Großherzog war geflohen, jetzt kam es darauf an. Wilhelms Mission scheiterte, aber immerhin waren die beiden mutigen Emissäre lebendig durch die feindlichen Truppen gelangt. Liebknecht hielt es nun nicht mehr in Freiburg, er brach nach Karlsruhe auf, wo eine provisorische Volksregierung die Herrschaft übernommen hatte. Ob er zwischendurch Ernestine sah? Wir wissen es nicht.

Mit der geschlagenen und von den Preußen gejagten Revolutionsarmee kehrte er Anfang Juli 1849 nach Freiburg zurück. Seine letzte Station vor dem Exil. Ein einziges Mal erlebte Ernestine am 4. Juli einen Abend auf dem Freiburger Schlossberg allein mit ihrem Geliebten.

Eine laue Sommernacht. Die beiden sind sich so nah wie nie zuvor, sie trägt ein weißes Florkleid und ihr langes Haar offen.

»Überirdisch schön«, findet Wilhelm sie und lässt das seidenweiche Haar durch seine Finger gleiten, tastet nach ihrem Grübchen. Sie küssen sich lange und innig. Es ist eine Seligkeit, die ihnen beiden den Atem nimmt.

Doch ist ihr Glück voller Sorge, was aus ihrer Liebe werden soll. Im Turm wusste Ernestine immer, was zu tun war, wie es weiterging. Sie hatte gelernt, mit seiner feinen Art, seiner Traurigkeit und Verzweiflung umzugehen, hatte seine Kraft wachsen sehen, seine Zuversicht und seinen Triumph erlebt. Und schon wieder muss er eine Niederlage verkraften und die Aussichtslosigkeit seiner Situation. Als Flüchtling wird er heimatlos durch Europa wandern. Wo soll da ihre Liebe einen Platz haben? Was kann er versprechen, ohne zum Lügner zu werden?

Die beiden kosten die Bittersüße dieser Nacht aus, trennen sich im Morgengrauen mit der Hoffnung im Herzen, dass es eine Zukunft geben wird, irgendwann, irgendwo.

Bei einem späteren Gefängnisaufenthalt, als sie längst ein Ehepaar waren, schrieb Wilhelm Liebknecht an seine Frau:

Der Liebe Stern, der uns im Kerker aufgegangen,
Er füllt auch jetzt mir freundlich meines Kerkers Nacht.
Zwar kann ich nicht, wie damals, Teure, Dich umfangen,
Nicht küssen Dich auf Stirn, auf Mund und Wangen,
Nicht sonnen mich in Deiner Augen Pracht.
Doch was den Körper hemmet, hemmt nicht den Gedanken …

Historischer Hintergrund

Wilhelm Liebknecht floh 1849 über Frankreich und die Schweiz nach London, wo er Mitglied des Bundes der Kommunisten wurde. In ihren Briefen versicherten er und Ernestine sich ihres Verlöbnisses. Doch fand Liebknecht lange keine Arbeit, erst 1854 konnte Ernestine nach London reisen. Die beiden wurden Nachbarn und Freunde der Familie Marx. 1856 wurde Sohn Richard geboren (gest. 1857); im Herbst 57 kam Alice Emily zur Welt. 1862 zog die Familie Liebknecht nach Berlin um, wo Liebknecht eine Zeit lang als Journalist arbeiten konnte, später als Vortragsredner und Sprachlehrer. 1863 kam Tochter Gertrud Elisabeth Pauline zur Welt. 1865 wurde die Familie aus Berlin ausgewiesen, Wilhelm Liebknecht fand in Leipzig ein neues politisches Betätigungsfeld in der Zusammenarbeit mit August Bebel. 1867 starb Ernestine Liebknecht an Tuberkulose. 1889 war Liebknecht eines der Gründungsmitglieder der Sozialistischen Internationale. Als Reichstagsabgeordneter der SPD wurde er zu einem wichtigen Kontrahenten Bismarcks. Liebknecht starb 1890 in Charlottenburg.

Der Gefängnisaufenthalt in Freiburg ist gut dokumentiert, einmal durch Amalie Struve, die zur gleichen Zeit im Turm einsaß, ihre Leidenszeit dort detailreich beschrieben hat und von Ernestine Landholt umsorgt wurde (Amalie und Gustav Struve: Heftiges Feuer. Die Geschichte der badischen Revolution 1848, Freiburg, Rombach 1998).

Von Liebknecht selbst gibt es biografische und politische Aufzeichnungen (Wilhelm Liebknecht: Erinnerungen eines Soldaten der Revolution, Berlin, Dietz, 1976) dazu einen Roman über Ernestines Leben (Wolfgang Schröder: Ernestine. Vom ungewöhnlichen Leben der ersten Frau Wilhelm Liebknechts, Leipzig, Verlag für die Frau, 1987, der viele Quellen – wie Briefe – zitiert).

Wie sich die Liebe zwischen dem Gefangenen und der Tochter des Aufsehers, die das Essen austeilte (und Frau Struve in vielem half), im Einzelnen entwickelt hat, ist natürlich literarische Ausgestaltung.

Ute Wehrle

Späte Rache

Keine Frage, der Verblichene musste zu seinen Lebzeiten sehr beliebt gewesen sein. An die hundert schwarz gekleidete Frauen und Männer, die sich mit Taschentüchern die Augen tupften, folgten dem von vier düster dreinblickenden Männern getragenen Eichensarg. Die meisten der Trauergäste schluchzten zum Steinerweichen – bis auf eine blonde Frau mit veilchenblauen Augen, die alles andere als betrübt wirkte. Zwar hielt auch sie den Kopf tief gebeugt, was sie allerdings nicht daran hinderte, dem strammen Kerl neben ihr immer wieder verstohlene Blicke zuzuwerfen. Dabei war sie peinlichst darauf bedacht, dass der alte Mann mit der wallenden grauen Mähne, der an ihrer linken Seite schritt und sie liebevoll am Arm hielt, nichts davon mitbekam.

Noch ein letztes Gebet des Pfarrers, und der Sarg verschwand im Boden.

Die Trauergemeinde begann, sich in alle Richtungen zu zerstreuen, und auch ich kroch davon, bevor mich jemand erspähen konnte. Besonders gut hatte es Mutter Natur mit meinem Äußeren nämlich nicht gemeint. Mit meiner warzigen Haut, den Glupschaugen und meinen kurzen Hinterbeinen galt ich gemeinhin nicht gerade als Schönheit. Doch während sich die Lebenden bei meinem Anblick angeekelt abwandten oder sich gar bekreuzigten, war es den Toten, die hier in den unterschiedlichsten Stadien der Verwesung unter der Erde lagen, völlig gleichgültig, wie ich aussah. Was auch der Grund dafür war, dass ich gern zwischen steinernen Grabmalen und schmiedeeisernen Kreuzen lebte. Genauer gesagt, konnte ich mir keinen schöneren Platz auf dieser Welt vorstellen.

Als die Totengräber begannen, das Grab zuzuschaufeln, verzog ich mich in ein kühles Erdloch und döste friedlich vor mich hin, bis sich die Abendsonne anschickte, ihre letzten Strahlen über den Friedhof in der Freiburger Vorstadt Neuburg zu senden. Allmählich wurde es Zeit, mich um meine Nahrung zu kümmern. Und davon gab es reichlich. Hier ein erschöpfter Wurm, dort ein leichtsinniges Insekt – ich musste wahrlich keine Angst haben, den Hungertod zu erleiden.

Zuvor machte ich einen Abstecher zur Mauer an der östlichen Seite, wo sich ein ganz besonderer Grabstein befand. Er schmückte die letzte Ruhestätte von Caroline Walter, einer blutjungen Frau, die Gevatter Tod viel zu früh zu sich geholt hatte. Ich war so in den Anblick ihrer aus Stein gehauenen engelsgleichen Gestalt versunken, dass ich die sich mir stetig nähernden Schritte erst im letzten Moment wahrnahm. Für eine Flucht war es eindeutig zu spät. Ich beschloss zu bleiben, wo ich war und versuchte, mich möglichst klein zu machen, was mir bei meinem geringen Körperumfang nicht allzu schwerfiel.

Ein junges Paar ließ sich kaum einen Meter von mir entfernt auf einer hölzernen Bank nieder. Nicht einmal ein Blatt hätte zwischen die beiden gepasst, so dicht saßen sie beieinander.

Ich betrachtete die Turteltäubchen genauer. War das nicht die Blonde mit den veilchenblauen Augen, die bei der Beerdigung am Arm des Alten gehangen und dabei heimlich mit dem jungen Kerl kokettiert hatte? Und genau der saß jetzt neben ihr und streichelte ihr mit seinen Pranken zärtlich über die Wangen. Wenn das mal kein Stelldichein war, von dem niemand erfahren durfte!

Das Seufzen der Frau drang durch die abendliche Stille. »Ach Liebster, ich wünschte mir, es wäre mein Ehegatte gewesen, den wir heute Nachmittag zu Grabe getragen hätten. Dann wäre ich endlich frei und du könntest die Schmiede übernehmen.« Ein Schauer überkam mich, als ich sie so reden hörte. Auch der Kerl wirkte erschüttert und legte ihr den Zeigefinger auf den Mund.

»So etwas darfst du nicht einmal denken, mein Herz. Bestimmt dauert es nicht mehr lange, bis Gott ihn endlich zu sich holt. Er ist fast schon ein Greis.« Er versuchte, ihr einen Kuss auf den schlanken Hals zu drücken, doch sie wehrte ihn ungehalten ab.

»Wie lange soll ich noch warten? Bis ich selbst alt und grau bin? Allmählich verliere ich die Geduld.«

»Schweig. Du versündigst dich. Ich will nichts mehr davon hören«, fuhr er sie an und rückte von ihr ab. Sein Blick irrlichterte über die Gräber, bis er schließlich an mir hängen blieb. Er sprang entsetzt auf. »Allmächtiger, eine Kröte. Wenn das kein böses Omen ist! Da siehst du, was du von deinem gotteslästerlichen Gerede hast.«

Die Blonde lachte boshaft auf. »Du bist mir ja einer. Hast du etwa Angst vor so einem hässlichen Tier? Schau her.« In aller Ruhe erhob sie sich graziös von der Bank, ging direkt auf mich zu und versetzte mir einen heftigen Tritt, der mich zwei Meter weiter unter eine Wildrosenhecke beförderte. »Das wird der Teufelsbrut eine Lehre sein. Und jetzt lass uns gehen. Der Alte sucht bestimmt schon nach uns, misstrauisch, wie er ist.« Sie nahm den Kerl an der Hand und machte sich mit ihm davon, während ich immer noch regungslos unter der Hecke lag. Zum Glück war ich unverletzt geblieben. Was nichts daran änderte, dass kalte Wut mein Herz erfüllte. Diese Hexe! Das würde sie mir büßen. Nur leider wusste ich noch nicht wie.

Die darauffolgenden Tage vergingen, ohne dass ich das Paar noch einmal zu Gesicht bekommen hätte. Bis das Totenglöckchen erneut läutete. War das möglich? Ich wollte schier meinen Augen nicht trauen. Gramgebeugt und falsche Tränen aus ihren veilchenblauen Augen vergießend schritt die Blonde direkt hinter dem Sarg, gefolgt von ihrem Liebhaber, der mehr als unbehaglich dreinblickte. »Mein Ehemann«, schniefte sie. »Mein geliebter Ehemann.« Merkte denn niemand, wie falsch ihr Gejammer und Wehklagen klang? Zu gern hätte ich allen offenbart, was ich in jener Nacht belauscht hatte. Allein, wer würde schon dem Quaken einer Kröte Beachtung schenken? Deshalb schaute ich schweigend zu, wie ihr der Pfarrer mitleidig die Hand schüttelte und Trost spendete. In jenem Moment schwor ich mir, die Metze und ihren Buhlen einer gerechten Strafe zuzuführen.

Die Jahre zogen ins Land und der Friedhof füllte sich immer mehr – und ich war meinem Ziel kein einziges Stückchen nähergekommen. Bis sich eines Abends der Totengräber, ein stiller Mann mit hagerem Gesicht, anschickte, die schon älteren Gräber auszuheben, um so Platz für neue Tote zu schaffen. Mit einer großen Schaufel bewaffnet schritt er direkt auf das Grab des Schmieds zu. Das war die Gelegenheit! So schnell ich konnte, folgte ich ihm und wartete ungeduldig, bis sich die Erde immer mehr auftürmte und der Sarg endlich freilag. Als der Totengräber ihn mit einem Ruck aufstemmte, fackelte ich nicht lange und hupfte entschlossen hinein.

Wie es mir gelang, dabei direkt im Schädel des Verblichenen zu landen, weiß ich nicht. Nur so viel: Bei dem Aufprall geriet dieser derart ins Schaukeln, dass die Aufmerksamkeit des Totengräbers geweckt wurde. Erst irritiert, dann erschreckt starrte er auf die sterblichen Überreste des Schmieds, dann griff er nach kurzem Zögern in den Sarg und fischte mit zitternden Fingern den Schädel heraus. Ich purzelte unsanft zu Boden, doch der Mann schenkte mir nicht die geringste Aufmerksamkeit. Stattdessen starrte er wie gebannt auf einen großen, krumm geschlagenen Nagel, der die Schläfe des Schmieds durchbohrte.

Genau wie mir musste dem Totengräber schlagartig klar geworden sein, was passiert war: So, wie es aussah, hatten das treulose Eheweib und ihr Liebhaber dem schlafenden Schmied diesen Nagel in den Kopf getrieben und anschließend sorgfältig die langen grauen Haare darüber drapiert, um den hinterhältigen Mord zu verbergen.

»Lumpenpack. Ihr kommt mir nicht davon!« Der empörte Aufschrei des Totengräbers durchbrach die nächtliche Stille, bevor er mit dem Beweisstück in der Hand davonrannte, als wäre der Leibhaftige hinter ihm her.

Eine kurze Weile blieb ich noch bei den sterblichen Überresten des Schmieds sitzen, dann suchte ich zufrieden das Weite.

Historischer Hintergrund

Die Geschichte vom Schmiedemeister, der von seiner jungen Frau und ihrem Liebhaber ermordet wurde, ist eine überlieferte Freiburger Legende. Angeblich wurde die Tat erst Jahre später bei Erweiterungsarbeiten auf dem Friedhof entdeckt.

Zu Fuße des Kreuzes auf dem Alten Friedhof im Freiburger Stadtteil Neuburg erinnern ein von einem Nagel durchbohrter Schädel und eine Kröte an das Verbrechen.

Julian Mackenthun

Der sechste Tag

Gott schuf also den Menschen als sein Abbild; als Abbild Gottes schuf er ihn.
Genesis 1, 27

Sie trafen sich, wie vom Gericht vereinbart, auf der Lichtung vor der Stadtgrenze. Der Mooswald war feucht und kühl an diesem Donnerstagmorgen, aber der Nebel hatte sich verzogen. Kein Wind ging, keine Vögel waren zu hören. Es war beinahe totenstill. Vielleicht kam es ihnen aber auch nur so vor.

Beide hatten schlecht geschlafen. Sie waren aufgeregt und hatten an diesem Tag ja sogar noch andere Dinge vor sich. Der eine würde am Vormittag seine chirurgische Examensprüfung in der Universitätsklinik ablegen, der andere wollte am Nachmittag mit seinen Korpsbrüdern zusammen feiern. Es war der 6. Februar: sein neunzehnter Geburtstag. Der Morgen war deshalb ihr Kompromiss gewesen. Es war der einzige geblieben, den sie hatten finden können.

Eduard Salomon kam auf einem Einspänner zur Waldlichtung gefahren, einer, wie ihn Ärzte damals oft benutzten. Sein bester Freund, Julius Schwarz, saß neben ihm auf dem Kutschbock. Er würde Salomons Sekundant und Paukarzt sein.

Das Pferd zog die Lefzen hoch und schnaubte Atemwolken in die Morgenluft. Sie hielten an, stiegen ab und gingen zu dem Unparteiischen hinüber, der mit dem anderen Paukarzt, Dr. Bräuninger, bereits am Rand der Lichtung auf sie wartete. Jetzt fehlten nur noch der Herausforderer und sein Sekundant.

Sie fuhren wenige Minuten später ein. Conrad Helmcke, sein Sekundant und Korpsbruder, lenkte das stolze, vierrädrige Coupé. Er selbst saß in der Kabine. Das Gefährt hielt an und Carl

Vering öffnete von innen die Kabinentür. Er stieg *langsam* aus, mit fast kaiserlicher Würde. Über seinen Schultern lag ein ockergelbes Plaid. Er zog es ab, faltete es säuberlich zusammen und legte es auf die Kabinenbank. Darunter trug er einen schwarzen Ulster mit einem etwas altmodischen, hohen Vatermörderkragen, als hoffte er, damit seinen Hals schützen zu können. Sie warteten auf ihn. Es war Carl Vering recht so.

»Guten Morgen«, sagte Reich, der Unparteiische, zu allen. Klar und nüchtern. Vering wusste, dass auch er Jurist war, in einem höheren Semester als er selbst.

»Ich stelle fest, dass nun alle anwesend sind«, fuhr Reich fort. »Damit belehre ich Sie, dass über die Angelegenheit vier Wochen lang Stillschweigen zu bewahren ist. Haben Sie das verstanden?«

Alle nickten. Reich drehte sich zur Seite. »Herr Salomon. Möchten Sie Ihre Ohrfeigen-Androhung gegen Carl Vering vom Sonntagabend zurückziehen?«

Salomon sah nicht Reich an, sondern Vering.

»Nein«, sagte er.

»Herr Vering«, fragte Reich nun weiter. »Möchten Sie Ihre Duell-Forderung vom Montag gegen Eduard Salomon zurückziehen?« Es klang, als würde er die obligatorische Frage sogar ernst meinen.

»Nein«, antwortete Carl Vering.

Reich sah sie beide kurz, mit festen Blicken an. Dann nickte er, ging ein Stück zur Seite und maß die Lichtung vor sich mit den Augen aus. Er drehte seine Hacke auf dem Waldboden, hielt inne – und machte einen Sprung nach vorn, landete, machte einen neuen Sprung, und noch einen, und noch einen: fünfzehn Sprünge insgesamt. Vereinbart gewesen waren Gehschritte. Niemand sagte etwas.

Am Ende markierte Reich auch die zweite Stelle mit der Hacke und ging wieder zu ihnen. Er hob ein Holzkästchen auf, das offenbar schon die ganze Zeit vor ihm gestanden hatte. Carl Vering bemerkte es erst jetzt. Darin waren die Pistolen. Kaliber-7mm-Hinterladerpistolen, aus dem Besitz des Senioren-Convents.

»Kopf oder Zahl?«, fragte Reich. Die Frage ging an Vering.

»Kopf«, antwortete Vering schnell.

Reich holte ein Halbmarkstück aus der Manteltasche, legte es auf seinen Daumennagel, schnickte es nach oben, fing es wieder auf und legte es mit der Rechten auf seinen linken Handrücken.

»Zahl«, sagte er. »Herr Salomon, Sie dürfen wählen.«

Salomon wählte die ihm nähere Pistole. Offenbar hatte er sich schon davor entschieden gehabt. Reich nahm die Waffe aus dem Holzkästchen, öffnete sie, schob eine Patrone ein, verschloss sie wieder und händigte sie Eduard Salomon aus. Danach wiederholte er die Prozedur für Vering.

Carl Vering war überrascht, wie schwer eine Pistole war. Tatsächlich war sie nicht viel leichter als die Säbel, die er von Mensuren kannte. Salomon dagegen schien seine Waffe mit der größten Selbstverständlichkeit zu halten. Offenbar hatte er am Sonntag bei aller Prahlerei noch nicht einmal gelogen.

»Ich werde gleich bis drei zählen«, sagte Reich. »Zwischen eins und drei können Sie Ihren Schuss abgeben.«

Beide schwiegen. Sie hatten verstanden.

»Kopf oder Zahl?«, fragte Reich wieder. Diesmal galt die Frage Salomon.

»Kopf«, antwortete der.

Wieder holte Reich das Halbmarkstück aus der Manteltasche, wieder schnickte er es nach oben, fing es auf und lege es sich auf den linken Handrücken.

»Kopf. Sie wählen die Seite.«

Salomon entschied sich für die Nordseite. Es war Carl Vering recht so. Er hätte ohnehin die Südseite für sich gewählt.

Helmcke, Schwarz und Dr. Bräuninger brachten sich in Stellung. Auch Salomon und Vering bezogen Position. Der eine links von Reich, der andere rechts. Beide seitlich eingedreht, den Kopf nach vorn gerichtet, die linke Hand hinter dem Rücken, die rechte an der Waffe. Fast wie Spiegelbilder standen sie sich gegenüber. Nur Salomon stand ein kleines bisschen gerader, als es Vering tat. Seine Nackenwirbelschädigung erlaubte es ihm nicht, den Kopf weiter zu drehen. Vielleicht war sie sogar der Grund, warum sie überhaupt hier standen.

Am Sonntagabend waren Salomon und Julius Schwarz dazwischengegangen, als Carl Vering und seine Korpsbrüder mit ihrem Nebentisch in Streit geraten waren. Salomon und Schwarz hatten sich als Vermittler aufgespielt, hatten ihnen Anweisungen erteilt, und dann hatte Carl Vering es gerufen: *»Halten Sie den Mund, Sie krummer Judenjunge!«*

Später hatte er Salomon mehrfach noch gesagt, dass er nicht ihn damit gemeint habe, sondern Julius Schwarz. Und er hatte Salomon erklärt, dass der Ausdruck *krummer Judenjunge* in seiner Heimatstadt Hannover weitverbreitet sei und gleichermaßen gegenüber Nichtjuden verwendet werde. Salomon hatte sich nicht beruhigt. Er war laut geworden und er hatte Vering mit Ohrfeigen gedroht. Was hätte Carl Vering da noch tun sollen? Es war schließlich auch um *seine* Ehre gegangen. Er wünschte Salomon und seinen krummen Hals zum Teufel! Er glühte innerlich vor Angst und Wut.

Reich räusperte sich neben ihnen. »Sind Sie bereit?«, fragte er. Sie bejahten. Carl Vering war sich allerdings nicht sicher, wie bereit er war.

»Dann eröffne ich den ersten Waffengang. Sie dürfen zielen.«

Salomon hob seine Waffe gegen Vering. Ganz vorne war das kleine schwarze Loch.

»Eins …«

Salomon stand seelenruhig vor ihm. Er zielte. Auch Vering musste zielen!

»Zwei …«

Vering hob die Waffe hoch und streckte sie nach vorn. Seine Augen glitten über den Pistolenlauf und über den Hahn. Der Hahn! Der Hahn war ungespannt! Er musste ihn zurückziehen!

»Drei …«

Vering fingerte mit dem Daumen über das Metall. Er rutschte ab, versuchte es noch einmal. Dann: ein Knall! Vering sah an sich herunter. Er spürte in sich hinein. Er war unverletzt. Salomon hatte ihn verfehlt. Aber jetzt musste er endlich seinen Hahn spannen! Er musste selber schießen!

»Damit beende ich den ersten Waffengang.« Reich winkte Vering und Salomon zu sich.

Beide gingen zu ihm hin und gaben Reich ihre Pistolen.

»Ich frage noch einmal«, sagte Reich, »bevor es in die zweite Runde geht. Herr Salomon, möchten Sie Ihre Ohrfeigen-Androhung gegen Carl Vering nun zurücknehmen?«

»Nein.«

»Herr Vering. Möchten Sie Ihre Duell-Forderung gegen Eduard Salomon zurückziehen?«

Carl Vering überlegte. Mit nur einem Wort wäre es vorbei. Nur mit einem kurzen *Ja*. Und was wäre schon die Ehre gegen das Leben, *sein* Leben! Reich und Salomon sahen ihn an, und »Nein«, hörte sich Carl Vering sagen.

Reich nickte. Stumm lud er Salomons Pistole und gab sie ihm. Vering nahm sich seine Waffe selbst. Alle gingen zurück auf ihre Positionen: Dr. Bräuninger und Conrad Helmcke neben Vering, Julius Schwarz neben Eduard Salomon und Reich zwischen beide Parteien in die Mitte.

»Damit eröffne ich den zweiten Waffengang«, sagte Reich. »Sie dürfen zielen.«

Vering legte gleich den Daumen an den Hahn und spannte ihn. Er hob die Waffe. Wieder starrte ihm das Loch in Salomons Pistolenlauf entgegen.

»Eins ...«

Vering musste zielen. Auf Salomons Oberkörper, seinen Bauch. Da war immer noch das schwarze Loch. So sieht also das Sterben aus, dachte sich Vering. Das war der schwarze Tunnel, und dann sähe man sein Leben vor sich ablaufen: Er dachte an seinen Vater. Carl Hubert Vering. Er dachte an die Tiefbaufirma in Hannover. Er dachte an seine von Geburt an vorgezeichnete Zukunft als Stammhalter und Firmenerbe. Und er dachte an seine Flucht: nach Freiburg, in die Rechtswissenschaften. Und jetzt stand er hier. Jetzt stand er hier und würde sterben.

»Zwei …«

Carl Vering zitterte. Er schloss die Augen. Hinter seinen Lidern sah er seinen Vater vor sich. Noch nie war ihm die Welt so totenstill erschienen. Es ist vorbei, dachte er. Das war's mit mir – und dann zerbarst vor ihm die Luft. Ein Knall. Ein Wiederhall. Schließlich senkte sich eine grelle Stille über alles. War er tot? Er öffnete die Augen. Da lag Eduard Salomon. In den Armen von Julius Schwarz lag er. Dr. Bräuninger rannte zu ihm. Er besah sich Salomon, verarztete ihn hastig und deutete zur Seite auf Carl Verings Coupé. Julius Schwarz rannte dorthin und holte das gelbe Plaid aus der Kabine, rannte zu Salomon zurück und legte es ihm über die Schultern. Bräuninger und Schwarz besprachen sich. Der eine ging an seine Füße, der andere an seinen Kopf. Sie hoben Salomon empor und trugen ihn in das Coupé. Sie legten ihn mit dem Plaid umhüllt in die Kabine. Schwarz erklomm den Kutschbock und fuhr los. Bräuninger klomm auf seinen Rappen, er ritt ihnen vorweg und dann verschwanden sie, verschwanden einfach so im Mooswald. Carl Vering blieb mit Reich und Conrad Helmcke auf der Waldlichtung zurück. Noch nie in seinem Leben hatte er sich mehr gewünscht, allein zu sein.

* * *

Er erfuhr es am Samstagvormittag von Julius Schwarz. Eduard Salomon war letzten Abend in der Universitätsklinik gestorben. Salomon war tot! Er würde tot bleiben! Und er, Carl Vering, hatte ihn getötet!

Der Schwurgerichtsprozess vor dem Landgericht in Freiburg machte Vering deutschlandweit bekannt. Carl Vering wurde ein Rechtsfall, aber er wurde kein Jurist. Sein Vater zahlte die Kaution, sein Vater erwirkte die Begnadigung, sein Vater holte ihn in seine Tiefbaufirma. Und als sein Vater im Februar des Folgejahres starb, wurde er, sein Sohn, Carl Vering junior, der neue Unternehmenschef. Er baute Schiffshäfen. Er zog Kanäle. Er expandierte das Geschäft sogar nach China. Er war erfolgreicher, als es sein Vater je gewesen war. Aber im Innern war er wüst und leer. Und er verfluchte jenen Tag, an dem Gott den Menschen geschaffen hatte, als sein Abbild.

Historischer Hintergrund

Am 6. Februar 1890 duellierten sich der Rechtswissenschaftsstudent Carl Vering und der Medizinstudent Eduard Salomon. Zum Streit gekommen war es vier Abende zuvor. In der Gambrinushalle, einer Vergnügungskneipe in der Innenstadt, gerieten Vering und seine Korpsbrüder in einen Konflikt mit ihren Tischnachbarn. Während dieser Streitigkeiten rief Carl Vering: »Halten Sie den Mund, Sie krummer Judenjunge«. Dies bezog Eduard Salomon auf sich. Vering selbst behauptete, er habe Julius Schwarz damit gemeint. Salomon drohte Vering mit Ohrfeigen. Vering forderte Salomon zum Duell. Im zweiten Waffengang traf Carl Vering Eduard Salomon dann in den Bauch. Sechs Tage später starb Salomon an seinen inneren Verletzungen. Der Schwurgerichtsprozess vor dem Freiburger Landgericht erregte deutschlandweites Aufsehen. Nach vierzehn Monaten in Festungshaft wurde Vering begnadigt und führte sein Studium in Bonn zu Ende. Danach stieg er in die väterliche Tiefbaufirma ein und übernahm sie 1897. Er starb 1955.

Frank Borsch

Es brennt in mir

»Heinrich Albinus ist solide, brav und in jeder Richtung vertrauenswert.«

Michael Heckle im Februar 1898 vor dem Schwurgericht in Freiburg

* * *

zu Freiburg am 7. Mai 1897

Liebste Schwester,

die Flamme meiner Lampe flackert, während ich dir diese Zeilen schreibe. Das Petroleum geht zur Neige. Draußen dämmert es bereits. Doch an Schlaf ist nicht zu denken.

Was ist geschehen, wirst du dich fragen.

Ich will es dir berichten, so gut ich kann. Mein treuer Freund Michael und ich besuchten eine Vorstellung im Städtischen Theater. Uns beide verbindet eine Passion für die Bühne, der wir uns so oft ergeben, wie wir es uns leisten können. Eine Komödie wurde gegeben, doch die Bühne sollte nur eine Nebenrolle spielen.

Das Schicksal wollte es, dass zwei junge Damen vor uns Platz nahmen. So nah und zugleich unerreichbar. Eine der beiden hatte rotes Haar. Ihr Liebreiz war so überwältigend, ich konnte den Blick nicht abwenden.

Michael entging es natürlich nicht. Er zwinkerte mir zu, sagte aber nichts.

Der erste Akt? Eine Qual. Der zweite? Eine unsägliche Folter. Mein ganzes Sehnen galt der rothaarigen Schönheit. Schließlich die Pause. Das Publikum strömte ins Foyer. Die beiden Damen verzichteten auf ein Getränk und begaben sich in die angenehme Kühle des Augustinerplatzes.

Michael erwarb bei einem Kellner vier Gläser Sekt, als täte er es alltäglich und hätte nicht eben einen Tageslohn ausgegeben. »Auf zur Attacke!« flüsterte er mir zu. Michael schritt zuversichtlich auf die beiden Schönheiten zu, ich stolperte unbeholfen hinterher.

»Meine Damen!«, rief er aus. »Mein Freund Heinrich und ich konnten nicht umhin festzustellen, dass Sie in höchster Gefahr der Dehydration schweben!«

Schwester, mein Herzschlag setzte aus. Gleich würden die Damen seine Impertinenz vor aller Augen und Ohren anklagen. Einen Skandal auslösen, der die zarte Pflanze meines Geschäfts zertreten musste. Freiburg, so rasant es wächst, ist wie ein Dorf. Jeder kennt jeden. Wer würde noch meinen Laden betreten?

Die junge Dame mit den roten Haaren nahm ein Glas aus Michaels Hand und sagte: »Retten Sie uns, meine Herren!«

Liebste Schwester, ich habe meinen Schatz gefunden!

* * *

»Das Geschäft war merkwürdig leer. Als wäre der Gerichtsvollzieher dort gewesen. Er sagte mir, er ziehe nach der Schweiz.«

Die Kundin Hedwig Säubert über den Laden von Heinrich Albinus am 17. September 1897, Aussage vor dem Schwurgericht im Februar 1898

* * *

Tagebuch der Anna Schindler, 15. Mai 1897

Heinrich Albinus ... kein Adliger, aber mit edlem Familiennamen. *Albinus* erinnert mich an die vornehmen Römer, von denen mein werter Lehrer Heuberger an der Volksschule zu Hause in Müllheim geschwärmt hat.

Wir waren heute flanieren, wie vergangenen Sonntag am Theater verabredet. Über die Kaiserbrücke ging es über die Dreisam vor die Stadt in die Wiehre. Es war warm, hin und wieder spendete eine Wolke willkommenen Schatten. Kein Wunder, dass die halbe Stadt auf den Beinen war.

Heinrich blieb immer wieder mit mir vor einer der stattlichen Villen oder einer der vielen Baustellen stehen und malte aus, wie er die Gärten gestalten und damit die Ensembles zu noch größerer Schönheit elevieren würde.

In der Schwimmbadstraße berichtete er mir, sie sei fast vollständig von Hamburgern bevölkert, ebenso wie die Goethestraße. Wohlhabende Familien, die nach der verheerenden Cholera-Epidemie in ihrer Heimat einen gesünderen Ort gesucht hätten. Von überall her im Reich kämen die Wohlhabenden in die Stadt. Pensionäre, Privatiers, Familien. Auch er selbst sei nach Freiburg gekommen, um sein Glück zu finden. »Kaum drei Jahre bin ich hier und habe bereits mein eigenes Geschäft. Und eines Tages werde ich eine Villa wie diese errichten. Für die Frau, die eine Familie mit mir gründen und durch alle Höhen und Tiefen gehen will.«

Ich habe meinen Schatz gefunden!

* * *

»... bitte ich Sie untertänigst um die Genehmigung, eine öffentliche Sammlung für die Geschädigten zu veranstalten. Sie haben ihr gesamtes irdisches Hab und Gut verloren, einige sind lebenslang gezeichnet von dem tragischen Geschehnis.«

Heinrich Albinus in einem Brief an das Bürgermeisteramt vom 14. Oktober 1897

* * *

Tagebuch des Heinrich Albinus, 22. Mai 1897

Ich überraschte Anna heute mit einer sonntäglichen Kutschfahrt. Und mehr!

Hinaus ging es nach Herdern, das der Wiehre kaum nachsteht an der Zahl von Villen, die überall erbaut werden. Auf der Panoramastraße, die der Oberbürgermeister Winterer kürzlich hat anlegen lassen, gewannen wir rasch Höhe. Veritabler Verkehr herrschte allerorten. Alles, was Rang und Namen hat, nutzte die Gelegenheit zur Lustfahrt. Und darunter wir beide, der Sohn eines Kappenmachers aus Mainz und die Bauerntochter.

An der Kartaus senkte sich die Panoramastraße in das Dreisamtal. Kaum mehr als ein Katzensprung davon ist die Restauration Waldsee entfernt, in der ich einen Tisch reserviert hatte. Doch ich wollte, dass unsere Fahrt niemals endete. Kühn gab ich dem Kutscher neue Weisung.

Schließlich gelangten wir an den Kanonenplatz. Ich wies den Kutscher an zu warten und führte Anna an das Geländer. Die Sonne schickte sich an, hinter den Vogesen zu versinken.

Ich nahm meinen ganzen Mut zusammen. Mehr noch, als ich damals brauchte, um meiner lieben Mutter zu eröffnen, dass ich mich nach Freiburg aufmachen würde, um an dem dortigen Aufschwung teilzuhaben. Wohl gewahr, dass es ihr das Herz brechen würde. »Fräulein Schindler, Sie ... Sie haben ein Feuer entfacht, das tief in mir brennt. Und es gibt nur eines auf dieser Welt, was es löschen könnte.«

»Und das ist?«

Ich sank auf die Knie und präsentierte ihr den Verlobungsring, den ich hatte fertigen lassen: »Fräulein Schindler, wollen Sie meine Ehefrau werden?«

Sie antwortete ohne Zögern: »Ja.«

* * *

»Die Haustür war verschlossen. Ein Schlüssel steckte von innen. Ich musste sie mit der Axt einschlagen. Drinnen stank es fürchterlich nach Petroleum.«

Bäckermeister Kerl Gredel im Februar 1898 vor dem Schwurgericht

* * *

zu Freiburg am 24. Juli 1897

Liebe Luise,

geht es dir wohl in Straßburg? Deine neue Herrschaft behandelt dich gut? Kein Tag vergeht, an dem ich dich nicht vermissen würde, meine beste Freundin und Konfidentin.

Mein Schatz hat mich heute wieder überrascht. Er bestellte mich per Einladungskarte an das Siegesdenkmal. Ein weiterer Besuch im Theater, fragte ich mich. Eine Fahrt ins Grüne? Nein, er führte mich die Kaiserstraße entlang. Als wäre ich eine herrschaftliche Dame!

Er stattete mich aus für unseren großen Tag. (Am 25. September ist es endlich so weit. Ich würde meinen Heinrich auf der Stelle ehelichen, aber eine solche Hast wäre nicht schicklich und seinem Geschäfte schädlich, sagt mein Schatz.)

Unser Streifzug begann bei *Gasser & Hammer*. Nach zwei Stunden hatte ich mich für ein Brautkleid mit feinsten Spitzen entschieden. Anschließend suchten wir uns bei *Otto Behrle* und *Spiegelhalter, Kirner & Cie.* (allesamt die feinsten Häuser der Stadt!) Hausrat und Bettwaren für unser gemeinsames Zuhause aus.

Ja, du hast richtig gelesen, Luise. Wir werden in ein neues Heim ziehen! Eine stattliche Villa in der Wiehre. Sie steht leer, der Garten verwildert. Eigentlich sollte die Villa von einer Hamburger Reederfamilie bezogen werden, aber ihr gingen wohl die Mittel aus.

Bald eine Stunde verweilte Heinrich vor Kurzem mit mir bei einem unserer zur Gewohnheit gewordenen Sonntagsspaziergänge vor dem Haus und malte mir aus, welch irdisches Paradies man mit etwas Geschick daraus machen könnte. Er wird sie nach der Hochzeit für uns erwerben. Weshalb würde er sonst in meiner Gegenwart solche Ausführungen halten?

Frohen Mutes (und leichten Schrittes, Heinrich vereinbarte mit den Geschäften Lieferung für die Woche vor unserer Hochzeit) passierten wir das Martinstor und seinen Blumenladen im Gotthartschen Haus in der Kaiserstraße 132. Sein Geschäft ist noch bescheiden, doch mit viel Feinsinn dekoriert.

Welche weitere Überraschung würde Heinrich noch für mich vorbereitet haben, fragte ich mich, als wir über die Kaiserbrücke schritten.

Die Antwort ließ nicht lange auf sich warten. Vor dem Restaurant Hohenzollern (dem besten Haus der Stadt!) hielt er inne und reichte mir wortlos eine Karte. Die Einladung zu unserer Hochzeit!

* * *

»Ich habe kein Petroleum geschüttet!«

Heinrich Albinus im Februar 1898 vor dem Schwurgericht

* * *

zu Freiburg am 26. Juli 1897

Werter Vater,

lange ist es her, dass du von mir gehört hast.

Es war ein guter Entschluss, nach Freiburg zu gehen. Unsere gute Mutter, Gott hab sie selig, hätte sich nicht um mich sorgen müssen.

Ich habe eine Braut gefunden, Anna. Sie stammt aus einem Dorf nicht weit von hier. Ihre Familie ist nicht wohlhabend, aber ehrlich, und Anna selbst ist nur ein Dienstmädchen. Doch wie in mir ist in ihr ein Streben nach Höherem.

Der Anfang ist bereits getan. Ich habe in bester Lage ein Geschäft für Blumen gegründet. Die vornehmen Herrschaften, von denen es in Freiburg viele gibt, gehen bei mir ein und aus.

Die Arbeit ist weniger hart als die des Gärtners und darüber hinaus lohnender. Dieses ist der zweite Grund, aus dem ich dir schreibe: Um ein größeres Angebot vorhalten zu können, benötige ich bare Mittel. Und natürlich, ich möchte ehrlich zu dir sein, will ich meiner Ehefrau ein angemessenes Heim bieten können.

300 Mark würden bereits genügen, um bei Gärtnern im Elsass, wo die Preise günstiger sind als hier, Blumen zum Verkauf in meinem Laden zu erwerben.

Am 25. September findet unsere Trauung im Münster statt und es wäre mir eine große Ehre, wärest du anwesend.

Dein Heinrich

* * *

... bedanken uns für den fristgerechten Eingang der Prämienzahlung in Höhe von 300 Mark. Die Versicherungssumme für Ihr Ladengeschäft nebst Wohnräumen in der Kaiserstraße 132 zu Freiburg im Breisgau beläuft sich ab sofort auf 8500 Mark.

Schreiben der Berlinischen Feuerversicherungsgesellschaft an Heinrich Albinus vom 1. September 1897

* * *

zu Freiburg am 5. September 1897

Geehrter Meister Heuberger,

ich möchte Ihnen mit diesem Brief meinen tiefsten Dank ausdrücken. Ohne Ihre beständige Ermutigung hätte ich es nicht weiter gebracht als meine Eltern. Tagelöhner in den Weinbergen, die die Mehrzahl ihrer Tage am Hungertuch nagen, während die Gutsbesitzer jeden Tag fein dinieren.

Dank Ihnen habe ich Lesen und Schreiben gelernt, jedes Buch verschlungen, dessen ich habhaft werden konnte. Dank Ihnen bin ich dem Säufer, den meine Eltern für mich ausgesucht haben, am Vorabend der Hochzeit entronnen. Und dank Ihnen habe ich nun meinen Schatz gefunden. Heinrich ist nicht wie andere Männer. Eine Frau, die nachfragt, die neugierig ist und verstehen will, ist ihm nicht zuwider.

Meister Heuberger, mein Glück wäre nicht zu steigern, sollten Sie unsere Hochzeitsfeier beehren.

Ihre Anna Schindler

* * *

Feuer

Über den heute Nacht im Anwesen Kaiserstraße 132 (der August Gotthart, Zeugweber-Witwe, gehörig) ausgebrochenen Brand erfahren wir von einem Augenzeugen Folgendes: »Um 2 Uhr hörte ich jammernde Hilfe- und Feuerrufe. Ich eilte auf die Straße und sah das mir gegenüber liegende Haus im Souterrain brennen. Sofort befahl ich den mir zur Verfügung stehenden Leuten, mit Leitern an das Rettungswerk zu gehen. Das Feuer war im Ausgang bei der Treppe ausgebrochen und versperrte nun den um Hilfe rufenden Menschen im Haus den Weg.

Meine Leute legten die Leitern an die Fenster und retteten mehrere Personen: den Sohn der Frau Weißer, Frau Gotthart, deren Sohn und das Ladenmädchen. Frau Weißer lief auf das Dach und flüchtete sich in das Nebenhaus; das Dienstmädchen wollte ihr folgen, musste aber, da es vom Dache herunter auf das Steinpflaster fiel, das Leben lassen. Frau Aberle sprang zum Fenster hinaus und erlitt schwere innere Verletzungen und einen Armbruch, sodass die Aufnahme in das Spital nötig wurde. Eine Wäscherin, Frau Klara Glockner, konnte noch später gerettet werden. Allerdings hat sie bedenkliche Brandwunden davongetragen.«

Samstag Vormittag fanden Feuerwehrleute die vermisste Frau Privatiere Afra Welte in ihrem Zimmer. Sie saß auf einem Stuhle vor dem Bett und ist beim Ankleiden vom Rauch erstickt. Das ganze Haus ist total vernichtet. Der Besitzer des Blumenladens, der in nächster Woche heiraten wollte, hat seine Habe verloren.

Aus der Freiburger Zeitung, 19. September 1897

* * *

Tagebuch des Heinrich Albinus, 24. September 1897

Der Schlüssel!

Hätte der Schlüssel nur nicht von innen in der Haustür gesteckt, alles wäre anders gekommen!

Die Retter hätten die Tür einfach aufschließen können. Frau Welte aus dem dritten Stock wäre nicht im Zimmer erstickt. Frau Aberle hätte sich beim Sprung aus dem zweiten Stock nicht alle Knochen gebrochen, Frau Glockners Hand wäre nicht verbrannt. Und ... und es ist mir fast unüberwindlich, es zu Papier zu bringen, das Dienstmädchen wäre nicht tot. Zweiundzwanzig war sie, wie meine Anna. Johanna hieß sie, beinahe wie meine Anna. Allein der Gedanke, jemand hätte ein solches Verbrechen meiner Anna angetan ...

Ja, es war ein Verbrechen, sagt die Feuerwehr. Brandstiftung. Doch wer sollte so toll sein, in einem Haus voller unschuldiger Seelen ein Feuer zu legen?

Die Polizei sucht den Täter. Blindlings. Die Öffentlichkeit fordert rasche Aufklärung, da unterbleibt alle Sorgfalt. Keine andere Erklärung kann ich dafür finden, dass man mich vernommen hat. Mich, der ich alles verloren habe! Welch Irrsinn!

Morgen wollten Anna und ich uns das Ja-Wort geben. Die Umstände erlauben es nicht, wir haben die Hochzeit zwei Monate aufgeschoben. Bis dahin wird sich der Fall geklärt und die Versicherung mein Vermögen ersetzt haben.

* * *

»Lieber Sohn, wenn ein Prozess entsteht, kann ich das Verzeichnis aber nicht beschwören.«

Aus einem Brief von Ludwig Albinus an seinen Sohn, 20. Januar 1898

* * *

zu Freiburg am 25. September 1897

Liebe Luise,

sie haben Heinrich abgeführt!

Zwei Schutzmänner hämmerten heute in aller Früh gegen die Tür meiner Kammer, in der ich ihn nach dem furchtbaren Brand aufgenommen habe. (Meine gütige Herrin hat es mir gestattet. Sie weiß, dass nichts Unschickliches geschieht.) Zwei weitere Schutzmänner warteten vor dem Haus.

Als wäre mein Schatz ein gemeingefährlicher Mörder! Er, der alles verloren hat! Manchmal, Luise, befürchte ich, sogar den Verstand.

Seit dem Brand hat Heinrich die Nahrung verweigert. Meine Herrin ließ ihm täglich Speisen von ihrer Tafel bringen, um seine Not zu lindern. Er wollte sie nicht anrühren. Meistens saß er mit leerem Blick auf dem Bett. Im Schlaf sprach er immer wieder von einer Haustür und einem Schlüssel. Erkundigte ich mich bei ihm danach, verzog sich sein sonst so sanftes Gesicht zu einer wütenden Fratze.

Luise, ich habe Angst um meinen Heinrich. Was geschieht nur mit ihm?

* * *

»Ja, ich habe für Frau Gottharts Haus im Mai 97 ein neues Schloss für die Haustür samt zehn Schlüsseln gefertigt. Doch im August ging einer der Schlüssel verloren, deshalb habe ich einen weiteren nachgeliefert.«

Schlossermeister Heidinger im Februar 1898 vor dem Schwurgericht

* * *

zu Freiburg am 26. Oktober 1897

Liebste Schwester,

ich danke dir von ganzem Herzen für deine Briefe, in denen du dich nach meinem Befinden erkundigt hast.

Bitte verzeihe mir mein Schweigen. Ich war nicht in der Konstitution, dir Antwort zu geben. Der Brand, dem ich mit knapper Not entronnen bin, nur mit dem Hemd am Leib, diese abscheuliche Anschuldigung, aufgrund derer man mich hier festhält, haben mir zugesetzt.

Doch aufzugeben kommt nicht in Frage. Ich schulde es meiner geliebten Braut, diese Prüfung zu bestehen.

Und das werde ich! Ich werde meine Unschuld beweisen! Das Schicksal hat mir einen Kameraden gesandt: Der Gefängnisschreiber hat das Unrecht erkannt, das mir angetan wird. Er wird mir beistehen.

Schwester, bitte mache dir keine Sorgen um mich! Du wirst bald wieder von mir hören, wenn auch auf unvermutetem Wege.

Dein Heinrich

* * *

»Geben Sie es zu, Albinus! Sie haben heimlich einen zweiten Schlüssel für das Gotthartsche Haus an sich genommen und in der Tatnacht die Haustür von innen abgeschlossen. Die Beweise für Ihre frevelhafte Brandstiftung sollten verbrennen!«

Ankläger E. von Gulat im Februar 1898 vor dem Schwurgericht

* * *

Tagebuch der Anna Schindler, 19. November 1897

Mein Schatz, er gibt nicht auf!

Heute suchte mich ein Herr Friedrich auf. Er sagte, er kenne Heinrich aus dem Gefängnis. Dort war er bis gestern, als er entlassen wurde, Schreiber. Er habe Freundschaft mit Heinrich geschlossen.

Es gehe ihm den Umständen entsprechend gut, berichtete Herr Friedrich. Heinrich habe sich gefasst. Die Tragödie belaste ihn schwer, doch seine Gedanken und Gefühle würden nur mir und unserer gemeinsamen Zukunft gelten. Er wolle sobald als möglich (nachdem man ihn im Prozess von dem absurden Vorwurf der Brandstiftung freigesprochen habe), unsere Hochzeit nachholen und sodann die Villa erwerben, von der wir beide träumen.

Wie das möglich sei?, erkundigte ich mich. Der Brand habe die Existenz Heinrichs ausgelöscht.

Heinrich sei versichert, entgegnete Herr Friedrich.

Die Freude, die in mir aufwallte, ließ mich beinahe in Ohnmacht fallen. Natürlich! Nie habe ich jemanden kennengelernt, der umsichtiger wäre als mein Schatz.

Nur, fuhr Herr Friedrich fort, es bestünde ein kleines Problem. Der Brand habe die Nachweise vernichtet. Und die Versicherung bestehe bedauerlicherweise auf solche.

Jäh stürzte ich von den höchsten Höhen der Erleichterung in die tiefsten Tiefen der Verzweiflung.

»Verzagen Sie nicht, Fräulein Schindler!« Herr Friedrich hielt mir einen Umschlag hin. Darin fanden sich mehrere verschlossene und adressierte Briefe. Und ein Schreiben für mich von Heinrich!

Ich wollte den Umschlag an mich nehmen, aber mein Besucher hielt ihn fest.

Er habe sich in höchste Gefahr begeben, als er diese Briefe aus dem Gefängnis gebracht habe. Es sei nur gerecht, dass er dafür eine angemessene Kompensation erhalte.

Was für ein übler Genosse! Wie konnte er sich *Freund* nennen! Doch was blieb mir? Ich gab ihm 20 Mark, und er machte sich davon.

Ich hoffe, ich werde ihn nie wieder sehen. Ihm ist nicht zu trauen!

* * *

»Es liegt zweifelsfrei Brandstiftung vor, Herr Gerichtspräsident. Die Feuerwehr berichtet, dass das Feuer rapide um sich gegriffen habe. An verschiedenen Stellen wurde Petroleum ausgegossen, in Gängen, auf Lumpenhaufen und Leinwandrollen.«

Ankläger E. von Gulat im Februar 1898 vor dem Schwurgericht

* * *

Tagebuch des Heinrich Albinus, 25. November 1897

Der Tag, an dem wir uns endlich vermählen sollten.

In Gedanken und im Herzen bin ich bei meiner Anna, doch sie ist nur wenige Straßen weiter und zugleich unerreichbar fern.

Heute Morgen habe ich versucht, mir zu nehmen, was mir zusteht. Meine Freiheit. Die Wärter haben mich mit Gewalt aufgehalten und in eine Zelle gesperrt. Ich muss hierbleiben bis zum Prozess im Februar.

Er wird meine Ehre wiederherstellen. Ich werde Anna heiraten.

Wenn es nur schon so weit wäre! Ich finde keinen Schlaf mehr. Immer wieder sehe ich, wie das Dienstmädchen, das im Haus gewohnt hat, Johanna, versucht, dem Brand zu entrinnen. Doch die Haustür ist verschlossen. Sie hält allen Versuchen der Retter stand, sie von außen zu öffnen. Ein Schlüssel steckt von innen. Der Rauch sammelt sich in Flur und Treppenhaus, zwingt das Mädchen aufs Dach. Sie rutscht aus und stürzt kopfüber auf das Pflaster. Eine rote Pfütze bildet sich um ihren Kopf. Ich renne zu ihr. Doch es ist nicht Johanna, sondern meine Anna, die in meinen Armen stirbt.

Dieser Alptraum ist unentrinnbar. Was habe ich nur getan, um dieses Schicksal zu verdienen?

* * *

»Der Bestand des Geschäfts von Albinus hat höchstens 500 Mark betragen. Dazu kam sein übriger Besitz, der sich auf etwa 1200 Mark belief. Somit ist von einer Überversicherung von mindestens 6000 Mark auszugehen.«

Der amtlich bestellte kaufmännische Sachverständige vor dem Schwurgericht im Februar 1898

* * *

Tagebuch der Anna Schindler, 10. Januar 1898

Was wird nur aus meinem Schatz?

Ich bin in Frankfurt, bei der Schwester Heinrichs. Katharine und ihr Mann, er ist Schreiner, sind gut zu mir. Als gehörte ich bereits zur Familie.

Doch heute hat sie mich beinahe geschlagen. Auf dem Tische lagen die Briefe von Heinrich, (mir von diesem abscheulichen Schreiber übergeben) die ich ihr gebracht habe. Geöffnet. Ich weiß, Herr Heuberger, es gehört sich nicht, aber ich konnte nicht anders. Ich habe sie gelesen. Heinrich bittet seine Schwester, ihm zu helfen. Sie solle eine Rechnung schicken über 850 Mark für Blumen, die sie ihm vor dem Brand geschickt habe.

Der zweite Brief war an seinen Vater. Heinrich bittet ihn, ein Verzeichnis über wertvolle Gegenstände zu schicken, die der Vater bei Heinrich gelagert habe.

Die Schwester überraschte mich und entriss mir die Briefe.

Ich rannte davon und kehrte erst spät am Abend zurück. Katharine tat, als wäre nichts geschehen.

Herr Heuberger, ich ging vor dem Brand bei Heinrich ein und aus. Er hat keine Blumen von seiner Schwester erhalten. Und auch keine Gegenstände von seinem Vater.

Was ist nur aus meinem Schatz geworden?

* * *

»Der Angeklagte Albinus hat mir im Gefängnis gesagt, dass er den Brand angelegt habe!«

Der ehemalige Gefängnisschreiber Theodor Friedrich am 4. Februar 1898 vor dem Schwurgericht

* * *

Tagebuch des Heinrich Albinus, 4. Februar 1898, vor der Urteilsverkündung

Es ist nicht wahr. Der Lump lügt! Ich habe ihm nie gesagt, dass ich den Brand gelegt hätte!

Wie konnte ich nur so dumm sein und einem Verbrecher vertrauen? Einem verurteilten Betrüger?

Meine Schwester und mein Vater haben zu mir gehalten. Auch mein guter Michael. Und natürlich meine Anna. Sie haben getan, was sie konnten. Wie wurden sie vom Ankläger bedrängt! Und der Gerichtspräsident? Hat ihn nicht zurechtgewiesen, sondern sich der Hetzjagd angeschlossen!

Es wird nicht gut enden. Mein Verteidiger, ein Constantin Fehrenbach, ist ein arroganter Advokat, aus dem niemals etwas werden wird. Er hat mich schändlich meinem bösen Schicksal überlassen.

Wir sind eben nur kleine Leute. Solange wir die mühselige Drecksarbeit machen, sind wir willkommen in der aufstrebenden Stadt. Aber wenn wir nach dem guten Leben greifen, finden die Herrschaften Wege, uns wieder auf unsere elenden Plätze zu verweisen.

Doch ich werde nicht aufgeben. Ich weiß die Wahrheit auf meiner Seite. Und Anna wird mich niemals im Stich lassen. Niemals!

* * *

»Der Angeklagte Heinrich Albinus wird für schuldig befunden. Es sind keine mildernden Umstände auszumachen. Für die ruchlose Tat der Brandstiftung verhängt das Gericht eine lebenslängliche Zuchthausstrafe. Des Weiteren hat der Angeklagte wegen Diebstahls und Betrugsversuchs ein Jahr und sechs Monate im Gefängnis zu verbüßen. Für die Dauer von zehn Jahren werden ihm die bürgerlichen Ehrenrechte aberkannt. Der Angeklagte trägt die Kosten des Verfahrens.«

Urteil des Schwurgerichts Freiburg vom 4. Februar 1898

* * *

zu Freiburg am 13. März 1898

Liebe Luise,

wie sehr ich mich danach sehne, zu dir nach Straßburg zu kommen!

Es klingt nach einem Ort, an dem man sein Glück machen kann. (Was du ja hast. Natürlich ist es zu bedauern, dass aus dir und Michael nichts geworden ist. Andererseits, dass der Sohn deiner Herrschaft um deine Hand angehalten hat ... ich kann eure Hochzeit kaum erwarten!)

In Freiburg bringe ich es zu nichts mehr. Ich bin die Braut des Brandstifters Albinus. Außerdem setzen mir die Erinnerungen zu. Am schlimmsten ist es, wenn ein Brief von ihm kommt. Er schreibt mir wöchentlich. Der Adresse nach ist er im Zuchthaus von Bruchsal. (Ich kann sie kaum entziffern. Ist es wirklich seine Handschrift? Die, die ich von ihm kenne, glich einem Kunstwerk.) Bei jedem neuen Brief schwindelt mir. Ich stecke ihn weg. Irgendwohin, wo ich ihn nicht sehen muss.

Tagelang widerstehe ich der Versuchung, ihn zu öffnen. Zu erfahren, wie es ihm ergeht. Doch das ist sinnlos. Er wird das Zuchthaus nie wieder verlassen. Irgendwann bringe ich dann Kraft genug auf, den Brief zu verbrennen.

Liebe Luise, ich muss baldigst zu dir nach Straßburg! Ehe mich die Kraft verlässt.

Ich muss weiter. Meinen wahren Schatz finden.

Historischer Hintergrund

Die Brandstiftung und die ungeschickten Versuche des Täters Heinrich Albinus, seinen Versicherungsbetrug zum Erfolg zu führen, sind in den Ausgaben der Freiburger Zeitung vom September 1897 und Februar 1898 ausführlich dokumentiert.

Das Interesse der Leserschaft war groß. Ebenso die Beunruhigung. Mehrere Brände in kurzer Folge verunsicherten die Freiburger. In einem Maß, dass ein geschäftstüchtiger Oscar Elsässer am 25.9.1897 in der Zeitung inseriert: »Die letzten Brände in hiesiger Stadt zeigen zur Genüge, wie gut es ist, sein Hab und Gut versichert zu wissen. Wer schnell, prompt und billig einen Feuerversicherungsantrag eingehen will, wende sich an das Feuerversicherungsbureau.«

Nur: Trotz der umfangreichen Berichterstattung über Tat und Täter bleibt der Mensch Heinrich Albinus im Dunkeln. Was trieb ihn zu seiner Tat? Was versprach er sich von ihr? Was machte die Tat mit ihm und jenen, die ihm nahestanden?

»Es brennt in mir« geht diesen Fragen nach.

Wer sich selbst auf Spurensuche begeben möchte: Die Freiburger Zeitung liegt als Teil der Freiburger historischen Bestände bei der Universitätsbibliothek vor und ist frei im Internet verfügbar. Eine lesenswerte Zusammenfassung der Ereignisse hat Günther Klugermann 2008 in seinem Band »Freiburg Altstadt-Geschichten« veröffentlicht.

Alexa Rudolph

Im dunklen Tann

Karl May in Freiburg

Der Portier schlug eine frische Seite auf, trug wie jeden Morgen Ort und Tagesdatum ins Gästebuch ein und trocknete mit dem Löschpapierroller die Tinte. Er strich sich das Haar glatt und rückte die Krawatte zurecht. Noch war es ruhig im Hotel. Angemeldet war die Pferdekutsche der Familie Fehsenfeld, die jeden Moment eintreffen konnte. Ein Hotelgast, der am Abend zuvor mit einer beachtlichen Menge Gepäck angereist war, schritt in der Halle auf und ab, das Haupt umwölkt von einer dicken Mütze Zigarrenqualm, an seiner Seite zwei lebhaft miteinander plaudernde Damen in elegant geschneiderten Reisekostümen.

»Einen wunderbaren guten Morgen, Herr Doktor May! Wie haben die Herrschaften geruht?«, rief der Portier, worauf Mays attraktive Damenbegleitung das Gespräch unterbrach und ebenso wie der Umwölkte mit herzlichem Interesse aufblickte.

»Danke, danke, alles bestens, wir haben großartig geschlafen! Der *Zähringer Hof* ist ja wahrlich ein feudaler Wigwam. Jetzt gleich wollen wir uns zu einer kleinen Expedition durch den dunklen Tann entführen lassen. Wenn nur das Wetter mitspielt und die Pferdchen pünktlich angetrabt kommen«, tönte May durch die Halle.

Besorgt blickte der Portier durchs Fenster ins triste Grau eines Regentags. Was er von seinem Platz aus allerdings nicht erkennen konnte, war ein vielversprechender Tupfer Himmelblau im Westen. Also zog der Mann aus einem Weinfässchen, das als Schirmständer diente, drei schwarze Regenschirme mit geschnitzten Knäufen und reichte sie den Wartenden. »Bitteschön, für alle Fälle! Man kann nie wissen, was vom Himmel fallen wird.«

Er verbeugte sich schwungvoll vor den beiden Damen – er wusste, die ältere war Mays Ehefrau Emma, die jüngere ihre schwesterliche Freundin Klara Plöhn – und machte einen tiefen Diener vor May. Dabei fiel sein Blick auf dessen Lederstiefel, blankgeputzt und maisgelb, eine Mischung aus Eleganz, Männlichkeit, Abenteuerlust und modischer Attitüde, sodass er ein zweites Mal hinschauen musste. Die Überraschung war perfekt. May, bestens gelaunt und spitzbübisch übermütig, schulterte seinen Schirm, als trüge er ein Gewehr. Der Portier wagte kaum noch zu atmen, sah er doch wahrhaft *Old Shatterhand* mit dem sagenumwobenen *Bärentöter* vor sich stehen. Genau wie auf den Postkarten. Bei Gott, wenn ich das zu Hause erzähle, dachte er. Da hörte er den geschätzten Autor sagen: »Und in Kürze gehe ich nach Arabien zu Hadschi Halef, dann durch Persien und Indien nach China, Japan und Amerika zu meinen Apachen.«

Der Portier schlug innerlich die Hacken zusammen. Dreißigster März 1899, diesen Tag muss ich mir merken, der klingt geradezu historisch, dachte er.

Draußen wieherten Pferde. Die Kutsche war vorgefahren.

Hufeisen und Wagenräder machten einen rechten Lärm und die drei Wartenden drängten sofort hinaus. Sie wirkten jetzt mächtig aufgeregt. Gleich würde ihr Ausflug beginnen. Vierspännig – und in was für einem prächtigen Wagen! Donnerwetter, dieser Auftritt vor regenverhangener Schwarzwaldkulisse sah wahrhaft theatralisch aus. May straffte sich und schob seiner Frau Emma den Regenschirm unter den Arm. Nichts wie weg mit dem albernen Ding, er musste unbedingt die Hände frei haben und sich von seiner besten Seite zeigen. Wie sollte er sonst Friedrich Ernst Fehsenfeld begrüßen, diesen klugen, sympathischen Verlagsbuchhändler, der ihm in den letzten Jahren zu einem ansehnlichen Vermögen verholfen hatte? Im selben Moment war der bekannte Freiburger Verleger mit jugendlichem Elan aus der Kutsche gesprungen, hatte auch seine Frau Pauline über das Trittbrett gezogen und lief auf May zu. Eine herzliche Umarmung unter Männern folgte, vollendet durch charmante Handküsse für Mays Damenbegleitung. Emma und Klara lächelten entzückt.

Tatsächlich waren die Fehsenfelds pünktlich, wie der Portier des Zähringer Hofs es nicht anders erwartet hatte, denn sie wohnten nicht weit von der Bahnhofstraße entfernt in der Sternwaldstraße. Der Verleger fuhr auch schon ein eigenes Automobil, das von Freiburger Bürgern sofort umringt und bestaunt wurde, wenn er damit unterwegs war. Für den heutigen Ausflug hatte er sich allerdings für die gut gefederte Kutsche mit vier prächtigen Rössern entschieden.

»In der Kutsche haben wir mehr Platz für unsere Freunde, immerhin sind wir fünf Personen«, hatte er tags zuvor zu seiner Frau gesagt und die Pferdekutsche samt Kutscher von seinem Gutshof in Ehrenstetten nach Freiburg bestellt.

Auf dem Bock hockte eine dunkle, in Mantel und wetterfeste Pelerine eingewickelte männliche Gestalt, die zum Gruß kurz an die Kappe tippte. An der Nase des Mannes hing ein dicker Tropfen, der sich durch die Kopfbewegung löste, herunterfiel und gleich darauf durch einen neuen ersetzt wurde.

Die Damen rafften ihre langen Röcke samt wärmender Unterkleider und stiegen nun mit Unterstützung des herbeigeeilten Hotelwagenmeisters in die Kutsche. May und Fehsenfeld folgten ihnen.

Der März hatte den Winter gerade erst abgeschüttelt, war jedoch noch weit davon entfernt, ein wärmendes Lüftchen zu produzieren. Die kalte Jahreszeit war reich an Grippekranken gewesen und auch der Kutscher schniefte und hustete seit Wochen. Trotzdem machte der Mann ein zufriedenes Gesicht. Fehsenfeld hatte mit ihm einen der erfahrensten Gespannlenker aus der Region bestellt und ihm gute Bezahlung zuzüglich einer warmen Mahlzeit versprochen. Der heutige Ausflug sollte in den Schwarzwald nach St. Märgen gehen. Pauline Fehsenfeld hatte dem Familienvater von sechs Kindern und einer kränkelnden Frau ein Paket getragene Kinderkleidung unter den Kutschbock gestopft, darin noch ordentliche, warme Sachen, die nicht mehr gebraucht wurden. Die Fehsenfeldkinder waren im letzten Jahr deutlich gewachsen und man konnte sich hübsche neue Kleidung leisten. May, der erfolgreiche Reiseschriftsteller und Garant auch für zukünftiges Wohlergehen in der Verlegerfamilie, war ihr Gast und Freund und auf bestem Wege, noch viele seiner exotischen und überaus spannenden Abenteuergeschichten zu schreiben – wenn auch mittlerweile einige klitzekleine Wölkchen am Verlegerhimmel aufgetaucht waren.

In seinem neusten Roman *Am Jenseits*, von May selbst als »im gewandelten Stil geschrieben« bezeichnet, nahm der Autor eine Entwicklung, der Fehsenfeld nicht ganz folgen mochte. Aus den turbulenten, übermütigen Abenteuern formte May auf einmal merkwürdige Läuterungsgeschichten und Fehsenfeld schüttelte innerlich besorgt das Haupt.

Mit der Absicht, von Freiburg aus über die Schweiz und Italien zu seiner ersten großen Orientreise aufzubrechen, war May zu einem Kurzbesuch angereist. Eine Woche zuvor hatte er Fehsenfeld unter anderem folgende Zeilen geschrieben: *»Nächste Woche muß ich fort, um das Schiff rechtzeitig zu erreichen, sonst verliere ich einen ganzen Monat Zeit. Um Sie für einige Stunden zu sehen, reise ich über Freiburg und werde Ihnen vorher telegrafieren. Doch wünsche ich, ganz unbelästigt zu sein ...«*

»Brrr!«, rief der Kutscher den Gäulen immer wieder in die zuckenden Ohren, während die erlauchten Gäste noch damit beschäftig waren, ihre Sitzplätze einzunehmen. Mit dem Blick in Fahrtrichtung machte es sich May bequem, neben ihm die Verlegergattin.

»Liebe Frau Fehsenfeld, haben Sie denn auch genügend Platz?«, schnarrte May und rückte mit seinem Gesäß ein wenig zur Seite, aber gerade nur so viel, dass es ihm selbst nicht zu eng wurde. Pauline Fehsenfeld lächelte warmherzig.

»Es geht schon, vielen Dank. Wichtig ist, dass *Sie* die Landschaft genießen können und auch ja alles sehen, was Freiburg und der Schwarzwald zu bieten haben. Dieser Ausflug soll Ihnen ein Genuss sein, damit Sie nach Ihrer Fernreise gern wieder zu uns kommen. Auch wir Leute aus der finsteren Provinz haben Glücksmomente und Abenteuer zu bieten.« Sie hielt einen Herzschlag inne und fügte hinzu: »Und eine wildromantische Landschaft, die den werten Herrn Schriftsteller zu außergewöhnlichen literarischen Exkursen beflügeln könnte.«

Ihr Lächeln war wirklich bezaubernd und ihr zartes Gesicht, umspielt von dunklen Locken, die aus dem wärmenden Wetterhütchen herausfielen, leuchtete geheimnisvoll, auch ein wenig koboldhaft. Fehsenfeld, der vis-à-vis Platz genommen hatte, sah erstaunt, wie seine Frau plötzlich die Lippen spitzte und einen kaum vernehmbaren Pfiff ausstieß, dann hörte er sie sagen: »Vielleicht, lieber Herr May, in einer weiteren Phase Ihres Werkes schreiben Sie etwas über den Schwarzwald, Erlebnisse mit den Bauern, Glasbläsern und Holzarbeitern, mit Zauberern und Waldhexen, Wurzelkindern, Geistern der Raunächte, klugen Eulen und nicht zu vergessen die lieben Toten, die aus dem Jenseits zu uns sprechen. Wenn wir nur tüchtig daran glauben und den Anweisungen unserer verehrten Freundinnen Emma und Klara, beide Expertinnen für Spirituelles, folgen.«

May starrte sie an, unterdrückte mit Mühe seine Überraschung, gar Empörung.

»Wie!«, rief er, »worüber soll ich schreiben? Sie kränken mich. Diese Art Dorfgeschichten habe ich weit hinter mir gelassen. Oder machen Sie sich etwa über meine Kommunikation mit dem Jenseits lustig? Ich schwöre Ihnen, ich habe an so vielen exquisiten Séancen teilgenommen, dass ich mich gern selbst als Fachmann bezeichnen möchte.«

»*Durchs wilde Höllental* oder *Der Schatz im Titisee* wären als Titel doch auch ganz hübsch«, flüsterte Pauline Fehsenfeld kess und senkte den Blick, aus dem Ironie blitzte. Sie hatte den tadelnden, beinahe erbosten Gesichtsausdruck ihres Friedrichs wohl bemerkt. »Ach, Friederle«, murmelte sie in ihren Wollschal, »lass mir doch ein wenig die Zügel locker, heut ist so ein schöner Tag und ich necke unseren lieben Dr. May nur ein wenig.«

Fehsenfeld schüttelte verwundert über seine Frau den Kopf, erhob sich noch einmal und breitete mit einer gewissen Umständlichkeit das mitgebrachte Schaffell über die Beine der Gäste. »Bitte, meine Herrschaften, wir wollen vorsichtig sein und uns nicht erkälten. Das Fell stammt zwar nur von ein paar simplen Schwarzwaldschafen, ein echtes Bärenfell war leider nicht aufzutreiben, aber es wärmt uns vortrefflich. Vor allem unsere Damen sollen nicht krank werden, und lieber May, gerade Sie müssen morgen Ihre Reise in die fremde Welt antreten, dürfen also kein Zipperlein kriegen, gar die Schiffspassage verpassen. Für Ihr Wohlergehen verbürge ich mich, schließlich wollen wir noch viele wunderbare Bücher herausbringen und die Leserschaft damit beglücken.«

May strich über seinen grau melierten, frisch getrimmten Schnauzer, betrachtete die inzwischen erkaltete Zigarre, schloss den obersten Kragenknopf seiner Jacke und meinte kurz und zackig: »Könnten wir vielleicht mal losfahren, sonst ist der Tag vorbei und wir dürfen wieder aussteigen.«

»Karli, ist dir ein Maikäfer über die Leber gekrabbelt?«, mischte sich nun Emma ein, zog ihren Pelzkragen enger und machte es sich unter dem Schaffell gemütlich. Zu ihren Füßen stand eine rundliche, gut gefüllte Ledertasche mit festem Verschluss, auf die sie aufpassen sollte, darum hatte ihr Mann sie gebeten.

»Emma, die Reisetasche lasse ich nicht im Hotel, auch in einem Haus der höchsten Kategorie kann man ausgeraubt werden, die Menschheit ist schließlich böse. Lieber setze ich mich drauf, oder noch besser, *du* platzierst deinen Bobbes auf die Tasche, dann bin ich sicher, dass ihr nichts passiert.«

»Und *ich* sitze dann unbequem«, protestierte Emma, die Tasche zwischen ihre Füße stellend.

»Emma, halt gefälligst die Mauken stille und sei achtsam! Ich will mich entspannen«, knurrte May.

Emma schickte ihrem selbstgefälligen Gatten einen bösen Blick, der ihrem Gesicht gar nicht gut tat, denn schon einige dieser wütenden Blicke hatten kleine Knitter und eine Zornesfalte über der Nase hinterlassen. Sie schaute zu ihrer Busenfreundin Klara, die rechts von Fehsenfeld saß und ein wenig eingeklemmt wirkte, was aber daran lag, dass Klara einen voluminösen Mantel trug und trotz des vielen Stoffs leise vor sich hin fror. Klara war eine zierliche Frau und May nannte sie insgeheim Wüstenrose, wobei Klaras Lippen eher einem Löwenmäulchen glichen.

May, ein gut aussehender Herr, bezeichnete sich selbst, obwohl er schon siebenundfünfzig war, als Mann in seinen besten Jahren. Das dichte, teilweise ergraute Haar war aus der breiten, glatten Stirn herausgestrichen, die Nase leicht gebogen, darunter wuchs ein energisches Kinn und dem durchdringenden Blick der hellgrauen Augen konnte sich niemand entziehen. Die kräftig gebräunte Haut (ein Überbleibsel von Kara Ben Nemsis Orientreise, konnte man denken), ein schalkhafter Mund und ein gewinnendes Lächeln machten die Erscheinung des Autors perfekt. Mays Stimme klang angenehm und war von einem deutlichen Anflug Sächsisch gefärbt, seine Gestalt mittelgroß, kräftig gebaut, die Beine mit leichtem Schwung wie Reiterbeine, was vermutlich von einem Vitamin-D-Mangel in der Kindheit herrührte.

Friedrich Ernst Fehsenfeld hingegen kam lang und schlank daher, an ihm war alles von Jugend an gerade und feingliedrig gewachsen. Er wirkte immer ein wenig jungenhaft nervös, gleichzeitig seriös, wie eine Verlegerpersönlichkeit seiner Art auszusehen hatte. Seine Gesichtshaut blieb auch dann blass, wenn er an den Wochenenden stundenlang durch den Ehrenstetter Wald streifte, Hund und Büchse dabei, um in pflegerischer Absicht als Jäger ein Tier zu schießen.

Fehsenfeld drückte sich jetzt seine Kappe ins dichte rötliche Haar, strich über den Kinnbart und rief: »Also los, Herrschaften, sind alle bereit? Kutscher, lassen Sie die Peitsche knallen und die

Pferdchen laufen, wir können nicht länger warten. Und achten Sie mir bitte auf die neue Straßenbahn, erst vergangene Woche hat es eine böse Kollision gegeben.« Er blickte zum Himmel und frohlockte: »Hallo, hallo, ich glaube, da zeigt sich sogar die Sonne!« Und zu May gewandt: »Sehen Sie sie auch? Extra beim Petrus für Sie bestellt und schon ist sie da! Ich verspreche Ihnen, ich werde für Sie demnächst ein hübsches Schlösschen bauen lassen, mit Blick auf Freiburg und das Münster und in unser prächtiges Land. Vom Schlossberg aus, wo ich schon ein Grundstück ins Auge gefasst habe, sehen Sie bei klarem Wetter die Vogesen und die Burgundische Pforte. Im Schlösschen könnten Sie nach Ihren Reisen ausruhen, vom Orient träumen, neue Romane schreiben und den Erfolg feiern. Der Weg zum Verlag in der *Wallstraße* wäre gar nicht weit.« May lachte geschmeichelt. Noch einmal zog man das Schaffell ordentlich über die Beine und froh gestimmt ging die Fahrt los.

Die Pferde stampften und dampften, der Kutscher hatte die Zügel fest im Griff. Kaum war man in Richtung Kirchzarten und Buchenbach aus der Stadt heraus, rollte der Wagen in einer angenehm gleichförmigen Geschwindigkeit. Endlich kam auch die Sonne hinter den Wolken hervor. »Herrlich!«, rief May aus. »Sämtliche Schutzengel werden heute mit uns sein. Ich spüre es. Nicht wahr, Emma? Spürst du es auch?«

Emma nickte, biss gerade in ein Butterbrot, das Pauline Fehsenfeld einem Proviant-Körbchen entnommen hatte, in dem auch ein paar gefärbte, hart gekochte Eier lagen, aus dem sie nun jedem eine säuberlich eingepackte Stärkung anbot.

»Pauline, wir sollten jetzt noch nichts essen«, wehrte Fehsenfeld ab, »wir machen später im Wagensteigtal Halt. Wir wollen dort bei einem Bauern einkehren, den ich gut kenne, der uns von seinem großartigen Schwarzwälder Schinken kosten lässt und vielleicht einen Krug Wein aus dem Keller holen wird.« Er hielt kurz inne und fuhr fort: »Oder ein feines Kirschwässerle. Du weißt doch, Martin kommt mich hin und wieder besuchen, er hilft mir, wenn ich zur Jagd gehe.« Und zu May gewandt: »Na, Sie erinnern sich doch noch, lieber May, an mein geliebtes Jagdrevier und den Lehenhof in Ehrenstetten?«

»Oh ja, der Lehenhof!«, echote May.

Fehsenfeld fuhr fort: »Ich sage Ihnen, sollte ich einmal sterben, dann will ich unbedingt dort beerdigt werden. *Hier ruht ein Jäger*, wird auf meinem Grabstein stehen, das ist beschlossene Sache.«

Fehsenfeld biss nun doch in das Butterbrot, das ihm seine Frau reichte.

»Ei verbibbsch, wir denken nicht ans Sterben, wir stehen mitten im Leben, unsere Arbeit ist noch lange nicht getan. Und Sie sind noch so jung!«, lachte May.

»Ob Gott das auch weiß?«, überlegte Fehsenfeld halblaut.

»Nu, nu, lieber Freund, der weiß alles!«

Nachdem man Kirchzarten und den sich anschließenden Landstrich mit Feldrain, einigen quirligen Bächlein und üppig wachsendem, graubraunem Strauchwerk passiert hatte, ließ der Kutscher den Wagen einen weiten Bogen fahren und in die Straße nach Buchenbach einbiegen. Die Fahrgäste wurden nach rechts und links geworfen, hielten sich aneinander fest. Pauline Fehsenfeld klebte für einen Moment an Mays Schulter. Unter allgemeinem Gelächter richtete sich die Gruppe wieder auf, zupfte das Schaffell zurecht und rückte Haare und Kopfbedeckungen an ihren Platz. Aufmerksam beobachteten sie die vorübergleitenden Wiesen in ihrem zaghaften Frühlingsgrün sowie die Bäume, an denen Knospen wie Lichtlein steckten. Nur wenige Tage intensiverer Wärme würden genügen, um sie allesamt aufplatzen zu lassen und die Natur vollends zu verzaubern. Die Abenteurer in ihrer Kutsche spürten die Kraft, die ihnen entgegenschlug. Sie schwiegen befangen. Pauline Fehsenfeld ließ einen Becher heißen Tees herumgehen, an dem sich nacheinander May, Emma, Klara und Fehsenfeld Finger und Lippen wärmten und ihn dankbar zurückwandern ließen. Es sah aus, als dächten die Gäste auch schon auf die romantischste Weise an den Schinken, der in einem der Schwarzwaldhäuser auf sie wartete, vielleicht noch in der Rauchkammer an einem Strick hing, vor ihrer aller Augen heruntergenommen und mit einem mächtigen Messer angeschnitten wurde. Die Schwarte ein wenig schwarz und rußig, darunter der weiße, fette Speck, der sich ans saftige rosarote Fleisch schmiegte. Bauer Martin, offensichtlich ein Freund der Fehsenfelds, würde die Scheiben mundgerecht fein schneiden und jedem seine Portion reichen. Dazu würde es krustiges Brot geben, Ringlein von roten Zwiebeln und vielleicht sogar etwas Senf. Sie würden in der Küche oder in der guten Stube hocken, wo ein Kachelofen seine Hitze ausstieß, im Inneren leise knackend, als rede er vor sich hin. Die Zimmerdecke würde niedrig und aus purem Tannenholz sein, der Herrgottswinkel geschmückt mit Silberdisteln und Bibelsprüchen zur Erinnerung an die Altvorderen und den katholischen Glauben, der im Haus seinen festen Platz hatte.

May hielt die Augen geschlossen und versuchte sich vorzustellen, wie er am nächsten Tag den ersten Schritt in eine ganz und gar andere Welt wagen würde, schließlich lag seine Orientreise zum Greifen nah. Alles, was er bisher in seinen Abenteuerromanen beschrieben hatte, war lediglich das Ergebnis gründlicher Reiseführerlektüre und seiner grandiosen, früh von der Großmutter angestachelten und unterstützten Fantasie gewesen.

Fehsenfeld unterbrach die Stille: »Es gibt Schwarzwaldhäuser, die schon 300 Jahre alt sind. Martin Tritschler und seine Gerti leben und arbeiten auf einem Hof aus dem Jahre 1692.«

»Gibt es dort auch Kühe und Schweine?«, wollte Emma May wissen.

»Natürlich!«, rief Klara Plöhn. »Wovon sollen die Bauern denn sonst leben?«

»Stimmt, die Tritschlers haben auch ein paar Stück Vieh im Stall, aber sie leben hauptsächlich von ihrem Wald und dem Holzschlag. Sie sind sehr bescheiden und fleißig«, erklärte Fehsenfeld. Man konnte heraushören, wie sehr er Martin und Gerti zugeneigt war.

»Wie lange dauert es noch, bis wir bei den guten Tritschlers ankommen?«, wollte May wissen.

»Geduld, lieber Freund, die Pferde sind heute in bester Verfassung, wir fliegen geradezu unserem ersten Ziel entgegen. Wir werden uns jedoch nicht allzu lange dort aufhalten, wollen doch weiter bis nach St. Märgen, wo ich mein neues Jagdhaus vorstellen möchte, das ich unlängst erworben habe.«

May runzelte die Stirn und deutete zum Himmel. »Oh, bester Freund, etwas mehr Licht, möchte man ausrufen. Wo bleibt denn auf einmal die Sonne? Haben Sie nicht behauptet, Sie hätten beim Petrus Sonne bestellt? Ich empfinde es deutlich dunkler als bisher. Oder täusche ich mich? Immer wieder habe ich Probleme mit meinen Augen. Also sagen Sie mir, gibt es eine Veränderung?«

»Sie haben recht, es wird ein wenig dunkler. Wir fahren jetzt in ein Tal, die Hänge rücken näher und der Wald mit seinen Nadelbäumen ebenfalls. Aber keine Sorge, lieber May, wenn uns die Pferde nachher bergaufwärts ziehen, werden wir auf der Höhe das herrlichste Licht erleben und weit ins Land schauen können.«

»Nu, nu«, beruhigte sich May und wickelte das Schaffell enger um seinen Körper.

»Das Tal ist mir unheimlich«, flüsterte Emma. »Schaut nur, da hinten, der Tannenwald, wie dunkel er ist! Und ich sehe nirgendwo Menschen oder Tiere. Eine gottverlassene Gegend. Kein Wunder, dass man das Gebiet Schwarzwald nennt.«

»Ja, etwas gruselig, vielleicht sogar gefährlich«, hauchte nun auch Klara und rückte enger an Emma.

Der Kutscher gab den Pferden die Peitsche.

Das Gespann stürmte vorwärts, eine halbe Stunde später bog die Kutsche in die holprige Einfahrt des Tritschler-Hofes.

»Brrrr!«, rief der Kutscher und das Gefährt stand tadellos. »Ich spanne aus und bringe die Pferde zur Tränke«, rief er.

Fehsenfeld kletterte als Erster aus der Kutsche. »Ich gehe allein hinein, warten Sie doch bitte noch einen Moment, bis ich Sie hole, wir sollten die Bauersleut nicht einfach so überfallen, auch wenn wir für heute angemeldet sind.«

Fehsenfeld kannte sich aus auf dem Hof und lief direkt zum Eingang. Sein Blick schweifte für einen Moment zur Scheune und zum Stall, gleich darauf zur Hundehütte neben der Haustür. »Hallo Karo!«, lockte er, wunderte sich, dass der Hund nicht herauskam und ihn begrüßte. Karo kannte ihn doch. Karos Kette lag auf dem Boden. Fehsenfeld hob das rostige Ding auf. Sogar das Halsband hing daran. Merkwürdig, dachte er und sah sich um. Still war's und menschenleer. Nur ein paar Hühner staksten durch die angrenzende Wiese. Fehsenfeld spürte ein unbestimmtes Kribbeln im Rücken. Etwas war anders als sonst.

»Martin?«

Er rief den Namen in Richtung Stall, dann noch einmal, dieses Mal durch die weit geöffnete Haustür. Dass sie nicht verschlossen war, war nicht außergewöhnlich, das kam vor. Also trat er ins Haus, duckte sich automatisch. Zu oft hatte er sich hier schon den Kopf angeschlagen.

»Martin, Gerti, wo seid ihr? Hallo, Martin, ich bin's, der Ernst aus Ehrenstetten!«

Er bekam keine Antwort.

Fehsenfeld stampfte laut auf, sodass seine Schritte auf dem Bretterboden gut zu hören waren. Polternd ging er den Dielengang entlang bis zur Küche, daneben die Wohnstube – beide Türen bis zum Anschlag geöffnet. Zuerst blickte er in die Küche, hob ratlos die Schultern.

Die Küche war Gertis Reich: gusseiserner Herd, Spültrog aus Stein, Küchenschrank, Eckbank und Tisch, Töpfe und Kellen auf den Regalen und von der Decke hängend. Aufgeräumt. Dunkel. Eng. Kalt. Außerdem Holzpferdchen und Puppenstube der Enkel. Die Gegenstände und Möbel dicht gedrängt, wie Menschen, die sich gegenseitig Schutz boten.

»Gerti?«

Er lief ins Wohnzimmer, sah sich um: Kachelofen, Ofenbank, Tisch, Stühle. Ein Bild an der Wand, Jesus als Hirte. Alles ordentlich, aber düster, still, fremd. Seine Hand strich über die Kacheln des Ofens: Kein Feuer. Sonderbar.

Zurück in der Diele stieg er die Treppe hinauf. Oben war die Schlafstube.

»Martin?«

Er zögerte, dann drückte er die Klinke hinunter.

Gertis und Martins Schlafstatt: Dunkles Holz. Ein Bett wie ein Schiff. Ein winziger Raum. Bettzeug wie ein Gebirge. Ein Kastenschrank. Waschschüssel und Handtuch. Süßlicher Geruch.

Fehsenfeld machte zwei Schritte zum Bett hin, hielt inne, schluckte, griff sich an die Brust. Es waren nur Sekunden, die er wie gelähmt dastand, den Schwindel in seinem Kopf zuließ, aber dieser Moment dauerte länger als eine Ewigkeit und war ein Moment des absoluten Grauens.

Er fühlte, wie sich das Entsetzen blitzschnell in seine Seele fraß. Noch nie hatte er Ähnliches gesehen, noch nie war er der Fratze des Todes so nah gewesen. Fehsenfeld rang nach Luft, spürte den Schmerz im ausgetrockneten Hals. Sein Würgen durchbrach die Stille – tödliche Stille, Grabesstille. Er lauschte, glaubte, etwas zu hören. Jawohl, er hörte Stimmen. Er hörte und begriff, dass sich seine Gäste schnatternd und lachend dem Hof näherten, dass sie sich selbstständig gemacht hatten. Polternd kamen sie herein. Er riss sich los, warf von Panik getrieben die Schlafstubentür zu, schloss ab, sperrte den Horror ein und stolperte die Treppenstufen wieder abwärts.

»Fehsenfeld, lieber Freund, wo stecken Sie denn?«, rief May.

»Es wird uns zu kalt da draußen!«, rief Emma.

»Der Kutscher ist schon fast fertig mit dem Tränken der Pferde!«, rief Pauline.

»Fehsenfeld? Hallo! Wir sind da!«, tönte May und rieb sich die Hände.

Fehsenfeld war die letzten Stufen regelrecht geflogen, landete unmittelbar vor May, hob wie in Trance die Arme, suchte nach Worten und keuchte endlich: »Niemand im Haus!«

»Sie werden im Wald sein oder auf dem Feld«, meinte May unbeeindruckt. »Fahren wir doch einfach weiter, die Zeit ist knapp.«

Es dauerte, bis sich Fehsenfeld einigermaßen gefasst hatte, seine Gäste ihn verwundert, ein wenig prüfend, aber letztendlich mit der Gleichgültigkeit von Unwissenden angesehen hatten.

»Mir gefällt hier einiges nicht«, murmelte Fehsenfeld.

May schüttelte den Kopf. »Wieso?«

»Der Hund ist fort, der Ofen kalt, in der Küche wird nicht gekocht, obwohl es schon bald zwölf Uhr ist. Gerti und Martin essen pünktlich zu Mittag«, ratterte er nun beinahe geschäftsmäßig die Sätze herunter, wandte sich ab, damit May ihm nicht in die Augen schauen konnte.

Die Frauen waren inzwischen ausgeschwärmt, sahen sich in der Küche und in der guten Stube um. Einerseits schien ihnen das Fremde zu gefallen, ihre Stimmen klangen hell und aufgeregt, andererseits kroch ihnen die Kälte unter die Kleider, sodass sie mit den Armen schlugen und die Finger warm hauchten.

»Ungemütlich hier und, wenn ich ehrlich bin, ein bisschen gespenstisch«, murmelte Pauline Fehsenfeld nach einer Weile. »Frieder, lass uns weiterfahren, wir können nicht warten.«

»Wir wollen den Stall besichtigen!«, reklamierte Emma. Fehsenfeld schüttelte den Kopf, doch Emma bestand darauf. Also zeigte er ihnen den dunklen, engen Futtergang hinter der Küche, über den man in gebückter Haltung den Stall erreichen konnte. Er hoffte inständig, dass dort wirklich nur die Kühe standen.

Der Stall duftete nach Heu und stank nach Mist. Die Neugierigen tappten durch die Gülle, kreischten entsetzt, wollten dennoch einen kurzen Blick auf die braunen Tierleiber mit den hochgebundenen Schwänzen werfen und erst dann wieder gehen.

»Ich möchte, dass Sie jetzt ohne mich weiterfahren. Ich bleibe!«, sagte Fehsenfeld streng.

»Was wollen Sie denn tun? Wollen Sie die Bauersleute suchen? Die kommen auch ohne Sie zurecht, die kennen ihre Gegend besser als Sie. Was soll ihnen schon passiert sein?«, widersprach May. Eine leichte Verstimmung war ihm anzumerken.

»Nein, nein, es ist nicht meine Art, mich aus dem Staub zu machen. Ich hätte keine Ruhe, müsste mir ständig Gedanken machen«, wehrte sich Fehsenfeld und seine Frau stimmte ihm zu, denn sie kannte ihren Frieder und wusste, dass es genauso kommen würde. Mit ihm wäre für den Rest des Tages nichts mehr anzufangen.

Darum übernahm sie jetzt das Kommando und rief: »Los also, wir lassen den Frieder hier, wir fahren nach St. Märgen und holen ihn auf dem Rückweg wieder ab. Bis dahin wird sich alles geklärt haben. Und Frieder und Martin haben sich immer was zu erzählen, sollen sie sich doch ein paar unterhaltsame Stunden machen. Liebe Freunde, kommen Sie, wir steigen in die Kutsche, die Pferde werden neu angespannt und dann geht es auf die Höhe, der Sonne entgegen!«

Ein wenig verwundert, dass Pauline Fehsenfeld so rasch auf ihren Mann eingegangen war und ihn tatsächlich zurücklassen wollte, doch durchaus einverstanden, dass der Ausflug endlich weiterging, liefen alle im Gänsemarsch hinaus zur Kutsche.

Die Rösser standen noch auf der Wiese, nur der Kutscher war nirgendwo zu sehen. Sie riefen ihn, schauten in alle Himmelsrichtungen. Der Mann war fort. Auch Fehsenfeld war nach draußen gekommen. »Ja, verdammt, wo ist der Kutscher? Mein zuverlässigster Mann. Wir brauchen ihn unbedingt«, rief er ungehalten.

Die Pferde hoben die Köpfe und wieherten, dann grasten sie weiter.

»Wir müssen ihn suchen«, flüsterte Fehsenfeld. »Die Sache ist rätselhaft.«

»Ich glaube nicht, dass es hier ein Rätsel gibt!«, schrie Emma auf. »Der Fall ist ziemlich eindeutig. Oh mein Gott, wie furchtbar!«

Emma war in die Kutsche geklettert und hatte das Schaffell hochgerissen, hielt das schwere Ding nun mit beiden Händen gegen ihre Brust gedrückt und starrte auf den Boden der Kutsche.

»Was ist los?«, rief May. Da stieß Emma erneut einen spitzen Schrei aus: »Die Tasche!«

»Was für eine Tasche?«, rief Fehsenfeld.

»Unsere Tasche. Sie stand an meinen Füßen. Und jetzt ist sie fort!« Emma ließ das Schaffell sinken und sich gleich mit, hing jetzt schräg und schluchzend in der Kutsche, während sich ihr Mann, der große Abenteurer Karl May, mit beiden Händen in die Haare griff und auf seinen Wangen kein Hauch Farbe mehr zu sehen war.

»Die Tasche, die Tasche, der Kutscher fort, die Tasche fort, so musste es kommen!«, murmelte er einer Ohnmacht nah.

Klara nestelte an seinem Kragen, damit er mehr Luft bekam und versuchte, ihn zu beruhigen. »Mein lieber Karl, es wird hoffentlich nicht so schlimm sein, dass die Tasche weg ist. Was war denn drin in dem guten Stück?«

»Das Reisegeld!«, stöhnte May.

»Das Reisegeld? Aber doch nicht alles?«

»Alles!«

Sie ließ die Hände sinken. »Du willst aber nicht behaupten, dass du dein ganzes Vermögen mitgeschleppt hast?«

May nickte schwach.

Nach längerem Schweigen fragte Fehsenfeld so leise, dass seine Worte nur noch von den Lippen abzulesen waren: »Wie viel, lieber Freund?«

»40.000 Mark – leider«, seufzte May und schloss die Augen.

»Wenn der Kutscher das Geld genommen hat und abgehauen ist, dann finden wir ihn, der kann noch nicht weit sein. Los, wir suchen, wir machen uns auf den Weg, jeder in eine andere Richtung!«, rief Emma, nun wieder ganz lebhaft und voller Tatendrang aus der Kutsche. Doch Fehsenfeld fuchtelte drohend mit dem Zeigefinger.

»Kommt überhaupt nicht infrage. Sie fahren augenblicklich nach Freiburg zurück! Ich bleibe hier. Ich hole mir Verstärkung im nächsten Bauernhof und aus dem Gasthaus, das in der Nähe liegt. Hier braucht man richtige Männer, keine zarten Frauenfüße. Am Ende gibt es noch ein körperliches Unglück und einen Arzt finden wir hier weit und breit keinen. Also hauen Sie endlich ab, Herrschaften! May, *Sie* werden die Kutsche lenken, spannen Sie die Rösser an und dann nichts wie weg. Wir treffen uns in Freiburg wieder, ich weiß nicht wann, aber es wird schon klappen.«

May starrte Fehsenfeld an. »*Ich* soll die Kutsche lenken? Sind Sie wahnsinnig? Vier wilde Rösser mit Ärschen breit wie ein Kanapee? Das sind Urviecher, Ungetüme, Gäule, wie sie ein Kara Ben Nemsi niemals reiten würde. Was stellen Sie sich vor, lieber Fehsenfeld, wie das gelingen soll? Mein Harem in der Kutsche wäre mir und den Viechern ausgeliefert und vermutlich halb tot vor Angst. Ganz zu schweigen von mir. Auch ich hätte die Hose voll. Ich muss frei heraus gestehen, ich kann Pferde nicht leiden!«

»Nur gut, dass uns hier keine Menschenseele hört, sonst käme Ihr Geständnis einem Todesurteil gleich«, schimpfte Fehsenfeld. »Ausgerechnet Kara Ben Nemsi, der seinem legendären Rappen Rih nur die Hand zwischen die Ohren legen und seinen Namen rufen musste, damit dieser die letzten Kraftreserven mobilisierte und davonsprengte.«

»Pferd ist eben nicht Pferd, da sehen Sie's mal wieder«, maulte May.

»Und geben Sie ruhig zu, dass Sie auch Kamele nicht leiden können«, setzte Fehsenfeld nach.

»Nu nu! Diese wackligen Wüstenschiffe haben mir jedes Mal zu den übelsten Rückenschmerzen verholfen, ich meine, schon allein die Vorstellung, auf einem dieser Trampeltiere zu sitzen, macht mich ganz fertig.«

»Lieber May, dann setzen Sie sich jetzt ordentlich zu Ihren Damen in die Kutsche, Pauline soll den Wagen lenken und Sie nach Freiburg bringen, mit St. Märgen wird das heute nichts mehr«, meinte Fehsenfeld und winkte Pauline zu sich. Gemeinsam fingen sie die vier Rösser ein, nahmen die braven Tiere am Halfter, spannten sie vor die Kutsche. Pauline kletterte auf den Bock, löste die Bremsklötze und ließ die Peitsche knallen. In der Kutsche hielten sich Emma und Klara aneinander fest, blickten ängstlich und wütend zu May, der argwöhnisch hinauf zum Kutschbock schielte.

»Wenn das mal gut geht!«, raunte er.

Pauline hatte erst ein einziges Mal in ihrem Leben eine vierspännige Kutsche gelenkt, es wäre ihr aber nicht in den Sinn gekommen, Angst zu zeigen. Wind, Kälte und die starken Rösser mussten beherrscht werden, egal wie. Sie betete ein Vaterunser, atmete tief durch und spürte eine übernatürliche Kraft, die ihren Rücken stärkte und die Hände die ledernen Zügel festhalten ließ. Sie mochte gar nicht erst darüber nachdenken, was mit der Kutsche passieren würde, wenn die Pferde durchgingen. Sie machte sich vielmehr Gedanken um ihren Gatten, der jetzt über die Wiesen und durch den Wald laufen wollte, um in einem der Nachbarhöfe Rat und Hilfe zu holen. Dass Gerti und Martin nicht zu Hause waren, war kein gutes Zeichen. Auch sie glaubte an ein Unglück. Ob der Diebstahl der Tasche dazu eine Verbindung ergab? Nein, das eine hat mit dem anderen nichts zu tun, überlegte sie. Oder vielleicht doch?

Oh Gott, was ist unsere Welt unberechenbar geworden, dachte sie und ließ aus Versehen die Zügel etwas locker. Die Pferde reagierten sofort. Wie vom Teufel getrieben galoppierten sie los, rannten in der halben Zeit den Weg zurück, kamen durch Buchenbach, nahmen die Kurve nach Kirchzarten und beinahe wäre die Kutsche an einer Grasnarbe gescheitert und gekippt.

Nur im letzten Moment fanden die Räder wieder festen Boden. Weiter ging der Höllenritt. Pauline hörte die entsetzten

Schreie ihrer Passagiere. »Ei verbibbsch, nich so schnelle!«, rief May, und Emma und Klara plärrten ganz unfein im Chor. Erst kurz vor Freiburg zügelte Pauline die Pferde und ließ die Kutsche geruhsam dahinrollen. Hinter ihrem Rücken war der heftigste Streit ausgebrochen. Ohne Rücksicht auf Anstand und Erziehung gingen die drei Reisenden aufeinander los. Emma schlug sogar auf May ein und schrie, dass nicht *sie* Schuld habe, dass das Geld fort sei, sondern *er* ganz allein.

»Wieso denn ich?«, rief er. »*Du* solltest die Tasche an deine Füße stellen und aufpassen. Natürlich habe ich gedacht, dass du nicht aussteigen wirst, ohne die Tasche mitzunehmen. So viel Verstand habe ich dir zugetraut. Wir waren eine halbe Stunde fort und die Kutsche außerhalb unserer Aufmerksamkeit. Auf den blöden Kutscher konntest du doch nicht vertrauen.«

»Du bist ein unehrlicher Kerl!«, schrie sie zurück. »Immer schon warst du unehrlich, nicht nur jetzt, auch in vielen anderen Dingen. Deine Weltreisen sind doch nur ein verdammt billiges Rollenspiel, zu dem du dir wie ein Schauspieler die Kostüme schneidern lässt. Der große Karl May, der von sich behauptet, er beherrsche 1.200 Sprachen und Dialekte, übersetze aus dem Arabischen, Türkischen, Persischen, Kurdischen und Indianerdialekten, sogar aus dem Chinesischen, und sei als Nachfolger Winnetous der Befehlshaber über 35.000 Apachen.«

Sie schnappte nach Luft, kreischte drauflos: »Wie peinlich! Dieser Mann geht Kritikern, die seine Behauptungen widerlegen könnten, tunlichst aus dem Weg. Habe ich nicht recht? Nun rede schon, du Aufschneider!«

Klara rang die Hände und rief: »Hört auf, ihr seid wahnsinnig. So kann man nicht miteinander umgehen. Ausgerechnet jetzt, wo die echte, große, wirkliche Reise am Horizont steht.«

»Reise?«, schrie Emma, »dann sag mir doch, liebste Freundin, wovon der gnädige Herr reisen soll, wenn er keine einzige Mark mehr in der Tasche hat? So wie es aussieht, kann er nur noch Luftschlösser bauen und seine Spucke verkaufen. Wie soll er Bücher schreiben, wenn da nichts ist, was er beschreiben kann? Den luftleeren Raum vielleicht? Er ist unter Vertrag und tönt groß, dass er noch 30 Bücher liefern wird. Ha, dann sag mir doch, wie er seinen Vertrag einhalten soll! Einschlägige Erfahrungen mit Gerichten und Gefängnissen hat er bereits, vielleicht hilft ihm das ja.«

»Wir werden frisches Geld besorgen, liebe Emma, ich verspreche dir, wir lassen doch Karl nicht im Stich«, rief Klara. »Sofort heute Abend werde ich meinem Gatten eine Nachricht schicken. Er wird zusammenkratzen, was möglich ist.«

»Ich nehme kein Geld von Herrn Plöhn, auch wenn er ein guter Freund ist«, knurrte May. »Aber vielleicht gibt mir der liebe Fehsenfeld einen Vorschuss auf meine Romane, die ich bald liefern werde.«

Emma lachte schrill. »Hat er doch schon, hat er doch schon! Vorschuss auf deine zukünftigen Geschichten hat er dir gegeben, das hast du wohl vergessen?«

»Vergessen? Du schreckliches Weib!«, rief May nun laut und roh. »Vergessen hat hier nur eine einzige Person etwas, nämlich du! Du hast die Tasche vergessen, sonst wäre sie jetzt hier und wir ständen nicht vor diesem Malheur.«

Pauline knallte mit der Peitsche, dass es nur so pfiff. »Es ist unwürdig, was die Herrschaften tun!«, rief sie. »Ich wünsche, dass Schluss damit ist. Mein Mann irrt durch diesen grässlichen Wald und sucht die Verschollenen, wird vielleicht von dem Dieb, der die Geldtasche gestohlen hat, abgepasst und angegriffen. Vielleicht hat Frieder einen Kampf zu bestehen, den er todesmutig angehen wird, aber natürlich keine Chance hat. Vielleicht sinkt er gerade in diesem Moment zu Boden, ist blutüberströmt und bekommt keine Hilfe. Wäre er als Jäger unterwegs, dann hätte er wenigstens seine Flinte und ein paar Hunde dabei und ich wäre ruhig, so aber ist er nur auf seine Hände und Füße angewiesen. Ich mache mir wirklich die schlimmsten Sorgen.«

May hob den Arm, stach mit dem Zeigefinger in die Luft und rief: »Liebe Frau Fehsenfeld, Sie sollten Romanautorin werden, ihre Fantasie ist formidabel. Ich denke jedoch, dass Ihr guter Gatte längst im Wirtshaus sitzt und am Abend wohlbehalten in

Freiburg zurück ist. Wie konnte er uns wegschicken, wenn er nicht sicher war, dass ihm nichts passieren würde? Ein Hasardeur ist er doch wahrlich nicht. Fehsenfeld ist ein kluger Mann, der ganz genau weiß, worauf er sich einlässt. Sonst wäre er nicht der Verleger von Karl May. Und was für ein Verleger! Ich schätze ihn sehr. Ich habe ihm mein ganzes Werk in die Hände gelegt, er ist in höchstem Maße verantwortlich, dass die Menschheit meine Romane zu lesen bekommt.«

Pauline hielt jetzt die Pferde zurück, damit sie langsamer und vorschriftsmäßig durch die Stadt trabten. Ihr Ziel war das Haus in der Sternwaldstraße, wo die Kinder auf sie warteten. Sie war erleichtert, auch ein wenig stolz, dass sie die Kutsche nach Hause gebracht hatte. Sie beschloss, May, Emma und Klara einzuladen, ihnen zur Beruhigung Tee zu kochen und ein kleines Abendbrot zu richten. Auch musste sie sich kümmern, dass einer von Friedrichs Jagdhelfern Kutsche und Pferde abholte. Wie gut, dass sie seit Kurzem ein Telefon hatten, um auf dem Lehenhof anzurufen. Gemeinsam würde man dann auf den Hausherrn warten und beraten, wie die Sache mit dem verlorenen Geld zu regeln sei. May musste unter allen Umständen morgen abreisen, er musste am 4. April in Genua auf die *Preußen* gehen, wie es abgemacht war. Daran war nicht zu rütteln.

Auch für den Rest des Abends behielt Pauline das Kommando und alle richteten sich nach ihren Wünschen. Die Stimmung war zwar nachhaltig dunkelgrau, doch schien sich vor allem May allmählich zu beruhigen, zumal ihm eingefallen war, dass es noch Schutzengel gab, an die er fest glaubte und die ihm aus der Patsche helfen würden. Ein wenig sah er auch Pauline als seinen Schutzengel an, darum küsste er ihr die Hand und bedankte sich artig, dass sie so todesmutig auf den Kutschbock gestiegen war. »Sie sind eine ganz außergewöhnliche Frau, aber hinter jedem guten Mann steht bekanntlich auch eine gute Frau«, sagte er mit schiefem Lächeln, während er Emma einen Blick zuwarf, den diese zum Glück ignorierte.

Nach dem Abendbrot gingen alle ins Wohnzimmer und öffneten eine Flasche von Fehsenfelds bestem Portwein. Emma und Klara wurden ziemlich munter und gesprächig, sanken aber nach dem zweiten Glas in die Sofakissen und schliefen ein. Emma schnarchte mit offenem Mund. Pauline und May setzten sich an den kleinen Tisch unter der Lampe und spielten das indische Brettspiel Pachisi.

»Wenn nur der Frieder bald kommt, die Sache lässt mir keine Ruhe«, murmelte Pauline.

»Nu nu, es wird schon werden«, tröstete May und würfelte eine Sechs.

Es war fast dreiundzwanzig Uhr, als Friedrich Ernst Fehsenfeld die Haustür öffnete und in der Diele seine schmutzigen Schuhe und die durchnässten Oberkleider auszog. Pauline hatte ihn gehört, war aufgesprungen und zu ihm gelaufen. Nun standen sie eng beieinander und hielten sich fest. »Frieder, du siehst entsetzlich aus. Komm herein und erzähl, was passiert ist«, bat sie ihn.

»Nein, meine Liebe, ich kann nicht, es ist zu furchtbar. Ich werde den Herrschaften nur einen kleinen, unbedeutenderen Teil schildern, danach fahre ich sie mit dem Automobil ins Hotel zurück. Sie müssen schlafen, May soll morgen früh vollkommen unbesorgt, pünktlich und frei im Kopf abreisen. Der Autor von *Old Surehand*, dem *Schatz im Silbersee* und vielen anderen wunderbaren Reise-Romanen darf nicht erfahren, was heute passiert ist. Ich traue ihm zu, dass er die Ereignisse in einem späteren Werk ausschlachten und daraus großartige Girlanden drehen wird, die jedoch fern jeder Wirklichkeit sind. Und da walte Gott und sein weitsichtiger Verleger Friedrich Ernst Fehsenfeld vor. Außerdem …«

»Außerdem?«

»Eine Verzögerung der Reise wegen einer polizeilichen Zeugenvernehmung wäre …«

»Wie? Du sprichst in Rätseln, was meinst du?«

Fehsenfeld stand vor dem Dielenspiegel, glättete im Schein eines gelblich flackernden Lämpchens sein Haar, sprach mehr zu sich selbst als zu Pauline. »Der gute May, der Realität und Fiktion sowieso nicht auseinanderhalten kann, soll sich gefälligst an seinem geliebten Orient austoben und per Pferd oder Kamel durch sämtliche Wüsten und Oasen dieser Welt reiten, darin ist er brillant.« Fehsenfeld blickte Pauline todtraurig an und fuhr flüsternd fort: »Ich erzähle dir später alles, wenn wir allein sind.«

Pauline strich ihrem Mann liebevoll über die Brust und zog ihn mit. »Gut, dann komm herein und berichte, was du verantworten kannst. Anschließend verabschiede ich mich von unseren Gästen.«

Fehsenfeld hob die Ledertasche auf, die er an der Garderobe abgestellt hatte, und ging damit ins Wohnzimmer, wo er sehnsüchtig erwartet wurde. May schloss ihn in die Arme und freute sich wie ein Kind, dass er recht behalten hatte. Es war nichts passiert. Fehsenfeld war wieder da und auch die Tasche, wie alle sehen konnten. »Oh, da kommt ja unser Held!«, rief er aus. »Sagen Sie bloß, wo haben Sie die Tasche gefunden?«

Fehsenfeld ließ sich in einen Ohrensessel fallen, streckte die müden Beine aus. »Ja, mein lieber Freund, diese Sorge sind wir los. Ich habe die Tasche. Sogar das Geld ist noch vorhanden. Unser Kutscher war kein Lump. Ein braver Mann, der Hannes – hat wie ein Löwe um die Tasche gekämpft – war noch mit den Pferden bei der Tränke beschäftigt gewesen, bemerkte zu spät, wie sich ein Dieb zur Kutsche schlich. Blitzschnell war der Schurke mit der Tasche fort und Hannes hat vollkommen selbstlos die Verfolgung aufgenommen.«

»Großartig! Das ist mal ein Teufelskerl! Ich hoffe, Sie haben ihm gedankt, auch in meinem Namen. Ich habe es doch gewusst, ein Karl May kann auf seinen Schutzengel vertrauen.«

»Natürlich, ich habe dem Kutscher gedankt«, flüsterte Fehsenfeld, fuhr sich durchs bleiche Gesicht, nickte May aufmunternd zu. »Nun darf Kara Ben Nemsi getrost Wüsten und Prärien erobern und ich hoffe sehr, dass Sie den Besuch bei uns in guter Erinnerung behalten. Ich stelle mir gerade vor, wie Ihre Bewunderer auch in hundert Jahren noch davon berichten werden. Es ist eine Ehre für meinen Verlag und die Stadt Freiburg, dass der große Karl May hier zu Besuch war.«

»Mein lieber Freund, Sie sind zu gütig! Ich danke tausendmal. Es waren wundervolle Stunden, die vor allem auch Ihre Frau mir und meinen Damen geschenkt hat. Jawohl, unser Aufenthalt wird in die Biografie eingehen, wie alles Wichtige, was von mir zu berichten ist.«

»Dann sollten wir uns jetzt verabschieden und zur Bettruhe begeben. Ich richte gleich das Automobil her, ich bringe Sie ins Hotel zurück, damit Sie den wohlverdienten Schlaf bekommen und morgen vollkommen gestärkt abreisen können«, sagte Fehsenfeld und stand auf. Dass er leicht schwankte, sah May nicht, denn er war mit seiner Tasche beschäftigt. »Schau Emma, alles noch drinne!«, lachte er überglücklich.

Eine Stunde später kam Fehsenfeld von der nächtlichen Fahrt zum Hotel zurück. Erschöpft sank er neben Pauline, die schon zu Bett gegangen war.

»Nun erzähl schon, Friederle! Was ist auf dem Hof passiert?«, flüsterte sie. »So wie du ausschaust, müssen dir die Brüder Mord und Totschlag über den Weg gelaufen sein.«

»So ist es«, seufzte er.

Pauline richtete sich auf. »Was ist mit Martin und Gerti?«

»Tot. Die Kehlen durchschnitten.«

Pauline schrie auf, umklammerte die Hand ihres Mannes.

»Das ist ja grauenvoll«, hauchte sie endlich.

Fehsenfeld griff nach dem Wasserglas auf dem Nachttisch, versuchte zu trinken. Seine Hände zitterten so sehr, dass ihm das Wasser wieder aus dem Mund lief, dann brach er zusammen und fiel seiner Frau weinend in die Arme. »Ich habe Gerti und Martin in der Schlafstube gefunden. Sie lagen in den Betten, die Augen weit aufgerissen, umgeben von einem Meer aus Blut. Die Kissen, die Wände, das Kruzifix über den Betten, der Bretterboden, Blut, überall Blut. Das Blut war noch warm und ich hatte nur eines im Sinn, dass ihr Frauen und unser Freund May so schnell wie möglich in Sicherheit kommen müsst. Ich spürte instinktiv, dass der Mörder noch irgendwo lauerte.«

»Frieder!« Pauline schüttelte ihren Mann, rief mit erstickender Stimme »Du bist ein Wahnsinniger. Wie konntest du nur in diesem Haus bleiben? Du hast Frau und Kinder, du kannst es nicht mit einem Mörder aufnehmen. Was hast du dir nur gedacht?«

»Gerti und Martin sind meine Freunde. Ich konnte nicht anders. Pauline, ich hatte nur eines im Sinn – den Mörder zu finden. Ich habe das ganze Anwesen durchsucht, bin sehr vorsichtig vorgegangen, immer darauf gefasst, hinterrücks überfallen und ebenfalls abgestochen zu werden. Nachdem ich keine sichtbaren Spuren gefunden habe, bin ich so schnell wie möglich zu den benachbarten Höfen gerannt und habe die Bauern mobilisiert. Das war nicht einfach, die Höfe liegen weit entfernt. Doch ich habe es geschafft, war vom Rennen über die Berge vollkommen erledigt, ich dachte, Herz und Lunge würden gleich aus meiner Brust springen.«

Es sah aus, also ob Fehsenfeld die Situation noch einmal durchleben würde, so sehr musste er beim Erzählen nach Luft ringen und seine Erregung in einigermaßen vernünftige Sätze packen. »Jetzt«, fuhr er fort, »jetzt halten ein paar Bauern Wache, haben den Hof umstellt, andere sind mit Gewehren und Sensen in den Wäldern unterwegs. Grauen und Wut stehen ihnen in den Gesichtern. Wir haben die Polizei geholt, seither wird jeder Stall und jede noch so ferne Hütte durchsucht. Der Mörder von Gerti und Martin ...«, er stockte, »und auch von unserem Kutscher ..., er wird nicht weit kommen. Er hat die armen Leute mit dem Speckmesser umgebracht. Der Kutscher, unser lieber, treuer Hannes, der ihn anscheinend gesehen und bis hinter das Fichtenwäldchen verfolgt hat, nicht ahnend, dass er es mit einem Mörder zu tun hat. Der gute Hannes, der vermutlich glaubte, dass er lediglich einen Dieb stellen müsse. Verstehst du mich? Die verdammte Ledertasche mit dem Reisegeld! Hannes wollte sie dem Dieb abjagen, doch dann hat der Wahnsinnige auch ihm das Messer in die Brust gerammt. Auf seiner Flucht musste der Mörder die Geldtasche aufgeben, sie war ihm mehr hinderlich als nützlich.«

Fehsenfeld richtete sich auf. Sein Finger tippte gegen die eigene Brust. »*Ich* habe sie gefunden, sie lag unversehrt in einem Graben. Stell dir vor, auch dem Hund war die Kehle durchschnitten, das Tier abgeschlachtet hinter dem Haus.«

Er packte Pauline rechts und links, schüttelte sie beinahe und flehte: »Liebes, ich bitte dich inständig, rede nicht davon, mit niemandem. Es muss unter allen Umständen ein Geheimnis bleiben, dass auch May in unserer Kutsche saß, wir müssen ihn da unbedingt raushalten, es ändert schließlich nichts an der Tragödie.« Er ließ Pauline los, lag erschöpft da, sah, wie seine Frau die Hände vors Gesicht schlug. Diese abscheulichen Nachrichten waren zu viel für sie.

Sie konnte nicht mehr an sich halten, sie schrie ihre Verzweiflung heraus: »Nein, nein, der arme Hannes, er hat sechs Kinder, warum er? Womit hat er das verdient? Und wieso Gerti und Martin? Die besten und gottgläubigsten Menschen auf der Welt! Und der Hund, er war uralt, was gibt das für einen Sinn?«

»Niemand weiß bisher, wieso und warum. Was für ein Motiv? Ich habe keine Antwort. Der Mörder muss ein Verrückter sein, ein Ungeheuer im Blutrausch, ein Geistesgestörter«, stöhnte Fehsenfeld.

Pauline boxte mit ihren Fäusten in die Kissen und schluchzte laut.

Fehsenfeld hielt sie fest. »Beruhige dich Liebes, wir brauchen jetzt unsere ganze Kraft und jede Menge Verstand. Pauline, ich brauche dich, allein schaffe ich das nicht.«

Pauline und Friedrich Ernst Fehsenfeld taten in dieser Nacht kein Auge zu und in vielen folgenden Nächten ebenfalls nicht. Doch es gelang ihnen, beherzt und geradezu meisterlich ihren Freund May aus der ganzen Geschichte herauszuhalten.

May reiste voller Tatendrang und gut gelaunt am Morgen des 31. März 1899 mit Emma und Klara nach Lugano. In Genua übernachtete die Reisegruppe im Hotel Royal, wo am 3. April Klaras Gatte Richard Plöhn zu der Gruppe stieß und man die Ostertage zusammen verbrachte.

Am 4. April verabschiedete sich May von seiner Frau und dem Ehepaar Plöhn und brach mit dem Reichspostdampfer *Preußen* des Norddeutschen Lloyd nach Port Said auf. Dort betrat May am 9. April 1899 zum ersten Mal in seinem Leben außereuropäischen Boden.

Am 14. April reiste er mit der Eisenbahn nach Kairo, wo er sich im Hotel Bavaria (Bayrischer Hof), Shâi'a Kâmel, einquartierte und bis zum 24. April blieb.

Am 22. April 1899 schrieb May einen ersten Brief an seinen Verleger Fehsenfeld in Freiburg.

Lieber Freund!

Nicht wahr, es ist schrecklich, dass man nicht einmal seinem Verleger schreibt? Pardon! In Lugano wurde ich entdeckt; in Genua wurde ich im Hotel entdeckt. Auf dem Schiff entdeckte mich Professor Lesser aus Berlin auf der Schiffsliste. Seit diesem Augenblick war es aus mit meiner Freiheit. Alle wollten mit Kara Ben Nemsi Afrika betreten und mit ihm von Port Said aus nach Kairo fahren, sogar hier mit in seinem Hotel wohnen. Ich habe mich bisher nur einmal freimachen können, zu einem zweitägigen Ritte in die Libysche Wüste. Noch nicht einmal die Pyramiden bestiegen und nur zwei Moscheen besucht. Erst in Oberägypten wird das anders, weil es da glücklicherweise keine Leser gibt. Jeder gebildete Deutsche, der sich jetzt hier in Kairo befindet, kennt leider May.

Wir haben jetzt eben Nachmittag 3 Uhr, 32 Grad Réaumur, das genügt! Wie geht es Ihnen, mein Freund? Sind Sie wieder einmal vierspännig ausgefahren? Das war ein schöner Tag. Wir sind überhaupt so herzlich dankbar für Ihre liebe Gastlichkeit …

Historischer Hintergrund

Auch bei mir stand früher, als ich noch zur Schule ging, eine ansehnliche Sammlung Karl-May-Romane im Bücherregal. Ich habe die Reise- und Abenteuerromane zu exotischen Schauplätzen, die sich ganz und gar verwegen zwischen Realität und Fiktion bewegten, mit Begeisterung gelesen.

Karl May (1842-1912) ist einer der meistgelesenen und -übersetzten Autoren von Trivialliteratur deutscher Sprache. Geschätzte Auflage 200 Millionen weltweit, allein in Deutschland 100 Millionen. Karl Mays Leben gestaltete sich als wilde Achterbahn, besonders in seinen Anfangsjahren wurde er durch manche kriminelle Kurve geschleudert. Diebstahl, Betrug und Hochstapelei, Zuchthaus, Flucht, Doktorgrad, ohne je promoviert zu haben, sowie Plagiatsvorwürfe, (ach, wie modern, möchte man sagen), es hörte nicht auf. Später behauptete er, Old Shatterhand zu sein und die Inhalte seiner Erzählungen selbst erlebt zu haben.

Bei aller May'schen Lügerei, Selbstreklame und künstlerischen Legendenbildung gibt es aber auch Dinge, die mich, Autorin aus Freiburg, zum Schreiben meiner Story gereizt haben.

Ganz im Stile Karl Mays bewegt sich »Im dunklen Tann« zwischen Realität und Imagination. Karl May, seine Frau Emma (geb. Pollmer) und die gemeinsame Freundin Klara Plöhn (Ehefrau von Richard Plöhn, ab 1903 die Ehefrau von Karl May), besuchten auf dem Weg zu Mays erster Orientreise am 30. März 1899 die Stadt Freiburg und den Verleger Friedrich Ernst Fehsenfeld. Die Reisenden aus Radebeul übernachteten im Hotel Zähringer Hof in der Bahnhofstraße und unternahmen mit den Eheleuten Fehsenfeld eine Kutschfahrt in den Schwarzwald. So weit die realen Ereignisse.

Wie es zum dramatischen Ende des Ausflugs kam, habe ich jedoch hinzuerfunden. In Anlehnung an einen wahren Kriminalfall, einen spektakulären Doppelmord mit Raub von Geld und

Wertsachen, der sich im Jahre 1920 im sogenannten Weißen Haus bei Todtmoos, Ortsteil Prestenberg, ereignet hat, habe ich in künstlerischer Freiheit Karl May gespielt. Ich habe Teile aus dem Kriminalfall mit dem May'schen Aufenthalt collagenhaft verknüpft und sie mir für meine Geschichte passend gemacht.

Herzlich bedanken möchte ich mich bei Prof. Dr. Götz von Olenhusen aus der Freiburger Karl-May-Gesellschaft, der mich mit den notwenigen Literatur-Hinweisen zur Recherche über Karl May versorgt hat.

Brigitte Krächan

Diese wunderschönen braunen Augen

Die Geschichte des Karl Friedrich Hundertpfund

Diese wunderschönen braunen Augen. Heute würde Rosa ihn besuchen. Sie würde von Freiburg kommen und über Nacht bleiben. Karl hatte die Bäuerin so lange beschwatzt, bis sie erlaubte, dass Rosa in der leer stehenden Kammer der Dienstmagd übernachten durfte. Mehr als zwei Stunden brauchte Rosa mit dem Fahrrad von Freiburg bis Steig. Jetzt im September, wo die Tage kürzer wurden, wäre eine Rückkehr am gleichen Tag gefährlich für ein junges Mädchen gewesen.

Die Bäuerin war voller Mitgefühl. Diese romantische Sehnsucht des jungen Paares! Karl und Rosa wollten heiraten und gemeinsam in einer kleinen Wohnung leben. Karl stellte sich seine Rosa inmitten einer fröhlichen Kinderschar vor. Sie wäre eine wundervolle Mutter. Hätte neben der Hausarbeit immer ein offenes Ohr für die Sorgen der Kleinen.

Karls Mutter war gestorben, als er elf war. Sie war Chorsängerin am Theater gewesen. Statt auf der Bühne vor fremden Menschen zu stehen, würde Rosa die Kinder abends zu Bett bringen und ihnen ein Schlaflied singen. Karls Mutter hatte ihm nie ein Schlaflied gesungen. Aber Rosa war anders. Auch anders als die Mädchen mit dem frivolen Lachen, die Karl im *Roten Bären* traf. Rosa war ruhig, besonnen und fürsorglich. Sie ging selten aus. Zum Glück hatte ihre Freundin sie zu dem geselligen Nachmittag im Meyerhof überredet. Karl hatte sich lange mit Rosa unterhalten. Hatte zärtlich nach ihrer Hand gefasst mitten im Lärm der feiernden Menschen. Noch in derselben Nacht wusste Karl, dass er mit Rosa eine Familie gründen würde. Er begann, um sie zu werben. Und schließlich hatte sie nachgegeben und den Hochzeitsplänen zugestimmt. Aber wie die vielen anderen heiratswilligen Paare konnten sie keine Wohnung finden.

Heute würde Rosa ihn in Steig besuchen. Sie würden nach Saig wandern und von dort weiter zum Aussichtsturm auf dem Gipfel des Hochfirst. Karl hatte Zigaretten, die er gegen Bier tauschen konnte, und die Bäuerin hatte ihm etwas Brot und Käse überlassen, der Lohn für seine Hilfe auf dem Hof. Karl besaß kaum Bargeld. Was sollte er mit diesen vielen, auf billigem Papier gedruckten Scheinen, die über Nacht ihren Wert verloren? Ein Laib Brot kostete gestern viereinhalb Millionen Mark. Ein Brot für einen Wäschekorb voller Geld! Der Bäcker in Hinterzarten meinte, er gäbe sein Brot nur noch im Tausch gegen Waren oder harte Devisen. Was nutzten ihm die viereinhalb Millionen Mark für ein Brot, wenn er morgen damit nicht einmal mehr die Zutaten für ein neues kaufen konnte?

In der Holzschnitzerei, in der Karl arbeitete, wurde nur noch selten ein Tagelohn ausgezahlt. Wenn die Bezahlung heute für zwei Würstchen reichte, konnte man morgen vielleicht nur noch eines kaufen. Die Löhne konnten niemals so schnell steigen wie die Preise. Der Meister erlaubte Karl und dem Gesellen, sich stattdessen kleinere Holzschnitzereien mitzunehmen. Mit etwas Glück fand Karl jemanden, der die gefälligen Kunstwerke gegen Lebensmittel tauschte. Hin und wieder verkaufte er seine geschnitzten Kühe, Hunde und Katzen an Reisende am Titisee. Wer sich eine Reise zum Titisee leistete, hatte meist ausländische Währung, Schweizer Franken oder Franzosengeld. Das Reisen war billig für die, die mit Devisen bezahlten. Für die Schweizer Franken kaufte Karl Zigaretten, eine weitaus bessere Währung als die Mark.

Diese wunderschönen braunen Augen. Rosa saß neben ihm. Lächelnd wischte sie sich den Schweiß von der Stirn. Zusammen waren sie zum Aussichtsturm gewandert, und Karl hatte seine Braut auf ein Bier ins Rasthaus eingeladen. Nun ruhten sie am Fuße des Hochfirsts auf der frisch gemähten Wiese. Rosa fasste schüchtern seine Hand, atmete die warme, würzige Luft genussvoll ein und seufzte: »Ein wunderschöner Ort. Ich werde diesen Tag nie vergessen.« Sie zeigte auf den weißen Nebel, der langsam vom Titisee über die grünen Hänge kroch. »Ich wünschte, ich hätte einen dieser neuen Fotoapparate, um ein Bild von der Aussicht zu machen!«

Karl grinste, stand auf und half ihr hoch. »Komm mit!«, sagte er und zog sie in Richtung des kleinen Häuschens hinter ihnen. Als sie eben daran vorbeigekommen waren, hatte Karl die Kiste mit Ansichtskarten neben der offenen Tür bemerkt.

Mit einer großzügigen Geste zeigte er darauf. »Such dir eine aus!«

Ein älterer Mann war vor die Tür getreten. Er nickte den jungen Leuten freundlich zu und stellte sich als Bauer Köpfer vor. Karl musterte den Alten und fühlte nach den fünf Rappen in seiner Tasche. Dieser arrogante Schweizer hatte sie als Trinkgeld auf dem Tisch im Rasthaus liegen lassen, und Karl hatte sie im Vorbeigehen eingesteckt. Aber wie sollte er Rosa erklären, wie er zu dem Geld gekommen war? Also bot Karl dem Bauern Zigaretten im Tausch gegen die Ansichtskarte. Bauer Köpfer schlug in den Handel ein und während sich Rosa mit dem Mann über die wunderbare Aussicht und seine Arbeit als Bauer und Köbler unterhielt, lehnte sich Karl auf der schmalen Bank vor dem Haus zurück und ließ seinen Blick über das Anwesen gleiten. Das zweistöckige Haus lag einsam, etwas abseits des Dorfes an dem Wanderweg, der zum Hochfirst führte. Der Alte tat gut daran, den Besuchern hier Ansichtskarten anzubieten.

Am nächsten Tag fuhr Rosa zurück nach Freiburg. Karl blieb allein in Steig zurück und dachte voller Sehnsucht an seine junge Braut. Er sah Rosa auf der kleinen Bank vor dem Hochfirsthäuschen sitzen und stellte sich vor, wie wundervoll es wäre, wenn sie und er auf dem Anwesen wohnen würden. Wie Rosa der Bäuerin beim Vieh zur Hand ginge und wie die Kinder auf der Wiese spielten. Sogar den Platz für eine kleine Schaukel hatte Karl schon festgelegt. Das Haus wäre groß genug für zwei Familien. Die Alten würden von der Fröhlichkeit und Hilfe der Jugend profitieren, und er würde in der Werkstatt des Alten seine Holzschnitzereien anfertigen und sie oben auf dem Hochfirst und im Tal am Titisee verkaufen.

Als Karl Rosa das nächste Mal in Freiburg besuchte, teilte er ihr seine Gedanken mit. Das Leuchten in ihren wunderschönen Augen, als er ihr die gemeinsame Zukunft im Hochfirsthäuschen ausmalte!

Aber nicht nur von der Zukunft erzählte er ihr. Es war auch an der Zeit, dass Rosa etwas über seine Vergangenheit erfuhr. Und so berichtete Karl über sein unstetes Leben, seine Suche nach einem Sinn, einer guten Zukunft, einem sicheren Ort zum Leben. Er erzählte von den vielen Umzügen, von seiner Mutter, die er viel zu früh verloren hatte, von dem schlechten Umgang, den falschen Freunden, an die er geraten war. Er verschwieg auch die Verurteilung nicht. Drei Jahre Zuchthaus. Er war bei einer Diebesbande mitgegangen. Die Strafe war hart. Dabei hatte Karl nur ein bisschen Wohlstand für sich haben wollen. Aber im Zuchthaus hatte er erkannt, dass man für sein Glück hart arbeiten musste. Er hatte eine Ausbildung gemacht und war nach zwei Jahren wegen guter Führung frühzeitig entlassen worden.

Karl nahm behutsam Rosas Hand und blickte tief in diese wunderschönen braunen Augen. »Und nun hat mich ein gütiges Schicksal zu dir geführt. Mit dir kann ich ein besserer Mensch werden und ein erfülltes Leben führen. Ich werde den Kindern ein fürsorglicher Vater und dir ein guter Ehemann sein.« Rosa hatte ihn mit ihren wunderschönen braunen Augen angesehen. Und in ihren Augen war kein Vorwurf gewesen, nur Verstehen, Liebe und Vertrauen.

Gemeinsam reisten sie wenig später zu den Köpfers, um sie für ihren Plan zu gewinnen. Die Bäuerin verhielt sich still, doch der Alte schüttelte entschieden den Kopf. »Wie stellt ihr euch das vor, in diesen schweren Zeiten? Die Landwirtschaft reicht, um die Frau und mich durchzubringen. Nie und nimmer kannst du von der Holzschnitzerei leben. Lest ihr keine Journale? Diese fantastische Geldkatastrophe. Die Arbeitslosigkeit. Die Einschränkungen und die Not überall. Der Ruhrwiderstand ist aufgegeben, aber die bayrische Regierung erklärt den Versailler Vertrag für erledigt. Niemand weiß, was in Bayern wird und wie sich das auf das Reich auswirkt. Ich glaube nicht, dass sich die Regierung halten kann. Wie soll Stresemann das richten, wenn ihm die Parteien nicht folgen? Es ist ungewiss, ob sie den Bürgerkrieg noch abwenden. Und ihr wollt hier einziehen und eine Familie gründen?« Der Alte hatte sich in Rage gesprochen. Wütend spuckte er den Tabakpfriem, den Karl ihm angeboten hatte, auf den Boden. »Ich danke Gott, dass wir uns nie mit Kindern belastet haben. Und dann soll ich euch als Last aufnehmen und mitansehen, wie sich das Elend auf vier und mehr ausbreitet?«

Karl gab sich große Mühe, aber der Alte ließ sich nicht überzeugen.

Rosas wunderschöne Augen, die so traurig blickten auf dem Weg zurück nach Steig.

Dieser wunderbare Traum von ihrem gemeinsamen Leben in Saig! Karl wollte ihn nicht einfach aufgeben. Man musste für sein Glück kämpfen.

Wenige Tage später fuhr Karl wieder nach Saig. Die Bäuerin war so still gewesen. Karl wusste, er hatte ein gewisses Geschick mit Frauen. Vielleicht konnte er die Alte für sich gewinnen. Karl schilderte der Frau die gemeinsame Zukunft im Hochfirsthäuschen. Er beschrieb das gesellige Leben mit den Kindchen, die doch bestimmt auch ihr Herz erfreuen würden. Er erzählte von Rosa, wie liebevoll sich seine Braut um die alten Leutchen kümmern würde, wenn die Zeit der Krankheit und des körperlichen Zerfalls käme. Karl fand wahrlich treffende Worte, aber die Alte ließ sich nicht überzeugen. Als Karls Rede immer dringlicher wurde, wies sie ihm die Tür. »So sieh doch ein, dass es hier keine Grundlage für eure Familie geben wird. Wir haben lange allein gut gelebt. Wenn wir uns beschränken, haben wir auch in Zukunft ein Auskommen. Noch ein paar angenehme, bescheidene Jahre, und dann werden wir in diesem Haus zufrieden sterben.

Und nun geh! Such woanders nach einem Platz für deine Frau und dich.«

Die harschen Worte der Alten wirkten in Karl lange nach. Natürlich las er Zeitung! Mehr noch: Im September war er sogar mitmarschiert bei den Teuerungsdemonstrationen. Ein großer Protestzug. Unter roten Fahnen vom Güterbahnhof bis zum Schwabentor. Vor dem Rathaus hatten sie ihre Parolen gerufen und wirtschaftliche Unterstützung für Arbeiter und Arbeitslose gefordert. Sie hatten mit der Ausrufung des Generalstreiks gedroht. Und schließlich hatte das Rathaus nachgegeben, hatte Wirtschaftsbeihilfe und wertbeständige Löhne versprochen. Bei diesen Demonstrationen spürte Karl die unbändige Kraft, den ungeheuren Willen, der von diesen Menschen ausging. Junge Arbeiter, Männer und Frauen, die ihr Schicksal nicht länger einer unfähigen Politik überlassen wollten. Der zerstörerische Krieg. In den Flugblättern stand es deutlich formuliert: Dieser unwürdige Frieden mit den enormen Kosten, der die Jugend in die Arbeitslosigkeit und ins Elend treibt! Einer ganzen Generation hat man die Chance auf eine gute Zukunft geraubt!

Er, Karl, war Teil dieser Generation. Als er sich den roten Fahnen des Protestes anschloss, wusste er: Er musste für seine Zukunft kämpfen. Die Jugend durfte ihr Schicksal nicht länger den Alten überlassen. Die Alten hatten ihre Chance gehabt, und sie hatten sie vertan. Während die Gedanken in Karls Kopf sich immer wieder und wieder um seine und Rosas Zukunft im Hochfirsthäuschen drehten, beschloss er, das Risiko einzugehen und für sein Glück zu kämpfen. Er würde sich nehmen, was die Alten ihm schuldeten. Es konnte nicht angehen, dass diese alte Vettel und ihr Mann das Haus für sich allein beanspruchten. Sie wollten in diesem Hause sterben, sagten sie. Karl nickte entschlossen, als er darüber nachdachte. Ja, sie würden in diesem Hause sterben. Und sie würden Platz machen für die Jugend, die ein Recht auf eine gute Zukunft hatte.

Ende Oktober besuchte Karl seine Braut in Freiburg. Das Leuchten in ihren wunderschönen Augen, als er ihr erzählte, dass die Alten schließlich doch in seine Pläne eingewilligt hätten, ja nicht nur das, dass sie sich sogar dazu entschlossen hätten, ihm das ganze Häuschen zu verpachten! Karl lud Rosa für den ersten Sonntag im November nach Saig ein. Sie versprach zu kommen, und sie würde ihre Freundin mitbringen, denn was würden die Leute sagen, wenn sie mit Karl über Nacht allein in dem Haus wäre.

Die Erinnerung an das Leuchten in diesen wunderschönen Augen begleitete Karl bei der Planung seiner Tat. Am Freitag, dem zweiten November, einem kühlen, regnerischen Tag verabschiedete sich Karl von seinen Hausleuten in Steig. Er hatte ihnen erzählt, dass er wieder nach Freiburg ziehen wolle. Karl lieh sich einen Karren für die wenigen Dinge, die ihm gehörten. Unbemerkt versteckte er das Karabinergewehr des Hausherrn auf dem Karren. Er zog ihn höllentalabwärts Richtung Freiburg, kehrte aber bald um und wartete im Wirtshaus in Posthalde auf die Nacht. Karl scherzte mit der Wirtin und war guter Dinge. Sein Plan war gut und sein Vorhaben gerecht. Es war Zeit, dass die Alten abdankten und der Jugend, ihm und Rosa, Platz machten. Nur noch dieses eine Mal und dann würde Karl ein ehrbares, gottgefälliges Leben führen.

Als es dunkel wurde, fuhr Karl mit dem Handkarren zurück, an Steig vorbei, nach Saig. Der Himmel war wolkenverhangen.

Karl stellte den Karren in der Nähe des Hauses ab. Er griff den Karabiner und schlüpfte durch das Stallfenster. Die wenigen Male, die er beim Anwesen gewesen war, hatte er die Umgebung genau erkundet. Er plante, durch den Stall ins Haus zu gehen, Lärm zu machen und dann das herbeieilende Ehepaar zu erschießen. Womit er nicht gerechnet hatte: Der Alte hatte die Tür, die vom Stall in den Hausgang führte, verschlossen. So blieb ihm nichts weiter übrig, als den Morgen abzuwarten.

Karl schob sich ein wenig Stroh zusammen und legte sich nieder. Er würde alles richtig machen. Morgen würde das Haus ihm gehören. Die Erinnerung an das Leuchten in den wunderschönen Augen seiner Braut begleitete ihn in einen leichten Schlaf.

Karl wachte auf, als er den Alten auf der Stiege hörte. Leise brachte er den Karabiner in Anschlag. Der Alte öffnete die Tür, sah Karl und zog sie in dem Moment wieder zu, als Karl abdrückte. Die Kugel schlug durch die geschlossene Tür, aber Karl war sicher, dass er den Bauern getroffen hatte. Er wollte ihm nach, jedoch hatte der Alte den Riegel vorgeschoben. Karl überlegte nicht lange. Er war entschlossen, zu Ende zu bringen, was er begonnen hatte. Und dazu musste er ins Haus. Schnell. Wer wusste schon, ob der Mann nicht eine Waffe zur Verteidigung hatte! Außerdem hatte die Bäuerin gewiss den Schuss gehört. Was, wenn sie aus dem Haus rannte, um Hilfe zu holen? Karl fand die Haustür verschlossen und schlich zur Hintertür. Vorsichtig schlüpfte er hindurch. Eine Stalllaterne tauchte den Hausflur in ein trübes Licht. Karl sah, wie sich die alte Vettel über ihren Mann beugte und feuerte zweimal. Sie kreischte, bäumte sich auf und brach zusammen.

Karl näherte sich vorsichtig dem Ehepaar. Ein kurzer Blick genügte. Das Weib war tot. Der Alte röchelte und versuchte, den Kopf nach seiner Frau zu drehen. Er würde die Morgendämmerung nicht erleben. Karl ließ die beiden liegen und stieg nach oben zur Wohnstube. Er musste den Hund zum Schweigen bringen.

Danach saß Karl auf der Treppenstiege und rauchte eine Zigarette. Der Bauer hatte zu Röcheln aufgehört. Endlich war Ruhe. Eine heimelige Ruhe. Karl lauschte auf das leise Schmatzen der wiederkäuenden Kuh. Er dachte an Rosa, die ihn morgen in ihrem neuen Zuhause besuchen würde. Er würde die Alten im Keller verstecken und den Hausflur säubern. Und er würde ein Feuer im Herd anzünden. Alles sollte so scheinen wie immer. Und dann würde er zum Ratschreiber gehen und sich zum Aufenthalt in der Gemeinde anmelden. Ab heute würde Karl den Gesetzen folgen.

Das Strahlen in ihren wunderschönen Augen. Karl fühlte ein warmes Kribbeln im Bauch, als er die kindliche Freude seiner Braut sah. Wie sie durch die Zimmer ging, alles betrachtete und immer wieder mit der Hand über ein Möbelstück strich. Er hatte

Rosa und ihrer Freundin erzählt, das Ehepaar hätte kurzfristig eine Reise zum Kaiserstuhl unternommen und plane, ihm nach seiner Rückkehr das Haus zu verpachten. Er selbst war schon beim Bürgermeister gewesen, gleich heute nach dem Hochamt, und hatte seine Holzschnitzerei als Gewerbe angemeldet. Auch hatte er sich erkundigt, welche Papiere sie für die bevorstehende Heirat brauchten. Als Karl die Hochzeit erwähnte, sah er den warmen Glanz in Rosas Augen und wusste, er hatte alles richtig gemacht.

Am Nachmittag fuhr Rosa mit ihrer Freundin nach Freiburg zurück. Karl wartete die Dunkelheit ab, um die Alten zu verscharren. Er hob ein Grab neben dem Brandweiher aus und legte die Leichen hinein. Den toten Hund bettete er zu Füßen des Alten. Das Tier tat Karl leid, aber er musste es erschießen. Der Hund hatte nicht aufhören wollen zu bellen. Karl hatte Glück: In der Nähe des Brandweihers hatte der Alte einen Wassergraben ausgehoben. Mit Erde und Rasenstücken bedeckt würde die zusätzliche Grube nicht auffallen.

In den nächsten Tagen musste Karl die Geschichte von der eiligen Abreise der Köpfers so oft erzählen, dass er sie beinahe selbst glaubte. Auch der Dorfgendarm erkundigte sich nach dem Verbleib der Eheleute. Und wieder meinte es das Schicksal gut mit Karl: Der Bürgermeister kam ihm zu Hilfe und erklärte, er halte es durchaus für möglich, dass das Ehepaar Köpfer verreist sei und Karl das Haus verpachtet habe. Außerdem halte er Karl für einen zuverlässigen Menschen, immerhin habe er sich ordentlich in Steig ab- und in Saig angemeldet.

Aber die Fragen der Dorfbewohner nach dem Verbleib der Bauern vom Hochfirsthäusle hörten nicht auf. Zu wem die Eheleute denn gereist seien und wieso sie niemandem etwas von der bevorstehenden Reise erzählt hätten? Verdammt. Karl hätte niemals gedacht, dass die Alten so enge Kontakte zu den Leuten im Dorf pflegten.

Als Rosa zwei Wochen später für einige Tage mit ihrer Freundin im Hochfirsthäuschen weilte, kamen die Dorfweiber, um sie auszufragen. Ihre wunderschönen braunen Augen, die plötzlich so sorgenvoll und verängstigt blickten! Und die Weiber hörten nicht auf mit ihrer Neugier.

Rosas fragende Blicke, als er ein paar Sachen der Eheleute packte und ihr erklärte, die Köpfers seien in Hüfingen und hätten ihn gebeten, Kleidungsstücke für den bevorstehenden Winter zu bringen. War das Misstrauen in ihren wunderschönen Augen? Ahnte sie, dass er nicht vorhatte zurückzukommen?

Fremdenlegion. Die Idee war ihm in der Nacht gekommen. Nur für ein paar Monate, höchstens für ein Jahr. Die unruhige Stimmung. Der bevorstehende Bürgerkrieg. Bald würde Deutschland brennen, dann würde sich niemand mehr um zwei verschwundene Alte kümmern. Dann käme er zurück. Mit Geld, mit echtem, gutem Geld in der Tasche. Er würde sich Rosa erklären, und sie würde verstehen.

Sie hatten die Leichen gefunden. Und sie hatten ihn gefunden. Am 13. Februar 1924 hatten sie ihn in Sidi bel Abbès in Algerien verhaftet. Er gestand alles. Karl wusste, wann ein Spiel verloren war. Aber er bereute nichts. Es war die Aufgabe und die Pflicht der Jugend, für eine bessere Zukunft zu kämpfen. Ein Kampf, ein Krieg, der Opfer forderte.

Sie stellten ihn in Freiburg vor Gericht. Als der Richter am 19. Juli das Todesurteil verkündete, war Rosa im Gerichtssaal. Seine Braut. Karls Blick suchte ihre wunderschönen Augen. Augen, die jetzt stumpf waren, ohne Strahlen. Augen voller Angst, Unglauben, Abscheu. Augen, die nicht wagten, ihn anzusehen. Dabei hatte er es doch für sie getan. Für ihrer beider Glück. Für die Jugend, die ein Recht auf eine gute Zukunft hatte.

Am 10. August würde Karl 24 Jahre alt werden.

Die Vollstreckung des Urteils wurde auf den 24. Oktober festgesetzt. Unter Ausschluss der Öffentlichkeit im Hof des Freiburger Landgerichtsgefängnisses. Rosa würde nicht zur Hinrichtung kommen. Karl wusste: Er würde nie wieder in ihre wunderschönen braunen Augen blicken.

Historischer Hintergrund

Karl Friedrich Hundertpfund wurde am 10.8.1900 in Freiburg geboren. Da seine Mutter Chorsängerin war, zog die Familie von Freiburg nach Basel und später nach Straßburg. Als die Mutter 1911 starb, kehrte der Vater mit den beiden Söhnen nach Freiburg zurück.

Karl Friedrich Hundertpfund fiel schon als Jugendlicher durch Diebstähle und Einbrüche auf. Er hatte mehrere Ausbildungen abgebrochen und wurde 1920 wegen Diebstahls zu drei Jahren Gefängnis verurteilt. Im Landesgefängnis Freiburg lernte er die Holzschnitzerei und wurde nach zwei Jahren wegen guter Führung vorzeitig entlassen. Im Januar 1923 fand er eine Arbeitsstelle in einer Holzschnitzerei in Hinterzarten. Zu dieser Zeit wohnte er im Haus eines Landwirtes in Steig.

Rosa Kirchner lernte Karl Friedrich Hundertpfund im Frühjahr 1923 in Freiburg kennen. Das Paar wollte heiraten, fand aber keine Wohnung. Während eines Ausfluges kamen die beiden zum Hochfirsthaus des Ehepaares Köpfer in Saig. In Karl Friedrich Hundertpfund reifte die Idee, dass er und Rosa gemeinsam mit den Köpfers in deren Haus wohnen könnten. Bauer Köpfer betrieb eine kleine Landwirtschaft, war als Kübler tätig und verkaufte Ansichtskarten. Hundertpfund wollte die Werkstatt des Bauern für seine Holzschnitzerei nutzen und seine Produkte an die Touristen in der Umgebung verkaufen. Als zunächst der Bauer und später auch seine Frau die Pläne ablehnten, entschloss sich Karl zum Mord an dem Ehepaar.

In der späteren Verhandlung wird deutlich, dass Hundertpfund seine Tat kaltblütig plante und in der Nacht zum 3.11.1923 ausführte. Das getötete Ehepaar vergrub er neben dem Brandweiher.

Zunächst glaubte man seiner Behauptung, die Köpfers seien verreist und hätten ihm das Haus zur Pacht überlassen. Als aber immer mehr Zweifler auftraten, flüchtete Hundertpfund am 20.11.1923 und schloss sich der Fremdenlegion an.

In Sidi del Abbès wurde er im Februar 1924 verhaftet und im Juli 1924 in Freiburg vor Gericht gestellt. Das Schwurgericht Freiburg verurteilte ihn am 19.7.1924 zum Tode. Die Hinrichtung war am 30.10.1924.

Interessant waren Karl Friedrich Hundertpfunds Begründungen für seine Tat: Zum einen habe ihn die Idee, gemeinsam mit seiner Braut Rosa im Hochfirsthäuschen eine Existenz zu gründen, nicht mehr losgelassen, zum anderen hätten ihn die Septemberunruhen in Freiburg und die damit verbundene Hoffnung auf eine Änderung der Verhältnisse in seinem Vorhaben bestärkt.

Quellen:
Freiburger Zeitung (digital:fz.ub.uni-freiburg.de)
Erster Hinwies durch Udo Bürgers Buchreihe »Historische Kriminalfälle«, hier: »Die spektakulärsten Kriminalfälle in Baden«, Doppelmord am Titisee, Sutton Verlag, 2018

Monika Niehaus

Die Akte Weißtannenhöhe

»Was für ein herrlicher Tag!«

Die beiden Frauen hatten sich auf einer Bank niedergelassen und auf einer Serviette etwas Brot und Käse zwischen sich ausgebreitet.

Die eine mochte Mitte zwanzig sein, die andere um einige Jahre älter, doch eine gewisse Ähnlichkeit in Gestalt und Mimik deutete auf eine nähere Verwandtschaft hin. Beide trugen Kurzhaarfrisuren, wie sie gerade in Mode waren, aber weder Schminke noch Schmuck. Ihre Kleidung war unauffällig, helle Bluse und wadenlanger brauner Rock, dazu vernünftige Schuhe, Rucksack und Wanderstock.

Während sie ihre Vesper zu sich nahmen, ließen sie ihren Blick über die Landschaft schweifen. An diesem Maimorgen strahlte die Sonne von einem sattblauen Himmel auf ein leicht ansteigendes Gelände voller Wiesen. Mochte unten im Rheintal bereits der Sommer eingezogen sein, so war die Luft hier oben im Hochschwarzwald noch erfüllt vom Duft der Frühlingsblumen und dem Summen der Bienen und Hummeln.

Die Jüngere hatte sich zurückgelegt und die Augen geschlossen, um die Sonne zu genießen.

»Was ist?« Sie schreckte hoch. Ein Schatten war über ihr Gesicht geglitten.

»Nichts, nur zwei Raben«, beruhigte sie die Ältere und wies auf die beiden großen dunklen Silhouetten, die mit lautlosem Flügelschlag über sie hinwegzogen.

Die Jüngere legte die Arme umeinander, als würde sie frösteln. »Mir war, als wäre jemand über mein Grab gelaufen«, meinte sie mit einem entschuldigenden Lächeln.

Die Ältere lächelte zurück. Beide verstauten die Reste ihrer Brotzeit wieder im Rucksack und schauten zu ihrem nächsten

Ziel hinauf, einem Wald aus hohen schlanken Tannen, deren dunkles Nadelkleid mit der hellen Rinde kontrastierte.

»Es ist, als wäre der Tann zum Greifen nah!«, schwärmte die Jüngere.

»Aber nur, wenn du ein Vogel wärst«, scherzte die Ältere und hakte sie unter. »Zu Fuß werden wir wohl noch ein Stündchen brauchen. Auf geht's!«

Einen populären Schlager pfeifend, machten sie sich auf den Weg, der sich in lockeren Serpentinen den Hang zur Weißtannenhöhe hinaufschlängelte.

Eine Stunde später waren beide Frauen tot.

* * *

»Die badische Bevölkerung ist aufs Höchste beunruhigt. Und was tut die Polizei?«

Nach einem Blick auf die Schlagzeile warf Kriminalkommissär Mutschler die Zeitung auf den Schreibtisch, trat ans Fenster und sog den Rauch seiner Zigarette tief ein. Von seinem Büro im Freiburger Amtsgericht am Holzmarkt konnte er das Martinstor sehen, doch die Aussicht, die er sonst so genoss, konnte seine Laune diesmal nicht bessern. Der Kommissär war ein Mann mittleren Alters, weder groß noch klein, weder dick noch dünn, mit freundlichen, ein wenig müden Gesichtszügen, mausgrauem Haar und ebensolchen Augen. Niemand würde sich auf der Straße nach ihm umdrehen. »Das Auffälligste am Mutschler ist seine Unauffälligkeit«, hatte ein Kollege einmal nicht ohne Respekt gemeint. Jemand, den man leicht unterschätzte, wenn da seine Aufklärungsquote nicht wäre. Aber diesmal kam er einfach nicht weiter.

Die Schreiberlinge hatten recht. Seit dem Doppelmord waren über drei Monate vergangen. Die Freiburger Sonderkommission *Weißtannenhöhe* hatte inzwischen mehr als hundert Wanderarbeiter, Wohnungslose und Hausierer überprüft, aber alles für die Katz. Seit die Belohnung auf 10.000 Reichsmark erhöht worden war, ertranken sie in einer wahren Flut von Hinweisen, ohne dass bislang etwas Brauchbares darunter gewesen wäre.

Wütend drückte der Kommissär seine Kippe aus und öffnete die Tür zum Vorzimmer: »Machen Sie mir eine Verbindung mit der Klinik in Herdern, *pronto*!«

Seine Sekretärin sah ihn einen Augenblick verblüfft an. »Sie meinen …«

Kommissär Mutschler nickte. »Ich meine, ich sollte mir einen Termin in der Psychiatrie geben lassen.«

»Ich bin Ihnen sehr dankbar, Herr Professor, dass Sie sich so kurzfristig Zeit für mich nehmen.«

Der Kommissär hatte seinen Hut abgelegt und sich auf eine einladende Handbewegung hin gegenüber dem Professor am Schreibtisch niedergelassen.

Professor Prätorius mochte Mitte fünfzig sein. Er war kräftig gebaut, hatte einen wuchtigen Schädel, volles silbergraues Haar, das an der Stirn schon ein wenig zurückgewichen war, und wasserblaue Augen, die den Besucher forschend musterten. »Nun, ich gebe zu, ich bin ein wenig neugierig. Sie sagten am Telefon, Sie bräuchten den Rat eines Experten« – er warf einen Blick auf die Visitenkarte – »Kommissär Mutschler.«

»So ist es. Es geht um einen Doppelmord. Kennen Sie die Weißtannenhöhe bei Breitnau?«

Der Professor nickte. »Ich kenne die Gegend dort recht gut, hatte mal eine Pirsch dort, aber als Leiter der Psychiatrie fehlt mir inzwischen die nötige Zeit. Man hat einen schönen Blick in alle Richtungen. Ideal zum Spazierengehen. Ich habe natürlich in der Zeitung von dem Verbrechen gelesen.«

»Ich würde Ihnen den Fall gern schildern.« Der Professor bedeutete ihm mit einem Nicken fortzufahren. »Bei den beiden toten Frauen handelt es sich um zwei Lehrerinnen, Luise Gersbach, 25 Jahre, und ihre Cousine Ida Gersbach, 35 Jahre, die in Mannheim unterrichteten. Sie wollten die schulfreien Tage um Fronleichnam zu einer Wanderung nutzen, die sie von Triberg über den Feldberg zum Schauinsland führen sollte. Zum letzten Mal lebend gesehen wurden die beiden Frauen, als sie am 31. Mai 1928 – es war ein Donnerstag – morgens in bester Stimmung vom Thurner Wirtshaus, wo sie übernachtet hatten, zur Weißtannenhöhe aufbrachen. Dort wurden sie vier Tage später von einem Suchtrupp gefunden, nachdem Luises Vater eine Vermisstenanzeige aufgegeben hatte. Beiden Frauen war in den Kopf geschossen und anschließend die Kehle durchgeschnitten worden. Das sind, kurz zusammengefasst, die wesentlichen Fakten.«

Der Psychiater hatte sich zurückgelehnt und seine Lider waren so weit heruntergesunken, dass es fast so aussah, als wäre er eingenickt. Seine Fragen waren jedoch kurz und präzise. »Und was wollen Sie nun von mir?«

»Mit Ihnen über das Motiv sprechen.«

»Ein Sexualverbrechen?«

Der Kommissär schüttelte den Kopf. »Definitiv nicht, auch wenn es die badischen Zeitungen so kolportieren.«

Sein Gegenüber hob die Lider. »Nicht jeder erzwungene Geschlechtsakt hinterlässt Gewaltspuren.«

»Definitiv nicht«, wiederholte der Kommissär. »Beide Opfer waren Jungfrauen.«

»Ach, natürlich, das Lehrerinnenzölibat! Ein alter Zopf des Beamtenrechts, der wirklich abgeschnitten gehörte ... aber damit wäre zumindest ein Tatmotiv aus dem Bereich der Psychopathologia sexualis meines geschätzten Mentors Krafft-Ebbing unwahrscheinlich. – Haben die Frauen sich gewehrt?«

»Die Jüngere hatte ihren Wanderstock gepackt, wie um sich zu verteidigen. Die Ältere hielt ihre Börse umklammert.«

»Die Frauen wurden beraubt?«

»Aus der Börse fehlen 70 Reichsmark.«

Der Psychiater runzelte die Stirn. »Welcher Gewohnheitsverbrecher riskiert, für eine solche Summe am Galgen zu landen?«

»Ein Profi hätte sein Gesicht verhüllt, das Geld genommen und wäre verschwunden, ohne ein Risiko einzugehen«, stimmte der Kommissär zu. »Aber da ist noch ein Indiz, das mich an einem kühl geplanten Raubmord zweifeln lässt.«

»Das ist Ihnen aufgefallen?« Prätorius fixierte sein Gegenüber mit neuem Interesse. »Ja, die Sache mit den durchschnittenen Kehlen ist wirklich sonderbar. Warum die beiden Frauen, die schon tot waren oder im Sterben lagen, nochmals töten?« Er schüttelte leicht den Kopf. »Unsere Berufe sind sich im Grunde recht ähnlich, Herr Kommissär. Wir müssen verstehen, und um zu verstehen, müssen wir wissen.«

»Und das geht nicht ohne das Motiv.« Der Kommissär seufzte.

»Aus psychiatrischer Sicht spricht der Tathergang für eine Causa im persönlichen Bereich – was ist mit Neid, Hass oder Rache?«

»Die beiden Frauen gingen offenbar ganz in ihrem Beruf auf und waren allgemein beliebt. Kein Hinweis auf Männergeschichten. Wir haben so gut wie nichts in der Hand. Auf Druck von Familie und Öffentlichkeit wendet sich die Freiburger Staatsanwaltschaft inzwischen sogar an Wahrsager und Hellseherinnen.« Der Frust des Kommissärs war deutlich spürbar.

»Sie selbst halten offenbar nicht viel von *wissenschaftlichem* Okkultismus?« Der Psychiater grinste und sah plötzlich viel jünger aus. »Ich auch nicht. Reine Scharlatanerie, wenn Sie mich fragen.«

»Ich brauche nichts Übersinnliches, sondern ganz irdische Hinweise!« Der Kommissär beugte sich vor. »Gab oder gibt es unter Ihren Patienten denn nicht einige, denen Sie eine solche Tat zutrauen würden?«

»Zutrauen?« Prätorius' Stimme klang beinahe amüsiert. »Das Problem ist, dass prinzipiell *jedem* Menschen ein Mord zuzutrauen ist.«

»Wer ein derart brutales, sinnloses Verbrechen begeht, kann doch geistig nicht normal sein«, protestierte der Kommissär.

»Mein lieber Kommissär, was normal ist, ist weniger eine Frage medizinischer Diagnostik denn der gesellschaftlichen Übereinkunft.« Der Psychiater stand auf und winkte seinen Gast zu sich ans offene Fenster. »Es geht immer darum, ob wir die Wertvorstellung verstehen und akzeptieren, die hinter einer Handlung steht. – Sehen Sie den Karottenkopf dort unten auf der Parkbank mit seinem Pfleger? Der Mann hält sich für einen Werwolf, und wenn man das akzeptiert, ist es durchaus sinnvoll, anderen an die Kehle zu gehen.« Er schwieg einen Augenblick und fuhr dann fort: »Ein hochintelligenter Serienmörder, den ich begutachtet habe, meinte einmal: *Sie sind ein guter Psychiater, Professor, aber Sie werden unsereins niemals verstehen, weil Sie nicht wissen, wie sich das anfühlt, einen Menschen zu töten, einfach weil man es kann.*« Prätorius' Finger glitt über eine Narbe, die sich seitlich über seinen Hals zog. »Ein scharf geschliffener Löffel. Ich wäre fast verblutet. Drei Pfleger waren nötig, ihn zu bändigen.«

»Und dieser Mann ...«, hub der Kommissär hoffnungsvoll an.

»... ist tot.« Der Psychiater schloss das Fenster. »Ich werde über das Motiv des Täters nachdenken. Und über Personen, die für eine solche Tat theoretisch – und ich betone, theoretisch – infrage kommen könnten.« Er streckte dem Kommissär seine Hand entgegen. »Ich bin zwar kein Hellseher, aber ich wage eine Voraussage, mein lieber Kommissär: Sie werden es schwer haben, diesen Fall zu lösen.«

Der Professor hielt Wort. Eine Liste mit einem Dutzend Namen und darunter die kurze Notiz: *Sollte der Täter tatsächlich durch meine Hände gegangen sein, so steht er auf diesem Blatt, gez. Prätorius.*

Die Sonderkommission *Weißtannenhöhe* arbeitete weiter auf Hochtouren. Gegen zwei Verdächtige wurde schließlich tatsächlich Anklage erhoben. Für ein Verfahren reichten die Beweise jedoch in beiden Fällen nicht aus, und sie mussten wieder auf freien Fuß gesetzt werden. Die Hellseherinnen sahen in ihre Kristallkugeln oder Karten, aber jede sah dort etwas anderes. Aus der Bevölkerung kamen immer noch neue Hinweise, doch es waren meist wilde Verdächtigungen, getragen von Neid und Missgunst und Nachbarschaftsstreit. Und nach und nach blieben selbst solche Hinweise aus.

Alle Spuren verliefen im Sande.

Nach einem Jahr wurde die Sonderkommission aufgelöst. Kommissär Mutschler protestierte, wurde aber angewiesen, seinen lange aufgeschobenen Jahresurlaub anzutreten. Nach seiner Rückkehr fand er den Vorgang *Mord zum Nachteil von Luise und Ida Gersbach* geschlossen vor. In einer Anwandlung von Trotz holte er die Akte *Weißtannenhöhe* wieder aus dem Archiv und legte sie auf seinen Schreibtisch, wo sie langsam verstaubte.

* * *

Oberkriminalkommissär Mutschler schloss die Tür zu seiner kleinen Wohnung in der Nähe des Schwabentors auf, tauschte sein Jackett gegen eine bequeme Strickjacke und schürte das Feuer im Ofen nach, denn draußen begann es zu dämmern und die herbstliche Kühle drang durch die Ritzen. Dann klaubte er die Post hinter dem Türschlitz vom Boden. Ein dickes, längliches Kuvert fiel ihm auf, beschriftet mit dem Absender einer bekannten Freiburger Anwaltskanzlei. Er überflog das kurze Anschreiben, in dem die Kanzlei mitteilte, ihm den beiliegenden Brief auf Wunsch ihres verblichenen Mandanten zu übersenden.

Der Umschlag aus bestem Bütten trug seinen Namen, aber keinen Absender. Der Kommissär ließ sich in seinem Ledersessel vor dem Feuer nieder, setzte seinen Kneifer auf und öffnete den Umschlag mit einem kleinen Federmesser. Dann zog er die Stehlampe näher heran und begann, die mit einer klaren, schwungvollen Handschrift verfassten Seiten zu lesen:

Mein lieber Mutschler,

wenn Sie diesen Brief in Händen halten, liege ich unter der Erde, Asche zu Asche, Staub zu Staub, wie es so schön heißt. Ich hoffe, es war eine würdige Beerdigung, und vielleicht haben Sie aus alter Verbundenheit ja sogar daran teilgenommen.

Damals vor zehn Jahren, im Fall Weißtannenhöhe, *baten Sie mich, ja flehten Sie mich geradezu an, Ihnen das Motiv des Mörders zu nennen. Und ich versprach Ihnen, mein Möglichstes zu tun. Nun will ich mein Versprechen halten.*

Lassen Sie mich das Verbrechen also aus psychiatrischer Sicht rekonstruieren. Wie Sie ja schon selbst erkannt haben, ging es bei der Tat nicht um geschlechtliche Befriedigung, und wer sollte zwei Lehrerinnen, arm wie Kirchenmäuse, für eine Handvoll Reichsmark auflauern? Nein, mein Freund, das Motiv war ein völlig anderes.

Die Begegnung war zufällig, dessen bin ich sicher – die Frauen waren zur falschen Zeit am falschen Ort. Die Tat geschah spontan. Der Täter sah die beiden Frauen, und der Plan, sie zu töten, war die Eingebung eines Augenblicks.

Er hob seine Waffe und schoss beide Frauen in den Kopf, erst die Jüngere, die ihren Stock erhoben hatte, dann die Ältere, die ihm ihre Börse entgegenstreckte.

Was empfand er nach der Tat? Ging sein Puls schneller? Raste sein Herz? Zu seiner großen Enttäuschung verspürte er – nichts. So, als hätte er eben zwei Hasen erlegt. Einen Moment überlegte er wohl, ob er sich an den Leichen vergehen sollte, doch die Vorstellung widerte ihn an. Dann kam ihm ein besserer Gedanke. Er öffnete sein Klappmesser, beugte sich über die beiden Frauen und schnitt ihnen die Kehle durch. Und als das warme Blut über seine Hände sprudelte, war es wie eine Offenbarung, ein Pfingsterlebnis – ich wusste *nun, was meine Patienten empfanden.*

Ohne dieses Erlebnis wäre ich nie der Mann geworden, der ich bin. All meine erstaunlichen Therapieerfolge der letzten Jahre wären unmöglich gewesen, ohne zu wissen, was ein Mörder im Augenblick der Tat fühlt. Dieses Verstehen haben meine Patienten gespürt, darum haben sie sich mir geöffnet.

War der Preis dafür zu hoch? Darüber kann man sicherlich trefflich streiten …

Bitte missverstehen Sie diesen Brief nicht als Beichte. Ich tat, was ich tun musste, um in die Abgründe der menschlichen Seele zu schauen. Und verzeihen Sie mir den kleinen Scherz mit der Liste, auf der ja auch mein eigener Name stand. Aber Sie haben etwas geahnt, mein Freund, nicht wahr? Weil auch Sie etwas von einem Kriminellen in sich haben, sonst wären Sie kein so guter Polizist!

Wie Sie mit diesen Informationen umgehen, stelle ich Ihnen im Übrigen völlig frei.

Mit vorzüglicher Hochachtung

Dr. Paul Prätorius, Professor für Psychiatrie

PS: Die 70 Reichsmark habe ich in den Opferstock der kleinen Kapelle am Weg geworfen.

Der Oberkommissär ließ den Brief sinken. Eine ganze Weile saß er schweigend da und starrte in die Flammen. Ja, er hatte einen vagen Verdacht gehabt, aber ohne jeglichen Beweis ... Und nun? Er stand zwei Jahre vor der Pensionierung. Und er dachte an den jungen und ehrgeizigen Staatsanwalt, den politisch ambitionierten Polizeipräsidenten, die Honoratioren der Stadt, die eben noch so gefühlvolle Nachrufe auf den teuren und allzu früh Dahingegangenen verfasst hatten. Ein zynisches Lächeln spielte um seine Lippen. Man würde alles daransetzen, einen solchen Skandal zu vermeiden.

Ein wenig steif erhob er sich aus seinem Sessel, warf den Brief ins Feuer und sah zu, wie das dicke Papier langsam verkohlte.

Der Fall Ida und Luise Gersbach würde für immer ungelöst bleiben.

Historischer Hintergrund

Obwohl Rheinländerin, habe ich als Mitglied der Autorengruppe »Phantastischer Oberrhein«, die sich in Staufen bei Freiburg trifft, durchaus Beziehungen zur Region.

Der Doppelmord an den beiden Lehrerinnen Luise und Ida Gersbach ereignete sich im Mai 1928 auf der Weißtannenhöhe, rund 30 km von Freiburg entfernt. Die Ermittlungen lagen in der Hand der Staatsanwaltschaft/Kripo Freiburg (und Kommissär Mutschler war daran beteiligt). Wegen seiner Brutalität erregte der Mord über Freiburg hinaus in den Medien damals viel Aufsehen. Trotz intensiver Bemühungen wurde der Täter jedoch nie gefunden.

Alle Begleitumstände der Tat (Ort, Zeitpunkt, Tathergang, Hintergrund der Opfer) sind so, wie vom Kommissär in der Geschichte geschildert; selbst die Hinzuziehung von Hellsehern ist verbürgt (s. »Okkultes Freiburg«). Meiner Phantasie entsprungen ist lediglich die Auflösung (Täter und Motiv).

Dieses ungeklärte Verbrechen fasziniert immer noch; so erschien 2018 zum 90. Jahrestag in der »Badischen Zeitung« ein ausführlicher Bericht, und auch der »Freiburger Kleine Pitaval/Kriminalfälle aus unserer Stadt« (W. Middendorff) erwähnt den Fall. Weitere Angaben zum »Mord Weißtannenhöhe« finden sich auch im Landesarchiv Baden-Württemberg, Abt. Staatsarchiv Freiburg.

Susanne Kraft

Dem Vaterland wiedergegeben

24. Juli 1935, Freiburg

Er trat mit geschlossenen Augen durch das Tor. Dem Beamten, der ihn begleitete, hatte er das auf seine seltsame, manchmal übergangslos vom Verkniffenen ins Theatralische wechselnde Art vorher angekündigt. Der Beamte hatte nur mit den Achseln gezuckt.

In seinem Inneren vollzog er die Schritte, mit denen er sein Elternhaus verlassen hatte. 1911. Oder 1912. Er wusste das Jahr seit Langem nicht mehr genau, aber das Gefühl kehrte immer wieder zu ihm zurück, berauschte ihn und gaukelte ihm vor, die Freiheit würde diesmal etwas Großartiges sein.

Er hörte nicht, wie zwei Männer seinen Namen riefen, obwohl sie scharf und militärisch klangen. Dann rief der eine noch einmal – jetzt einen völlig anderen Namen.

»Daubmann!«

Er fuhr zusammen und riss die Augen auf. Die beiden Männer lachten, so als wäre ein Tier auf eine besonders dumme Art in eine Falle gegangen.

Er starrte die Männer an. Schwarze Uniformen. Der Jüngere von den beiden kam auf ihn zu.

»Nun, Daubmann«, sagte er, »von deinen *16 Jahren* sind doch noch eine ganze Menge übrig, oder nicht?«

Er ließ eine Pause, aber der Mann, der nur einen Schritt jenseits des Tores stehen geblieben war, sagte nichts.

»Eine komfortable Einzelzelle wie bei deinen Franzosen darfst du bei uns aber nicht erwarten.«

Dem Mann wurde kalt. Er blickte zu dem Beamten, der hinter ihm auf der anderen Seite des Tores stand.

Der Beamte zuckte die Achseln. Das war nicht mehr seine Sache.

* * *

17. Mai 1932, Palermo

»Meine lieben Eltern!

Nach sechzehn Jahren bin ich in der Lage, Euch ein Lebenszeichen von mir zu geben. Ich geriet im Januar 1916 schwer verwundet in Gefangenschaft ...«

Die Worte verschwammen vor seinen Augen. Er legte seine flache Hand an die Stirn. Sie glühte. Er hatte alles noch einmal prüfen wollen, aber er konnte jetzt nicht klar denken, er konnte nur hoffen, es gut gemacht zu haben.

Nach 16 Jahren. Sie würden außer sich sein vor Freude. Er hatte die Mutter am Kriegerdenkmal knien sehen und den Vater, der ein paar Schritte entfernt auf sie wartete. Geduldig. Resigniert. Sie hofft immer noch, hatte er gedacht, als er sah, wie sie die Blumen niederlegte. Das würde all die kleinen Unebenheiten, die es geben musste, glätten. Es war lange her, vieles konnte sich geändert haben. Sie würden glauben wollen, was er geschrieben hatte. Es würde gut gehen.

Er fühlte sich jetzt besser. Er war immer gut darin gewesen, sich selbst etwas einzureden, und hatte keine Kraft, alles noch einmal durchzugehen. Er las die letzten Sätze.

»Wenn ich Nachricht habe, daß Ihr noch am Leben seid, werde ich Euch schreiben, wann ich bei Euch sein kann. Verzeiht mir die schlechte Schrift, ich habe den Brief im Bett geschrieben. Es grüßt und küßt Euch vieltausendmal ...«

Unerwartet durchströmte ihn ein Gefühl der Erleichterung. Mit dem nächsten Fieberschauer steigerte es sich zu einer Welle der Euphorie und als er *»Euer Sohn Oskar«* unter seine letzten Worte setzte, war er sich sicher, alles richtig gemacht zu haben. Er blies über die Unterschrift, faltete das Blatt und steckte es in den bereits adressierten Umschlag. In einer Woche vielleicht schon konnte er mit Antwort rechnen. Mit Antwort und mit den Urkunden und der Fahrkarte, die er brauchte. Er hatte keinen Fehler gemacht. Er lehnte sich zurück auf das Kissen. Das Pochen des Blutes in seinem Kopf war jetzt fast angenehm. Sie würden es glauben. Eine paar Nächte Schlaf, dann zum Konsulat in Neapel. Dann war sein Weg nach Hause frei. Er schloss die Augen.

Der Kranke täuschte sich. Er hatte einen Fehler gemacht: Er hatte auf dieser einen Seite etwas geschrieben, was nicht nur die Eltern, sondern Tausende glauben wollten.

Und Hunderte lasen es bereits, noch bevor er das Konsulat in Neapel erreichte.

* * *

28. Mai 1932, Freiburg

Er hielt den riesigen gelb-roten Blumenstrauß ungelenk in der Hand. Er war ihm lästig, aber er traute sich nicht, ihn einfach wegzulegen. In Chiasso, direkt hinter der Grenze, war der Feldwebel zugestiegen. In Luzern dann der Redakteur der Badischen Presse. Der hatte das badisch gefärbten Blumen-Monstrum feierlich übergeben, sich dazu gesetzt und mit dem Feldwebel ein mal kooperierendes und mal konkurrierendes Duo gebildet. Der Redakteur fragte. Nach der Verletzung, der Haft, der Flucht, den Eltern, der Heimkehr. Der Feldwebel antwortete. Der Mann hielt das Blumen-Monstrum.

Hätte der Mann gewusst, was ihn um Mitternacht in Freiburg erwartete, hätte er vielleicht schon bald die Flucht gewagt – schon in Zürich oder Basel. So aber hatte er sich, überwältigt von den zackigen Ehrbezeugungen des Feldwebels, den neugierigen Fragen des Pressemenschen und den antifranzösischen Empörungstiraden aller beider nicht zu helfen gewusst und war – mit dem Blumenstrauß in der Hand – sitzen geblieben. Einen halbherzigen Versuch hatte er bei Müllheim unternommen, aber der war von dem Feldwebel im Keim erstickt worden. Nicht einmal die Blumen war er dabei losgeworden.

Und so wurden ihm die Dutzende gelber und roter Tulpen noch zu einem absurden Schutzschild, als sich in Freiburg die Zugtüren öffneten und er mit aufgerissenen Augen auf die Menschenmenge starrte. Genau nach Plan setzte die Musik ein – die Kriegervereine hatten alles aufgeboten – und zwei Herren mit Orden schritten ihm zum Empfang entgegen. Rechts vor sich den Feldwebel und links hinter sich den Pressemenschen schwankte er, die Blumen umklammernd, die Stufen zum Bahnsteig hinab und wäre, hätten ihn seine beiden Begleiter nicht eisern gestützt, wohl jetzt schon in Ohnmacht gefallen. Als er aber bei den ersten, noch zögerlichen *Daubmann, Daubmann*-Rufen das Gleichgewicht zu verlieren drohte, verstärkten sich die Griffe auf beiden Seiten nur und leiteten ihn unerbittlich in die wartende Menge. *Daubmann, Daubmann*. Die Rufe wurden lauter, der Ton enthusiastischer. Die schiere Masse der Versammelten, es mochten über tausend sein, der aufrechte Feldwebel, der jetzt einsetzende Marsch vom *Alten Kameraden* und die Tapferkeit, mit der der geschwächte Ankömmling den überdimensionierten badischen Strauß hielt, taten das Ihrige dazu, dem Augenblick auf dem mitternächtlichen Bahnhof eine Größe zu verleihen, die alle mitriss. Auch der Mann, dem all dies galt, gewann plötzlich an Haltung. Er hob den Strauß wie zum Dank und der Marsch der Regimentskapelle ging im Jubel der Menge unter.

Vielleicht passierte es schon in der Begeisterung auf dem Bahnsteig, vielleicht auch erst, als die beiden alten Leute ebenfalls gestützt werden mussten, als die Mutter nach kurzem Zögern »Mi Oskar, mi Oskar« murmelte und in seine Arme sank, als der Vater sie beide zusammen umarmte und auch einige der anwesenden Endinger und Freiburger Honoratioren Tränen in den Augen hatten. Als der nun doch noch unter der Krankheit und Erschöpfung Kollabierte im Kraftfahrzeug in seiner zum Feiern gerüsteten Heimatstadt im Kaiserstuhl einfuhr, war es jedenfalls unumkehrbar geworden: Oskar Daubmann war als letzter Kriegsgefangener des Weltkriegs nach 16 Jahren heimgekehrt.

* * *

30. Mai 1932, Karlsruhe

»Ich bin nun wirklich der Letzte, der freundschaftliche Gefühle für die französische Regierung hegt«, sagte der Regierungsrat im Tonfall einer für ein weit größeres Publikum gesprochenen Erklärung, »aber das hier ...«, er machte eine Geste in Richtung Zeitung, »das enthält doch mindestens fünf Aussagen, die jeden denkenden Menschen im Land zweifeln lassen müssten.«

»Was wollen Sie denn«, fragte sein Gegenüber, ein Arzt von einigem Ruf in der Stadt, »sie haben es doch überprüft, der Bürgermeister hat ihm nach Italien Fragen geschickt, bevor er die Papiere bekommen hat. Die hat er alle beantworten können. Sie haben die Schrift verglichen. Und dann haben ihn die Eltern doch erkannt. Wollen Sie sagen, dass eine Mutter ihren Sohn nicht erkennt?«

»Herrgott«, sagte der Regierungsrat, »ich weiß, aber lesen Sie doch die Geschichte einmal durch. Der will ein Pferd zuschanden geritten haben – nach 16 Jahren Haft, in denen er auf keinem gesessen hat, da gehen eher Sie zuschanden als das Pferd, dann 5.000 Kilometer durch die Wüste. 5.000, da hätte er von Tunesien auch nach Südafrika laufen können statt zur Mittelmeerküste. Und keinen einzigen Brief hat er angeblich schreiben dürfen in den ganzen 16 Jahren. Das machen die Franzosen nicht. Einmal pro Woche an die Familie zu schreiben, das ist jedem Détentionaire erlaubt. Und ich bin nun wirklich der Allerletzte ...« Er brach ab.

Die Runde der Männer lachte.

»Nun gönnen Sie den Freiburgern und Endingern mal den großen Auftritt«, sagte der Arzt. »Und was den Bericht angeht – auf die Flucht werden die Presseleute noch ein paar Kilometer und ein totes Pferd obendrauf gepackt haben. Sie haben ja noch kaum mit ihm reden können und schreiben mussten sie ja nun einmal, bei all dem Interesse an der Geschichte. Was sollten sie also tun? Der Mann ist zusammengebrochen, und das ist – wenn ich meine Einschätzung als Arzt hinzugeben darf – auch kein Wunder. Ein Fiebernder und seit Neapel ununterbrochen unterwegs. Lassen Sie ihn sich erholen, und dann dürfen Sie ihn sicher ausführlich in die Mangel nehmen. Mit so einer Geschichte kommt keiner länger als drei Tage lang durch, wenn sie denn nicht wahr ist.«

Der Arzt nahm noch einen Schluck von seinem Viertel Spätburgunder, bevor er fortfuhr.

»Aber – Ihren Glauben an die Regeln in französischen Gefängnissen in allen Ehren – ich persönlich traue den Franzosen eine solche Teufelei allemal zu.«

Wer das Glas nicht am Mund hatte, nickte zustimmend. Das Thema war sehr wohl geeignet, den Abend zu füllen.

Der Regierungsrat erhielt kurz darauf die Gelegenheit zu einer ausführlichen Befragung des Heimgekehrten. Er erhielt auch die Gelegenheit für eine zweite. Und für eine dritte. Denn der Heimgekehrte kam mit der Geschichte durch.

* * *

12. September 1932, Endingen

»Herr Daubmann, Sie verstehen sicherlich, dass wir Sie nach diesen Mitteilungen der französischen Behörden erneut um Aufklärung bitten müssen.«

Der Regierungsrat legte die Unterlagen, eine dicke Mappe, auf den Tisch und reichte seinem Gegenüber einige Blätter. Sein Blick wanderte, während der andere las, zu dem Foto an der Wand des Wohnzimmers. Er kannte das Bild, er hatte es sogar schon vor Augen gehabt, bevor er eintrat. Schon bei seinen ersten Gesprächen mit den Eltern, den Freunden und dem Heimgekehrten selbst hatte es seine Blicke angezogen. 16 Jahre lang hatten es die Eltern angesehen, das Bild ihres Sohnes, von dem es keine Nachrichten gab. Dann war der Brief aus Italien gekommen. Der Regierungsrat sah auf das Bild, als müsste der ernst in die Ferne schauende junge Soldat ihm eine Antwort geben. Dann wanderte sein Blick zu dem fast zwei Jahrzehnte älteren Mann vor ihm, dann noch einmal zu dem jungen Soldaten auf dem Foto. Aber der gab keine Antwort, sondern schaute nur weiter gefasst in seine ungewisse Zukunft.

»... den Nachstellungen der Franzosen endlich endgültig zu entkommen.«

Der Regierungsrat hatte, von dem jungen Soldaten in Beschlag genommen, den Anfang der Antwort nicht gehört und riss sich jetzt von dem Bild los. Ein Beamter hatte begonnen zu protokollieren. Es war eine Höflichkeit dem Heimgekehrten gegenüber gewesen, dass man seinem Wunsch stattgegeben hatte, ihn zu Hause aufzusuchen. Eine, wie die Behörde gefunden hatte, notwendige Maßnahme angesichts der Popularität des *letzten Kriegsgefangenen.* Oskar Daubmann war, dreieinhalb Monate nach seiner Heimkehr, eine Berühmtheit.

»Nun ja«, nahm der Regierungsrat den Faden des Halbsatzes auf, »*Nachstellungen* ist in diesem Falle vielleicht wenig passend, da es die Anfragen unserer eigenen Amtsstellen waren, die die französische Regierung zum Handeln veranlasst haben. Die Bestätigung der Franzosen, dass Sie selbst nach ausführlichsten Nachforschungen in keinerlei Liste – weder bezüglich der Verurteilung noch bezüglich des Vollzugs der Strafe – zu finden sind, wirft natürlich Fragen auf.«

Der Regierungsrat hatte seinen Kurs zwischen Höflichkeit und Drohung an diesem Morgen noch einmal neu überdenken müssen, als ihm sein Assistent eine Mitschrift aus einem der Vorträge Daubmanns gereicht hatte. Daubmann hatte aus dem Vorwort zu seiner augenscheinlich schon weit gediehenen Autobiografie zitiert. Die darin enthaltenen Worte über den noch weit schmerzlicheren Kampf, den er nun im Heimatlande um Ehre und guten Namen zu fechten habe, hatten dem Regierungsrat wenig gefallen. An einer weiteren Verschärfung der Stimmung gegen die polizeilichen Ermittlungen war ihm wenig gelegen.

»Das Urteil des Kriegsgerichts, das nach Ihren Angaben Ihren Fall verhandelt hat, ...«

»In Marseille«, antwortete der Befragte, noch bevor die Frage gestellt war. »Zu 20 Jahren Zuchthaus haben sie mich verurteilt.

Nach Jahren Haft in der Einzelzelle, vier davon in völliger Isolation, bin ich dann aber zum Straßenbau eingesetzt worden. Gefesselt zunächst. Alle Gefangenen wurden an Händen und Füßen gefesselt zu den Einsatzorten in der Wüste gebracht.«

Seine Stimme hatte den theatralischen Ton angenommen, der den Leiter des Polizeiamts schon bei ihren früheren Gesprächen geärgert hatte. Außerdem kannte er diese Aussagen bereits in- und auswendig. Daubmann fuhr jedoch fort, ehe er eingreifen konnte.

»Wird mir freies Geleit zugesichert, so stelle ich mich jederzeit gerne den französischen Behörden und zeige die Zelle in Fort Constantine in Algier vor, in der ich als Häftling Nr. 102 Jahre meines Lebens und meiner Gesundheit gelassen habe.«

Der Regierungsrat kannte auch diese Worte schon. Er hatte sie am Morgen in der Mitschrift zu dem Vorwort des geplanten Buches gelesen. Er wechselte, ohne darauf einzugehen, das Thema, ärgerte sich aber erneut, diesmal über seinen eigenen, holprigen Übergang.

»Zu Ihrer Gefangennahme. Ihre Zeit im Lazarett – Ihre Papiere, Ihre Marke – es gibt bei den Franzosen im ganzen ersten Halbjahr des Jahres 1916 auch über Ihre Gefangennahme und den Lazarettaufenthalt keinerlei Vermerk.« Er wies auf die Unterlagen, die auf dem Tisch lagen.

»Im Januar 1916 bin ich verwundet worden. Das haben Ihnen meine damaligen Kameraden ja bereits bestätigt. Ein Bajonettstich hatte mich in den Bauch getroffen, ich hatte Glück, dass er kein lebenswichtiges Organ schwer getroffen hat, aber ich wurde ohnmächtig ...«

»Und die Papiere? Die Marke?«, unterbrach der Regierungsrat den Monolog und ließ seinem Ärger einen Moment lang eine freiere Bahn. »Sie sind hier nicht in einem Veteranenvortrag.«

Daubmann klang nun beleidigt.

»Ich bemerkte, auch das habe ich ja früher schon gesagt, beim Erwachen sogleich, dass mir die Papiere und die Erkennungsmarke fehlten, ich nannte den Franzosen meinen Namen und meine Einheit ...«

»Die Einheit, derer Sie sich bei der Nachfrage im Konsulat in Neapel nicht entsinnen konnten, ebenso wenig wie des Vornamens ihrer Mutter?«

»Die Einheit – das war 14 Jahre nach dem Krieg. Ich war zu Tode erschöpft und fieberkrank. Ich hatte bereits mehrere Fragen zu meiner Heimatstadt beantwortet, und die Erwähnung meines Zuhauses, das ich seit so vielen Jahren nicht gesehen hatte, hatte mich – wie Sie vielleicht verstehen – zutiefst gerührt. Als die letzte Frage nun auch noch das Bild meiner Mutter vor meinem Auge heraufbeschwor, da haben mich die letzten Kräfte verlassen und ich wurde ohnmächtig. Was die Listen angeht«, er wies auf den Tisch, als wären die französischen Papiere ohne Wert, »so kann ich Ihnen dazu keine Auskunft geben. Ich habe die internen Papiere der Franzosen nie gesehen. Während der Verhandlung wurde ich mit meinem Namen angesprochen, danach, in der Strafkolonie in Algerien nur noch mit meiner Nummer. Was die Franzosen in ihre Listen geschrieben haben, haben sie mir nicht mitgeteilt.«

Der Regierungsrat nickte bedächtig. Dann hob er den Kopf.

»Kommen wir zu den Kokosnüssen.«

»Kokosnüsse?«, fragte Daubmann verwirrt.

»Sie geben an, sich auf Ihrer Flucht von Kokosnüssen ernährt zu haben, das haben Sie beispielsweise auf Ihrem Vortrag in Sigmaringen und auch in Karlsruhe gesagt. In dem Teil Nordafrikas, in dem Sie gewesen sein wollen, wachsen aber keine Kokosnüsse. Gar keine Kokosnüsse! Das hat das deutsche Konsulat in Tunis bestätigt.«

Daubmann zuckte die Achseln, als wäre das Deutsche Konsulat in Tunis auch nicht mehr wert als die Papiere der Franzosen.

»Es waren große Bäume. Palmen. Ich war froh, endlich etwas zu essen zu finden. Ich hatte seit Tagen gehungert. Ich war zunächst nicht in Richtung Meer aufgebrochen, denn ich hatte Sorge, von den Franzosen verfolgt zu werden. Schließlich erblickte ich die Palmen. Einige der Nüsse lagen unten, Gott sei Dank, denn ich hätte nicht mehr die Kräfte gehabt, einen Baum zu erklettern. Ich suchte einen großen Stein …«

Der Regierungsrat versuchte, die in ihm aufsteigende Wut zu unterdrücken, während er zuhörte, wie die Kokosnüsse unter den Steinschlägen aufgingen. Sie ertranken seit Monaten in Details, viele unprüfbar, viele widersprüchlich, manche außerordentlich unwahrscheinlich, aber doch nicht ganz unmöglich und alles absolut ergebnislos. Es würde auch diesmal nicht anders enden. Er sah dem Rest der Befragung plötzlich mit Abscheu entgegen. Widersprüche im Essensplan des angeblichen Gefängnisaufenthalts. Maisbrei und Rotwein.

Als er sich schließlich erhob, schaute er noch einmal zu dem Bild des jungen Manns, der aussah, wie man es von einem jungen Soldaten erwartete. Dann blickte er auf den Mann vor sich, der sprach, wie man es von einem heimgekehrten Kriegshelden erwartete.

Dann ging er, immer noch ohne zu wissen, ob die sagenhaften Erzählungen des Älteren zu dem Schicksal passten, das vor dem Jungen gelegen hatte.

* * *

18. September 1932, Karlsruhe

»Kokosnüsse!« Der Regierungsrat spie das Wort aus. »Da hat dieses verdammte Botanische Institut in Berlin ein Versuchsgelände zum Anbau von Kokosnüssen in Nordafrika! Die einzigen Kokosnüsse in ganz Nordafrika stehen da, genau da, wo wir sie nicht brauchen können, ein paar hundert Stück. Und wer hat die verfluchten Kokospalmen dahin gesetzt? Die Franzosen? Nein. Das Botanische Institut in Berlin. Wir!«

»Na, dann kann er da ja gewesen sein«, sagte einer der Stammtischkameraden des Regierungsrats mit einem Ton, der eine gewisse diabolische Freude verriet.

»Ja«, sagte der Regierungsrat. Sein Ton äffte den seines Vorredners nach, »dann kann er da ja gewesen sein.«

Er nahm einen Schluck Wein.

»Und für sein Buch werben kann er damit auch. Was meinen Sie, was ich mir schon alles anhören musste, nur weil wir versuchen, unsere Arbeit zu machen. Jetzt sitzt uns auch noch das Auswärtige Amt im Nacken. Die haben die Reichsvereinigung Deutscher Kriegsgefangener auf ihn angesetzt. 250 Reichsmark hat er für einen Vortrag verlangt. In Berlin war er sowieso, wegen der Verhandlungen für sein Buch. Keine Reisekosten also. Aber sein Organisator, dieser Bumiller, hat auf 250 bestanden. Das Auswärtige Amt musste schließlich 100 zugeben, weil der Verein das nicht zahlen wollte. Also haben sich Hunderte ehemalige französische Gefangene auch noch einmal angehört, was er zu Zellengröße, Maisbrei und Hofgang zu sagen hatte. Und? Nichts. Dann hat das Auswärtige Amt selbst mit ihm gesprochen. Zwei Beamte, stundenlang. Und? Nichts. Weitere Einzelheiten zu Maisbrei morgens und mittags und wir sind keinen Schritt weiter. Am Ende könnte es immer gestimmt haben, so unwahrscheinlich es auch ist. Selbst die verdammten Kokosnüsse.«

Er ergriff sein Glas und drehte es langsam.

»Ich bin inzwischen sicher, dass der Mann in Afrika gewesen ist, aber ob damit seine Geschichte stimmt, ist ja wieder was ganz anderes. Weiß der Teufel, was der da gemacht hat. Jetzt prüfen die Franzosen die ganzen deutschen Fremdenlegionäre. Die prüfen und wir füllen einen neuen Ordner.«

»Als Fremdenlegionär«, sagte ein anderer Stammtischkamerad nachdenklich, »das wäre natürlich möglich. Über die Gepflogenheiten in französischen Gefängnissen ist er ja offensichtlich gut informiert – vielleicht hat er bei den Legionären eine Strafe abgesessen. Da müsste er doch zu finden sein, wenn die Franzosen mitmachen.«

»Die machen mit«, sagte der Regierungsrat bitter, »die wollen das Ganze auch vom Hals haben. Die Geschichte hat sich ja zu einer diplomatischen Affäre ersten Rangs entwickelt. Aber es gibt nichts. Kein Daubmann im Lazarett, kein Daubmann im Gefängnis, kein Daubmann in der Fremdenlegion. Keiner in Frankreich, keiner in Afrika. Nur wir hier haben Daubmann überall. Jetzt hat er auch noch die Hohenzollernmedaille am Bande erhalten und der Fürst selbst hat ihn empfangen.

Unsere einzige Hoffnung ist im Moment ein Fremdenlegionär, der ihn in Afrika in der Legion gesehen haben will. Er hat ihn uns beschrieben, bis hin zu den Narben. Aber bringt es uns etwas, selbst wenn er ihn erkennt? Das Wort eines Fremdenlegionärs gegen das eines Kriegshelden mit Medaille am Bande?«

Der Regierungsrat sah in die Runde.

»Die Narben«, sagte der Arzt, »hat er eigentlich welche von der Fesselung? Er war doch Kettensträfling, oder?«

»Keine, die ich gesehen hätte. Nur die vom Bajonettstich am Bauch. Die hat er mir sogar gezeigt.« Der Regierungsrat schnaubte.

»Nun ja«, sagte der Arzt, »eine alte Bajonettnarbe ist ja nun wahrlich keine Seltenheit in diesen Tagen. Haben Sie aber trotzdem mal ein Auge darauf, was er an medizinischen Details so äußert. Vielleicht kennt er sich damit ja weniger aus als«, er zögerte kurz, konnte der zu erwartenden Reaktion aber nicht widerstehen, »mit Kokosnüssen.«

Der Regierungsrat starrte ihn finster an, während er wartete, bis der Stammtisch aufhörte zu lachen.

* * *

10. Oktober 1932, Freiburg

»Das ist Daubmann!«

Der Fremdenlegionär hatte sich für seine Betrachtung Zeit genommen. Daubmann wiederum hatte ungerührt vor sich hingestarrt. Jetzt verzog er die Lippen zu einem verächtlichen Lächeln.

»Er war magerer und niedergeschlagener. Und er trug keinen Schnurrbart. Außerdem muss er vorne an der Brust eine Narbe haben. Ich habe ihn auf dem Gefangenentransport von Aisnefra nach Colombecha gesehen. Wir saßen einander gegenüber. Der war Fremdenlegionär, genau wie ich.«

»Und nach dem Transport?«

Der Legionär zuckte die Achseln.

»Wir wurden verschiedenen Einheiten zugeteilt.«

Daubmanns Lächeln wurde noch eine Spur breiter.

»Ich kenne den Mann nicht«, sagte er, »aber ich würde auch niemanden wiedererkennen, den ich vor fast zehn Jahren einmal auf einem Gefangenentransport gesehen habe.«

»Würden Sie uns zeigen, ob Sie die von dem Herrn erwähnten Narben auf der Brust besitzen?«, fragte der Regierungsrat.

Daubmann knöpfte – immer noch mit dem herablassenden Lächeln auf den Lippen – sein Hemd auf. Alle Anwesenden starrten gebannt auf die Haut, die sichtbar wurde. Dann, als Daubmann begann, sein Unterhemd auszuziehen, wandten einige angesichts der skurrilen Peinlichkeit der Situation ihren Blick ab, nur um doch wieder hinzusehen, als er halbnackt vor ihnen stand.

Keine Narbe an der Brust. Am Bauch war eine Narbe zu sehen, aber an der Brust war nichts.

Der Regierungsrat blickte zu dem Fremdenlegionär.

»Dann war es ein Zwillingsbruder«, sagte der. Er zuckte die Achseln. »Wir sehen alle ziemlich gleich aus nach ein paar Jahren in der Legion. Nach fünf Jahren sind wir alle Zwillingsbrüder.« Er kicherte. Die Anwesenden wechselten Blicke.

Der Regierungsrat, der keine Lust hatte, Blicke zu wechseln, sah vor sich auf den Tisch. Er hatte die Haltung eines Nachdenkenden, aber er dachte nichts. Ein Zettel schob sich in sein Blickfeld. Einmal gefaltet. Der Regierungsrat faltete ihn auf. Las die drei Worte. Las sie noch einmal. Dann schloss sich seine Faust um den Zettel.

»Vielen Dank, mein Herr«, sagte er und nickte einem Beamten zu, der aufstand, um den Fremdenlegionär nach draußen zu begleiten.

»Und natürlich auch Ihnen unseren Dank, Herr Daubmann. Sie dürfen sich gerne wieder ankleiden. Wir würden Sie dann noch nach nebenan bitten.«

»Wieso Fingerabdrücke?«, fragte Daubmann, der stehen geblieben war, als er die im Nachbarraum bereitliegenden Gegenstände auf dem Tisch sah.

»Die Franzosen haben von jedem Gefangenen im Weltkrieg Fingerabdrücke genommen«, sagte der Regierungsrat. Seinem Ton war nicht anzumerken, dass er log.

»Sie haben die Dinge hier sehr schnell erkannt ...« Er ließ den Satz in der Luft hängen.

Daubmann hatte sein Lächeln inzwischen verloren. Er schwieg.

»Ja natürlich«, sagte er dann und wies mit dem Kinn zu dem Tisch, dem er sich immer noch nicht genähert hatte, »ich musste das ja schon bei den Franzosen über mich ergehen lassen.«

»Dann«, sagte der Regierungsrat, »wenn Sie bitte einmal nähertreten würden.«

Ein Beamter traf die Vorbereitungen.

Daubmann verschränkte die Arme.

»Wollen Sie es den Franzosen unbedingt gleichtun?«

»In keinster Weise«, sagte der Regierungsrat überhöflich, »aber da Ihre Abdrücke ja – wie Sie gerade gesagt haben – von den Franzosen genommen wurden, haben wir hier die Gelegenheit, Ihre Aussagen ein für alle Mal rückhaltlos zu beweisen. Diese Möglichkeit werden Sie sich kaum entgehen lassen wollen.«

Er nickte dem Beamten zu, der sich Daubmann daraufhin näherte. Daubmann setzte sich widerwillig in Bewegung. Dann stellte er seine Finger zur Verfügung.

Der Regierungsrat stellte die Fragen, die er eigentlich noch gehabt hätte, nicht. Während er Daubmann die Hand gab, hielt er mit der anderen den Zettel, den ihm der Arzt zugeschoben hatte, umklammert. Er sah die Worte die ganze Zeit vor Augen.

»Magenoperation. Kein Bajonett«.

Daubmann war nie operiert worden und er war zum letzten Mal gesehen worden, wie er nach dem Bajonettstich eines Franzosen stürzte.

Während die Telefonverbindung im Aufbau war, dachte der Regierungsrat, wie seltsam es wäre, wenn ausgerechnet eine schlecht gemachte Lüge zum Ziel führte. Der Mann hatte nicht gewusst, dass die Franzosen keine Abdrücke genommen hatten, nicht bei Kriegsgefangenen. Eine einzige Lüge, die vielleicht, wenn er Glück hatte, ein ganzes Gespinst aus Lügen zerreißen würde.

Dann stand die Leitung und er gab Order, die Abdrücke zu prüfen.

* * *

11. Oktober 1932, Freiburg

Der Regierungsrat hatte sich in Geduld fassen müssen. Daubmann war in Rheinfelden gewesen, der Vortrag wie immer gut besucht. Danach aber hatten sie ihn nicht gefunden. Einen Zahn, der ihm seit Längerem zu schaffen gemacht hatte, wollte er in der Schweiz richten lassen, hatte es geheißen.

Der Regierungsrat wartete. Er hatte Papiere vor sich liegen, konnte sich aber nicht konzentrieren. Dann ging die Tür auf. Er stand auf, um den Hereinkommenden zu begrüßen.

»Grüß Sie Gott, Herr Hummel«, sagte er.

Es herrschte Schweigen.

»Gottseidank!«, stieß der mit Hummel angesprochene Mann dann hervor.

Jetzt fehlten dem Regierungsrat die Worte.

»Dieser Daubmann«, fuhr der Mann fort, »der ging mir schon die ganze Zeit auf die Nerven.«

»Der Daubmann ging *Ihnen* ...« Der Regierungsrat blieb stecken. Dann verengten sich seine Augen und eine Welle von Abscheu erfasste ihn.

»Dieser Daubmann«, setzte er dann neu an und hielt seine Stimme nur mit Anstrengung unter Kontrolle, »dieser Daubmann wird Ihnen noch sehr, sehr lange auf die Nerven gehen, wenn es nach mir geht. Und mit dem Ansinnen werde ich weiß Gott nicht allein sein!«

Irgendetwas verlieh seiner Aussage einen bedrohlichen Charakter, der über die Worte selbst hinausging. Der Mann, dem die Theatralik seiner früheren Auftritte jetzt völlig abging, sagte nichts mehr. Er starrte nur vor sich hin.

* * *

18. Januar 1933, Freiburg

In zweieinhalb Jahren, dachte Karl Ignatz Hummel, als er durch das Tor der Freiburger Strafanstalt ging und einen Augenblick im Torbogen innehielt, gehe ich wieder in die andere Richtung.

Es war nicht das erste Mal, dass er ein Gefängnis betrat und wieder verließ. Schon zwei Tage nach seiner Verhaftung hatte die Presse die ersten Fälle seiner früheren Vergehen und Strafen aus Basel und Karlsruhe zusammengetragen. Weitere bis hoch nach Norddeutschland waren gefolgt. Betrügereien, Diebstähle, Dokumentenfälschung und – zur besonderen Empörung der Kriegerverbände – Fahnenflucht.

Er solle froh sein, hatte ihm sein Anwalt säuerlich erklärt, dass ihm juristisch gar nicht so viel vorzuwerfen gewesen sei. Die erschlichene Fahrkarte hatte sich halten lassen. Aber sonst? Wem hatte er etwas genommen, wen um Geld betrogen? Das Publikum seiner Vorträge? Die Menschen hatten bezahlt, um unterhalten zu werden, hatte Hummel alias Daubmann erklärt. Und sie waren unterhalten worden. Sie hatten Daubmann haben wollen und sie hatten ihn bekommen. Das Gericht hatte sich dieser Argumentation zur Empörung der Öffentlichkeit angeschlossen und in den Vorträgen keinen Betrug gesehen. Und so waren, neben der Fahrkarte, gar nicht allzu viele Posten zusammengekommen: 18,15 Lire für die beiden Telegramme von Neapel nach Endingen und immerhin 338,03 Reichsmark für eine Zahnbehandlung im Lorettokrankenhaus, die man dem Kriegsheimkehrer kostenlos zugestanden hatte. Lächerlich wenig, wenn man die monatelange Arbeit der amtlichen Stellen zweier Länder bedachte, den erschlichenen Empfang der Ehrennadel und die Liter von Tinte, die die Presse über das empörende Schicksal des Zurückgekehrten vergossen hatte.

Zweieinhalb Jahre und den Verlust der bürgerlichen Ehrenrechte für fünf Jahre. Karl Ignatz Hummel zuckte mit den Schultern, als er, geführt von zwei Beamten, das Gefängnis endgültig betrat.

Die Idee mit dem Buch, dachte er auf seinen ersten Schritten im Gefängnis – vielleicht wegen der zweieinhalb Jahre Zeit – die hatte ihm ganz gut gefallen. Und warum sollte ihm das, was ihm als Oskar Daubmann gefallen hatte, nicht auch als Karl Ignaz Hummel gefallen? Die Kreise, die an einer Veröffentlichung seiner Geschichte interessiert waren, wären jetzt natürlich gänzlich andere, aber was machte das für einen Unterschied?

Einmal mehr verschätzte er sich. Es machte einen großen Unterschied. Denn die Kreise, die an einer Veröffentlichung dieser Variante der Geschichte interessiert gewesen wären, veröffentlichten schon bald nach seiner Verurteilung gar nichts mehr.

* * *

24. Juli 1935, Freiburg

Der Mann, der einen Schritt vor dem Gefängnistor in der Freiheit stand, bewegte sich nicht.

»Komm mit, Hummel!«, sagte der Uniformierte noch einmal, diesmal mit dem richtigen Namen des Mannes vor dem Gefängnistor.

»Wohin?«, fragte der Mann, »und wieso? Meine Strafe ist abgelaufen.«

Beide Männer lächelten.

»Das ist richtig«, sagte der Ältere. »Deshalb kommst du ja mit uns. Nach Bruchsal. Ins Zuchthaus.«

Als der Mann immer noch verständnislos aussah, fuhr er fort.

»Sicherheitsverwahrung«, sagte er, »Schutzhaft.«

Hummel starrte den Uniformierten an. Unvermittelt fielen ihm die Sätze wieder ein, die der Regierungsrat bei seiner Festnahme gesagt hatte. Er bekam eine Gänsehaut.

»Wie lange?«, fragte er.

»So lange, bis du *keine Gefahr für die öffentliche Ordnung* mehr bist, *Daubmann*«, entgegnete der Uniformierte. Er sprach die Worte wie ein Zitat, den Namen wie eine Erklärung.

»Aber mach dir keine Sorgen«, fügte er hinzu, während er den eben Freigelassenen am Handgelenk griff, »du kannst sicher in zwei oder drei Jahren einen ersten Antrag auf Entlassung stellen.«

Historischer Hintergrund

Der bei seiner Entlassung aus dem Freiburger Gefängnis 1935 von der SS in Schutzhaft genommene Karl Ignaz Hummel stellte 1938 einen Antrag auf Entlassung aus der Haft im Zuchthaus in Bruchsal. Dieser wurden aber wegen der »von ihm ausgehenden großen Gefahr für die Allgemeinheit« abgelehnt. Alle folgenden Überprüfungen der Haftgründe kamen – trotz Hummels guter Führung – zu demselben Ergebnis, nicht zuletzt deshalb, weil Hummel sein Ansinnen, ein Buch mit seiner Geschichte zu veröffentlichen, gegenüber Mitgefangenen und Wärtern geäußert hatte. Hummel wurde erst 1945 durch die Amerikaner befreit.

Rätselhaft blieb im Prozess gegen Hummel wie auch in allen folgenden Jahren die bis auf wenige Stimmen fast rückhaltlose Anerkennung Hummels als Karl Daubmann nicht nur durch die Öffentlichkeit, sondern auch durch Daubmanns Eltern und seine Bekannten in seinem Heimatort Endingen. Karl Daubmann war 1916 im Krieg an der Westfront vermisst gemeldet worden, seine Eltern und sein Heimatort waren ohne Nachricht geblieben. Hummel, der in seiner Kindheit einige Zeit in Endingen gelebt und es kurz vor der Affäre noch besucht hatte, wusste dies.

Dem Gericht konnte Hummel im Prozess glaubhaft machen, dass er nichts anderes als eine Fahrkarte nach Freiburg hatte haben wollen, als er den Brief aus Italien schrieb. In der aufgeheizten Stimmung der letzten Jahre der Weimarer Republik entwickelte sich aus der für Daubmanns Eltern entworfenen Geschichte von Gefangenschaft und Flucht aber in rasantem Tempo eine Staatsaffäre, in der Hummel die Rolle des von den Franzosen misshandelten Kriegsgefangenen so überzeugend ausfüllte, dass seine eigentliche Identität erst nach einem knappen halben Jahr aufgedeckt wurde. Mit seiner Identifizierung als dem in der Schweiz geborenen Karl Ignaz Hummel wurde der Kriegsheld zum kleinen Gauner und die Empörung wandte sich nun gegen ihn, umso mehr, als seine kriminelle – und selbst darin eher jäm-

merliche – Lebensgeschichte die vorangegangene Verehrungswelle brutal bloßstellte.

Karl Ignaz Hummel war zigfach wegen Betrügereien, Diebstahls, Urkundenfälschung und Ähnlichem verurteilt worden und hatte seit seiner frühen Jugend immer wieder Strafen in Besserungsanstalten und Gefängnissen abgesessen. Am 6. Mai 1932, knapp zwei Jahre nach seiner letzten Entlassung, verließ er seine schwangere Frau und sein Schneidergeschäft in Offenburg, radelte nach Süden, erschlich 100 Reichsmark vom Bayrisch-württembergischen Radfahrerbund, um sein Rad nach Österreich einführen zu können, und überquerte mit dem Ziel, sich der Fremdenlegion anzuschließen, die Alpen nach Italien. Verletzt und erkrankt gab er die Idee mit der Fremdenlegion dort jedoch wieder auf und beschloss, nach Deutschland zurückzukehren. Er kam auf die Idee, sich die Identität des vermissten Endinger Schulfreunds anzueignen, um an Papiere und eine Fahrkarte zu gelangen. Aufgrund seiner Ortskenntnisse konnte er die ersten Fragen zu Lokalitäten in Endingen, mit denen das Konsulat in Neapel seine Identität prüfte, beantworten, weiteren Fragen ging er durch einen Ohnmachtsanfall aus dem Weg. Das Konsulat glaubte seine Geschichte und Hummel erhielt die gewünschten Dokumente und die Fahrkarte. In Deutschland angekommen übernahm Hummel dann die ihm in einem feierlichen Empfang am Bahnhof angebotene Rolle und wurde zu Karl Daubmann. Die Presse nahm sich des erfundenen Schicksals sofort mit Begeisterung an. Bereits vor Daubmanns Ankunft in Deutschland hatte die Freiburger Zeitung zu berichten begonnen, in der Morgenausgabe des 30. Mai 1932 widmete sie dem tags zuvor »der Heimat und dem Vaterland Zurückgegebenen« einen über zweiseitigen Artikel, im August begannen, organisiert vom Hauptmann von Karl Daubmanns Regiment, Anton Bumiller, Daubmanns gut besuchte Vortragsreisen, die ihn bis nach Berlin führten. Bis zum Ende der Äffare Daubmann im Oktober erregte sein Schicksal die Gemüter und versorgte die Stammtische mit immer neuen, skandalösen Details zur Rolle des Erz-

feinds Frankreich. Später war man erleichtert, dass Frankreich eine mündliche Entschuldigung akzeptierte, und bemüht, die Affäre möglichst schnell totzuschweigen.

Karl Ignaz Hummel zahlte für die erfundenen 16 Jahre Kriegsgefangenschaft in Nordafrika letztlich mit mehr als zwölf Jahren Haft in den Gefängnissen bzw. Zuchthäusern von Freiburg, Bruchsal und Schwäbisch Hall. Nach seiner Entlassung 1945 heiratete er erneut und starb 1954 in Schwäbisch Hall.

Regierungsrat Hermann Ramsperger, der gegen ihn ermittelt hatte, trat im Frühjahr 1933 in die NSDAP und die SS ein und machte Karriere.

Dagmar Rankl

Pechsträhne

Es ist der 17. März. Dicke Wolken legen eine Decke über die Nacht. Es ist drei Uhr morgens. Freiburg schläft. In der Barbarastraße lässt sich hinter einem schweren Vorhang ein Lichtschimmer erkennen. Jemand ist wach. Jemand wacht.

Der Schein ist schwach und wirft trotzdem Schatten. Eine Bewegung ist zu erkennen, der Vorhang wird ein wenig zur Seite gezogen. Ein Mann taucht im Fenster auf, sein Blick gleitet von einer Straßenseite zur anderen. Er zieht sich wieder zurück, der Vorhang schwingt an seinen Platz. Alles ist friedlich.

Karl Schelshorn setzt sich in seinen Sessel. Der Stoff ist schon eingedrückt, man merkt die vielen Stunden, die er dort verbringt. Er kneift seine Lider zusammen, dreht die Öllampe ein bisschen herunter. Karl reibt seine Augen, gähnt. Sein Blick wandert die vertäfelte Wand des Wohnzimmers entlang. Das zarte Flackern der Lampe streicht über die gerahmten Bilder. Vater, Mutter, Schwester, Ehefrau, Sohn, Tochter. *Liebe.* Er nimmt das Glas vom Abstelltisch. Er schwenkt es, beobachtet die Bewegung der blutroten Flüssigkeit, setzt das Glas an seinen Mund und leert es in einem Zug.

Es klopft an seinem Fenster. Beinahe nicht zu hören, aber die vereinbarte Melodie. Klopf klopf klopf. Pause. Klopf klopf klopf. Pause. Klopf klopf klopf. Er versucht zu schlucken, ringt mit sich. Sein Kehlkopf gewinnt den Kampf, der Speichel verdünnt die Magensäure, die sich schon den ganzen Abend schmerzhaft in seiner Speiseröhre bemerkbar macht.

Im ersten Stock ist das Haus in der Barbarastraße jemandem anders ein Zuhause. Ein Ehepaar liegt im Bett. Die Frau hat die Decke bis zum Kinn hochgezogen, ihre langen dunklen Haare sind zu einem Zopf geflochten und ruhen am Polster.

Die Augenlider des Mannes zucken, krampfen – und öffnen sich. Er keucht und sitzt mit vor Schreck geweiteten Augen im Bett. Schweißtropfen suchen sich den schnellsten Weg von der Stirn über seinen Hals auf die nackte Brust, um sich dort wie Perlen in die Haare zu flechten, fast so, als möchten sie sich an ihrem kurzen Leben festklammern. Die Brust unter den dunklen gelockten Haaren hebt und senkt sich unrhythmisch und schnell. Ruckartig dreht er sich um und greift nach dem Vorhang hinter seinem Bett. Er hält inne. Er lässt den Vorhang wieder los – ohne ihn zu bewegen.

»Christian?«

Die verschlafene Stimme seiner Frau. Sein Blick wandert zu ihr. Wird ängstlich.

Er setzt seine Füße wie in Zeitlupe am Boden ab und huscht dann auf Zehenspitzen in den Flur. Er greift nach der Klinke der Wohnungstüre. Seine Hand zittert. Er hält sie mit der anderen fest, presst so sehr, dass die Finger weiß hervortreten. Der Mann drückt die Klinke nach unten. Abgesperrt. Als er gerade ansetzt durchzuatmen, bleibt er atemlos zurück. Das Licht im Flur geht an.

»Christian, alles in Ordnung?« Seine Frau lehnt im Türrahmen. Die Zeit scheint für einen Moment stillzustehen. Christians Augen beginnen zu glänzen, als er Emma betrachtet. Ihr sonst so akkurater Zopf ist vom Schlaf etwas zerzaust, das schlichte weiße Nachthemd versteckt alles und unterstreicht ihre Schönheit trotzdem nur. Das Flackern der Deckenlampe holt ihn zurück ins Hier und Jetzt. Er eilt zu seiner Frau, schaltet das Licht aus und drängt sie zurück ins Schlafzimmer. Unsanft schubst er sie Richtung Bett, drückt mit aller Kraft die Tür zu. Seine zittrigen Finger greifen ungelenk nach dem Schlüssel und drehen ihn mit einem die Stille durchbrechenden Klicken um. Christian hält inne. Lauscht.

»Christian, bitte rede mit mir!«

Emmas Stimme ist mehr ein Krächzen, sie klammert sich am Stoff ihres Nachthemdes fest, steht mit den Waden ans Gestell ihres Bettes gedrückt da. Sein Kopf bewegt sich stoßweise von einer Seite zur anderen.

»Du hörst wieder etwas, oder?« Ihre Schultern sinken. »Du hast geträumt.« Ihre Stimme streut Wort für Wort Mitleid in den Raum.

Er keucht, fasst sich an die Kehle. »Da ist jemand im Haus.«

Emmas Gesichtsausdruck wird warm. »Natürlich ist jemand im Haus. Hier wohnen immerhin auch andere.«

»Nein, Emma, hör mir zu. Irgendetwas stimmt hier nicht.« Er spricht schnell. Emma macht ein paar Schritte auf ihn zu, legt ihre Hand sanft auf seinen Unterarm.

»Christian, es ist alles gut. Vielleicht ist eines der Kinder von Karl und Eva aufgewacht.«

Er schnaubt, packt sie fest an den Oberarmen und rüttelt sie. »Emma, hör mir doch endlich zu. Es stimmt etwas nicht. Die Schelshorns sind nicht zu Hause.«

Emma windet sich aus seinem Griff, torkelt rückwärts und spricht erst wieder, als ihre Waden erneut die kühle Oberfläche des Bettrahmens berühren. »Wie meinst du das?«

»Ich habe Karl am Vormittag im Stiegenhaus getroffen. Er hat erzählt, dass sie übers Wochenende seine Eltern besuchen.« Während er spricht, wandert sein Blick durchs Zimmer, zum Fenster. Er macht seinen Hals lang, so als ob er seine Ohren auf diese Weise spitzen könnte.

»Die Schlacht an der Somme hat dein Gehör zu sensibel gemacht. Du musst das endlich ablegen. Wir sind in Sicherheit. Es herrscht Frieden.«

Der Blick des Mannes wird starr und glasig. Er öffnet seine Lippen und schließt sie wieder.

»Aber der Frieden ist undankbar und weiß nie, dass er seinen Bestand nur dem Krieg dankt.« Melodisch verlassen die Worte seinen Mund, ohne dass er eine weitere Miene verzieht.

»Ist das wieder einer deiner Philosophen?« Emma verschränkt die Arme.

»Kurt Tucholsky.« Verträumt lächelt er sie an.

Im Stiegenhaus sind Schritte zu hören. Viele und schwere. Sie stoppen zu schnell, um für Erleichterung zu sorgen. Die Treppe zum zweiten Stock bleibt unberührt.

Christian streckt seine Hand aus. Er verharrt am Lichtschalter, lauscht der Geräuschkulisse an seiner Wohnungstür.

»Ach, eh schon egal.« Er schaltet das Licht an, zieht die Schublade seines Nachttisches auf, legt eine Luger auf die zurückgeschlagene Bettdecke – ein kurzes »Was zur Hölle?« von seiner Frau – und wirft dann schwungvoll eine Zeitung auf ihre Seite des Eheschlafplatzes. *Der Alemanne* vom 15. März 1933. Emma nimmt das Papier ungläubig in die Hand. Ihre Augen beginnen, sich von links nach rechts zu bewegen, sie liest immer schneller und gleichsam beschleunigt ihr Atem. Ihre Arme sinken, die Zeitung fällt zu Boden, als die Kraft sie verlässt.

»Was bedeutet das?« Sie blickt ihn an, lässt sich am Bettrand nieder, streicht ihr Nachthemd glatt.

»Ich glaube, die Einbrecher sind politisch motiviert. Ich wollte dich nicht beunruhigen, aber es war viel los in der Stadt in den vergangenen Tagen. Es werden Lügen über mich erzählt, ich erhalte Drohbriefe. Ich musste mir eine Waffe besorgen.«

Eine einzelne Träne rinnt über die blasse Wange der dunkelhaarigen Frau.

»Jude, öffne die Tür!« Die Stimmen sind dumpf, aber gewaltig.

Emma blickt Christian an: »Du hast doch öffentlich gemacht, dass du nicht gläubig bist?«

»Darum geht es denen nicht, Emma.«

»Nußbaum, hier ist die Polizei. Öffnen Sie die Tür!«

»Die Polizei, zum Glück.« Wie bei einem brechenden Damm fließen plötzlich Bäche aus Tränen über ihre Backen. Emma legt ihr Gesicht in ihre zarten Hände und schluchzt.

»Nein, Emma, das ist kein Glück. SPD-Funktionäre werden verhaftet. Einer ist bereits tot. Wir müssen uns verbarrikadieren. Sie werden mich wegbringen. Mich töten.« Die Zunge des dunkelhaarigen Mannes überschlägt sich fast. Emma reagiert nicht. Ihr Kopf bleibt in den am Schoß aufgestützten Armen liegen, die Tränen suchen sich ihren Weg zwischen den Fingern. »Emma!« Christian schreit sie an, zieht und zerrt an dem massiven Bett.

Sie dreht sich um, blickt ihn an. »Was ist mit deiner Abgeordnetenimmunität?«

Der Mann schnaubt. »Darum geht es doch schon lange nicht mehr. Das interessiert die nicht. Die Welt verändert sich.«

Die Tränen streicheln das gezeichnete Gesicht der ängstlichen Frau. »Aber das ist doch ungerecht.« Sie lässt ihre Schultern hängen.

»Glaubst du wirklich, dass es hier um Gerechtigkeit geht? Dass sich Menschen darum scheren, ob sie ihren Nächsten gegenüber gerecht sind?«

»Wir leben doch in einem Rechtsstaat, es *muss* um Gerechtigkeit gehen. Wir sind alle Menschen.«

Im Stiegenhaus ist es ruhig geworden. Still, schon fast friedlich. Unheimlich.

»Ach, Emma. Ich erinnere mich an eine lebhafte Diskussion an der Uni. Es ist lange her und doch so aktuell. Thomas Hobbes hat bereits im 17. Jahrhundert erkannt, dass der Menschen des Menschen Wolf ist. Der egoistische Selbsterhaltungstrieb lässt uns an Rationalität verlieren, den Sinn für Gerechtigkeit einbüßen. Es ist ein Krieg aller gegen alle. Fadenscheinige Argumente tarnen doch nur den Kampf ums Überleben.«

»Aber der Staat muss dem doch Einhalt gebieten können. Du hast keinem etwas getan. Bitte, Christian, ich sorge mich um dich. Die Welt verändert sich. Das macht mir Angst.«

Die Stiefel der Polizisten sind zu schwer, als dass sie lautlos in den Flur der Wohnung hätten gelangen können. Das Ehepaar hört sie. Sie blicken sich an. Für den einen Moment liegt nichts als Liebe, Vertrauen und Zuneigung im Raum.

»Hab keine Angst, Emma. Angst ist in solchen Lebenslagen ein schlechter Ratgeber. Sie ändert nichts an dem, was geschehen wird. Gerechtigkeit ist so schwer möglich, wenn alle Menschen ungleich sind. Der Mensch ist nicht klug genug, sich seiner eigenen Klugheit zu bedienen.« Er greift nach ihren Händen, streichelt sanft eine Träne von der Wange.

Es wummert an der Schlafzimmertür. Emma schnappt nach Luft, reißt ihre Augen auf, ringt um Sauerstoff.

Es ist der 17. März. Es ist vier Uhr morgens. Die leeren Straßen strotzen fast vor friedlich anmutender Stille. Freiburg schläft. In der Barbarastraße 1 klingt der Sekundenzeiger der Wanduhr wie eine Zeitbombe. Hier finden sich an zwei Fronten Menschen, die nicht schlafen. Auf der einen Seite der Tür wird gewartet. Auf der anderen Seite der Tür wird gebangt.

Die Stadt ist ruhig. Plötzlich hallen zwei Schüsse durch die Nacht.

Im ersten Stock in der Barbarastraße 1 gibt es eine Schlafzimmertür, die viele Jahre Sicherheit geboten hat. Jetzt ist sie verletzt, durchlöchert, schwach.

Auf Wiedersehen, Sicherheit.

Mit einem Krachen zersplittert die Tür, als der schwere Stiefel eines Polizisten auftrifft. Die Tür gibt den Blick ins Schlafzimmer frei. Der Polizist blickt direkt in die dunklen Augen seines Gegenübers.

Christian Daniel Nußbaum steht mit erhobenen Händen da. Zu seinen Füßen liegt eine Waffe. Und die Frau, die er liebt. Der Zopf, den sie am Abend zuvor sorgsam geflochten hat, ist zerstört. Die Strähnen lösen sich voneinander, fließen wie Pech über die blasse Haut der Freiburgerin. Pechsträhne. In einer fließenden Bewegung wird aus Ordnung das reinste Chaos.

»Beweg dich, du marxistischer Verbrecher und Mörder«, schreit ihm der Polizist entgegen. Christians Blick wandert lethargisch zu dem beigen Webteppich in seinem Flur. Langsam breiten sich rote Flecken darauf aus, zeichnen ein willkürliches

Bild der Verzweiflung. Karl Schelshorn liegt auf dem Teppich, hinterlässt mit seinem Blut letzte Spuren auf dieser Welt.

Freiburg schläft nicht mehr. Der Frieden ist durchbrochen. Ein Mensch ist tot, zwei Menschen sind tot, drei Menschen sind tot, fünfzig Millionen Menschen sind tot.

Historischer Hintergrund

Bei der Recherche zu Kriminalfällen in Freiburg haben einige Artikel aus dem Zweiten Weltkrieg mein Interesse geweckt. Für mich persönlich liefert diese Zeit unglaublich viele Anknüpfungspunkte, um über die menschliche Natur nachzudenken. Was ist Gerechtigkeit, wer bestimmt darüber? An welchen Kriterien lässt sich festmachen, ob ein Mensch »richtig« oder »falsch« ist? Was macht einen Menschen besser als einen anderen? Warum grenzen wir uns gegenseitig aus – statt uns zu unterstützen?

Die Geschichte rund um Christian Nußbaum hat mich dazu inspiriert, die vorliegenden Zeilen zu erfinden, weil mich so viele Fragen rund um das Geschehen beschäftigen – viele Quellen bringen viele Ergebnisse und widersprechen sich immer wieder. Man wird nie wissen, was wirklich passiert ist, aber man erkennt, dass die Frage nach Täter und Opfer und Schuld und Unschuld nicht immer (einfach) zu beantworten ist und das Leben viele Graustufen braucht, um verstanden zu werden.

Zur hier behandelten Geschichte:

Daniel Christian Nußbaum lebte ab 1927 in Freiburg und war als SPD-Politiker und Kaufmann tätig. Im Jahr 1933 wurden auf Befehl von NSDAP-Gauleiter und Reichskommissar Robert Wagner Polizeiaktionen gegen sozialdemokratische und kommunistische Funktionäre durchgeführt, um dem marxistischen Gedankengut entgegenzuwirken.

In der Nacht vom 17. März 1933 fielen die Polizisten in die Wohnung von Daniel Nußbaum und seiner Frau Emma ein. Da dieser kurz vorher in Zeitungsartikeln verunglimpft worden war und Drohbriefe erhalten hatte, hatte er sich einen Waffenschein und eine Pistole besorgt. Mit dieser Waffe schoss er in der besagten Nacht durch seine Schlafzimmertür und tötete so zwei Polizisten – darunter seinen Nachbarn, den Polizisten Karl Schelshorn. Späteren Aussagen zufolge hatte er aus Notwehr ge-

handelt, weil er politisch motivierte Einbrecher vermutet hatte. Er wurde für unzurechnungsfähig erklärt – die Recherchen ergaben leider keine klare Meinung darüber, ob zu Recht – und starb 1939 in einer Heilanstalt, anscheinend an einer verabreichten Überdosis Medikamente.

Renate Klöppel

Die Wende

Waren Sie schon mal im Gefängnis? Nein? Noch nie eine Zelle mit eigenen Augen gesehen? So eine Einzelzelle mit einer Pritsche, einem Eimer für die Scheiße, einem Schemel und einem vergitterten Fenster so weit oben, dass man nur den Himmel sieht. Nein, kennen Sie nicht? Da haben Sie wirklich was versäumt. Dann waren Sie wohl auch noch nie im Zuchthaus: Jeden Tag arbeiten bis zum Umfallen und immer so einen Hunger, dass du meinst, es reißt dir die Därme aus dem Leib. Mich hat's nicht beeindruckt, hat der Richter gesagt. Stimmt nicht, ich hab's mir nur nicht anmerken lassen, ich wollte denen den Triumph nicht gönnen. Der August Ullmann ist keiner, der klein beigibt. Haben Sie mein Foto in der Akte gesehen? Scharf geschnittenes Gesicht, akkurat auf der linken Seite gescheiteltes Haar, Offiziersgesicht oder wenigstens Gefreiter. Ein Mann, der sein Leben im Griff hat, der weiß, was er zu tun hat, und der nicht zögert zu handeln. Ein Mann, der das Richtige tut und Erfolg hat.

Das ist ja nun ein besonderer Tag heute, da geht mir so manches durch den Sinn. Ich habe es mir schon oft geschworen, aber jetzt ist es endgültig. Ab morgen ist Schluss, irgendwann muss ja mal Schluss sein. Ist auch an der Zeit, mit allem aufzuräumen und reinen Tisch zu machen.

Raten Sie mal, wie oft ich schon im Knast war und wieder draußen? Sie müssen wissen, ich bin vor zwei Monaten dreißig geworden. Also, was meinen Sie?

Zehn Mal habe ich gesessen und zehn Mal stand ich wieder vor dem Tor. Ein komisches Gefühl war das immer, wieder draußen aus dem Knast zu sein. »Es können alle wieder auf die Beine kommen, die mal gesessen haben«, haben sie mir gesagt. Draußen dann jeden Tag die Entscheidung: Bin ich standhaft, widerstehe ich der Versuchung? Na ja, es hat nie lange gedauert, dann war ich wieder drin – bisher jedenfalls.

Kennen Sie eigentlich das Gasthaus *Zur Stube* in Pfaffenweiler, dieses alte Haus mit den Treppengiebeln vorn und hinten, mit dem Treppenturm an der Seite und dem kleinen Erker aus rotem Sandstein? Schuble heißt der Wirt, Adolf Schuble. Der prahlt damit, dass es das Wirtshaus schon seit 1575 gibt, als wäre das sein Verdienst. Der hat im zweiten Stock einen Kassenschrank mit einer Menge Geld drin, 20.000 Mark mindestens, vielleicht 25.000. Wozu braucht der sonst den Schrank? Dort oben ist der Tanzsaal, da kenne ich mich aus. Ich hatte nämlich damals ein Verhältnis in Pfaffenweiler. Am Ostermontag, da war ich seit drei Tagen draußen aus dem Knast, sah ich den Wirt neben dem Geldschrank am Tisch sitzen und bergeweise Geld zählen. Der hatte wohl vergessen, die Tür zu schließen.

Im Sommer stand im ersten Stock immer ein Fenster offen, wegen der Hitze oder so, und weil die da schliefen. Das waren alte Leute, gegen mich kommen sie nicht an, habe ich gedacht. War das denn meine Schuld, dass der Wirt Geld gebunkert hatte und alle Welt es sehen konnte? Der forderte das ja heraus, dass mal einer bei ihm einstieg. Zwei Monate habe ich mit mir gerungen, aber dann war es 'ne reine Notlage. Was willst du machen, wenn du Karfreitag aus dem Knast entlassen wirst, kein Geld hast, keine Arbeit, aber Hunger? Meine Eltern wollten auch nichts mehr von mir wissen. Hatten mich ja schon als Kind in die Fürsorgeanstalt in Flehingen gesteckt, weil sie nicht mit mir klarkamen. Wenn die mich besser behandelt hätten, wäre ich ein anderer geworden, todsicher.

Der Einbruch in der *Stube* geschah aus reiner Notlage, das war Notwehr sozusagen, das hätten Sie auch so gemacht, wenn Sie an meiner Stelle gewesen wären. Dass mir damals der Josef Neu über den Weg gelaufen ist, hat auch gepasst. Der stand beim Tor der Wego-Werke, dort, wo die Egonstraße auf die Wenzingerstraße trifft, ein heruntergekommener Mensch, da sah ich gleich, dass der keine Arbeit hatte. Dem Josef habe ich vom Geldschrank erzählt. Der brauchte dringend Geld, weil er heiraten wollte. Sie können sich denken, wie der gleich Feuer und Flamme war.

Wir haben nicht lange gefackelt. Gleich am nächsten Abend sind wir los. Ich sammle ihn bei den Wego-Werken mit einem Mietauto ein, Punkt zehn. Die Glocke von Herz Jesu fängt gerade an zu schlagen. Es ist warm und schwül, kein Wunder, am 5. Juni. In der Ferne grummelt's immerzu. Ein Gewitter kann ich gar nicht gebrauchen. Die Leute schlafen nicht, wenn es draußen kracht.

Aber dann schleicht da ein dürrer Langer hinter dem Josef her. Der sieht aus, als würde er gleich in der Mitte durchbrechen, so schief ist der. Den habe ich noch nie gesehen. Wenn das nur gut geht, denke ich. Verräter kann ich nicht gebrauchen. Der steigt einfach mit ins Auto, aber was willste machen. Der Josef muss mir Geld geben für das Taximeterauto, da meint er wohl, er kann mitnehmen, wen er will. »Ein Kumpel von mir«, sagt er, »der arbeitet in der Schlosserei Koch, der kennt sich aus mit Türen.« Oskar Steinhart heißt der Dürre. Er hält mir eine Handvoll Dietriche unter die Nase. Der spinnt wohl, der soll die Dinger schleunigst verschwinden lassen. Der Fahrer gafft schon so komisch.

Ob unser Geld bis Pfaffenweiler reicht, will der nun wissen, und lässt sich auch gleich die Fahrt bezahlen. Der Steinhart fischt ein paar Mark aus der Hosentasche. Der hat nicht nur Dietriche. Der hat auch Geld.

Beim Dreschschopf am Abzweig nach Pfaffenweiler lasse ich den Fahrer halten. Er soll auf uns warten, bis wir zurückkommen.

»Mensch, mach die Scheinwerfer aus«, sage ich zu ihm. Der will wohl, dass das ganze Dorf was merkt. Warum schaut der uns wieder so blöde an? Wir könnten hier doch unsere Freundinnen haben. Jetzt will er schon wieder Geld, nur fürs Warten.

Es ist alles ruhig im Dorf, als wir da lang sind. Die haben alle geschlafen, nur im Wirtshaus brennt noch Licht. Da haben wir uns erst mal in der Gegend umgesehen. In der Scheune haben wir eine Leiter gefunden und um halb eins sind wir dann rein durchs offene Fenster, alle drei. Den Wirt hat man schon auf der Straße schnarchen hören, die Alte auch, aber nicht so laut.

Drinnen ist es richtig finster. Ich habe eine Taschenlampe, aber du kannst denen ja nicht einfach vor dem Gesicht rumfunzeln. Der Geldschrank muss im Stockwerk höher sein, also wir alle drei rauf. Oben sind die Zimmer abgeschlossen. Zu blöd, dass die Dietriche nicht passen. Also wir wieder runter. Der Steinhart hat eine Zange dabei. Ein Knips und das Telefonkabel im Flur ist durch. Der macht so was wohl nicht zum ersten Mal.

Im Schlafzimmer liegt die Hose vom Wirt über einem Stuhl, aber da sind keine Schlüssel drin. Werden wohl unterm Kopfkissen sein, denke ich. So ein Geschrei, was die Alte plötzlich macht! Ist die denn von allen guten Geistern verlassen? Die schreit ja das ganze Dorf zusammen. Menschenskind, die muss doch still sein. Das hätten Sie auch nicht zugelassen, wenn Sie an meiner Stelle gewesen wären. Die kriegt mein Taschentuch in den Mund, damit sie endlich ruhig ist. Plötzlich zieht die an der Schnur über dem Bett und das Licht geht an, der Steinhart macht es wieder aus, so geht das hin und her. Sie müssen sich das einmal vorstellen, Licht an Licht aus, immer wieder. Jetzt schreien sie beide. Der Wirt wehrt sich wie verrückt, als der Steinhart dem ein Kissen aufs Gesicht drückt. Einen Augenblick ist er still, dann brüllt er wie ein Stier. Auch die Alte schreit wieder. Es bleibt mir ja nichts anderes übrig, als ihr die Bettdecke über den Kopf zu ziehen. Die strampelt und beißt mich und dann liegt sie plötzlich auf dem Boden und im nächsten Augenblick ist sie raus durch die Tür.

Jetzt aber nichts wie weg!

Das gibt's doch gar nicht: Die Alte hat die Tür von draußen abgeschlossen. Also raus durch das Fenster ohne Geld. Gegenüber geht das Licht an, aber immer noch keine Menschenseele auf der Straße. Ich hätte nie gedacht, dass der Dürre so rennen kann. Der ist immer ein paar Meter vor mir, als wir durchs Dorf sind. Dauert nicht lange, bis wir am Dreschschopf sind, aber das Mietauto ist weg, einfach so. Der Fahrer hat das Geld genommen und ist abgehauen. Die Menschen werden immer schlechter. Also querfeldein zu Fuß zurück nach Freiburg. Das ist so eine Nacht, Sie müssen sich das vorstellen, überall Blitze und die kommen immer näher.

Mensch, da ist ja alles blutig! Das sehe ich erst zu Hause. Ich habe der Alten doch nur den Mund zugehalten, aber die muss geblutet haben wie ein Schwein. Das lässt sich nicht mal rauswaschen aus dem Taschentuch. Muss ich morgen zur Reinigung bringen. Aber jetzt wird erst mal geschlafen.

Am nächsten Mittag klopft's an die Tür, du denkst, der Steinhart oder der Neu, du denkst an nichts Böses und machst die Tür auf. Da stehen plötzlich ein paar Polizisten vor der Tür, die wollen dich mitnehmen. Da kannste gar nichts machen, das kenne ich ja schon.

Wie die mir auf die Schliche gekommen sind, wollen Sie wissen? Der Mietautofahrer hat uns verpfiffen. Der ist zur Polizei, anstatt auf uns zu warten. Den Steinhart hat er gekannt, die haben früher beide bei der Firma Sichler gearbeitet. Danach haben sie sich den Josef Neu geschnappt. Einer von beiden hat mich verpfiffen.

Fünf Jahre Zuchthaus haben sie mir aufgebrummt und mich nach Bruchsal gekarrt. Wie es da zugeht, habe ich ja schon erzählt. Aber jetzt ist Schluss. Wirklich. Ich schwöre es beim Leben meiner Mutter.

Von meinem Kind habe ich noch gar nichts gesagt. Es kam auf die Welt, da war ich mal wieder im Knast. Das war noch vor der Geschichte mit der *Stube*. Seine Mutter, die Ganter Margarete, hat nicht auf mich warten wollen und einen anderen geheiratet. Das Kind haben sie ins Waisenhaus gesteckt. Ich habe es nur einmal gesehen. Da war es acht Monate und noch ganz klein und dünn. Geht einem so richtig ans Herz, so ein winziges Würmchen. Kann man sich gar nicht vorstellen, dass da mal ein ganzer Mensch draus wird.

War aber ein Fehler von der Ganter mit ihrer Ehe. Als ich aus Bruchsal rauskam, war sie schon wieder geschieden. Mich hat's gefreut. Jetzt fängt das Leben richtig an, habe ich gedacht, mit einer Frau und einem Kind. Die Margarete hatte einen anständigen Mann verdient und das Kind einen anständigen Vater. Der Karren musste aus dem Dreck. »Auf mich kannste dich verlassen«, habe ich ihr gesagt. »Ein neues Leben fangen wir an. August Ullmann ist wieder da, wir heiraten und das Kind holen wir aus dem Waisenhaus.« In Merzhausen haben wir gewohnt in einem Häuschen mit zwei Zimmern und einer Küche und das Kind musste nicht vom Waisenhaus zur Schule gehen.

Dann war das Geld alle. Küchenmöbel, Geschirr, Töpfe, das hat eine Menge gekostet und ein Bett mussten wir kaufen und jeden Monat die Miete zahlen. Jeden Tag habe ich aller Welt und mir selbst geschworen, anständig zu bleiben, mit oder ohne Geld, aber ich konnte der Margarete doch nicht ins Gesicht sagen, dass kein Geld mehr da war, stattdessen ein Berg Schulden. Sie müssen sich das vorstellen, 32 Reichsmark in der Woche bekam ich als Maler vom Meister Weber und die Margarete kriegte nur 19 Mark bei der Rhodia. Die machten einen Haufen Geld mit ihrer Kunstseide, aber zahlten einen Hungerlohn.

Aber jetzt ist Schluss. Sie glauben es mir nicht? Kein Wunder. Ich habe ja schon oft geschworen, anständig zu bleiben. Aber dieses Mal ist es ernst. Um was wetten Sie? Um 100 Reichsmark? Oder 1.000? Ich bin mit allem einverstanden.

Haben Sie als Kind auch davon geträumt, eine Schatzkiste zu finden, so eine richtige, gefüllt mit Gold und Silber und Schmuck und allem, was dazugehört? Ob Sie es glauben oder nicht: Mein Meister schickte mich zum Streichen in einen Keller, und da stand tatsächlich eine richtige Schatzkiste. Können Sie sich vorstellen, wie es in meinem Kopf rumort hat, als so eine Kiste wirklich vor mir stand, noch dazu eine, auf die niemand aufpasste? Weil ja

Krieg war, haben sie den Keller als Luftschutzraum hergerichtet. Der Hitler glaubte wohl selbst nicht daran, dass er mit Dünkirchen den Gegner schon erledigt hatte. Soll ich Ihnen verraten, was da auf der Kiste stand, ja? *Gegenstände aus dem Augustinermuseum, Medaillen, Münzen, Schmucksachen und Reliquien* stand drauf, und ich war ganz allein mit der Kiste und das nicht nur einen Tag, nein, eine ganze Woche. Fünf Tage war ich da unten, um die Rohre und Fenstergitter zu streichen, und die Kiste würde da stehen, bis der Krieg zu Ende wäre. Kein Mensch würde sich vorher darum kümmern.

Nun einmal ehrlich: Was hätten Sie an meiner Stelle getan, als armer Schlucker ohne Geld und mit einer Familie, die Sie ernähren müssen? Ich jedenfalls dachte, da hätte die Vorsehung die Hand im Spiel. Die Chance konnte ich mir nicht entgehen lassen, das muss doch jeder verstehen. Geld genug für das restliche Leben.

Ich habe dann mal 'ne Beißzange mitgebracht und die Nägel aus dem Kistendeckel rausgezogen. Der Mensch ist ja neugierig. Und was sehe ich da: Die ganze Kiste ist voller Pappschachteln. Da sind doch wirklich Gold- und Silbermünzen drin, genau wie es draufsteht, nicht so 'n olles Zeug, was die Museen sonst noch horten. Die Münzen sind auch ordentlich schwer, wie es sich für Gold und Silber gehört. Ich muss nur zugreifen, aber ich will ja nicht gleich übertreiben. Sechs Schachteln sollen fürs Erste genügen. Ehrensache, dass ich die Kiste wieder schön ordentlich zunagele.

Ich bin mit den Münzen hin zum Karl Baumann, dem Antiquitätenhändler, den kannte ich von früher. Der hat alle gleich genommen und gefragt, woher ich sie habe. Ob der wohl meinte, ich würde ihm die Wahrheit auf die Nase binden? Aber die wollte der gar nicht wissen. Er hätte die Münzen ja sonst nicht nehmen dürfen. Zweimal hat er mir alles abgekauft, was ich ihm gebracht habe, beim dritten Mal wollte er nicht mehr. Ich bin dann nach Heidelberg gefahren. Am Ende hatte ich 1.200 Mark beisammen. Das müssen Sie sich mal vorstellen. Der August Ullmann war reich!

Jetzt denken Sie sicher, der Ullmann zieht heute den Schlussstrich, weil er nun genug Geld hat. Weit gefehlt. Die Margarete wusste ja nichts von dem Geld, durfte auch nichts wissen. Der habe ich gesagt, der August ist ein ehrlicher Mensch geworden, der dreht keine krummen Dinger mehr. Aber das Geld war da, Geld in Massen.

Die Maria Utz, die immer im Café Sedan rumsaß, fragte nicht lange, woher ich das Geld hatte. Dabei ahnte sie alles, konnte aber schweigen. Mit der Maria bin ich gereist, als wären wir richtig feine Leute. Sie glauben gar nicht, wie schnell das Geld wieder weg war.

Ein paar Monate später klopft's an die Tür. Du denkst, der Briefträger mit den Rechnungen oder der Scherenschleifer, der die Messer zurückbringt, aber dann steht mal wieder die Polizei vor der Tür und nimmt dich gleich mit.

Acht Jahre haben sie mir aufgebrummt: Ausnutzung von Luftschutzmaßnahmen, das sehen sie gar nicht gern, da sind sie besonders streng, dafür gibt's besondere Strafen. Nur weil Krieg war und die Kiste im Luftschutzraum stand, machten sie aus einer Mücke einen Elefanten.

Ins Börgermoor haben sie mich geschickt. Vielleicht kennen Sie das Lied von den Moorsoldaten? Ja? Dann wissen Sie ja, wie es dort zugeht. War für mich aber nur von kurzer Dauer. Der Oberreichsanwalt hat das Urteil gleich wieder einkassiert. Der war nicht einverstanden mit der Strafe. Also wieder zurück nach Freiburg und wieder der ganze Zirkus vor Gericht. Dieses Mal ging es schneller. Die sollten ja nur noch mal über die Strafe entscheiden. Mein Pech, dass die Kiste im Luftschutzraum gestanden hat. Deswegen kommen sie mir mit der Volksschädlings-Verordnung. Volksschädling: Da würde ich an Kartoffelkäfer denken, wenn das Ganze nicht so traurig wäre. So wird man ruiniert, nur weil man nicht immer so gewesen ist, wie man sein sollte.

Heute ist der 20.6.1941 und wieder so ein Tag wie damals, als wir rein sind beim Stubenwirt, heiß und schwül und immerzu grummelt der Donner. Junge, Junge, aus der Geschichte mit der

Stube hätte ich lieber lernen sollen. Es ging mir ja nicht schlecht in dem Häuschen mit der Margarete und dem Kind. Und jetzt verrate ich Ihnen, warum morgen endgültig Schluss ist. Da fahren sie mich nämlich nach Stuttgart.

Da steht eine ganz besondere Maschine, haushoch und todsicher. Hat bislang immer funktioniert, habe ich gehört. Und der Scharfrichter ist auch ein besonderer Fuchs. Der macht dich in ein paar Sekunden einen Kopf kürzer. Kein Anschnallen, keine Augenbinde: wumms, saust das Fallbeil runter. Schneller kann's nicht gehen. – Hat mir der Wärter verraten.

Schade, dass Sie nicht mit mir um Geld gewettet haben. Wie Sie sehen, hätte ich gewonnen. Die Margarete hätte das Geld gebrauchen können. Ich hätte es ihr gewünscht, bei dem Kummer, den sie mit mir hatte, und dem Kind hätte es auch gutgetan.

Historischer Hintergrund

Im Staatsarchiv Freiburg, einer Abteilung des Landesarchivs Baden-Württemberg, befinden sich die Akten des am 3.4.1911 in Zürich geborenen Deutschen August Ullmann. Aus den Polizeiberichten, den Aussagen von Zeugen und Mittätern, aus Gutachten, Gerichtprotokollen und -urteilen, Stellungnahmen verschiedener Personen und nicht zuletzt Ullmanns eigenen Äußerungen sind der Nachwelt eine Fülle von Details aus dem Leben eines Mannes überliefert, der sich selbst als Opfer widriger Umstände sah, in den Augen der Richter und Gutachter jedoch ein unverbesserlicher Gewohnheitsverbrecher war. Die historischen Hintergründe sind in dieser Kurzgeschichte aus Ullmanns Sicht detailgetreu erzählt – sogar das blutbefleckte Taschentuch, das er nach dem Überfall in die Reinigung bringen will, ist in den Akten erwähnt – sodass die historischen Hintergründe nicht weiter erläutert werden müssen. Unklar bleibt merkwürdigerweise in den Akten, ob Ullmanns mehrfach erwähntes Kind ein Mädchen oder ein Junge war.

Die Verordnung gegen Volksschädlinge, die Ullmanns Schicksal besiegelte, wurde vier Tage nach Beginn des Zweiten Weltkriegs im September 1939 erlassen und sollte der nationalsozialistischen Justiz ein wirksames Instrument zum Schutz der »inneren Front« zur Verfügung stellen. Die einzelnen Tatbestände und Strafrahmen waren hierbei bewusst äußerst weit gefasst, sodass auch für sehr geringfügige Taten die Todesstrafe verhängt werden konnte.

Der Scharfrichter, der das Todesurteil an August Ullmann vollstreckte, Johann Reichhart, entstammte einer bayrischen Scharfrichtersippe. Er übernahm 1924 in Bayern das Amt des Scharfrichters von seinem Onkel Franz Xaver Reichhart. Während seiner gesamten Dienstzeit trachtete er danach, den Hinrichtungsablauf zu beschleunigen und für den Verurteilten weniger belastend zu machen. Der Verurteilte wurde durch die Scharfrichtergehilfen ohne vorheriges Anschnallen lediglich festgehalten, bis das Beil gefallen war. Die schwarze Augenbinde schaffte Reichhart ab. Einer der Gehilfen hielt dem Verurteilten die Augen zu. Durch diese Maßnahmen verkürzte sich die Vollstreckungszeit auf wenige Sekunden. Insgesamt vollstreckte Reichhart bis zum Ende des Nationalsozialismus 2.951 Todesurteile mit dem Fallbeil und 59 mit dem Galgen. Er richtete am 22. 2. 1943 auch Hans und Sophie Scholl hin, die bekanntesten Mitglieder der Widerstandsgruppe Weiße Rose.

Birgit Hermann

Der Besatzungskommissär

Mit zitternden Händen rückte er die Brille zurecht, las den Text ein weiteres Mal. Dann ließ er die Zeitung sinken, starrte aus dem Fenster, am Horizont zog ein Vogelschwarm. Kamen bereits die Schwalben aus dem Süden zurück? Auf dem Land, wo er seine Jugend verbracht hatte, begann der Sommer mit der Rückkehr der Schwalben. Das war lange her. Hier in Lyon hatte er nie darauf geachtet. Aber ihr Anblick beruhigte ihn, versetzte ihn in die Zeit *davor*, in eine gute Zeit. Würde sie nun wieder so werden?

Er, nennen wir ihn Jean, blickte abermals auf den Bericht. Eine kleine Randnotiz, nicht mehr, kein Vergleich zu den Aufreißern von damals. 18 Jahre war es nun her, dass er in Freiburg in der französischen Besatzungszone stationiert worden war. Er hatte jedes Jahr mitgezählt.

Obwohl herbeigesehnt, traf ihn dieser Artikel so unverhofft wie ein Paukenschlag. Die Nachricht erregte ihn so sehr, dass er das Blatt beiseitelegen und ein Glas Wasser trinken musste. Er war nicht mehr der Jüngste. War damit seine Mission endgültig abgeschlossen?

Eine Mission, die nach Kriegsende im Südwesten begonnen und ihn bis heute nicht losgelassen hatte. Durch Zufall war er als Kommissär in die ausgebombte Stadt versetzt worden. Sie hatte bei seiner Ankunft einem Trümmerfeld geglichen; am 27. November 1944 hatten die Briten die Innenstadt zu 80 Prozent zerstört. Wer konnte, flüchtete beizeiten von den Städten aufs Land oder harrte in den Luftschutzbunkern aus. 2.797 Menschen starben. Einzig das Münster blieb wie durch ein Wunder oder ein Zeichen Gottes unversehrt. Der Bombenhagel ging während des Gottesdienstes nieder. Die kostbaren Fenster und Statuen hatte man frühzeitig in Schutzräumen in Sicherheit gebracht.

Im April 1945 waren die französischen Streitkräfte in weite Teile Süddeutschlands einmarschiert und im Juni desselben Jahres, nach der Kapitulation der Wehrmacht, war die Gegend zur Besatzungszone erklärt worden.

Zum Glück war Jean heute allein zu Hause, von seinen ehemals sechs Kindern lebten nur noch die beiden unverheirateten Mädchen bei ihnen. Sie besuchten das Gymnasium, seine Frau war Besorgungen machen.

Jean ging ins Schlafzimmer, in einer Pappschachtel unter dem Bett bewahrte er die Berichte auf. Sowohl die französischen als auch die deutschen. Er beherrschte die deutsche Sprache perfekt. Seine Mutter war eine Deutsche gewesen, eine Jüdin. Was bis zum Sommer 1940, dem Einmarsch der Deutschen in Paris, kein Stigma gewesen war.

Ab diesem Zeitpunkt hatte sich das politische Blatt gewendet, und dies war in der Hauptsache einem Mann, dem deutschen Botschafter Otto Abetz, zu verdanken gewesen.

Nun war er also tot. Autounfall.

Seine Mutter war es schon lange und mit ihr an die 400.000 französische Juden. Seltsamerweise empfand Jean keine Genugtuung bei dem Wissen, dass dieser Massenmörder nun auch nicht mehr unter den Lebenden war. Es fühlte sich einfach nur so an, als wäre endlich der letzte Teil einer Geschichte wie ein Puzzlestück eingefügt worden. Er konnte mit der Vergangenheit abschließen.

Das Erste, was Jean im Sommer 1945 in seiner provisorischen Dienststube in Freiburg in die Hände gedrückt bekommen hatte, war jenes Steckbriefregister gewesen, in dem alle dringend gesuchten Kriegsverbrecher aufgelistet waren. An oberster Stelle hatte ein bekannter Name gestanden: Botschafter Otto Abetz.

In den langen Dienstnächten las er sich in die Biographie jenes Mannes ein, der seine Mutter auf dem Gewissen hatte: Abetz wurde 1903 in Schwetzingen geboren, war Sohn eines großherzoglichen Domänenrats, 1920 Abitur, dann Studium an der

Landeskunstschule, ab 1927 Lehrer für Kunst und Biologie an Karlsruher Gymnasien. Er setzte sich besonders für die deutsch-französische Völkerverständigung ein, war Mitglied und Vorsitzender verschiedener Jugendverbände und organisierte in dieser Funktion ein Treffen von deutsch-französischen Jugendgruppen in Sohlberg im Schwarzwald. Daraus entwickelte sich der Sohlbergkreis, der deutsch-französische Monatshefte publizierte. Abetz gehörte dem Autorengremium an. Nach der Machtergreifung der NSDAP stellte er seine guten Frankreichkontakte in den Dienst der Nationalsozialisten. Der Partei konnte er, wegen einer verhängten Aufnahmesperre, erst 1937 beitreten. Der SS gehörte er bereits ein Jahr früher an.

Bis hierhin hätte Jean den Lebenslauf des jungen Engagierten ja noch verstanden. Der Nazieuphorie waren viele verblendete Jugendliche verfallen. Aber irgendwann beim Emporstreben auf der Karriereleiter hatte seine schwarze, skrupellose Seele begonnen, sich Bahn zu brechen.

Was zunächst harmlos anfing, endete desaströs für die Juden in Frankreich.

Ab 1934 arbeitete Abetz zunächst als Frankreichreferent in der Reichsjugendführung in Berlin und trat 1935 ein NSDAP-Amt für außenpolitische Fragen an. Auf seinen zahlreichen Reisen nach Frankreich knüpfte er Kontakte zu französischen Frontkämpferverbänden sowie zu konservativen und faschistischen Intellektuellen und warb um Vertrauen in die vermeintliche deutsche Friedens- und Verständigungspolitik. Als unglaubwürdig wurde er 1939 aus Frankreich ausgewiesen, denn Hitlers Arm griff bereits nach Paris. Abetz kehrte jedoch ein Jahr später, nach dem Sieg über Frankreich, als Botschafter in die französische Hauptstadt zurück. Von nun an stand er nicht nur auf der anderen Seite, sondern war maßgeblich an den nationalsozialistischen Kunstrauben in französischen Museen und Privatsammlungen aus überwiegend jüdischem Besitz beteiligt, augenscheinlich um sie sicherzustellen. Sie wurden in die deutsche Botschaft in Paris überführt, eine Liste des *Verwaltungsguts* ging nach

Berlin. Nach einem Treffen mit Hitler, bei dem dieser scheinbar beiläufig das Judenproblem erwähnt hatte, befasste sich Abetz mit der *Judenfrage* im besetzten Gebiet und bereitete die Deportationen nach Auschwitz vor. Damit versuchten sowohl Abetz wie auch der französische Vizepräsident Laval auf der jeweiligen politischen Karriereleiter zu punkten und die beiden taten sich zusammen.

Jean seufzte und wischte sich den Schweiß von der Stirn, die ersten Maitage des Jahres 1958 waren unverhältnismäßig warm. Er öffnete seinen Hemdkragen, ihn schwindelte, als er daran dachte, dass auf Drängen dieses Mannes die Massendeportationen in die Konzentrationslager und zur Zwangsarbeit registriert und später auch abgewickelt wurden. Zur Kennzeichnung mussten die Juden sichtbar einen Stern auf ihrer Kleidung tragen.

Für diese Leistung hatte Abetz sogar die Beförderung zu einem hohen SS-Offiziersgrad durch Himmler erreicht.

Zwischen den Händen hielt Jean nun jenen Judenstern, der ihm mit der Kleidung und dem Totenschein seiner Mutter zurückgeschickt worden war; Lungenentzündung, hatte es geheißen. Das Päckchen war aus Auschwitz gekommen.

Als 1944 die alliierten Truppen an die französische Hauptstadt herangerückt kamen, waren Abetz und seine Getreuen verschwunden, mit ihnen die gelagerten Kunstgegenstände und Bilder sowie sämtliche Beweismittel. Nach seiner Entlassung als Botschafter zog er sich zunächst in seine mit Raubkunst ausstaffierte Baden-Badener Villa zurück.

Jean verstaute den Stern in der Kiste und schlug einen Zeitungsbericht auf: *Mehrere Kriegsverbrecher festgenommen, von Abetz fehlt nach wie vor jede Spur.*

Nach dem Waffenstillstand war die gesamte Region unter französische Besatzung gestellt worden, damals musste Abetz untergetaucht sein. Zweimal war ein verdächtiger Mann namens *Laumann* festgenommen, aber jeweils nach 24 Stunden wieder freigelassen worden, da man seine Papiere von französischer Seite als *echt* eingestuft hatte.

Dass Jeans Stunde geschlagen hatte, glaubte er, als er den Bericht eines Kollegen aus St. Blasien im Schwarzwald in den Händen hielt. Dort hatte die Bevölkerung den örtlichen französischen Kommissär auf einen Ostflüchtling aufmerksam gemacht, der ihrer Meinung nach verschwenderisch mit seinem Geld umging und auch keine Arbeit annehmen wollte. Der Kollege aus St. Blasien, so der Bericht, hatte den Mann bereits kontrolliert und keine Auffälligkeiten entdeckt. Um des lieben Friedens willen habe er ihn nochmals vorgeladen, doch die Papiere des Herrn Laumann seien echt gewesen.

Laumann, bei diesem Namen hatten bei Jean alle Alarmglocken geläutet.

Die Hitze im Raum wurde unerträglich, Jean stand auf und öffnete das Fenster, sah auf die Stadt, ihr fröhliches Treiben, die ersten Blumen in den Vorgärten. Er hatte es zu einem bescheidenen Wohlstand gebracht. Trotz seines Rauswurfs aus dem Staatsdienst.

Er war sich damals – man schrieb das Jahr 1945 – sicher gewesen: Dieser Laumann war sein Mann! Er wollte sich den Ostflüchtling einmal selbst ansehen. Leider reichte seine Benzinzuteilung nicht für die Strecke, außerdem lag St. Blasien außerhalb seines Freiburger Distrikts. Vom Jagdfieber gepackt, ließ er den Heiligen Bürokratius sein, was er war, und besorgte sich auf dem Schwarzmarkt 20 Liter Benzin. Stieg mit einem Sekretär in den Dienstwagen und suchte das Hotel, in dem dieser seltsame Gast logierte. Dort ließ er sich in das Zimmer des Besagten führen und gab vor, eine Kontrolle wegen Butterschiebereien durchzuführen. Da Herr Laumann hierzu eine reine Weste hatte, bat er die Herren freundlich und arglos herein. Er zeigte seinen Ausweis vor und entschuldigte sich, er müsse sich noch umziehen, da bald zu Tisch gebeten würde. Seine Jacke legte er über den Stuhl. Jean wies seinen Sekretär an, sie vor der Tür zu durchsuchen, doch dieser fand nichts Belastendes. Da schob ihm Jean einen Zettel zu, er solle sie auftrennen. Der Sekretär ging mit der Jacke aus dem Raum und zerschnitt das Futter. Er glaubte seinen Augen nicht zu trauen, als das Firmenzeichen des Schneiders *Carette* mit der Aufschrift *Für Botschafter Abetz, Paris* erschien. Der Sekretär stürzte mit dem Etikett zurück ins Zimmer und hielt es seinem Vorgesetzten schwer atmend unter die Nase.

Noch heute musste Jean über seine Geistesgegenwart staunen, denn auch ihn hätte fast der Schlag getroffen ob dieses Fundes.

»Sagen Sie, Herr Abetz, wie lange sollen wir dieses Spiel noch spielen?«

Der so Gerufene wurde bleich wie ein Leinentuch und sagte: »Sie haben mich erwischt.«

Danach ging alles sehr schnell, noch am Abend glühten die Telegrafendrähte der Welt: *Botschafter Abetz im Schwarzwald verhaftet.*

In einem Versteck fand man die von Abetz vergrabenen Dokumente, des Weiteren beträchtliche Gold- und Devisenschätze, wertvolle Gemälde, 4.075 Goldstücke, 15 Millionen französische Franken, 13.000 Schweizer Franken, 7.100 Dollar und 143.000 Reichsmark.

Abetz wurde in ein Pariser Gefängnis überführt und nach langen Verhandlungen vier Jahre später wegen Kunstraubs, Mitschuld an der Judendeportation und Rekrutierung von Zwangsarbeitern und somit der Folterung und des Mordes an unzähligen Menschen zu 20 Jahre Zwangsarbeit verurteilt.

Wer nun glaubte, Jean sei ein gefeierter Held, der täuschte sich gewaltig. Der Kommissär aus St. Blasien beschwerte sich über seinen – wie er meinte – übereifrigen Freiburger Kollegen, da dieser im fremden Revier gejagt habe. Daraufhin wurde Jean unehrenhaft aus seinem Dienst im Distrikt Freiburg entlassen. Man behauptete sogar, ein Zimmermädchen hätte den Kommissär in St. Blasien auf den Gesuchten aufmerksam gemacht.

Zwei Jahre lang hatte Jean gegen seinen Staat geklagt, erstens wegen seiner Entlassung, zweitens wegen der Ausbezahlung des Geldes für die 20 Liter Benzin vom Schwarzmarkt und drittens wegen des Finderlohns, der ihm als aufdeckenden Kommissär zugestanden hätte. Schließlich hatte der im Schwarzwald stationierte Kollege zweimal versagt. Doch der Schein einer funktionierenden Besatzungsmacht musste gewahrt werden und der abtrünnige Jäger ging leer aus.

So kehrte er dem Staatsdienst gänzlich den Rücken und ließ sich von einer großen Firma in Lyon als Handelsreisender anstellen.

Auf die Sache angesprochen pflegte er zu sagen: »Mit meiner neuen Arbeit kann ich wenigstens meine Frau und die sechs Kinder ordentlich ernähren.«

Irgendwann verblasste das Interesse der Welt an einem Naziverbrechen und Abetz wurde fünf Jahre später nach Fürsprache der Bundesregierung und des französischen Präsidenten begnadigt. Abetz konnte zu seiner Frau und den beiden Kindern zurückkehren, als Berichterstatter für Frankreichfragen und als Vortragsredner arbeiten.

Bis er von einem französischen Freund einen VW Käfer geschenkt bekam, bei dem leider die Lenkung manipuliert war … Aber das untersuchte niemand mehr genauer.

Jean ging ans Fenster und atmete tief durch, griff sich ans Herz und sagte: »Nein, Abetz, du holst mich nicht zu dir ins Grab, ich habe nun meine Geschichte abgeschlossen und werde leben, du aber hast es nicht besser verdient.«

Historischer Hintergrund

Als 1945 klar wurde, dass Deutschland den Krieg verlorenen hatte und die Besatzungsmächte vorübergehend die Geschicke des zusammenbrechenden Staates leiten würden, sind viele der führenden Nazipersönlichkeiten untergetaucht. Diese Geschichte um den Botschafter Abetz hat sich tatsächlich so zugetragen. Leider war es dem in Freiburg stationierten Kommissär nicht vergönnt, den Erfolg seiner Raffinesse zu genießen. Ein Neider in den eigenen Reihen vermieste ihm die Tour und erreichte seine Absetzung.

Meine Recherchen stammen aus einer Publikation von Michael Kirchschlager aus dem Jahr 2012, einem Spiegelbeitrag vom 22.1.1949, einem Beitrag von Lothar Baier aus Der Freitag vom 24.5.2002, einem Aufsatz von Barbara Lambauer aus dem Jahrgangsheft Nr. 53 (2005) vom Institut für Zeitgeschichte München-Berlin.

Andrea Gärtner

Wessen Recht?

Ich breche die Zelte ab und gehe zurück. Freiburg hat mir kein Glück gebracht. Ich werde es in meiner Heimatstadt München noch mal von vorn versuchen. Beim Packen fällt mir diese Kiste in die Hände. Eine alte Zigarrenkiste, in der ich einige meiner besten Bilder aufbewahre, die niemand gekauft hat. Porträtaufnahmen mancher Politiker und mehrerer Stars, Gruppenbilder von Familienfeiern und Momentaufnahmen besonderer Veranstaltungen.

Ein Foto zieht mich in seinen Bann, das nicht in diese Riege gehört. Es ist fünf Jahre alt, fast auf den Tag genau. Ich erinnere mich noch, als wäre es gestern gewesen.

Ich würde Geschichte schreiben. Die Aufregung brodelte mir im Magen. Ein letztes Mal kontrollierte ich die Tasche. Zwei Ersatzfilme und ein Dutzend Blitzbirnen lagen darin. In meiner Hosentasche steckte ein kleiner Notizblock mitsamt Bleistift, im Hemd ein paar Visitenkarten. So weit, so gut. Ich schob mir ein Kaugummi in den Mund und griff nach meinem Juwel. Seit gestern war ich stolzer Besitzer einer Schraubleica. Das neueste Modell – eine Leica IIIf – war die erste Investition in mein junges Leben als Fotoreporter. Ich gedachte, damit heute das eine Bild zu schießen, mit dem ich Eingang bei allen wichtigen Zeitungen des Landes finden könnte. Sie würden mich mit ihren Angeboten überhäufen und ich müsste nur noch wählen, welches ich annähme.

Ich hängte mir die Fototasche über die Schulter und bettete die Kamera vorsichtig hinein. Zuletzt verstaute ich den Umschlag in der Innentasche meines Jacketts, das ich mir über den Arm legte, und verließ die überhitzte Wohnung.

Ich war rechtzeitig vor Ort. Am Bahnhof tummelten sich die Menschen. Männer und Frauen, Alte und Kinder drängten sich zu beiden Seiten des roten Teppichs und murmelten in gespannter Erwartung miteinander. Unzählige Polizisten sorgten dafür, dass ein gebührender Abstand zur Auslegeware eingehalten wurde, an deren Ende schwarze Cadillacs standen und in der Sonne glänzten. Ich postierte mich in ihrer Nähe, um aus einem günstigen Winkel die perfekte Sicht auf die ankommende Prominenz zu ergattern.

Jäh hob das Gemurmel an und wurde zu einem Tosen. Ich vernahm einige Töne Blasmusik, die aus dem Bahnhofsgebäude nach draußen schallten. Die Menge reckte die Hälse, kleine Kinder versuchten, sich an den Knien der Erwachsenen vorbeizudrängeln oder wurden auf Schultern gehoben, damit sie besser sehen konnten. Die Spannung stieg und gipfelte zuletzt im Kreischen einer Frau: »Sie kommen!«

Die Menschen wogten dichter an den roten Teppich heran, die Beamten in Uniform hatten alle Mühe, sie zurückzuhalten. Endlich schwang die Tür auf. Regierungspräsident Dichtel und Bürgermeister Brandel traten auf den Vorplatz. Ihnen folgte der Mann, dem das ganze Spektakel galt. Saud ibn Abd al Aziz, der König von Saudi-Arabien, war in Freiburg angekommen, um seine Tochter nach monatelanger Behandlungszeit aus der Uniklinik abzuholen. Der Ölscheich trug einen schwarzen Kaftan, dazu ein weißes Kopftuch, das von einer Kordel gehalten wurde. Er schien eine Gestalt aus Tausendundeine Nacht zu sein. Nur die Sonnenbrille und der neckische Kinnbart störten diesen Eindruck. Dicht hinter ihm folgten ein knappes Dutzend finster dreinschauender Männer, ähnlich gekleidet wie er, aber bis unter die Zähne bewaffnet. Dolche, Säbel, Pistolen, einer trug gar Patronengurte quer über seinem Körper. Die Freiburger jubelten und winkten. Die Honoratioren von Stadt und Land überreichten dem Monarchen Blumen und schüttelten ihm einer nach dem anderen breit lächelnd die Hand. Ein Blitzlichtgewitter ging auf sie hernieder. Auch ich holte bedächtig die Kamera aus der Tasche und schraubte eine Blitzbirne ein. Nur langsam kam der Zug auf dem roten Teppich voran. Die Kollegen meiner Zunft drängelten die Schaulustigen beiseite, um dem exotischen Zug auf Schritt und Tritt zu folgen.

»Da haben Sie sich wohl den falschen Platz ausgesucht«, erklang eine spöttische Stimme neben mir. Eine junge Mutter mit einem etwa fünfjährigen Mädchen an der Hand griente mich an. »Bis Sie hier ein erstklassiges Bild einfangen, haben die da vorne bereits einen ganzen Film verschossen«, fügte sie hinzu.

Ich schmunzelte. »Das macht nichts«, antwortete ich, »meine Chance kommt schon noch.«

Noch immer kamen weitere Saudis aus dem Bahnhofsgebäude. Im Vorfeld hatte es geheißen, der König würde auch von Mitgliedern seiner Familie begleitet. Und endlich erschienen am Ende des Zuges auch einige Kinder und vier Frauen im Gefolge des Arabers. Ein einzelner Mann, unter dessen Turban weißes Haar zu erkennen war, eskortierte die Frauen, die derart in Umhänge und Schleier gehüllt waren, dass nur ihre Augen sichtbar gewesen wären, wenn sie nicht mit gesenkten Köpfen ihrem Herrn gefolgt wären.

»Mama, hat der König keine Königin?«, hörte ich das Mädchen die hämische Mutter fragen.

»Doch, er hat sogar mehr als eine Königin. Siehst du, da hinten kommen sie.«

Ich hob meine Leica und schoss ein erstes Foto in die Richtung ihres ausgestreckten Fingers.

»Aber welche ist denn seine Frau?«, fragte das Kind weiter.

»Tja weißt du, das sind alles seine Frauen.«

»Das geht doch gar nicht!« Die Kleine klang empört.

»Doch, in dem Land, aus dem dieser König kommt, da geht das«, erklärte ihre Mutter.

Ich machte ein paar weitere Bilder, mal vom Scheich mit den hiesigen Würdenträgern, die sich ihrem Ziel näherten, aber auch von der Summe des Gefolges und den schüchternen Figuren am Schluss.

»Sind die alle hässlich?« Die Frage des Mädchens brachte mich zum Lachen. Ich schaute die Mutter an und war gespannt auf ihre Antwort. Auch sie musste sich das Grinsen sichtbar verkneifen. »Wie kommst du denn darauf?«, tat sie ahnungslos.

»Na, weil die sich alle hinter einem schwarzen Schleier verstecken.«

Ich konnte die Antwort der Mutter nicht abwarten, denn der saudische König erreichte den ersten Wagen. Ich schob mich dichter heran, um wenigstens eine Großaufnahme zu ergattern. Sicher war sicher.

Erst als alle Personen der orientalischen Gästeschar in die Nobelkarossen eingestiegen waren und der Korso sich in Bewegung gesetzt hatte, löste die schaulustige Menge vor dem Bahnhof sich allmählich auf. Zurück blieb ein Gemisch aus anerkennendem Gemurmel und dem blumigen Duft von Parfum. Ein paar zertretene Blumen lagen auf dem Pflaster. Auch ich setzte mich langsam in Bewegung. Im Schatten eines großen Baumes standen einige meiner Kollegen, rauchten und tauschten sich über ihre Treffer aus.

»Er hat direkt zu mir herübergesehen«, prahlte der eine.

»Ich habe ihn genau beim Shakehands mit dem Bürgermeister erwischt«, konterte ein anderer. Der dritte im Bunde trat seine Kippe aus und sagte: »Ich habe den Haremswächter gut im Visier gehabt. Zu schade, dass man von den Frauen nichts zu sehen kriegt.«

Ich lächelte still in mich hinein und brach endgültig auf.

Pünktlich um acht war ich wie ausgemacht am Hintereingang vom Hotel. Das Colombi, vor zwei Jahren erst eröffnet, war umweht von einem Hauch Luxus. Ein Zimmer hätte ich mir hier nicht leisten können, aber ich war mit meinem alten Bekannten Ernst verabredet, der seit dem ersten Tag als Page hier arbeitete. Während ich auf ihn wartete, spannte ich einen neuen Film in die Leica ein. Nicht dass ich im entscheidenden Moment unzureichend gerüstet wäre.

Ich schwitzte. Mein Jackett hatte ich angezogen, um im Hotel nicht sofort durch unangemessene Garderobe aufzufallen. Obwohl ich nicht sicher war, dass diese Wüstenscheichs mit den Regeln der hiesigen Kleiderordnung vertraut waren.

Leise knarrend öffnete sich die Tür. Das hochrote Gesicht von Ernst erschien im Spalt. »Du bist da«, sagte er und klang, als hätte er das Gegenteil gehofft.

»Wie besprochen«, antwortete ich, zückte das Kuvert aus der Innentasche meines Sakkos und hielt es ihm entgegen. Er zögerte. Ich schob mich durch den engen Türspalt neben ihn in den Flur. »Nun nimm es!«, ermunterte ich ihn.

»Ich weiß nicht«, wimmerte er. Ich stöhnte innerlich auf. »Komm schon!« Ich nickte ihm aufmunternd zu. »Du bringst mich einfach auf den Flur und gehst wieder. Niemand wird es je erfahren. Und es soll dein Schaden nicht sein.« Ich wedelte mit dem Umschlag. »Dreißig Mark, wie ausgehandelt. Dafür musst du viele Tabletts rauf und runter tragen.«

Er seufzte. »Na schön. Aber wenn sie dich erwischen ...«

»Die werden mir vermutlich nicht gleich mit einem ihrer Krummsäbel den Kopf abschlagen«, scherzte ich. Ernst zuckte mit den Schultern. »Wenn es um die Frauen geht, verstehen die keinen Spaß«, erwiderte er.

»Ich will sie ja nicht begrapschen«, entgegnete ich, »fotografieren reicht mir schon.«

»Wenn du meinst«, sagte Ernst und schlich los.

König Saud und sein Gefolge hatten sich im Colombi Hotel einquartiert. Alle Zimmer waren durch den Tross belegt, die Haremsfrauen bewohnten Räume auf einer separaten Etage. All das hatte Ernst herumposaunt, als ich ihn am vorherigen Samstag im Anschluss an unseren Skatabend nach Hause gefahren hatte, weil er zu betrunken gewesen war, seine eigene Haustür zu finden. Da hatte er große Töne gespuckt. Von den vielen Bedingungen, die der Monarch dem Hotel diktiert hatte. Von den Bodyguards, die schon vor einigen Tagen alle Räumlichkeiten inspiziert hatten, und von den Sonderregeln, die während des Besuches für alle galten. Die Zimmer waren für das hoteleigene Personal tabu, sogar die Küche war von den Leibköchen des Königs übernommen worden. Aber niemand würde so dicht an die Frauen des Scheichs herankommen wie er selbst, hatte Ernst getönt. Da war in mir dieser Plan gereift. Ich würde mich von ihm auf den Frauenflur bringen lassen und mich auf die Lauer legen. Irgendwie würde es mir schon gelingen, eine von ihnen vor die Linse zu bekommen. Und damit hätte ich ein Foto, das kein anderer Pressefotograf anbieten konnte. Das würde meine Eintrittskarte in die Welt der großen Journale sein.

Ich folgte Ernst durch lange Gänge, Treppen hinauf und durch weitere Korridore. Der flauschige Teppich schluckte jedes Geräusch unserer Schritte. Aus manchen Zimmern drangen fremd klingende Gesprächsfetzen an mein Ohr. Hinter welcher der Türen sich wohl der König aufhielt?

In Gedanken versunken lief ich meinen Skatkumpel fast über den Haufen, als er unvermittelt stoppte.

»Da vorne rechts um die Ecke ist es. Zimmer 310 bis 317.« Ernst flüsterte. »Du musst vorsichtig sein. Der Haremswächter ist ebenfalls auf diesem Flur und die Leibwächter seiner Majestät machen regelmäßig einen Rundgang.«

»Alles klar.« Ich blickte zaghaft um die Ecke und sah nichts als einen verlassenen Flur, der genauso aussah wie jene, durch die ich hierhergekommen war. »Passiert denn heute Abend noch was?«, fragte ich und drehte mich wieder zu Ernst um. Doch der war schon nicht mehr da.

Unversehens allein auf diesem Flur zu stehen ließ Unbehagen in mir aufsteigen. Um die Nervosität unter Kontrolle zu halten, prüfte ich meine Kamera, schraubte eine neue Blitzbirne ein und legte mir Ausreden für den Fall zurecht, dass mich jemand auf dem Flur herumlungern sah.

»Ich bin der Klempner, die Heizung ist ausgefallen.« – Unwahrscheinlich. Wer brauchte schon mitten im Juli eine Heizung?

»Ich bin der Hotelmanager und wollte nur mal nach dem Rechten sehen.« – Oder kannten sie womöglich den echten Manager?

»Ich bin Kammerjäger und soll mich um die Kakerlaken kümmern.« – Verstanden diese Saudis überhaupt deutsch?

Als es mir zu langweilig wurde, auf einem Fleck auszuharren, und nachdem ich mir selbst gut zugeredet hatte, betrat ich den Flur und ging direkt an den von Ernst genannten Zimmern vorbei. Bei der Tür zu Nummer 312 blieb ich stehen und lauschte. Nichts. In mir keimte der Verdacht, Ernst könnte die dreißig Mark einfach eingesteckt und mich in einen leeren Flügel des Hotels gebracht haben. Ich trottete weiter, bis zum Ende des Flures, drehte um und schlurfte zurück. Einmal meinte ich, ein Kichern gehört zu haben, aber vermutlich bildete ich mir das nur ein. Ich hob meine Leica ans Auge und schaute durch den Sucher. Mein Blick fiel auf ein Sideboard mit üppigem Blumenschmuck. Mir kam eine alberne Idee. Ich stellte den Selbstauslöser ein, positionierte die Kamera auf der Kommode und stellte mich gegenüber neben die Tür eines der Zimmer. Die Leica löste aus und ein greller Blitz zuckte durch den Flur. Jetzt hörte ich tatsächlich Geräusche. Sie drangen aus dem Raum, vor dessen Tür ich gerade stand. Helle Stimmen schwirrten durcheinander und kamen näher. Ich schnappte mir meine Kamera und machte mich bereit. Als die Tür zögerlich geöffnet wurde, hielt ich drauf und schoss ein Foto nach dem nächsten. Kurz ärgerte ich mich darüber, den Blitz für die lächerliche Selbstauslöseraufnahme vergeudet zu haben, dann konzentrierte ich mich ganz auf das vor mir Liegende.

Der Mann mit dem weißen Haar kam aus dem Zimmer gestürmt und wild gestikulierend auf mich zu. Hinter ihm schwang die Tür weit auf. Ich wich dem Haremswächter aus, hielt die Kamera hoch in Richtung des Zimmers und drückte kontinuierlich auf den Auslöser. Im Zimmer konnte ich drei Frauen ausmachen. Sie trugen lange bunte Gewänder, dunkles Haar und viel Schmuck um Hals und Arme. Als sie mich sahen, riefen sie laut durcheinander und rannten aufgeschreckt umher, wobei sie sich aneinander festklammerten.

Jemand zog an meinem Arm. Ich versuchte, ihn abzuschütteln, und war erstaunt über die Kraft des alten Weißhaarigen. Schließlich traf mich ein dumpfer Schlag an der Schläfe. Das Licht flackerte, der Flur verlor seine Konturen. Ich schwankte und streckte eine Hand aus, um mich abzustützen. Die Leica wurde mir aus der anderen gerissen. Ein spitzer Schmerz traf meine Nase und ich fühlte augenblicklich Blut fließen. Als mein Blick wieder klar wurde, sah ich drei dunkelhäutige Männer in Umhängen. Einer fluchte laut und hantierte an meiner Kamera, ein weiterer fuchtelte wild vor dem Haremswächter herum. Der Dritte stand mir direkt gegenüber und beschimpfte mich lautstark. Ich konnte die Worte nicht verstehen, aber er unterstrich seine Missbilligung mit einem neuerlichen Fausthieb. Dieser bohrte sich mir in den Magen. Alle Luft entwich zischend aus meinem Körper und ich rutschte an der Wand zu Boden. Als Nächstes zerrte mich jemand zurück auf die Füße und schleifte mich am Kragen den Flur entlang, Treppen hinunter und durch weitere Korridore. Der Kraftprotz ließ meine Jacke los und setzte mich vor dem Hotel an die Luft. Endlich füllten sich meine Lungen wieder mit Sauerstoff. Ich hörte ein Knirschen, als die Kamera, vom Bodyguard hinter mir hergeworfen, auf dem Boden landete. Ich stolperte drei Schritte zu ihr hin, beugte mich herunter und sah mein Blut aufs Pflaster tropfen. Schmerzgeplagt richtete ich mich auf und presste die Leica an meine Brust. Durch ein Fenster des Hotels erhaschte ich einen kurzen Blick auf das Gesicht von Ernst. Leichenblass schaute er zu mir heraus, dann wendete er sich ab und verschwand.

Ich spuckte aus. Blut und Rotz, Verachtung und Empörung spie ich vor die Tür des Luxushotels.

Zu Hause angekommen unterzog ich mich und meine Ausrüstung einer eingehenden Untersuchung. Die Nase war vermutlich gebrochen, meine linke Gesichtshälfte blutunterlaufen und das

Jackett am Kragen zerrissen. Glücklicherweise war die Kamera heil geblieben. Ich spannte einen neuen Film ein und suche eine Blitzbirne. Ich schraubte die Leica auf ein Stativ, richtete sie optimal aus und dokumentierte in mehreren Aufnahmen meine Verletzungen. Erst am nächsten Morgen ging ich auf das Polizeirevier und erstattete Anzeige.

Das Bild, das ich in der Hand halte, ist eines jener Serie. Ich kann die Wut in den Augen meines jüngeren Selbst blitzen sehen, erinnere mich aber auch an die Scham ob der Blamage. Genauso wie an die Verbitterung darüber, dass meine Anzeige im Sande verlief. Damals hielt ich es für ein großes Verbrechen, das gegen mich begangen worden war. Zum einen, dass man mich verprügelt hatte, nur weil ich ein paar Fotos geschossen hatte. Zum anderen, dass die Täter nicht zur Rechenschaft gezogen wurden. Denn kurz nach der Abreise des saudischen Hofstaates stellte die Staatsanwaltschaft das Verfahren ein. Vermutlich ist nie ernsthaft ermittelt worden.

Heute blicke ich auf dieses Foto und erkenne auch mein Unrecht. Ich sehe einen jungen Mann, der um seiner Karriere willen übereifrig und ignorant Grenzen überschritten hat.

Ich habe nicht Geschichte geschrieben. Ich habe keinen großen Durchbruch erlebt. Stattdessen habe ich gelernt, dass Bilder oftmals nur die halbe Wahrheit erzählen. Und dass es sich lohnt, genau hinzusehen.

Historischer Hintergrund

Saud ibn Abd al Aziz, König von Saudi-Arabien, kam am 22. Juli 1959 für acht Tage nach Freiburg. Seine Tochter war in der Uniklinik wegen schwerer Verbrennungen behandelt worden. Regierungspräsident Anton Dichel und Oberbürgermeister Joseph Brandel begrüßten den hohen Besuch, der mit einem Sonderzug aus Venedig anreiste. Der König und sein Gefolge logierten im Hotel Colombi. Die Frauen wurden förmlich versteckt. Einem Fotografen aus München, dem Bilder gelungen waren, schlugen die Wachen rabiat die Kamera aus der Hand und rissen den Film heraus.

Jener Pressefotograf erstattete Anzeige gegen Unbekannt wegen Körperverletzung und Nötigung. Das Verfahren wurde eingestellt

Quellenverzeichnis:
Badische Zeitung vom 22.7.2009
»König Saud hält in Freiburg Hof« von Joachim Röderer

Eintrag im Landesarchiv Baden-Württemberg
www.landesarchiv-bw.de/plink/?f=5-609012

Jasmin Fürbach

Du sollst nicht töten!

Der am längsten einsitzende Häftling der Bundesrepublik Deutschland verstarb am 27. Dezember 2008. Er hatte 65 Straftaten eingestanden. Dass es zu diesem Geständnis beinahe nicht gekommen wäre, ist nicht von Bedeutung. Der Zufall sollte sich als größte Hilfe der hiesigen Polizei erweisen. Ironie, wahrlich, bedenkt man doch, dass die zehn Gebote als Anreiz für eine Welle des Verbrechens dienten, die Deutschland erschüttern würde.

* * *

Züge. Er liebte Züge. Der Bahnhof, voll von Leben, gleich einem Wimmelbild, bot ihm eine Pause von den Mühen des Alltags. Er saß oft am Fenster, beobachtete das hektische Ein- und Aussteigen.

Die zehn Gebote wurde in den Kinos gegeben. Was ihn dorthin zog, weshalb gerade dieser Film derart in ihm widerhallte, bleibt ein Rätsel. Beim Verlassen des Gebäudes hatte sich bereits eine Idee in seinem Kopf breitgemacht, die ihn den nahe gelegenen Park betreten ließ. Die Dunkelheit hinderte ihn nicht daran, die vor ihm gehende Frau eingehend zu betrachten. In seiner Erinnerung erwachte ein Bild von Körpern, die ein goldenes Kalb umtanzten. Ein unstillbares Bedürfnis, die Gewissheit, die Welt von allem Übel säubern zu müssen, oder einfach der Drang nach Aufmerksamkeit verleitete ihn dazu, seine Schritte zu beschleunigen. In seiner Hand hielt er die Klinge eng an sich gepresst. Er erreichte die Frau, noch bevor sie sich nach ihm umdrehte.

Müde. Ich bin so müde. Die Schicht in der Fabrik war so anstrengend. Vielleicht hätte ich nicht mehr ins Kino gehen sollen.

Es ist spät. Aber alle meine Freundinnen haben den Film schon gesehen. Ich will nicht wieder als Einzige nicht mitreden können. Das war letztes Mal schon peinlich genug. Habe ich meinen Mantel in die Reinigung gebracht? Frisch ist es heute. Hätte ich doch meine Handschuhe nicht zu Hause liegen lassen. Dabei haben sie im Wetterbericht gesagt, dass der Schneefall heute endlich aufhört. Wetter. Ist auch nicht mehr das, was es einmal war. Der Park ist mir unheimlich so mitten in der Nacht.

Aktenname: Hilde K.

49 Jahre. Todesursache: Kehle aufgeschlitzt. Fundort: Autobahnanschlussstelle Karlsruhe-Durlach. Täter: unbekannt.

* * *

Die Holzhütte lag etwas abseits von der Hauptstraße. Er nahm den Weg gerne auf sich. Der Schornstein rauchte, als er ihn zwischen den Tannen aufragen sah. Mit geschickten Fingern öffnete er das Türschloss. Seine Schwester hatte ihm vor langer Zeit beigebracht, sich mit einer Haarnadel Zutritt zu jedem Haus, jeder Wohnung zu verschaffen. Er war damals ein anderer gewesen. Seine Schwester würde ihn vermutlich kaum wiedererkennen. Leise, ermahnte er sich immer wieder, während er die Tür hinter sich schloss. Seine Finger umklammerten den Stein in seiner Hand, drehten ihn wie einen dieser neuen Stressbälle, wenngleich seine Nervosität eher Vorfreude glich.

Sie kam aus einem anderen Zimmer, öffnete die Tür und trat hinaus in die kalte Märzluft. Ohne zu zögern, folgte er ihr. Er holte aus.

Das Feuer ist schon wieder fast aus. Ich will nicht Holz holen gehen. Es ist zu kalt draußen und die Jacke ist oben. Wäre Mama mitgekommen, hätte sie jetzt da rausgehen können. Ich mag das überhaupt nicht. Hunger habe ich auch. Vielleicht ist die Lasagne noch gut? Drei Tage ist nicht so lange, wenn man sie gut kühlt, oder? Die Tür ist nicht verschlossen. Das ist komisch. Ich bin mir sicher, dass ich sie gestern zugesperrt habe. Vielleicht habe ich es aber auch vergessen. Ist ja nicht so, als ob irgendjemand hier oben wäre. Moment. Waren das Schritte?

Aktenname: Karin W.

18 Jahre. Todesursache: mit Stein erschlagen. Fundort: Ufer der Gutach. Täter: unbekannt.

* * *

Die Uhr an seinem Handgelenk zeigte beinahe Mitternacht, während er sich seinen Weg durch den halb leeren Zug bahnte. Seine Mitreisenden waren geschmückt mit Sonnenhüten und beladen mit Koffern. Er schüttelte den Kopf, fasziniert und angewidert von der Zurschaustellung leicht bekleideter Körper zu so später Stunde. Der Zug setzte sich langsam in Bewegung, ließ ihn straucheln. Das Abteil, das er suchte, hatte die Nummer 16 und lag am Ende des Waggons. Er öffnete die Tür, keuchte kurz auf, als sie in den Angeln stecken blieb und er sich mit seinem gesamten Gewicht dagegenwerfen musste, um durch den schmalen Durchgang zu passen. Die Frau am Fenster blickte nicht auf. Augenblicklich erschien ihre Schönheit ihm als unwirklich, beinahe unmenschlich. Verführerisch, wie alle Frauen. Das Übel der Welt. Er setzte sich neben sie, atmete ihr Parfüm ein, das seine Atemwege bedeckte.

Der Zug fährt wieder mal viel zu langsam. Ich weiß nicht, warum sie das nicht hinkriegen. Es kann ja nicht so schwer sein, pünktlich abzufahren. Gott, ich würde jetzt gerne eine Zigarette rauchen. Hab sie aber irgendwo liegen lassen. Wer weiß wo. Vielleicht kann ich welche bei der nächsten Station kaufen. Jetzt setzt sich dieser Kerl auch noch neben mich. Sieht der nicht, dass gegenüber genug Platz ist? Muss der sich so neben mich quetschen? Ich kann das überhaupt nicht leiden. Haben die Men-

schen keinen Sinn mehr für angemessene Distanz? Jetzt kramt er auch noch in seiner Tasche herum. Es ist Mitternacht. Ich will schlafen und er macht so einen Lärm. Was hat er da eigentlich? Sieht aus wie ein Messer.

Aktenname: Dagmar K.

21 Jahre. Todesursache: Messerstich in die Brust. Fundort: Freiburg, Breisgau. Täter: unbekannt.

* * *

Der Tag war heiß gewesen, heißer, als er es im Juni gewohnt war. Die Jacke war überflüssig. Doch je später es wurde, desto mehr fröstelte er. Vorsichtig lugte er zwischen den Bäumen hervor. Die Straße, die durch den Wald führte, war schmal und weitgehend verlassen. Heute jedoch schien das Glück auf seiner Seite zu sein.

Sie sah toll aus in ihrem knappen Kleid, während sie in ihrer Tasche nach etwas kramte. Er näherte sich leise, darauf bedacht, nicht entdeckt zu werden. Das Bedürfnis, sie zu haben, bemächtigte sich seiner wie schon so viele Male zuvor. Etwas knackte unter seinen Füßen. Das Mädchen sah erschrocken auf, spähte im Dunkeln zu einem Fleck nicht weit von ihm entfernt. Er ließ einige Momente verstreichen, bevor er den nächsten Schritt wagte. Sie musste ihn bemerkt haben, denn ihr Blick durchbohrte den seinen. Er las keine Abscheu darin, lediglich Überraschung.

»Hast du Feuer?«

Ein Lächeln stahl sich ungebeten auf seine Lippen. Diese Einladung konnte er nicht unbeantwortet lassen.

Ich hätte nicht weggehen sollen. Der Streit und jetzt auch noch das. Zu Fuß dauert es ewig, bis ich daheim bin. Ich mag aber auch nicht zurück. Er hat sich sicher noch nicht beruhigt. Warum versteht er nicht, dass meine Eltern sauer werden, wenn ich ständig zu spät komme? Ist ja nicht so, als ob er so erwachsen wäre. Nur weil er schon zwanzig ist. Nicht mehr lange und dann kann ich machen, was ich will. Aber andauernd mit meinen Eltern zu streiten ist einfach anstrengend. Wo hab ich denn – aha! Wie kommen die Zigaretten denn da hin? Ich hoffe, ich hab meinen Schlüssel eingepackt. Wär schön blöd, wenn ich auch noch anläuten müsste. Mist! Dahinten ist doch jemand. Da war was, ich bin mir sicher. Nicht, dass da jetzt noch so ein Betrunkener daherkommt. Der sieht aber gar nicht betrunken aus. Und jung ist er auch. Vielleicht kann der mir Feuer geben.

Aktenname: Rita W.

16 Jahre. Todesursache: erwürgt. Fundort: Baden-Baden. Täter: unbekannt.

* * *

Er war den ganzen Tag auf der Lauer gelegen, auf den Moment wartend, in dem die Gelegenheit günstig schien. Es erforderte, wie vieles andere in seinem Leben, Geduld. Die Gelegenheit bot sich keine zehn Minuten später. Er huschte durch die Tür, griff sich die Ausstellungsstücke in Reichweite und war verschwunden, bevor der Verkäufer von seiner Mittagspause zurückkehrte.

Aktenvermerk: Einbruch

Tatort: Waffengeschäft, Baden-Baden. Entwendete Gegenstände: Kleinkalibergewehr, Luftdruckpistole. Täter: unbekannt.

* * *

Er kannte den Bahnhof gut, nach all der Zeit, die er hier verbracht hatte. Gleichzeitig verlieh ihm das ständige Kommen und Gehen die Anonymität, die er für seine nächste Tat benötigte. Der Schalterbeamte erkannte ihn nicht, händigte das Geld ohne Widerstand aus und war, wie er später erfuhr, nicht in der Lage, ihn zu identifizieren. Das Geld füllte seine Tasche, gab ihm Sicherheit.

Aktenvermerk: Überfall

Tatort: Bahnhof Karlsruhe-Durlach. Beute: 540 DM. Täter: unbekannt.

* * *

Die Reinigung des Anzugs war lange überfällig. Er lieferte die Pakete mit der Wäsche in dem Geschäft seines Vertrauens ab mit dem Vermerk, sie am nächsten Tag abzuholen. Es sollte sein letzter Tag in Freiheit werden.

* * *

Die Beamten sahen sich mit einer Reihe von Morden, versuchten Morden und Überfällen konfrontiert, deren gemeinsamer Nenner unauffindbar schien. Täter unbekannt, lautete der Aktenvermerk bei mehr als drei Opfern. Kein Muster, kein Modus Operandi, keine Spur, keine Zeugen. So hetzten sie von Tatort zu Tatort und kamen doch stets zu spät. Der 19. Juni 1959 sollte ihnen im Gedächtnis bleiben als der Tag, an dem sie einen Durchbruch erzielten, das fehlende Puzzleteil endlich fanden.

Der Besitzer einer Reinigung hatte die Polizei über den seltsamen Inhalt eines ihm anvertrauten Pakets informiert. Wie sich herausstellte, handelte es sich dabei um ein Kleinkalibergewehr, das neun Tage zuvor bei einem Einbruch erbeutet worden war.

Der Mann, der sich ihnen präsentierte, war nicht, wie sie sich ihn vorgestellt hatten, hatte keine Ähnlichkeit mit dem kriminellen Kopf, den sie hinter mindestens zwei Verbrechen vermuteten. Die Tragweite seiner Festnahme stellte sich erst heraus, als Heinrich Pommerenke den Mund öffnete und eine Liste von 65 Straftaten zum Besten gab, derer er sich schuldig bekannte. Als Grund für seine plötzlich erwachte Mordlust gab er an, die Welt von allem Übel befreien zu wollen. Dass er dieses Übel als dem weiblichen Geschlecht zugehörig empfand, spielte nur peripher eine Rolle. Das Landgericht Freiburg im Breisgau sprach sein Urteil am 22. Oktober. Es lautete: sechsmal lebenslang.

Wenngleich er die zehn Gebote als Anreiz empfunden hatte, die Frau als Sünderin aus der Welt zu schaffen, hatte er doch das fünfte Gebot vergessen: Du sollst nicht töten!

Historischer Hintergrund

Heinrich Pommerenke (1937-2008) versetzte im Jahr 1959 mit einer Serie von Gewalttaten, Morden und versuchten Morden den gesamten Schwarzwald in Angst und Schrecken. Die meisten seiner Straftaten beging er in der Nähe von Bahnhöfen, Bahndämmen oder in Zügen. Davon abgesehen unterschieden sich die Verbrechen aber in ihrer Ausprägung so sehr, dass lange Zeit unklar war, ob es sich in allen Fällen um denselben Täter handelte.

Ähnlich wie in der Geschichte dargestellt, war seine Festnahme eher einem Zufall bzw. der Aufmerksamkeit eines Schneiders aus Hornberg zu verdanken.

Am 22. Oktober 1960 wurde Pommerenke am Landgericht Freiburg zu sechsmal lebenslangem Zuchthaus verurteilt. Er verstarb am 27. Dezember 2008 im Krankenhaus der JVA Hohenasperg.

Seine Motivation für die Mordserie entnahm Pommerenke seinen eigenen Angaben zufolge dem Film »Die zehn Gebote«, den er im Februar 1959 in Karlsruhe gesehen hatte.

Anne Griesser

Die Brücke

Gestern wärst du achtzig geworden, Erna. Glückwunsch!

Ich komm dich viel zu selten besuchen! Der Weg zum Hauptfriedhof ist mühsam, ich bin ja auch nicht mehr der Jüngste. Der Rücken, die Beine, alles ist krumm – das wär bei dir auch nicht anders, Mäuschen. Aber immerhin: Das Oberstübchen funktioniert noch. Erwin, der Pfiffige!

Hörst du das Kläffen? Das ist Macho. Der ist ungeduldig, weil ich jetzt schon seit zehn Minuten an deinem Grab stehe. Wie er mich mit seinen Rauhaardackelaugen vorwurfsvoll ansieht!

Schon gut, Alter.

Ich geb ihm einfach eine Handvoll Leckerlis, er ist anspruchslos, mein Macho. Siehst du? Schon gibt er Ruhe.

Was meinst du, Mäuschen, ob ich den blöden Spruch endlich entfernen lasse?

Ja, ich weiß. Du hast dich dran gewöhnt, in all den Jahren. Aber was ist mit mir? Ich finde ihn immer noch bescheuert.

Ihr Leben war kurz und geradlinig. Typisch deine Mutter! Kein Sinn für Poesie! Und dabei ist es schlichtweg gelogen. Dein Leben war kurz und *krumm.* Du hattest den Silberblick, Erna, wie der schielende Löwe aus Daktari. Kennt heute keiner mehr, die Fernsehserie, aber als ich jung war, kannte sie jeder. Vielleicht war es dein geheimnisvoller Blick, der mich so magisch angezogen hat. Aber vielleicht war ich auch nur notgeil, nach zwei Jahren im Knast?

Jetzt reg dich nicht auf! Wir wollen doch ehrlich zueinander sein, oder? Moment mal …

Pfui, Macho! Aus! Das ist Ernas Grab!

Entschuldige, Mäuschen, er hat an den Erikabusch gepinkelt, links unten. Ich konnte ihn nicht rechtzeitig wegziehen.

Was? Eins hinter die Ohren? Nun mach mal halblang! Wegen dem bisschen Hundepisse! Macho ist schließlich mein Freund. Ich hab doch sonst niemanden mehr.

Jetzt muss ich aber wieder los, Erna, mir wird kalt. Außerdem will ich noch bei Heinz vorbeischauen.

Ja, ja. Ich weiß, dass du ihn nicht magst. »Deinen Knastbruder« hast du ihn immer genannt. Dabei war dein Mund ganz verkniffen und die magischen Augen hatten gar nichts Geheimnisvolles mehr, eher etwas Fieses. Doch, Erna, du konntest auch fies sein, obwohl du das jetzt nicht gerne hörst. Das hattest du von deiner Mutter. Die hat mich immer so angeschaut, weil sie sich etwas Besseres für ihre Tochter erträumt hat, einen Banker vielleicht oder einen Lehrer, jedenfalls keinen Betrüger und Einbrecher, der schon mal gesessen hat.

Vielleicht hättest du auf sie hören sollen, Mäuschen! So hübsch, wie du warst, hättest du eine bessere Partie verdient. Aber du hast dir eben in den Kopf gesetzt, aus dem Ganoven Erwin einen braven Mann zu machen. Und irgendwie ist dir das ja sogar gelungen, Erna, wenn auch nicht gleich.

Schau nur, wie schön das Grab vom Heinz aussieht! Immer frische Blumen drauf. Hatte bis zuletzt eine Menge Freundinnen, der Heinz, die sich um ihn gekümmert haben. *Charisma* nennt man das, glaube ich, wenn einer so gut ankommt und alle ihn bewundern.

Herrgott, was bist du heute so nörgelig, Erna? Nur weil ich am Grab vom Heinz ein bisschen länger stehe als an deinem?

Ach, daher weht der Wind! Weil der Macho nicht auf den Heinz gepinkelt hat, sondern auf dich! Aber der Heinz hat doch eine Marmorplatte, da pinkeln Hunde eben nicht so gern drauf wie auf nackte Erde. Nimm doch nicht alles so persönlich!

War immer eine Art Rivalität zwischen dir und dem Heinz. Aber was glaubst du, wie es mir im Knast ergangen wäre, beim zweiten Mal, ohne ihn! Ich war doch nur ein kleiner Gauner und die meisten anderen in der LVA waren echte Zuchthäusler. Schwere Jungs eben. Mörder, wohin du geschaut hast! Der

Heinz allerdings nicht. Der saß sieben Jahre wegen Hochstapelei ein. War bei allen gleichermaßen beliebt und gefürchtet: bei den Kleinganoven und bei den harten Burschen. Wenn er mich nicht unter seine Fittiche genommen hätte, damals – ich mag gar nicht dran denken!

Ich hab's gleich gemerkt, Mäuschen, schon beim ersten Mal: Das ist ein feiner Kerl! Ein Freund fürs Leben. Hatte so eine warme, herzliche Art, ganz anders als die anderen. Und ob du's glaubst oder nicht: Die schweren Jungs waren am Ende auch nur arme Schlucker, die sich nach ein bisschen Freundlichkeit gesehnt haben, auch wenn sie's nicht zugeben wollten!

Jedenfalls war der Heinz meine Rettung. An offenen Strafvollzug war damals ja noch nicht zu denken. Wir mussten parieren, sonst ging's uns schlecht. Wenn der Wärter morgens die Zelle aufschloss, hatten wir angekleidet am Fenster zu stehen und zackig zu grüßen, wie beim Militär. Und wehe, die Zelle war nicht picobello aufgeräumt! Das Bett wurde hochgeklappt, wir durften uns tagsüber nicht hinlegen. Es gab nicht mal Fließwasser, Mäuschen! Uns wurde eine Wasserration zugeteilt, damit mussten wir auch die Scheiße wegspülen. Und nach dem Frühstück ging's draußen im Gang ans Tütenkleben. Tagein, tagaus der gleiche Trott. Morgens und abends eine halbe Stunde Hofgang. Über einen Kopfhörer durften wir immerhin ein oder zwei Stunden Radio hören – aber es gab nur ein einziges Programm und das hat Dr. Nagel, der Anstaltsleiter, für uns ausgesucht. Ein patenter Kerl übrigens, auch wenn ich das damals natürlich anders gesehen habe.

Ja, da staunst du, Erna! Von meinem Alltag im Knast habe ich dir nie erzählt, das war halt kein Thema für eine nette kleine Plauderei bei deinen Besuchen. Der einzige Lichtblick war damals der Kirchgang. Da hat der Heinz mir immer heimlich ein paar Wildwestromane zugesteckt. Die waren verboten, weißt du. Zu viel Ballerei und zu viele Tote.

Ich wär fast durchgedreht, Mäuschen, das kannst du dir gar nicht vorstellen! Besser wurde es erst, als ich in die Druckerei kam. Dort konnten wir wenigstens ungestört arbeiten und ab und zu mal lachen. Und das hab ich alles dem Heinz zu verdanken!

Der hatte ein paar Freiheiten im Knast, weißt du. Wegen seinem Charisma.

Die Sylvia, die in der Gefängnisverwaltung arbeitete, war ihm nämlich mit Haut und Haar verfallen. War noch ein ganz junges Ding, wenig Lebenserfahrung und sehr empfänglich für schöne Worte. Die hat den Heinz angehimmelt wie einen Filmstar. Hat an die große Liebe geglaubt und an ein gemeinsames Leben, wenn er rauskommt. Dabei wusste sie doch, dass er verheiratet war!

»Liebst du sie?«, hab ich ihn einmal gefragt. »Oder nutzt du sie nur aus?«

»Klar liebe ich sie, Erwin. Wie könnte man diese rehbraunen Augen und diese prallen Glocken nicht lieben? Aber wo steht denn geschrieben, dass man seinem Schatz nicht auch den einen oder anderen Gefallen tun darf? Ich verschaffe dem Mädchen süße Träume – und sie verschafft mir einen süßen Alltag. Das ist doch fair!«

Ja, so war er, der Heinz! Kein schlechter Kerl, aber eben voller Charisma.

Von dir hat er übrigens immer nur gut geredet, Erna! Kein böses Wort, obwohl er wusste, dass du ihn nicht magst.

»Die meint es ernst mit dir, Erwin!«, hat er gesagt. »Die will einen ehrlichen Burschen aus dir machen. Die hält zu dir wie Pech und Schwefel und lässt dich nicht fallen, nur weil du im Knast sitzt! Die wirst du so schnell nicht los, mein Freund. Kann nicht jeder von sich behaupten, der hier einsitzt!«

Da siehst du, Mäuschen, was der Heinz für einer war!

Jedenfalls, in der Druckerei bin ich aufgeblüht. Ja, aufgeblüht! Wir hatten doch diese Zeitschrift, die *Brücke*. Kein großes Ding, wie man heute sagt. Aber immerhin eine Auflage von über sechstausend Exemplaren und fast zwanzig Seiten dick. Die erste Gefangenenzeitschrift der Bundesrepublik! Wurde überregional in alle größeren Gefängnisse und Zuchthäuser geliefert. Und ich war dabei! Ja, da schwillt mir heute noch die Brust, wenn ich dran denke, Erna. War immerhin meine erste richtig ehrliche Arbeit. Die Basis für eine bürgerliche Existenz, sozusagen, und ganz was anderes als Tütenkleben. Wir hatten nur eine einfache Schnellpresse mit Handanlage, einen Tiegel, ein paar Setzkästen. So was findest du heute nur noch im Museum.

Damals habe ich zum ersten Mal was anderes gelesen als Westernheftchen. Ich hab sogar selbst ein Gedicht für die *Brücke* geschrieben – anonym natürlich, sonst wär's mir vor den Jungs peinlich gewesen. Hör zu:

Diese Mauern – brutal!
Werf mich gegen die Gitter,
's schmeckt hier drinnen so bitter!
Ich winde mich – wie ein Aal.

Ja, da lachst du, Erna. Kein Meisterwerk, nicht wahr? Aber genau so habe ich es damals empfunden. Genau so.

Ach, Mäuschen, ich sag's nicht gern. Wir haben in zwei unterschiedlichen Welten gelebt, wir beide. Du in einer heilen, gutbürgerlichen und barmherzigen. Bist dreimal die Woche in die Kirche gerannt. Ich einer wüsten, unordentlichen und unbarmherzigen. Ich sag's grad heraus, denn wir sind zu alt, um lange um den heißen Brei herumzureden: Ich *wollt* mir nicht von dir helfen lassen.

Ja, Erna. In die Kirche bin ich auch gerannt, im Knast. Aber nur wegen der Wildwestromane.

Weißt du, Mäuschen, jetzt tun mir langsam die Beine weh! Ich bin nur an dein Grab zurückgekommen, damit du nicht auf den Heinz eifersüchtig bist.

Komm, Macho. Wir setzen uns auf die Bank da drüben. Ich kann nicht so lange stehen. Das Gespräch mit dir ist anstrengend, Erna. Ein Schlückchen von dem Korn wird mir guttun. Wärmt den Körper, beschwichtigt den Geist.

Nun schau nicht so vorwurfsvoll! Von einem Schlückchen Korn wird man kein Alkoholiker! Und für Macho gibt's noch ein paar Leckerli. *Ja, fein, mein Guter.*

Beinahe wären wir reich geworden, der Heinz und ich. Im Zuchthaus, das musst du dir mal vorstellen! Dann hätt ich dir ein schönes Häuschen gebaut, Erna. Ehrlich.

Durch die Sylvia kam der Heinz an Pornohefte ran und mit ihrer Hilfe hat er sie auch verhökert. Außerdem hat sie Briefe für ihn nach draußen geschmuggelt. Dafür haben die Insassen ihre letzte Mark ausgegeben, sowohl für die Briefe als auch für die Pornos. Aber das große Geld kam durch was anderes rein.

»Ich brauche einen Partner«, hat der Heinz eines Tages zu mir gesagt. »Einen, dem ich vertrauen kann. Und da kommen hier drin nicht so viele infrage. Wie sieht's aus, Erwin? Bist du mein Mann?«

In der Buchbinderei hat er in einer Ecke einen Stapel mit grauem Leinwandpapier entdeckt.

»Woran erinnert dich das, Erwin?« Er grinst mich an und zwinkert. Ich hab mir das Hirn zermartert, aber ich bin einfach nicht draufgekommen. Ehrlich gesagt hatte ich vorher noch nie einen Führerschein aus der Nähe gesehen, ich war ja ein armer Schlucker und besaß keinen.

»Wir haben eine Handpresse, wir haben das Originalpapier. Fehlt nur noch der passende Stempel, Erwin. Und dafür haben wir Sylvia.«

Es hat dann noch ein paar Wochen gedauert, bis der Stempel vom Landratsamt Ludwigsburg in Heinz' Besitz gelangt ist. Keine Ahnung, wie er da rangekommen ist. Aber als wir alles beisammen hatten, konnte es gleich losgehen.

Nein, Mäuschen, ich weiß nicht, warum die Sylvia das alles mitgemacht hat. Wahrscheinlich hat sie gedacht, es wär das Fundament für ihre gemeinsame Zukunft.

Sie hat uns mit Aufträgen und Passfotos versorgt. Deines hat sie ja auch reingeschmuggelt. Ich weiß noch genau, wie geschmeichelt du warst, als ich dich darum gebeten habe!

Wir waren vorsichtig, Mäuschen. Immer nur ganz wenig von dem Papier, ganz unauffällig. Viel brauchten wir ja auch nicht. Gedruckt wurde zwischen der Produktion der *Brücke*. Für die Unterschriften war Heinz zuständig. Er hatte ein riesiges Repertoire. Auch eine Kunst, findest du nicht? Sylvia hat die fertigen Führerscheine ausgeliefert und sich um die Bezahlung gekümmert. Da gab es nie Probleme. Wussten ja alle, woher die Lappen stammten. Mit den Jungs aus dem Zuchthaus legt man sich besser nicht an!

Im Spätsommer 67 ist der Heinz schon wie ein Gockel durch den Knast marschiert. Auch wenn kaum jemand von der Sache wusste, so war den Jungs doch klar, dass das kein gewöhnlicher Gefangener mehr war. Nee, das war jetzt ein Herr, ein ganz Besonderer – und Kohle hatte er obendrein!

Dass er seiner Gattin auch einen Führerschein geliefert hat, war der Sylvia natürlich gar nicht recht, das kannst du dir wohl denken, Erna! Damit hat er mich erst auf die Idee gebracht, Mäuschen. Endlich konnte ich mal was Gutes für dich tun! Sonst wär ich noch ertrunken in deinem Mitleid. Ich wusste ja, dass du schon dreimal wegen deinem Silberblick durch die Prüfung gerasselt bist.

Klar, es hat mir schon auch gefallen, dich zu einer kleinen Schummelei zu überreden. Warst ja sonst immer so heilig, dass du schon fast einen Strahlenkranz um den Kopf hattest! Mit Geld hätt ich dich sicher nicht locken können, aber beim Führerschein war die Versuchung einfach zu groß.

Ein ganz besonderes Weihnachtsgeschenk! Jedenfalls hat die Sylvia behauptet, sie hätt ihn dir pünktlich zugestellt. Im Nachhinein traue ich ihr nicht mehr so recht. Man kann sich auf Weibsbilder nie hundertprozentig verlassen, das hat auch der Heinz immer gesagt.

Einen Tag *nach* Weihnachten, am 27. Dezember, war's dann leider vorbei mit dem großen Geschäft. Sylvia hat Rotz und

Wasser geheult, aber davon konnt sich auch keiner was kaufen. Wie bescheuert muss man wohl sein, so einen falschen Führerschein einfach zwischen die geschmuggelten Pornos und Briefe zu legen! Das war ein viel zu großes Risiko! Hätt auch deiner sein können, Mäuschen. Da haben wir wirklich Glück gehabt!

Als man erst den einen gefunden hatte, flog die ganze Sache natürlich schnell auf. Von einer *voll ausgestatteten Fälscherwerkstatt im Erdgeschoss der Landesvollzugsanstalt* berichtete die Badische Zeitung, aber das hast du natürlich selbst gelesen, Erna. Und von Heinz B., dem Drahtzieher. Dass du meinen Namen vergeblich gesucht hast, hab ich ihm zu verdanken. Hat Stein und Bein geschworen, ich hätt von nichts gewusst, das wär allein sein Ding gewesen, seines und Sylvias.

Tja, mitgefangen, mitgehangen! Nicht ich, aber die Sylvia. Man hat sie sofort entlassen. Und mit dem Heinz war dann auch Schluss, der war ja verheiratet.

Dr. Nagel, der Anstaltsleiter, bekam einen Herzanfall, als er von der Geschichte erfuhr. Danach war er arbeitsunfähig. Das tut mir heute noch leid, er war ein patenter Kerl, sagte ich das schon?

Und mit der *Brücke* war es auch vorbei. Die Druckerei hat man geschlossen und bis sie anfingen, die Nachfolgezeitung *Janus* zu produzieren, war ich längst entlassen.

Heinz wurde verlegt und ich hab eine Ausbildung zum Buchbinder gemacht, als ich draußen war.

Erst Jahre später hab ich den Heinz wiedergetroffen. Er war bis zum Schluss ein wilder Bursche, Erna – da kannst du gar nicht anders, wenn du so viel Charisma hast.

Jetzt muss ich aber wirklich los, Mäuschen! Mein Macho ist schon ganz unruhig. Es macht ihn wohl nervös, so lange mit dir auf dem Friedhof! Und mich auch, um ehrlich zu sein.

Wie bitte?

Absichtlich?

Ach Erna, hör doch auf! Immer kommst du mir mit deinen Vorwürfen! Wie oft soll ich es dir denn noch erklären? Ich konnte doch gar nicht wissen, dass du auf der Kronenbrücke einen Laster übersehen würdest! Silberblick hin, Silberblick her. Und die Anschnallpflicht gab's damals ja auch noch nicht. Immerhin bin ich ein ehrlicher Mann geworden und wir haben das ganze Leben miteinander geteilt, irgendwie. Ob wir das auch geschafft hätten, wenn du nicht unter die Räder gekommen wärst?

Hörst du, wie Macho bellt? Er hat Hunger und will heim!

Nein, Macho! Aus! Nicht schon wieder an den Erikabusch ...

Historischer Hintergrund

Wenige Tage, bevor Justizminister Dr. Schieler die Landesvollzugsanstalt in Freiburg besuchte, wagten drei Gefangene einen Ausbruchsversuch über die Mauer. Sie scheiterten. Einer der Männer war Heinz B., der zu sieben Jahren Arrest wegen Hochstapelei verurteilt war.

Im Jahr 1967 war Heinz B. in der Druckerei des Gefängnisses beschäftigt, wo seit 1950 die erste deutsche Gefangenenzeitung Die Brücke *hergestellt wurde. Sie brachte Neuigkeiten aus Recht und Strafvollzug, Nachrichten, Klatsch und Tratsch von draußen, Rätsel sowie Kurzgeschichten und Gedichte von Gefangenen.*

Heinz B. mauserte sich zu einer Art Boss der Gefangenen. Er war zum Freund und Vertrauten einer Angestellten der Gefängnisverwaltung geworden und mit ihrer Hilfe baute er einen blühenden Schmuggel mit Pornoheften und Briefen auf. Ab dem Frühjahr 1967 kam die Herstellung von gefälschten Führerscheinen dazu. Diese waren so täuschend echt, dass der Handel wohl noch lange nicht aufgefallen wäre, wenn nicht zufällig bei einer Mittelsperson zwischen Briefen ein Exemplar gefunden worden wäre. Anstaltsleiter Dr. Nagel erlitt daraufhin einen Herzanfall, er war fortan arbeitsunfähig. Die Komplizin von Heinz B. wurde entlassen, die Druckerei geschlossen.

Auf den Fall wurde ich aufmerksam, als ich um die Jahrtausendwende für ein Sachbuch zur Freiburger Alltagsgeschichte recherchierte. Damals konnte mir noch ein ehemaliger Vollzugsdienstbeamter aus eigener Anschauung davon berichten.

Erwin, Erna (und Macho) sind frei erfunden. Wahr ist hingegen, dass man nie ermitteln konnte, wie viele gefälschte Führerscheine 1967 tatsächlich in Umlauf gebracht wurden – und wer sie erhalten hat.

Anja Schneider

Entfärbt

Seitdem die beiden Kripobeamten bei mir in der Wohnung saßen, sah alles plötzlich so schäbig aus, so ärmlich. Ich schämte mich für das Kabel, das aus der Wand hing. Entschuldigend erklärte ich, dass wir erst vor einem Monat eingezogen seien. Da hatte die Wohnung noch geglänzt in meinen Augen, die silbern schimmernden Natursteinböden, die Einbauküche aus orangebraunem Erlenholz, das strahlend weiße Bad mit der bläulichen Natursteinplatte, die schöne Aussicht vom Balkon auf eine bunt in Herbstfarben leuchtende Linde.

Jetzt saß ich in mich zusammengesunken auf einem Sessel, während die Polizisten die Stühle bevorzugt hatten.

»Welche Farbe hatte das Fahrrad?«, fragte die Beamtin.

»Hell«, antwortete ich.

»Nein, die Farbe«, insistierte sie und da wurde es schwierig. Ich konnte genau beschreiben, *wie* das Fahrrad *wo* gelegen hatte, aber es gab keine Farbe in meinem Kopf dazu. In die Enge getrieben sagte ich: »Silber.« Später in der Zeitung habe ich gesehen, dass das Fahrrad weiß war.

»Gab es noch ein Fahrrad?« Und plötzlich erinnerte ich mich, es hatte mitten auf dem Weg gestanden, ich war erschrocken, da ich Angst hatte, es könnte sich jemand im Gebüsch versteckt haben.

»Welche Farbe?«

»Dunkel«, antwortete ich. Die Polizistin fragte so lange, bis ich »Schwarz« sagte. Nachher fand ich heraus, dass das Fahrrad des Täters dunkelgrün war. Meine Wahrnehmung schien durch den Schock getrübt, die Erinnerungsbilder mit einem Grauschleier überzogen.

Dabei war dieser Sonntagmorgen so strahlend schön gewesen. Es war knackig kalt, der Vollmond stand noch am Himmel und zarte Nebelschwaden stiegen aus dem Fluss vor dem dunklen Wald auf. Einfach zauberhaft! Davor war dies morgens meine Lieblingsrunde mit dem Hund gewesen, links der Fluss, rechts die Schrebergärten, es gab Eisvögel, Wasseramseln und Rotkehlchen zu sehen. Nachdem die Polizei ihre Zelte abgebaut hatte, habe ich mich gezwungen, in Begleitung noch einmal dort entlangzugehen. Ich wollte wissen, wie es sich anfühlte und ob man von der kleinen Brücke aus etwas hätte sehen können. Danach habe ich diese Stelle eher gemieden.

Die Polizisten begleiteten mich geistig noch einmal auf der Strecke. Sie waren sehr professionell und es tat gut, alles hemmungslos abreden zu können.

Ich war ungefähr um acht Uhr losgegangen. Auf dem Weg zum Fluss drängelte ein schwarzes Auto mit blondem Fahrer hinter mir, bog dann jedoch zum Fußballplatz ab. Eine Frau mit Rollkoffer kam mir entgegen, vermutlich von der Jugendherberge. Dann war ich mit dem Hund allein, machte ihn von der Leine los und genoss die frische Luft. Wir liefen flussaufwärts und ich sah etwas im Wasser treiben. Es sah aus wie das Bein einer Schaufensterpuppe. Ich hoffte, dass es das war. Um mich zu vergewissern, stieg ich die Böschung hinab und mir stockte der Atem. Dort schwamm im Niedrigwasser mit dem Gesicht nach unten ein nackter, schmaler, langer Körper, ganz still, ohne auffällige Spuren am Rücken. Ich leinte den Hund sofort an und ging zurück auf den Weg. Mein Handy hatte ich nicht dabei, niemand weit und breit. Eiseskälte drang durch meine dünnen Schuhe bis in die Knochen. *Sie ist tot, du kannst eh nichts mehr für sie tun*, klang es in meinem Kopf und *oh Gott, wenn Familien mit Kindern hier vorbeikommen* und *ich muss schnell nach Hause, meine Töchter sind dort allein und hier läuft ein irrer Mörder herum.*

Ein Stück weiter lag ein Damenfahrrad, auf das Gebüsch geworfen. In Bruchteilen von Sekunden reihten sich die Bilder in meinem Kopf zusammen. Das Mädchen hatte keine Chance gehabt, es war dunkel gewesen, kalt, man hatte ihr das Fahrrad weggenommen und weggeworfen, ihr die Kleider vom Leib gerissen und sie dann mit dem Gesicht nach unten ins flache Wasser getaucht.

Ich wollte schnell nach Hause, die Zeit dehnte sich wie Kaugummi und ich hatte das Gefühl, nicht vorwärtszukommen, keinen Menschen zu sehen.

Da kam mir eine Joggerin entgegen. »Haben Sie ein Handy?«, war alles, was ich herausbrachte. Die Frau sah mich erschrocken an, verneinte und lief einfach weiter.

Gott sei Dank, ein bekanntes Gesicht. Eine Anwältin, für die ich einmal gearbeitet hatte, näherte sich mit Nordic-Walking Stöcken. Ich erklärte ihr hektisch die Situation; sie verstand gleich und versprach, im Weiterlaufen jemanden mit Handy zu suchen, während ich nach Hause gehen und von dort anrufen würde. Wie ferngesteuert lief ich weiter und erschrak vor dem Fahrrad, das besitzerlos mitten im Weg stand, sah mich um und hastete weiter, da der Hund nicht anschlug. Abwesend begrüßte ich kurz vor dem Haus einen Nachbarn. Jetzt lohnte es sich nicht mehr, nach einem Handy zu fragen. Endlich zu Hause angekommen, fand ich meine Töchter noch schlafend vor. Ich schlich mich ins Wohnzimmer, wählte die 110 und hatte Mühe, das Wort *Leiche* herauszubringen. Die weibliche Stimme am anderen Ende bat mich dranzubleiben, sie wolle mich mit der Feuerwehr verbinden, die schon unterwegs sei. Der Feuerwehrmann war klar und ruhig und bat um genaue Beschreibung, wo die Leiche lag. Die Nüchternheit tat mir gut und er verstand meine Erklärung sofort, während die weibliche Stimme, zu der ich zurückverbunden wurde, Schwierigkeiten hatte, Informationen aufzunehmen. Mehrmals gab ich meine Telefonnummern durch.

Später wollte ich wie geplant meinen Haushalt machen, sackte dann aber plötzlich zusammen, unfähig zu handeln. Leider hatten meine Töchter das Telefonat mitbekommen. Es folgte ein weiterer Anruf von der Polizei und ich musste meine Kontaktdaten erneut durchgeben und wurde aufgefordert, mich für ein Gespräch mit der Kripo bereitzuhalten. Wir gingen danach zu

Freunden, ich musste es jemandem erzählen, der es aushielt. Unterwegs sah ich Frauenkleider an einem Geländer hängen und über uns kreisten bereits Hubschrauber der Polizei. Am frühen Abend wurde in den Medien bekannt gegeben, dass es sich bei der Leiche um eine neunzehnjährige Medizinstudentin handelte, die auf dem Nachhauseweg von der *Big Medi Night*, der großen Fete der medizinischen Fakultät, umgebracht worden war. Dann kam die Angst, die Angst um meine Töchter, um jedes Mädchen und jede Frau in der Stadt. Ich wusste gar nicht, dass es so eine Dimension von Verlustangst gibt, dass die Nieren schmerzen und das Bewusstsein immer wieder kurz aussetzt. Trotzdem ging ich zur Arbeit, auch wenn ich mich manchmal kaum auf dem Stuhl halten konnte.

Verdrängen ging nicht, ich bekam das Bild von der Leiche nicht aus dem Kopf. Es war immer da. Ich musste mich wohl daran gewöhnen, damit zu leben. Wenn ich angesprochen wurde: »Hast du schon gehört ...«, hatte ich Mühe herauszubringen, dass ich die Leiche gefunden hatte. Danach war oft Stille, es gab geweitete Augen und die Abwehr: »Du brauchst jetzt professionelle Hilfe.« Das kam vor allem von denen, die Angst hatten zu hören, was ich gesehen hatte.

Einmal wäre ich in dieser Zeit fast durchgedreht. Meine jüngste Tochter war mit einer älteren Dame abends auf einer Modeschau ganz in der Nähe des Tatortes. Sie kam nicht zur verabredeten Zeit zurück und ging auch nicht ans Handy. Ich wartete eine Stunde, schnappte mein Fahrrad und raste dorthin. Da war sie, Gott sei Dank.

Dann kam die Wut. Gespräche wie mit der Hundebesitzerin Frau Müller taten gut. Sie war an diesem besagten Sonntag morgens um fünf Uhr mit dem Hund spazieren gewesen und dem Mörder im Dunkeln begegnet. »Der hat so blöd geschnauft, *verpiss dich*, hab ich dann gesagt.« Sie zeigte mir ihr Schnappmesser, das sie seitdem mit sich führte. Das befreite und wir malten uns aus, was wir am liebsten mit diesem Typen machen würden. Eine Woge des Hasses überschwemmte die Stadt. Wäre der Mörder erkannt worden, wäre er wie im Mittelalter bei lebendigem Leibe zerstückelt worden.

Trotzdem ließ die Angst um meine Kinder nicht nach. Ich kontrollierte ununterbrochen, wo sie sich aufhielten, und wurde nervös, wenn sie nicht gleich zurückriefen. Meine Kollegen informierten mich ständig über das Neueste in diesem Fall, ich hatte nicht die Kraft dazu.

Nach ungefähr sechs Wochen wachte ich eines Morgens auf und die Nierenschmerzen waren weg. Beim Frühstück bemerkte ich, dass die Gegenstände um mich herum in ihren Farben leuchteten, dass die gelben Blätter der Linde in schönem Kontrast zu dem noch grünen Rasen strahlten.

Bei der Arbeit erfuhr ich, dass sie ihn in der Straßenbahn geschnappt hatten.

Die Angst loderte noch einmal auf, als mir klar wurde, wie nahe der Mörder die ganze Zeit gewesen war. Er war im Nebenhaus meiner letzten Wohnung zum Unterricht gegangen. Er war an derselben Endhaltestelle der Straßenbahn ein- und ausgestiegen, er hatte die Dreistigkeit besessen, in der Woche nach dem Mord im Stadttheater für ein Stück mit Flüchtlingen vorzusingen.

Intuitiv hatte ich das wohl gespürt und diese Spannung verschwand in dem Moment, als er weggesperrt war.

Historischer Hintergrund

Am 16.10.2016 habe ich die Leiche der ermordeten 19-jährigen Medizinstudentin Maria Ladenburger in der Dreisam gefunden und zwei Jahre später diese Kurzgeschichte darüber geschrieben.

Die Polizei berief nach dem Leichenfund eine Sonderkommission ein und es gelang ihr nach sechswöchiger akribischer Arbeit aufgrund eines einzelnen, auffällig gefärbten Haares, das am Tatort gefunden wurde, den Täter zu überführen. Hussein K. war 2015 als unbegleiteter jugendlicher Flüchtling über Griechenland nach Deutschland gekommen. Der Prozess vor dem Freiburger Landgericht, der bundesweites Interesse erregte, dauerte vom 5.9.2017 bis zur Urteilsverkündung am 22.3.2018. Hussein K. wurde nach Erwachsenenstrafrecht zu lebenslanger Haft verurteilt.

Regina Schleheck

Peinlich

Sehr geehrter Herr Doktor Radan Karandic,

ich wende mich vertrauensvoll an Sie in einer mir äußerst peinlichen Angelegenheit, weil ich weiß, dass Sie eine Person sind, die dieses Vertrauen in vollkommener Weise rechtfertigt. Sie müssen wissen, ich beobachte Ihr Wirken seit Langem aus der Ferne – im metaphorischen Sinne natürlich. Eigentlich leben wir kaum einen Steinwurf voneinander entfernt. Aber verstehen Sie mich bitte nicht falsch. Es liegt mir fern, mit Steinen zu werfen, auch wenn einem oft genug danach ist. Sie erlebe ich als einen der letzten Warner und Wahrer von Werten, denen ich höchsten Respekt zolle. Männern, die sich dem Trend der Zeit, um es vorsichtig auszudrücken, entgegenstemmen. Die Augenmaß und selbst dann noch Haltung bewahren, wenn der Wind einem scharf um die Ohren bläst und alle anderen sich längst weggeduckt haben.

Sie werden sagen, das sei schließlich Ihr Job. Als Rechtsanwalt steht man naturgemäß auf der Seite derjenigen mit dem Rücken zur Wand. Man kann einen Job aber als solchen oder als Berufung verstehen. Nicht den Mandanten den Weg des *mea maxima culpa* planieren, um billige Vorteile herauszuschlagen, sondern den Dingen auf den Grund gehen. Aufzeigen, wie komplex menschliches Mit- und Gegeneinander ist. Dass bei oberflächlicher Betrachtung vollkommen Eindeutiges sich bei gründlicherer Analyse exakt anders herum verhält. Dabei gilt Ihr Augenmerk stets der Sache, nie der eigenen Profilierung. Mit Bewunderung habe ich Ihre heutige Stellungnahme in den sozialen Medien – Pest der Moderne, aber wer etwas bewirken will, muss auch da Flagge zeigen! – gelesen, in der Sie die Strategie Ihrer Kolleginnen in der aktuellen Verhandlung, der Vergewaltigungsanschuldigung im Rahmen eines Diskobesuchs, loben. Elf junge Männer im Alter von 18 bis 29 Jahren wurden da vor den Kadi gezerrt, einen weiteren hat man wieder entlassen. Ein Dutzend Lebensläufe, die zerstört werden, weil ein junges Ding über die Stränge schlägt und Drogen konsumiert, die – wie die Verteidigung klar herausgearbeitet hat – nicht etwa dazu dienen, den Willen zu schwächen, sondern im Gegenteil das, was ohnehin an Trieben und Wünschen in einem schlummert, zu verstärken. Weswegen davon auszugehen ist, dass die Libido dieser Lolita übergeschäumt ist wie die einer läufigen Hündin, sodass kaum einer der jungen Männer, die ihr an diesem Abend nahe kamen, sich entziehen konnte. Zumal sie davon ausgehen mussten, dass ein Mädchen, das die Volljährigkeit erreicht hat – anders wäre sie gar nicht in das Etablissement gekommen –, in der Lage sein musste, die volle Verantwortung für ihr Tun zu übernehmen. Wie wichtig es ist, dem öffentlichen Empörungsschrei, den derartige Meldungen auslösen und den verantwortungslose Berichterstattung blitzartig zu Lynchstimmung eskalieren lässt, etwas entgegenzuhalten! Mit genau dieser Besonnenheit sind Sie mir bereits vor Jahren aufgefallen, als Sie im Falle einer vermeintlich vergewaltigten 15-Jährigen feststellten, sie habe den Täter offensiv angetanzt und dadurch sexuell erregt. Dass zu einer Vergewaltigung nämlich immer zwei gehören. Genau das ist der Punkt, der in der heutigen Noli-me-tangere-Prüderie – nein, Hysterie – gern übersehen wird. Das uralte Spiel zwischen Männern und Frauen, in dem zweitere erstere durch alles, was sie am Leibe tragen – oder eben nicht! –, wie sie sich zurechtmachen und bewegen, bis zur Weißglut herausfordern! Wir sprechen nicht umsonst von den *Waffen* der Frau, die sie ganz gezielt einsetzt, um sich Vorteile zu verschaffen. Die sie allerdings jederzeit, wenn sie mit dem Erreichten unzufrieden ist, wiederum gegen den richtet, den sie doch gerade noch damit instrumentalisiert hat! Waffen, die so viel perfider als jede grobe Gewalt funktionieren, weil der Geschädigte selbst am Ende zum Täter erklärt wird, während die Schuldige sich als Opfer feiern kann!

Verzeihen Sie bitte meine lange Vorrede, aber es geht mir nicht nur darum, Ihnen mein Vertrauen auszusprechen, sondern auch das Ihre zu gewinnen. Ich benötige dringend Ihren Rat. Die eigentliche Sache, um die es mir geht, ist allerdings auch nicht in zwei Worten erzählt, dazu muss ich etwas weiter ausholen, zumal Sie erst Ende Mai dieses Jahres in den Stadtrat eingezogen sind – als einer von zwei Vertretern der *Partei der Aufrechten Patrioten*, von den Kollegen der Altparteien mit hämischen Reimen begrüßt –, weshalb Sie mit den Hintergründen zu dem Fall, der mich bewegt, möglicherweise nicht vertraut, auf jeden Fall gewiss nicht dafür verantwortlich zu machen sind!

Sehen Sie, ich wohne wie Sie in der Nähe des Martinstors, das ich im Rahmen meiner täglichen Verrichtungen mehrfach durchquere und das mir daher zum ständigen Stein des Anstoßes wurde. Wie Ihnen möglicherweise auch?

Wissen Sie, ich will mich gar nicht dagegen stemmen, dass Leistungen von Frauen heutzutage mehr Würdigung erfahren sollten. Sie haben jahrtausendelang eine untergeordnete Rolle gespielt, was natürlich Gründe hatte. Dass das Pendel heute ins andere Extrem umschlägt, steht auf einem anderen Blatt. Nur: Wir können die Wirklichkeit nun auch nicht im Nachhinein umdrehen. Alle bedeutenden Entscheidungen, Leistungen, Eroberungen – die gesamte historische, wirtschaftliche, gesellschaftliche und kulturelle Entwicklung ist Männern zu verdanken. Wen wundert es, dass im Zusammenhang mit Ehrungen Männernamen dominieren? Ein ganz natürlicher Prozess, der sich ändern mag, wenn sich entsprechende Anlässe ergeben. Mit Verdrehung von Tatsachen jedenfalls ist keinem gedient.

Genau das passiert aber. Dabei wird gleich eine doppelte Kapriole geschlagen: Da Frauen nicht durch *Taten* glänzen konnten, werden sie in der Opferrolle gehypt. Und diese zur vermeintlichen Leistung geadelt.

Der konkrete Fall, der mich bewegt und ihnen möglicherweise sogar vertraut ist? Drei Protagonistinnen: Catharina Stadellmenin, Anna Wolffartin und Margaretha Mößmerin, alle drei gehobenen Standes, die im Jahr 1599 in unserer Stadt vor Gericht gestellt und verschiedener Vergehen beschuldigt wurden, die dem damaligen Sittenkodex nun mal nicht entsprachen und – das muss man ganz klar in Richtung derer sagen, die das heute schönreden – auch in unserer ach so toleranten Gesellschaft mindestens als Erregung öffentlichen Ärgernisses geahndet würden. Was sollte man da von einer mittelalterlichen Gesellschaft erwarten, mit deren Regeln die Damen ja nun von klein auf vertraut waren und gegen die sie, wie bezeugt, immer wieder in provokanter Weise verstießen, bis die Obrigkeit schließlich einschreiten *musste*, um die öffentliche Ordnung wiederherzustellen. Der Klassiker: Regeln gut und schön. Aber wer sie einfordert, ist der Buhmann. Da wird auf Freiheit und Entfaltung der Persönlichkeit gepocht – die es damals doch überhaupt noch nicht gab! Was man den dreien jedenfalls nicht zugutehalten konnte: mangelnde Bildung, mit der man heutzutage die Kriminalität von Ausländern und Asyltouristen entschuldigen will.

Zur Sache: Catharina Stadellmenin, Gattin des Stadtrats Michael Bantzer, Zunftmeister der Schmiede, war offensichtlich mit der Ehe überfordert. Dokumentiert sind Aussagen, nach denen sie mit ihrem Mann 20 Jahre lang »nichts zu schaffen« hatte, was ihr eine Schwangerschaft ersparte, er tröstete sich mit diversen Geliebten. Nach seinem Tod feierte sie mit Freundinnen exzessive nächtliche Zusammenkünfte, bei denen »getanzt und gesprungen« wurde, nahm eine Reihe von Schülern und Studenten in ihren Haushalt auf, die sich nicht »an die Sitten« hielten, wie es hieß. Unzucht mit Minderjährigen? War die Frau frigide, lesbisch, gar pädophil veranlagt?

Anna Wolffartins Ehemann war Kaufmann und Verwalter. Als er starb, blieben ihr zwei Kinder und finanzielle Nöte. Der Sohn log, betrog, war hoch verschuldet, ein Raufbold, wurde mehrfach inhaftiert und schließlich bei einer Auseinandersetzung erstochen. Die Mutter wusste keinen Ausweg, so die Anklage, als mit dem Teufel zu paktieren. Inwieweit ihr eine Mitschuld an den Verfehlungen des Sohnes zur Last gelegt wurde, ist nicht bekannt, aber eine eklatante Missachtung mütterlicher Pflichten liegt auf der Hand.

Margaretha Mößmerin ehelichte den Freiburger Witwer Jacob Bauer, Stadtratsmitglied und Zunftmeister der Schneider, der hohe Ämter bekleidete und Steuern unterschlug. Auch hier gab es Probleme in der Familie. Der Schwiegersohn und Ehemann der Tochter Susanna kam aufgrund von Schulden vor den Kadi und ins Gefängnis, derweil seine Frau exzessiv fremdging. Ihr Liebhaber, ein notorischer Schläger, wurde ebenfalls eine Weile eingesperrt und durfte seine Geliebte, die im Haus der Eltern lebte, nicht mehr besuchen. Kaum war er entlassen, erwischte eine Nachbarin ihn wieder bei Susanna, woraufhin diese ihr den nackten Hintern entgegenstreckte – und eine Haftstrafe absitzen musste. Ihr Vater war da längst schwer erkrankt, die Mößmerin hatte das Regiment übernommen und offensichtlich nichts im Griff. Jacob Bauer nahm sich unter den zerrütteten Verhältnissen das Leben, sein Leichnam wurde verbrannt. Die Witwe war schon vorher mehrfach der Hexerei beschuldigt worden, ohne dass dem nachgegangen wurde. Erst nachdem ihre vier Kinder verstorben waren, wurde sie vor Gericht gestellt.

Natürlich klingen Vorwürfe der Zauberei aus heutiger Sicht absurd. Aber es war doch nichts anderes als eine Metapher für – wie alle drei Beispiele zeigen – notorische Vernachlässigung, wenn nicht Pervertierung familiärer und sozialer Verantwortung, Förderung kriminellen Handelns mindestens durch Unterlassung oder Verstoß gegen Gesetze, die auch heute noch Gültigkeit haben. Was sollte an diesen Frauen ehrenhaft, vorbildlich oder sonstwie eines Denkmals würdig sein? Die Tatsache, dass sie möglicherweise einem Justizirrtum unterlagen – wer will das beweisen? Und bitte: Wie können wir uns anmaßen, uns über die damalige Rechtsprechung zu erheben, nur weil sie weniger zimperlich mit den Delinquenten umging als unsere heutige Laissez-faire- und Bewähr-Kultur?

Ich kann mich nur wiederholen: Da werden Täter zu Opfern gemacht und Opfer zu Helden. Was für eine kranke Logik! Die Tatsache, dass die Frauen einem peinlichen Verhör unterzogen wurden, macht sie keinen Deut heldenhafter. Im Gegenteil. Hätten sie trotz Folter nichts gestanden, hätten sie mir – natürlich nur unter der Prämisse, dass sie unschuldig gewesen wären! – eine gewisse Achtung abgerungen. Ich habe mir die üblichen Verfahren der peinlichen Befragung einmal näher angeguckt und sie getestet, so weit ich das umsetzen konnte: Daumenschrauben, Streckbank, Aufhängen an den auf den Rücken gefesselten Armen, Beschweren mit Gewichten. Frauen wurden oft mit einem Tuch, das man ihnen um den Hals schlang, an einen Haken an der Wand gehängt. Angenehm ist das nicht. Sollte es ja auch nicht sein. Es war die juristisch definierte Konsequenz, die gewisses Verhalten ahndete. Die *jeder* Verbrecher zu erwarten hatte. Das war kein Hexen-Exklusiv-Ding. Es wäre vollkommen verfehlt, Resilienz mit menschlicher Größe gleichzusetzen! In den Medien wird täglich von Menschen berichtet, die andere quälen. Mit oder ohne Grund. Käme jemals jemand auf die Idee, den Misshandelten ein Denkmal zu bauen?

Alle drei angeklagten Frauen hatten nach der Befragung ihre Schandtaten vollumfänglich zugegeben und wurden am Mittwoch, den 24. März 1599 auf dem Schutzrain – in der Nähe des Kartoffelmarkts – enthauptet, bevor man die Leichenteile zur Hinrichtungsstätte in der Nähe des Pressehauses karrte und verbrannte. Die durchaus humane Variante und der letzte Fall dieser Art. Damit gehörten Catharina Stadellmenin, Anna Wolffartin und Margaretha Mößmerin mit Fug und Recht auf den Scheiterhaufen der Geschichte. Sollte man meinen. Aber vor Ende des letzten Jahrtausends setzte in Europa der Mittelalter-Hype ein, die Emanzenbewegung biss an und forderte auf einmal, sämtliche Frauen, die – wofür auch immer – zwischen dem sechsten und dem 16. Jahrhundert vor Gericht gekommen waren, zu rehabilitieren. Nach Aktenlage mit Fug und Recht verurteilte Kriminelle. Überall begann man, im historischen Kehricht zu wühlen, Anrüchiges ans Tageslicht zu zerren, dem man Denkmäler setzte. Vielmehr frau. Auch beim Rat unserer schönen Stadt Freiburg führten diesbezügliche Eingaben zu entsprechenden Ausgaben und – zack! – hängt seit 1988 neben dem Torbogen, wo es jedem Passanten ins Auge springt, ein Hinweisschild. Das an der Stelle im Übrigen rein gar nichts verloren hat, weil im Martinstor niemals der Hexerei Beschuldigte inhaftiert waren. Die sperrte man ins Christoffelstor am anderen Ende der Straße, wo auch die peinlichen Befragungen stattfanden. Da das aber 1704 abgerissen worden war, musste das Martinstor herhalten. Das, wie Ihnen möglicherweise auch bekannt ist, zu dem Zeitpunkt schon seit zwanzig Jahren auf die Erneuerung des Bildnisses seines Namensgebers wartete. Bis heute ist dafür kein Geld da. Die leere Fläche samt der Gedenktafel für den heldenhaften Widerstand der Freiburger Bürgerwehr im Jahr 1796 für Kaiser und Vaterland und gegen die Welschen komplettiert das Mahnmal der Schande und zeigt augenfällig die Prioritäten des Stadtrats. Was zählen heute noch wahre Verdienste? Was positive Leitbilder, wenn Kommunalpolitiker hysterischen Befindlichkeiten und Tatsachenverdrehungen nachgeben?

Und die Öffentlichkeit? Lässt sich systematisch verdummen. Um die Jahrtausendwende erschien ein erster von drei Romanen, in denen besagte Delinquentinnen zu Kämpferinnen gegen Frauenunterdrückung aufgepimpt werden. Derartige Schmonzetten, die in Stapeln vor den Buchhandlungen ausliegen, sollten, wie ich schon lange fordere, dringend mit Warnhinweisen versehen werden: Lesen gefährdet den Verstand!

Bitte sehen Sie es mir zum zweiten Male nach, dass ich so weit ausgeholt habe. Ich wollte Sie zunächst in den Stand setzen, dass Sie wissen, wovon ich rede, und mein Motiv nachvollziehen können. Verstehen, dass ich mich von äußerst lauteren Motiven habe leiten lassen, als ich die Bekanntschaft der Verfasserin – Marie Lejeune – suchte, um mehr über die Hintergründe ihres Machwerks zu erfahren. Ja, sie hatte die Dokumente gelesen, die Historiker ausgegraben hatten, um den Rat mit ihrem Opferhokuspokus zu indoktrinieren. Es wird Sie vermutlich genauso wenig erstaunen wie mich, dass alles, was es zum Thema gibt, nichts als heiße Luft ist. Man pickt hier ein paar Daten, reißt da Zitate aus dem Zusammenhang, lässt seine Fantasie ein wenig spielen –

getrieben von dem erklärten Willen, einen historischen Kriminalfall auszuschlachten, um Märtyrerinnen aufzubauen, Aushängeschilder eines vollkommen irregeleiteten Genderkrampfs. Gut achtzig Prozent der vermeintlich wahren Geschichte ist gefakt. Sie hat es mir selbst gestanden. Nach vielen intensiven Gesprächen, die wir hatten. Zum Teil durchaus *peinlichen*, ja. Wie sonst wäre die Wahrheit je ans Tageslicht gelangt?

Meine eigentliche Frage, verehrter Herr Dr. Karandic, ist nun: Wie können wir politisch vorgehen, um dieses Mahnmal der Schande, das Ihre Vorgänger uns oktroyiert haben, zu entfernen?

Eine schriftliche Einlassung von Seiten der Marie Lejeune liegt mir vor – unterschrieben mit heutigem Datum. Wird es erforderlich sein, dass das Dokument von der Unterzeichnenden auch mündlich verifiziert wird?

Die nächste Frage schließt sich daran gleich an: Was sollte mit der Frau geschehen? Ist es sinnvoll, sie wegen Falschaussage der Gerichtsbarkeit zu übergeben? Was würde ihr da drohen? Wird man sie nicht gleich wieder bis zur Verhandlung und dann auf Bewährung laufen lassen?

Ich hoffe, Sie erkennen die Brisanz des Falles. Und sind bereit, mich anwaltlich zu unterstützen, wenn es hart auf hart kommt. Vor allem aber bitte ich Sie, mir baldmöglichst eine entsprechende Antwort zukommen zu lassen. Noch habe ich die Frau am Haken. Aber ich kann sie da nicht mehr lange hängen lassen. Es könnte ihrer Gesundheit durchaus abträglich sein. Und dann stellt sich natürlich die nächste Frage: Verbrennen?

Eins nach dem anderen. Fürs Erste danke ich herzlich für Ihr Interesse und dass Sie meinen Brief bis hierhin gelesen haben.

In der Hoffnung, ganz bald von Ihnen zu hören

Christian Lücke

Historischer Hintergrund

Catharina Stadellmenin, Anna Wolffartin und Margaretha Mößmerin wurden am 24. März 1599 in Freiburg als Hexen hingerichtet.

Der Gruppenvergewaltigungsvorwurf im Rahmen eines Discobesuchs gegen elf junge Männer im Alter von 18 bis 29 Jahren, der bei Drucklegung des Buches noch verhandelt wurde, hat diese Geschichte u.a. inspiriert.

Ähnlichkeiten des hier als Radan Karandic angeschriebenen Rechtsanwalts mit Eigenschaften von extremistisch handelnden Figuren der Zeitgeschichte sind zufällig oder im schlimmsten, leider immer häufiger eintretenden Fall, zwangsläufig.

Autoren

Frank Borsch schreibt seit 1998. Über Menschen und Fremde, über die Erde von morgen und die Weiten des Weltalls. Kurz: über das »was wäre wenn?« Er hat mehr als dreißig Romane verfasst – für die Serie *Perry Rhodan* sowie die Trilogie *Alien Earth*, ein Porträt der Erde im Jahr 2059. Frank Borsch lebt in Freiburg – seinem Basislager für Mountainbike- und Rennradtouren – und arbeitet derzeit als Texter und Redakteur daran, Menschen fürs Radfahren zu begeistern.

Sabine Frambach, geboren 1975 am letzten Wintertag. Studium der Sozialpädagogik in Nijmegen sowie der Erwachsenenbildung in Kaiserslautern. Die mehrfach preisgekrönte Autorin lebt in Mönchengladbach und fährt zur Arbeit über die Wupper. Ihre Urlaube verbringt sie am liebsten im Schwarzwald. Nähere Informationen und kriminelles Gedankengut unter www.kein-weg.de

Jasmin Fürbach, geboren 1997 in Wien, seit 2015 Studentin an der Universität Wien: Bachelorstudium für English & American Studies, Masterstudium für Deutsche Philologie. Liebe für alles Phantastische, Krimis, Horror und das Schreiben insgesamt.
Veröffentlichungen: Kurzgeschichte: *Asche zu Asche* in der Anthologie *Viel zu heiß*, Marburg-Award für Phantastik 2019, 2. Platz. Kurzgeschichte: *Schau nicht in den Spiegel* in Anthologie *Weltentor 2019*, Kategorie Mystery, 1. Platz.

Andrea Gärtner wurde 1974 in Stade geboren und entdeckte schon früh ihre Leidenschaft für das Schreiben. Im Alter von 13 Jahren reichte sie das erste Manuskript bei einem Verlag ein. Die

Nichtveröffentlichung dieses Buches bremste ihre Schaffenskraft in keiner Weise. Seither veröffentlichte sie Kurzgeschichten und Kurzkrimis in verschiedenen Anthologien, gewann 2017 den Göllheimer Kurzgeschichtenpreis und legte beim tredition Verlag ihren ersten Roman *Herzfehler* vor. Andrea Gärtner studierte Religionspädagogik und arbeitet als Diakonin. Sie lebt mit ihrem Mann und zwei Katzen in Südniedersachsen.

Anne Grießer ist im badischen Odenwald geboren und aufgewachsen. Sie studierte Ethnologie und Germanistik, bevor sie sich ganz dem Schreiben widmete. In den vergangenen Jahren hat sich die in Freiburg lebende Schriftstellerin und Entertainerin als Krimiautorin und Herausgeberin einen Namen gemacht. Neben ihren Krimis, historischen Romanen und Kurzgeschichten schreibt sie auch Reiseführer und Sachbücher zu kulturgeschichtlichen Themen.
Zuletzt erschienen der Roman *Der Fluch des Blutaltars,* das Sachbuch *Die Madonnenlandbahn* und im Wellhöfer Verlag die Anthologie *Mörderisch im Abgang* (Hrsg.). www.anne-griesser.de

Ulrike Halbe-Bauer schreibt vor allem Romane oder kürzere Biografien über bedeutende Frauen (z.B. Olympia Fulvia Morata, Agnes Dürer, Fanny Mendelssohn-Hensel, Paula Modersohn-Becker). Für das Dürerhaus in Nürnberg hat sie ein Hörbild aus der Sicht der Agnes Dürer verfasst (dort in sechs Sprachen zu hören). Mit ihrem Mann Manfred Halbe hat sie über dreißig Bücher aus dem Englischen übersetzt (Bereiche Kunst, Geschichte, Jugendbuch). 2017 erschien im Wellhöfer Verlag der erste fiktive Geschichtsroman *Schwalben über dem Fluss – 1848 in Baden,* 2019 folgte *Claire* – zwei Frauen in Westdeutschland zwischen 1944 und 2007.

Susanne Hartmann lebt und schreibt in Freiburg im Breisgau. Als Journalistin verfasst sie am liebsten kulturelle Artikel. Sie studierte Ethnologie, Volkskunde und Romanistik. Für ihre Promotion forschte sie in Mexiko und Guatemala. Herumgekommen ist sie auch in vielen Berufen. Heute widmet sie sich leidenschaftlich gerne Kurzgeschichten und Krimis. Davon sind etliche in Anthologien auch des Wellhöfer Verlags zu lesen. Ihr Gewinnertext des Literaturhauses Zürich erschien 2015. Sie ist nominiert für den KaroKrimiPreis 2019 und gewann den 3. Platz des Deutschen Kurzkrimi-Preises 2019.

Birgit Hermann, 1962 im Schwarzwald geboren und hängengeblieben, arbeitet im normalen Leben als Medizinische Fachangestellte in einer Klinik. Sie ist verheiratet, Mutter von drei Kindern und Großmutter einer jährlich wachsenden Enkelschar. Doch manchmal geht die Fantasie mit ihr durch; dann greift sie zur symbolischen Feder und schreibt nächtelang. Von mehreren Kurzkrimis in Anthologien und einigen ganz dicken (Schwarzwälder-) Schinken bis zu gelegentlichen Bühnenstücken ist alles möglich. www.birgit-hermann.de

Volker Hesse wurde 1968 in Detmold geboren. 2003 hat er seine Heimat in dem von Weinreben umgebenen Wettelbrunn gefunden. Mit *Der 7. Lehrling* fing alles an, die Fortsetzung *Waldanda* erfreut sich einer großen Leserschaft. Auch *Das Nachtschiff* erhält durchweg positive Bewertungen. Seit 2011 sind Kurzgeschichten ein fester Bestandteil seines Repertoires. Sechs sind in Anthologien des Wellhöfer Verlages erschienen. Mit *Der Kindsmord von Grunern* gewann Volker Hesse 2016 den Schwarzwälder Krimipreis. www.volker-hesse.de

Wolfgang Kemmer wurde 1966 im Hunsrück geboren. Er studierte Germanistik, Anglistik und Angloamerikanische Geschichte in Köln und veröffentlichte in dieser Zeit die ersten Kriminalromane. Nach dem Studium arbeitete er als Lektor in einer Agentur. Heute lebt er als freiberuflicher Autor und Dozent in Augsburg. Er schreibt Geschichten für Anthologien und Zeitschriften und gab viele Jahre den Kurzkrimi-Podcast von Jokers-Weltbild heraus.
Mit seinen historischen Augsburg-Romanen veranstaltet er regelmäßig Stadtführungslesungen zu den Schauplätzen der Geschichten. 2011 war er nominiert für den Agatha-Christie-Preis.

Renate Klöppel ist promovierte Kinderärztin und Diplommusiklehrerin. Neben Sachbüchern schrieb sie sieben Krimis. 2003 war sie Stipendiatin des Förderkreises Deutscher Schriftsteller in Baden-Württemberg. Für die Biographie *Die Schattenseite des Mondes* erhielt sie den Horst Joachim Rheindorf-Literaturpreis. 2015 erschien im Wellhöfer Velag der Roman *Namibia – Namibia.* 2018 folgte *Ein anderes Leben findest du allemal* sowie das Kinderbuch *Nico, Emmi und der Wetterfrosch*. Renate Klöppel ist im Vorstand vom *Literatur Forum Südwest e.V*, dem Trägerverein des Literaturhauses Freiburg. Außerdem ist sie Mitglied bei den Bücherfrauen.

Brigitte Krächan studierte Soziale Arbeit in Mainz und war viele Jahre in diesem Beruf tätig. Sie veröffentlichte zahlreiche Kurzgeschichten und mehrere Romane. »Ich finde es spannend, wie sich während des Schreibens eine Geschichte entwickelt, die Personen zu ganz eigenwilligen Persönlichkeiten werden und daraus etwas entsteht, an das ich im ersten Moment gar nicht gedacht habe. Manchmal möchte ich durch das, was ich schreibe, Menschen, Dinge, Gegebenheiten in den Mittelpunkt stellen, von denen ich glaube, dass sie oft übersehen werden. Aber in erster Linie sollen meine Geschichten unterhalten.« http://blog.aemaets.de/

Susanne Kraft wurde 1975 in der Nähe von Bonn geboren und studierte in Siegen Mathematik, Chemie und Geschichte auf Lehramt. Danach war sie drei Jahre lang in Oldenburg als wissenschaftliche Mitarbeiterin tätig und begann anschließend in Heidelberg mit dem Referendariat. Seit 2006 lebt sie in Südbaden und unterrichtet an einem Gymnasium im Markgräflerland.

Julian Mackenthun, geboren 1993 in Bad Soden am Taunus, studiert Englisch und Geschichte auf Gymnasiallehramt an der Goethe-Universität in Frankfurt. Während zweier Urlaubssemester arbeitete er als Sprachassistent für Deutsch an der Rugby School in England und ist inzwischen neben seinem Studium als Museumsführer für das Historische Museum Frankfurt tätig. Außerdem absolvierte er eine Dramaturgie-Hospitanz am Schauspiel Frankfurt. Für die Zukunft plant er, seine schriftstellerischen Ambitionen weiterzuverfolgen. *Der sechste Tag* ist sein erzählerisches Debüt.

Mara Meier, geboren 1959 in Zürich, wuchs in der Ostschweiz auf. Als junge Frau wanderte sie nach Chile aus, arbeitete dort zehn Jahre als Botanikerin und in indigenen Kulturprojekten. Seit ihrer Rückkehr in die Schweiz ist sie in Bibliotheken tätig. In der Zentralbibliothek Solothurn erschließt sie Drucke des 15. bis 18. Jahrhunderts, weshalb ihr die Zeit, in der Gertruta lebte, nicht ganz fremd ist. Meier schreibt diverse Arten von Kurzprosatexten. Einige davon wurden in Anthologien und Zeitschriften veröffentlicht. 2018 war sie Gewinnerin des *OpenNet*-Schreibwettbewerbs der Solothurner Literaturtage.

Sabine Meyer ist in Hameln an der Weser geboren und aufgewachsen, Studium in Göttingen (Geographie) und Berlin (Tourismus). Wissenschaftliche Mitarbeiterin im Institut für Tourismus, später Rückkehr nach Hameln und Anstellung in einer Reederei der Fahrgastschifffahrt als Allrounderin (Büro, Mediengestaltung, Service auf dem Schiff). Veröffentlichungen in Anthologien (Kurzkrimis, Fantasy), eBooks (Krimis, Thriller) bei Neobooks als Charlie Meyer. Hobbys: Radfahren, Wandern, Lesen, Schreiben, die eigenen Grenzen austesten.

Monika Niehaus, geb. 1951, Dipl. Biologin, Promotion in Zoologie/Biophysik. Freie Autorin und naturwissenschaftliche Übersetzerin. Neben Sachbüchern schreibt sie Science Fiction und phantastische Erzählungen. Mitglied der Autorengruppe *Phantastischer Oberrhein*. Gewinnerin des Robert-Sheckley-Preises sowie des Bastei-Preises *Thriller des Jahres*. 2016 und 2019 veröffentlichte sie zwei Sachbücher über bizarre und seltene psychische Syndrome. *Der Nobelpreisträger, der im Wald einen höflichen Waschbär traf* ist für den Sachbuchpreis 2020 vorgeschlagen. Geschichten in zahlreichen SF-Anthologien, unter anderem in *Weiberwelten*.

Dagmar Rankl ist 1989 in Innsbruck geboren. Sie lebt mit ihrem Ehemann und zwei Katern auf dem Land, wo die promovierte Sprach- und Medienwissenschaftlerin als freiberufliche Texterin und Lektorin arbeitet. Nachdem sie schon in jungen Jahren die ortsansässige Bücherei ausgelesen hatte, begann sie damit, sich eigene Geschichten auszudenken – und schreibt bis heute in jeder freien Minute.

Alexa Rudolph, in Emmendingen geboren, im wildromantischen Wehratal im Schwarzwald aufgewachsen, lebt heute in Freiburg. Sie schreibt und publiziert seit 2006, war zuvor als Bildende Künstlerin tätig. Heute arbeitet sie ausschließlich als Autorin, schreibt Kurzgeschichten, Erzählungen, Lyrik und Romane, sehr gerne Kriminalgeschichten. Zurzeit arbeitet sie an einem Roman, der im Jahr 2030 spielt. Sie ist verheiratet und hat inzwischen fünf Enkelkinder. Wenn sie nicht schreibt, wandert sie in den Bergen, wo es ganz still ist und nur die Murmeltiere pfeifen. Mehr zur Autorin unter www.alexa-rudolph.de.

Barbara Saladin wurde an einem Freitag, den 13. im Jahr 1976 geboren und lebt in einem kleinen Dorf im Oberbaselbiet (CH). Sie arbeitet als freie Journalistin, Krimi- und Sachbuchautorin, Auftragstexterin, Fotografin und Ghostwriterin und organisiert auch Themenwanderungen. Ihre literarischen Tatorte befinden sich schwerpunktmäßig an der rauen Nordseeküste und im Nordwestschweizer Jura, aber auch gerne mal irgendwo dazwischen. 2017 erhielt sie den Kantonalbank-Preis in der Sparte Kultur. Und sie liebt Hunde. www.barbarasaladin.ch

Regina Schleheck hat sich im Krimi wie in der Phantastik durch vielfache Auszeichnungen, u.a. den Friedrich-Glauser-Preis der deutschsprachigen Krimiautoren und den Deutschen Phantastikpreis, einen Namen gemacht. Domäne der in Köln aufgewachsenen Oberstudienrätin und fünffachen Mutter ist die Kurzprosa. 2018 erschienen von ihr u.a. der Krimi *Tod in Herford,* die Krimi-Kurzgeschichtensammlung *Mörderisches Leverkusen und Umgebung – 11 Krimis und 125 Freizeittipps,* sowie zwei Jugenderzählungen, 2019 das *Mörderische Bergische Land – 11 Krimis und 125 Freizeittipps*. www.regina-schleheck.de

Anja Schneider, 1962 in Stuttgart geboren, studierte Musik und Tanz an den Musikhochschulen Hannover und München. Es folgten Engagements als Tänzerin in St. Gallen, Berlin, Saarbrücken und Braunschweig. Während der Umschulung zur Wirtschaftsassistentin entdeckte sie die Begeisterung fürs Schreiben und arbeitete für die Neue Braunschweiger Zeitung. 1994 zog sie nach

Freiburg, um Lehrerin der F. M. Alexandertechnik zu werden. Alleinerziehend mit zwei Töchtern arbeitet sie seit 20 Jahren im Freiburger Kultgeschäft Omega electronic GmbH und hat jetzt wieder Zeit, Kurzgeschichten zu schreiben.

Katja Segin wurde am 12.8.1980 in einem kleinen Ort in Nordrhein-Westfalen geboren. Heute lebt sie mit ihrem Mann in der Altstadt von Paderborn. Während und nach ihrem Jurastudium arbeitete sie unter anderem in einem Bauunternehmen, als Barkeeperin und als stellvertretende Stationsleiterin einer Tankstelle. Doch schon seit ihrer frühesten Kindheit erfindet sie am liebsten Geschichten mit historischem Hintergrund.

Ute Wehrle ist gebürtige Freiburgerin und studierte Touristik-Betriebswirtschaft in Heilbronn. Sie arbeitet als freie Autorin und Journalistin. Bislang sind im Emons-Verlag sechs Krimis von ihr erschienen, die in Freiburg, im Schwarzwald und am Bodensee spielen, zuletzt *Endstation Schwarzwald* und *Bächle, Gässle Todesstoß.*